a
desconstrução
de
mara
dyer

MICHELLE HODKIN

a desconstrução de mara dyer

Tradução de
Mariana Kohnert

6ª edição

Galera
RIO DE JANEIRO
2021

CIP-BRASIL. CATALOGAÇÃO NA FONTE
SINDICATO NACIONAL DOS EDITORES DE LIVROS, RJ

H629d Hodkin, Michelle
6ªed. A desconstrução de Mara Dyer / Michelle Hodkin; tradução de Mariana Kohnert. – 6ªed. – Rio de Janeiro: Galera Record, 2021.
(Mara Dyer; 1)

Tradução de: The Unbecoming of Mara Dyer
ISBN 978-85-01-09858-0

1. Ficção americana. I. Kohnert, Mariana. II. Título. III. Série.

12-9260.   CDD: 813
                                                      CDU: 821.111(73)-3

Título original em inglês:
The Unbecoming of Mara Dyer

Copyright brasileiro © 2013 by Editora Galera Record
Copyright original em inglês © 2011 by Michelle Hodkin

Publicado mediante acordo com Simon & Schuster Books for Young Readers, um selo de Simon & Schuster Children's Publishing Division

Texto revisado segundo o novo Acordo Ortográfico da Língua Portuguesa.

Todos os direitos reservados.
Proibida a reprodução, no todo ou
em parte, através de quaisquer meios.

Design de capa: Renata Vidal da Cunha
Composição de miolo: Abreu's System

Direitos exclusivos de publicação em língua portuguesa somente para o Brasil adquiridos pela
EDITORA RECORD LTDA.
Rua Argentina, 171 – Rio de Janeiro, RJ – 20921-380 – Tel.: 2585-2000, que se reserva a propriedade literária desta tradução.

Impresso no Brasil

ISBN 978-85-01-09858-0

Seja um leitor preferencial Record.
Cadastre-se e receba informações sobre nossos lançamentos e nossas promoções.

Atendimento e venda direta ao leitor
sac@record.com.br

EDITORA AFILIADA

Para vovô Bob, que encheu minha imaginação com histórias;
para Jamie, que deixou todas as outras crianças com inveja;
e para minha mãe, que me ama demais.

Meu nome não é Mara Dyer, mas meu advogado disse que eu precisava escolher alguma coisa. Como pseudônimo. Um _nom de plume_, como nós, que estudamos para as provas de fim de ano, sabemos. Sei que ter um nome falso é estranho, mas confie em mim: é a coisa mais normal a respeito da minha vida no momento. Até mesmo contar tudo isso a você provavelmente não é sensato. Mas sem minha enorme boca, ninguém saberia que uma jovem de 17 anos que gosta de Death Cab for Cutie foi responsável pelos assassinatos. Ninguém saberia que em algum lugar por aí há uma aluna mediana com uma trilha de cadáveres nas costas. É importante que você saiba, para que não se torne o próximo.

O aniversário de Rachel foi o princípio. Isto é o que eu lembro.

"Mara Dyer"

██████████, cidade de Nova York

1

ANTES

Laurelton, Rhode Island

A caligrafia ornamentada no tabuleiro tremulava sob a luz das velas, fazendo com que as letras e os números dançassem na minha cabeça. Estavam misturados e indistintos, como uma sopa de letrinhas. Quando Claire empurrou a peça em formato de coração para minhas mãos, tive um sobressalto. Não costumava ser tão tensa e esperava que Rachel não percebesse. O tabuleiro de Ouija era seu presente preferido naquela noite e fora dado por Claire. Eu dei uma pulseira. Rachel não a estava usando.

Ajoelhada no tapete, passei a peça para Rachel. Claire sacudiu a cabeça, mostrando desdém. Rachel apoiou a peça.

— É só um jogo, Mara. — Ela sorriu, os dentes parecendo ainda mais brancos sob a iluminação fraca. Rachel e eu éramos melhores amigas desde a pré-escola, e, enquanto Rachel era morena e rebelde, eu era pálida e fazia as coisas com cautela. Mas não quando estávamos juntas. Ela fazia com que me sentisse mais forte. Normalmente.

— Não tenho nada para perguntar aos mortos — disse a ela. E, aos 16 anos, estávamos velhas demais para aquilo, mas não falei isso.

— Pergunte se algum dia Jude também vai gostar de você.

A voz de Claire soou inocente, mas eu a conhecia o suficiente. Minhas bochechas pegaram fogo, mas contive a vontade de dar-lhe um tapa e gargalhei para a sensação passar.

— Posso pedir um carro? É tipo um caso de Papai Noel morto?

— Na verdade, como é meu aniversário, vou primeiro. — Rachel colocou os dedos na peça. Claire e eu a imitamos.

— Ah! Rachel, pergunte como vai morrer.

Rachel emitiu um gritinho agudo concordando com a proposta e lançou um olhar sombrio para Claire. Desde que se mudou, há seis meses, Claire se agarrara à minha melhor amiga como uma sanguessuga faminta. Seus dois principais objetivos de vida passaram a ser: me fazer sentir como se estivesse sobrando e me torturar por causa da quedinha que tenho por seu irmão, Jude. Estava igualmente de saco cheio das duas coisas.

— Lembre-se de não empurrar — ordenou-me Claire.

— Entendi, obrigada. Mais alguma coisa?

Mas Rachel nos interrompeu antes que começássemos a trocar insultos:

— Como vou morrer?

Nós três observamos o tabuleiro. Minhas canelas estavam pinicando por ficar ajoelhada no tapete de Rachel durante tanto tempo, e a parte de trás dos meus joelhos suava. Nada aconteceu.

Até que alguma coisa aconteceu. Olhamos uma para a outra conforme a peça começou a se mover sob nossas mãos. Ela percorreu o tabuleiro em semicírculo, disparando do *A* até o *K*, e reduziu a velocidade ao passar o *L*.

A peça parou sobre o *M*.

— Será morta? — A voz de Claire estava cheia de animação. Ela era tão sinistra. O que Rachel via nela?

A peça deslizou na direção errada. Para longe de *O* e *R*.

E parou no *A*.

Rachel parecia confusa.

— No mar? — disse ela.

— Mastigada? — perguntou Claire. — Talvez você saia para nadar e acabe devorada por um tubarão?

Rachel gargalhou, logo dissolvendo o pânico que havia se instaurado no meu estômago. Quando nos sentamos para jogar, precisei resistir à vontade de revirar os olhos para os melodramas de Claire. Agora, nem tanto.

A peça fez um zigue-zague no tabuleiro, interrompendo a gargalhada.

R.

Ficamos em silêncio. Nossos olhos não saíram do tabuleiro conforme a peça voltava para o início.

Para o *A*.

E então parou.

Esperamos até que a peça apontasse para a próxima letra, mas ela permaneceu parada. Depois de três minutos, Rachel e Claire tiraram as mãos. Senti que as duas me observavam.

— Ela quer perguntar algo a você — falou Rachel baixinho.

— Se com "ela" você quer dizer Claire, e não a tábua, tenho certeza de que sim. — Fiquei de pé, trêmula e enjoada. Para mim aquela brincadeira já tinha dado.

— Eu não empurrei — falou Claire, com os olhos arregalados enquanto olhava de Rachel para mim.

— Jura de pés juntos? — perguntei, com tom sarcástico.

— Por que não? — rebateu Claire, maliciosa. Ela se levantou e se aproximou de mim. Até demais. Os olhos verdes pareciam perigosos. — Não empurrei — falou de novo. — A tábua quer que *você* jogue.

Rachel segurou minha mão e deu um impulso para se levantar. Então olhou diretamente para Claire.

— Eu acredito em você — disse ela —, mas vamos fazer outra coisa?

— Tipo o quê? — A voz de Claire era inexpressiva, e a encarei de volta sem piscar. Lá vamos nós.

— Podemos assistir *A bruxa de Blair*. — Era o preferido de Claire, lógico. — Que tal? — A voz de Rachel soava hesitante, mas estava firme.

Tirei os olhos de Claire e concordei, conseguindo abrir um sorriso. Claire fez o mesmo. Rachel relaxou, mas eu não. Por ela, no entanto, tentei engolir a raiva e o descontentamento conforme nos ajeitávamos para assistir ao filme. Rachel colocou o DVD e apagou as velas.

Seis meses depois, as duas estavam mortas.

2

DEPOIS

Hospital de Rhode Island
Providence, Rhode Island

Abri os olhos. A máquina à minha esquerda emitia um bipe persistente e ritmado. Olhei para a direita. Outra máquina apitava ao lado da mesa. Minha cabeça doía, e eu estava desorientada. Os olhos se esforçavam para interpretar as posições dos ponteiros do relógio que estava pendurado ao lado da porta do banheiro. Ouvi vozes do lado de fora do quarto. Sentei-me na cama do hospital, os travesseiros murchos se enrugavam abaixo de mim conforme me mexia para tentar ouvir. Algo fez cócegas na pele abaixo do nariz. Um tubo. Tentei mexer as mãos para tirá-lo, mas, quando olhei para elas, havia mais tubos. Presos a agulhas. Saindo da minha pele. Senti um repuxar apertado conforme movimentei as mãos, e meu estômago deslizou até os pés.

— Tirem elas daqui — sussurrei para o ar. Conseguia ver onde o aço pontiagudo entrava nas veias. Minha respiração ficou mais curta, e um grito emergiu da garganta. — Tirem elas daqui — eu disse, dessa vez mais alto.

— O quê? — perguntou uma voz baixinho, cuja fonte eu não conseguia enxergar.

— Tirem elas daqui! — berrei.

13

Corpos lotaram o quarto; eu conseguia distinguir o rosto de meu pai, perturbado e mais pálido do que o normal.

— Acalme-se, Mara.

E então vi meu irmãozinho, Joseph, de olhos arregalados e apavorado. Pontos pretos borraram os rostos do resto das pessoas, e então tudo o que vi foi a floresta de agulhas e tubos, e tive aquela sensação de algo repuxando contra a pele seca. Não conseguia pensar. Não conseguia falar. Mas ainda conseguia me mexer. Arranhei o braço com uma das mãos e arranquei o primeiro tubo. A dor foi violenta. Me deu algo a que me agarrar.

— Apenas respire. Está tudo bem. Tudo bem.

Mas não estava tudo bem. Não estavam me escutando, e precisavam tirá-las. Tentei dizer a eles, mas a escuridão aumentou, engolindo o quarto.

— Mara?

Pisquei, mas não vi nada. Os bipes e apitos haviam parado.

— Não resista, querida.

Minhas pálpebras tremularam ao som da voz de minha mãe. Ela se inclinou sobre mim, ajeitando um dos travesseiros, e uma cortina de cabelos negros caiu sobre a pele cor de avelã. Tentei me mexer, sair da frente, mas mal conseguia erguer a cabeça. Vi duas enfermeiras de expressão severa logo atrás. Uma delas tinha um hematoma vermelho na bochecha.

— O que há de errado comigo? — sussurrei com a voz rouca. Meus lábios pareciam papel.

Minha mãe afastou uma mecha de cabelo suada do meu rosto.

— Eles te deram algo para ajudá-la a relaxar.

Inspirei. O tubo abaixo do nariz tinha sumido. E os das mãos também. Tinham sido substituídos por curativos brancos com gaze sobre a pele. Sangue vazava por pontos vermelhos. Algo se libertou do meu peito, e emiti um suspiro profundo pelos lábios. O quarto ganhou foco, agora que as agulhas haviam saído.

Olhei para meu pai, que estava sentado na parede do canto, parecendo desolado.

— O que aconteceu? — perguntei desnorteada.

— Você se envolveu em um acidente, querida — respondeu minha mãe. Os olhos de meu pai encontraram os meus, mas ele não falou nada. Mamãe estava no comando deste show.

Meus pensamentos dispararam. Um acidente. Quando?

— O outro motorista está... — comecei, mas não consegui terminar.

— Não foi um acidente de carro, Mara. — A voz de minha mãe estava calma. Firme. Era seu tom de psicóloga, percebi. — Qual é a última coisa de que se lembra?

Mais do que acordar em um quarto de hospital ou ver tubos presos à pele — mais do que qualquer outra coisa —, aquela pergunta me transtornou. Encarei mamãe de perto pela primeira vez. Tinha olheiras, as unhas, normalmente perfeitas e pintadas, estavam roídas.

— Que dia é hoje? — perguntei baixinho.

— Que dia você acha que é? — Minha mãe adorava responder perguntas com perguntas.

Esfreguei o rosto com as mãos. Minha pele pareceu sussurrar ao contato.

— Quarta-feira?

Minha mãe olhou para mim com cuidado.

— Domingo — informou.

Domingo. Desviei os olhos, percorri o quarto de hospital com o olhar. Não havia reparado nas flores antes, mas estavam por todo lado. Um vaso de rosas amarelas estava logo ao lado da cama. As preferidas de Rachel. Uma caixa com coisas minhas trazidas de casa repousava sobre uma cadeira ao lado da cama; uma velha boneca de pano que vovó havia deixado para mim quando eu era bebê descansava ali dentro, com o braço inerte apoiado na borda da caixa.

— Do que você se lembra, Mara?

— Eu tinha um teste de história na quarta-feira. Fui de carro da escola até em casa...

Vasculhei os pensamentos, as memórias. Eu, andando para dentro de casa. Pegando uma barra de cereais na cozinha. Andando até o quar-

15

to no primeiro andar, deixando a mochila no chão e pegando *A trilogia tebana*, de Sófocles. Escrevendo. Então desenhando no caderno de rabiscos. Então... nada.

Um medo lento e rastejante abriu caminho até minha barriga.

— É só isso — eu disse olhando para o rosto de minha mãe.

Um músculo acima da pálpebra dela tremeu.

— Você estava no Tamerlane... — começou mamãe.

Ai, meu Deus.

— O prédio caiu. Alguém chamou a polícia por volta de 3 horas da manhã. Na quinta-feira. Quando chegaram, ouviram você — continuou ela.

Papai pigarreou.

— Estava gritando — disse ele.

Mamãe lançou-lhe um olhar antes de se virar para mim de novo.

— Pelo modo como o prédio caiu, você ficou enterrada em um bolsão de ar, no porão, mas estava inconsciente quando a alcançaram. Deve ter desmaiado por desidratação, mas é possível que algo tenha a atingido e a deixado desacordada. Está com alguns machucados — falou ela, tirando meu cabelo do caminho.

Olhei além de mamãe e vi seu tronco refletido no espelho acima da pia. Imaginei como seriam "alguns machucados" quando um prédio caía sobre sua cabeça.

Dei impulso para me levantar. As enfermeiras silenciosas ficaram rígidas. Estavam mais para seguranças.

Minhas articulações protestaram conforme estiquei o pescoço acima da grade da cama para ver. Minha mãe olhou no espelho comigo. Ela estava certa; uma sombra azulada se espalhava sobre a maçã da minha face direita. Empurrei os cabelos castanhos para trás para ver o tamanho, mas era só aquilo. De resto eu parecia — normal. Normal para mim, e normal, ponto final. Meu olhar recaiu sobre mamãe. Éramos tão diferentes. Eu não tinha nada dos exóticos traços indianos dela; não tinha o rosto oval perfeito ou os cabelos negros e brilhantes como verniz. Em vez disso, o nariz aristocrático e o maxilar de papai estavam refletidos no meu rosto. E a não ser por esse único machucado, não parecia mesmo que um prédio havia caído em cima de mim. Estreitei os olhos para meu reflexo, então me recostei do novo contra os travesseiros e encarei o teto.

— Os médicos disseram que você ficaria bem. — Minha mãe deu um sorriso fraco. — Pode até voltar para casa esta noite, se estiver se sentindo bem o bastante.

Abaixei o olhar para as enfermeiras.

— Por que elas estão aqui? — perguntei à mamãe, olhando diretamente para as duas. Estavam me dando nos nervos.

— Estão cuidando de você desde quarta-feira — disse ela. Mamãe indicou com a cabeça a enfermeira com o hematoma no rosto. — Esta é Carmella — falou, e então indicou a outra. — E esta é Linda.

Carmella, a enfermeira com o hematoma na bochecha, sorriu, mas não foi um sorriso acolhedor.

— Tem um belo gancho de direita.

Enruguei a testa. Olhei para mamãe.

— Você entrou em pânico ao acordar mais cedo, e elas precisaram ficar aqui para quando acordasse, para o caso de ainda estar... desorientada.

— Acontece o tempo todo — disse Carmella. — E se estiver se sentindo você mesma agora, podemos ir.

Fiz que sim, a garganta estava seca.

— Obrigada — falei. — Sinto muito.

— Sem problemas, querida — As palavras de Carmella pareciam falsas. Linda não disse nada o tempo todo. — Avise-nos se precisar de alguma coisa. — As duas se viraram e saíram do quarto andando em sincronia, deixando minha família e eu.

Fiquei feliz por terem ido embora. E então percebi que minha reação a elas provavelmente não era normal. Precisava me concentrar em outra coisa. Meus olhos fizeram uma varredura pelo quarto e finalmente pararam na mesa de cabeceira, sobre as rosas. Estavam frescas, recém-colhidas. Me perguntei quando Rachel as teria levado.

— Ela me visitou?

O rosto de minha mãe ficou sombrio.

— Quem?

— Rachel.

Papai fez um barulho estranho, e até mamãe, minha mãe perfeita e experiente, pareceu desconfortável.

— Não — disse ela. — Os pais dela trouxeram.

Algo a respeito do modo como falou me fez estremecer.

— Então ela não me visitou — falei baixinho.

— Não.

Eu estava com frio, tanto frio, mas comecei a suar.

— Ela ligou?

— Não, Mara.

A resposta de mamãe me fez querer gritar. Estendi o braço em vez disso.

— Me dê seu celular. Quero ligar para ela.

Minha mãe tentou sorrir, mas fracassou miseravelmente.

— Vamos falar sobre isso depois, tudo bem? Você precisa descansar.

— Quero ligar para ela agora. — Minha voz parecia prestes a explodir. Eu estava prestes a explodir.

Papai percebeu.

— Ela estava com você, Mara — falou ele. — Claire e Jude também.

Não.

Algo comprimiu meu peito, e mal consegui reunir fôlego para falar.

— Eles estão no hospital? — perguntei, porque precisava, mesmo que soubesse a resposta apenas ao olhar para as expressões de meus pais.

— Eles não resistiram — respondeu mamãe lentamente.

Aquilo não estava acontecendo. Não poderia estar acontecendo. Alguma coisa escorregadia e horrível começou a se formar em minha garganta.

— Como? Como eles morreram? — Consegui perguntar.

— O prédio ruiu — falou mamãe calmamente.

— *Como?*

— Era um prédio velho, Mara. Você sabe disso.

Não consegui falar. É claro que eu sabia. Quando meu pai se mudou de volta para Rhode Island ao terminar a faculdade de direito, ele representou a família de um menino que ficou preso dentro do prédio. Um menino que morreu. Daniel fora proibido de ir até lá: não que meu perfeito irmão mais velho algum dia fosse. Não que *eu* algum dia fosse.

Mas por algum motivo eu tinha ido. Com Rachel, Claire e Jude. Com Rachel. *Rachel.*

Tive uma visão repentina de Rachel entrando no jardim de infância, segurando minha mão. De Rachel apagando as luzes do quarto e me contando seus segredos após ter ouvido os meus. Não houve nem tempo de processar as palavras "Claire e Jude também", porque a palavra "Rachel" preencheu minha cabeça. Senti uma lágrima quente escorregar pela bochecha.

— E se... e se ela apenas ficou presa também? — perguntei.

— Querida, não. Eles fizeram buscas. Encontraram... — Mamãe parou.

— O quê? — exigi saber, com a voz aguda. — O que encontraram?

Ela me observou. Me estudou. E não disse nada.

— Diga — pedi, a voz afiada. — Quero saber.

— Encontraram... restos mortais — respondeu vagamente. — Eles se foram, Mara. Não resistiram.

Restos mortais. Pedaços, ela queria dizer. Uma onda de náusea sacudiu meu estômago. Tive vontade de vomitar. Em vez disso, encarei as rosas amarelas da mãe de Rachel, então fechei os olhos bem apertados e busquei uma memória, qualquer memória, daquela noite. Por que fomos. O que estávamos fazendo ali. O que os havia matado.

— Quero saber tudo o que aconteceu.

— Mara...

Reconheci o tom apaziguador de mamãe, e meus dedos se dobraram em forma de punho sobre os lençóis. Ela estava tentando me proteger, mas em vez disso acabava me torturando.

— Você precisa me dizer — implorei, a garganta cheia de cinzas.

Mamãe olhou para mim com os olhos vítreos e uma expressão de coração partido.

— Eu diria se pudesse, Mara. Mas você é a única que sabe.

3

Cemitério Memorial Laurelton, Rhode Island

O SOL REFLETIA NO MOGNO POLIDO DO CAIXÃO DE RACHEL, cegando-me. Encarei, deixando a luz queimar minhas córneas, esperando que as lágrimas viessem. Eu deveria chorar. Mas não conseguia.

Todo o resto das pessoas conseguia, no entanto, e chorava. Pessoas com as quais Rachel nunca havia conversado, pessoas de quem ela nem gostava. Todo mundo da escola estava ali, reivindicando um pedaço de Rachel. Todo mundo menos Claire e Jude. O funeral deles seria naquela tarde.

O dia estava cinza e branco, um dia fustigante de inverno da Nova Inglaterra. Um dos meus últimos.

O vento soprava, chicoteando meus cachos contra as bochechas. Um punhado de pessoas de luto me separava de meus pais, silhuetas de preto contra o céu incolor e impassível. Eu me encolhi dentro do casaco e o enrosquei mais apertado em volta do corpo, me protegendo do olhar de minha mãe, que nem piscava. Ela vinha acompanhando minhas reações desde que eu fora liberada do hospital; foi a primeira a chegar até mim na noite em que meus gritos acordaram os vizinhos, e foi ela quem me pegou chorando dentro do armário no dia seguinte. Mas somente após me encontrar, dois dias depois, confusa e piscando e segurando um caco de espelho quebrado na mão ensanguentada foi que mamãe insistiu em procurar ajuda.

O que encontrei foi um diagnóstico. Transtorno de estresse pós-traumático foi o que o psicólogo disse. Pesadelos e alucinações visuais eram meu novo estado normal, aparentemente, e algo a respeito de meu comportamento no consultório o fez recomendar uma instituição para internação.

Não poderia deixar isso acontecer. Recomendei que, em vez disso, nos mudássemos.

Eu me lembro do modo como os olhos de mamãe se estreitaram quando mencionei a ideia, alguns dias depois da desastrosa consulta. Tão atenta. Tão *cautelosa*, como se eu fosse uma bomba sob a cama.

— Acho mesmo que vai ajudar — falei, sem acreditar nem um pouco. Mas não tinha pesadelos havia duas noites, e o episódio do espelho, do qual não me lembrava, aparentemente havia sido o único. O psicólogo estava exagerando, assim como minha mãe.

— Por que acha isso? — A voz dela era casual e estável, mas as unhas ainda estavam roídas até os sabugos.

Tentei me lembrar da conversa praticamente unilateral que havia tido com o psicólogo.

— Ela estava sempre nesta casa... Não consigo olhar para nada sem pensar nela. E se voltar para a escola, a verei lá também. Mas quero voltar a estudar. Preciso. Preciso pensar em outra coisa.

— Falarei com seu pai a respeito — disse ela, os olhos fazendo uma varredura no meu rosto. Podia ver em cada ruga de sua testa, em cada inclinação do queixo, que mamãe não entendia como a filha tinha chegado ali... como eu tinha saído às escondidas de casa e terminado no último lugar em que deveria estar. Ela havia me perguntado, mas é claro que eu não tinha a resposta.

Ouvi a voz de meu irmão surgir do nada.

— Acho que está quase no fim — falou Daniel.

Meu coração desacelerou quando olhei para meu irmão mais velho. E conforme ele havia previsto, o padre pediu que todos nós curvássemos as cabeças e rezássemos.

Eu me mexi desconfortável, a grama pontiaguda se partindo sob as botas, e olhei para minha mãe. Não éramos religiosos, e, sinceramente, eu não tinha certeza do que fazer. Se havia algum protocolo sobre como se comportar no funeral da sua melhor amiga, não recebi o recado. Mas mamãe inclinou a cabeça, os cabelos pretos e curtos caíram sobre a pele perfeita conforme me avaliava e examinava, observando o que eu faria. Desviei o olhar.

Após uma eternidade de segundos, cabeças se ergueram como se ansiosas para que acabasse, e a multidão se dissolveu. Daniel ficou ao meu lado enquanto meus colegas de classe se revezavam para me dizer que sentiam muito, prometendo manter contato após a mudança. Não ia à escola desde o dia do acidente, mas alguns deles haviam me visitado no hospital. Provavelmente apenas por curiosidade. Ninguém me perguntou como aconteceu, e fiquei aliviada, pois não poderia contar. Eu ainda não sabia.

Grasnidos penetraram a atmosfera pesada do funeral quando centenas de pássaros negros voaram acima de nossas cabeças em uma investida de asas. Eles se empoleiraram num aglomerado de árvores sem folhas voltadas para o estacionamento. Até as árvores se vestiam de preto.

Olhei para meu irmão e perguntei:

— Você estacionou debaixo dos corvos? — Ele fez que sim e começou a andar em direção ao carro. — Fabuloso — falei, conforme o seguia. — Agora precisaremos desviar do cocô do rebanho todo.

— Corja.

Parei de andar.

— O quê?

Daniel se virou.

— Chama-se uma corja de corvos. Não um rebanho. E sim, vamos ter de desviar de matéria fecal aviária. A não ser que você queira ir com mamãe e papai?

Sorri, aliviada sem saber por quê.

— Eu passo.

— Imaginei.

Daniel esperou por mim, e fiquei agradecida pela fuga. Olhei para trás para ter certeza de que minha mãe não estava olhando. Mas ela estava ocupada conversando com a família de Rachel, que conhecíamos havia anos. Era fácil demais esquecer que meus pais também estavam deixando tudo para trás: o escritório de papai, os pacientes de mamãe. E Joseph, embora só tivesse 12 anos, havia aceitado sem mais explicações que nos mudaríamos, e havia concordado em abandonar os amigos sem reclamar. Quando pensava a respeito, tinha certeza de que havia ganhado na loteria das famílias. Fiz uma nota mental para ser mais tolerante com mamãe. Afinal de contas, não era culpa dela estarmos nos mudando.

Era minha.

4

OITO SEMANAS DEPOIS
Miami, Flórida

— Você está me matando, Mara.
— Me dê um minuto. — Eu me encolhi para a aranha que estava entre mim e a banana que era meu café da manhã. Nós duas negociávamos um acordo.

— Deixe-me fazer, então. Vamos nos atrasar. — Daniel estava à beira de um ataque de nervos. O Sr. Perfeito era sempre pontual.

— Não. Você vai matá-la.
— E?
— E então estará morta.
— E?
— Imagine só — falei, os olhos fixos no oponente aracnídeo. — A família da aranha privada da matriarca. Os filhotes aranha esperando na teia, aguardando a mãe durante dias a fio até perceberem que ela foi assassinada.

— Ela?
— Sim. — Inclinei a cabeça para a aranha. — O nome dela é Roxanne.

— Claro que é. Leve Roxanne para fora antes que seja apresentada à seção de opinião do *Wall Street Journal* de Joseph.

Parei.

— Por que nosso irmão recebe o *Wall Street Journal*?

— Ele acha engraçado.

Eu sorri. Era engraçado. Então virei para encarar Roxanne, que tinha se afastado alguns centímetros em resposta à ameaça de Daniel. Abri o papel-toalha e estiquei o braço até ela, mas me encolhi involuntariamente. Durante os últimos dez minutos estava repetindo a mesma sequência de movimentos: esticar e me encolher. Queria guiar Roxanne para a liberdade, livrá-la da nossa cozinha e liderá-la até uma terra onde corria o sangue de vários insetos voadores. Uma terra também conhecida como nosso quintal.

Mas parecia que eu não daria conta da tarefa. Ainda estava com fome, no entanto, e queria a banana. Estiquei o braço de novo e parei a mão no meio do caminho.

Daniel emitiu um suspiro melodramático e colocou uma caneca no micro-ondas. Apertou alguns botões e a bandeja começou a girar.

— Não deveria ficar em frente ao micro-ondas. — falei. Daniel me ignorou. — Pode desenvolver um tumor no cérebro.

— Isso é um fato?

— Quer descobrir?

Daniel examinou minha mão, ainda suspensa entre meu corpo e o de Roxanne, paralisada.

— Seu nível de neuroses só é páreo para filmes produzidos para a TV.

— Talvez, mas não terei tumores. Não quer continuar sem tumores, Daniel?

Ele esticou a mão para a despensa e pegou uma barra de cereais.

— Aqui — falou Daniel, e a jogou para mim, mas ultimamente eu era inútil antes do meio-dia. Ela caiu com um baque no balcão ao meu lado. Roxanne saiu correndo, e a perdi de vista.

Daniel pegou as chaves e caminhou até a porta da frente. Eu o segui para a luz do sol ofuscante, sem tomar café.

— Vamos — disse ele, com falsa animação. — Não me diga que não está totalmente ansiosa pelo primeiro dia de aula. — Daniel desviou dos minúsculos lagartos que corriam pela calçada de ardósia da nossa nova casa. — De novo.

— Será que está nevando em Laurelton agora?

— Provavelmente. Disso não vou sentir falta.

E, justo quando pensei que era impossível ficar mais quente, o interior do Civic de Daniel provou que eu estava errada. Perdi o fôlego com o calor e gesticulei para que meu irmão abrisse a janela enquanto eu ofegava.

Ele olhou para mim de modo esquisito.

— O quê? — perguntei.

— Não está *tão* quente.

— Estou morrendo. Você não está morrendo?

— Não... está tipo 23°C.

— Acho que ainda não me acostumei com isso — respondi. Havíamos nos mudado para a Flórida havia poucas semanas, mas nada era como a vida de antes. Odiava esse lugar.

As sobrancelhas de Daniel ainda estavam erguidas, mas ele mudou de assunto.

— Sabe, mamãe estava planejando te levar para a escola hoje.

Resmunguei. Não queria bancar a paciente naquela manhã. Ou em qualquer manhã, na verdade. Contemplei a ideia de comprar para ela agulhas de tricô ou um conjunto de pintura em aquarela. Mamãe precisava de um hobby que não envolvesse ficar no meu pé.

— Obrigada por me levar. — Olhei nos olhos de Daniel. — Falando sério.

— *No problemo* — respondeu ele, e me lançou um sorriso boboca antes de virar na estrada I-95 para o engarrafamento.

Meu irmão passou a maior parte do caminho agonizantemente lento até a escola batendo com a testa no volante. Estávamos atrasados, e, quando paramos no estacionamento cheio, não havia um único aluno entre os carros de luxo reluzentes.

Estiquei o braço para trás para pegar a mochila limpa e arrumada de Daniel, a qual estava posicionada no banco traseiro como se fosse um carona. Entreguei-a para ele e me lancei para fora do carro. Chegamos perto do portão de ferro com ornamentos elaborados da Academia Croyden de Artes e Ciências, nossa nova instituição de ensino médio. Um brasão gigantesco estava esculpido no portão — um escudo no centro com uma fita grossa que se estendia do alto do canto direito até a base do canto esquerdo, separando-o em duas metades. Havia um elmo de cavaleiro coroando o escudo e dois leões, um de cada lado. A escola parecia estranhamente deslocada, considerando a vizinhança decadente.

— Então, o que não contei é que mamãe vem buscá-la esta tarde — disse Daniel.

— Traidor — murmurei.

— Eu sei. Mas preciso me encontrar com uma das conselheiras para falar a respeito dos formulários para as faculdades, e ela só estará livre hoje depois da escola.

— Que diferença faz? Sabe que vai entrar em qualquer lugar.

— Isso está longe de ser uma certeza.

Estreitei um dos olhos na direção de Daniel.

— O que está fazendo? — perguntou ele.

— Esta sou eu piscando um olho para você. — Mantive o olho semicerrado.

— Bem, parece que está tendo um derrame. De qualquer forma, mamãe vai te buscar lá. — Meu irmão apontou para uma rua sem saída do outro lado do campus. — Tente se comportar.

Sufoquei um bocejo.

— Está cedo demais para ser tão escroto, Daniel.

— E cuidado com o linguajar. É indecoroso.

— Quem se importa? — Deixei a cabeça cair para trás conforme andávamos, lendo os nomes de ex-alunos ilustres da Croyden que estavam gravados no arco de tijolos acima de nós. A maioria figurava entre Heathcliff Rotterdam III, Parker Preston XXVI, Annalise Bennet Von...

— Ouvi Joseph chamar alguém disso outro dia. Ele aprendeu com você.

Eu ri.

— Não é engraçado — repreendeu Daniel.

— Ah, por favor. É só uma palavra.

Ele abriu a boca para responder quando ouvi Chopin emergir do bolso de sua calça. Uma música do compositor, não Chopin de verdade, graças a Deus.

Daniel atendeu ao telefone e disse *mamãe* com os lábios, sem emitir som, para mim, então apontou para a parede de vidro que abrigava o escritório da administração da Academia Croyden.

— Vá — disse ele, e eu fui.

Sem meu irmão para me distrair, pude absorver o campus por completo, em seu esplendor imaculado e excessivamente jardinado. Lâminas espessas de grama cor de esmeralda cobriam o chão, aparadas a apenas milímetros da uniformidade. Um pátio extenso dividia o campus em quadrantes emoldurados em formato de flores abertas. Uma das seções abrigava a biblioteca com colunas extravagantes, outra, o refeitório e a quadra sem janelas. As salas de aula e o escritório da administração dominavam os dois últimos quadrantes. Arcos a céu aberto e caminhos de tijolos uniam as estruturas e levavam a uma fonte que fluía no centro do gramado.

Quase esperei que fosse ver criaturas dos bosques irromperem dos prédios e começarem a cantar. Tudo a respeito do lugar gritava *SOMOS PERFEITOS AQUI E VOCÊ TAMBÉM SERÁ!* Não era de espantar que minha mãe o tivesse escolhido.

Senti-me extremamente malvestida de camiseta e jeans. Uniformes eram obrigatórios em Croyden, mas, graças à transferência tardia, os nossos ainda não haviam chegado. Sair de uma escola pública para uma particular no terceiro ano do ensino médio — e no meio do trimestre, nada menos — seria tormento o suficiente sem a ofensa extra das saias plissadas e meias na altura dos joelhos. Mas mamãe era esnobe e não confiava nas escolas públicas em uma cidade tão grande. E, depois de tudo que havia acontecido em dezembro, eu não estava em condições de argumentar com coerência a respeito disso.

Peguei nossos horários e mapas com a secretária da escola e voltei para o lado de fora no momento em que Daniel desligava o telefone.

— O que ela queria? — perguntei.

Meu irmão meio que deu de ombros.

— Só estava checando a gente. — Ele olhou a papelada para mim. — Perdemos o primeiro tempo, então sua primeira aula é... — Daniel mexeu nos papéis e declarou: — Álgebra II.

Perfeito. Simplesmente perfeito.

Os olhos dele varreram o campus a céu aberto; as portas das salas de aula davam diretamente para o lado de fora, como a estrutura de um motel. Após alguns segundos, Daniel apontou para o prédio mais distante.

— Supostamente é ali, do outro lado daquela esquina. Ouça — falou ele —, talvez eu não a veja até o almoço. Quer comer comigo ou algo assim? Preciso falar com o diretor e ir até o departamento de música, mas posso encontrá-la depois...

— Não, tudo bem. Ficarei bem.

— Sério? Porque não gostaria de comer carne surpresa com mais ninguém além de você.

Meu irmão sorriu, mas eu podia ver que estava ansioso. Daniel mantivera o olho de irmão mais velho em mim desde que fora liberada do hospital, embora o fizesse de modo menos óbvio e, portanto, menos irritante do que minha mãe. Mas por isso eu precisava fazer o dobro do esforço para assegurá-lo de que não iria pirar naquele dia. Coloquei minha melhor máscara de adolescente entediada e a usei como um escudo conforme nos aproximamos do prédio.

— Sério. Estou bem — falei, revirando os olhos para dramatizar. — Agora vá, antes que repita o ensino médio e morra pobre e sozinho. — Eu o empurrei de leve, para dar ênfase, e nos separamos.

Mas, conforme me distanciei, minha pequena fachada começou a ruir. Que ridículo. Aquele não era meu primeiro dia no jardim de infância, embora fosse meu primeiro dia em uma escola sem Rachel... na vida inteira. Mas era o primeiro de muitos. Precisava me recompor. Engoli de volta a dor que surgiu na garganta e tentei decifrar meu horário:

Inglês avançado, Srta. Leib, Sala B35
Álgebra II, Sr. Walsh, Sala 264

História americana, Sra. McCreery, Sala 4
Artes, Sra. Gallo, Sala L
Espanhol I, Srta. Morales, Sala 213
Biologia II, Sra. Prieta, Anexo

Sem sucesso. Andei pelo caminho até o prédio e observei os números das salas, mas encontrei as máquinas de lanches antes de achar a sala de aula de álgebra. Quatro em fileira, encostadas contra a parte de trás do prédio, de frente para uma série de barraquinhas de palha que estavam espalhadas pela área. Aquilo me lembrou de que não havia tomado café da manhã. Olhei em volta. Já estava atrasada. Alguns minutos a mais não fariam mal.

Coloquei os papéis no chão e catei algum trocado na bolsa. Mas quando inseri uma moeda de 25 centavos na máquina, a outra que estava na minha mão caiu. Me abaixei para procurá-la, pois só tinha dinheiro suficiente para um item. Finalmente a encontrei, inseri na máquina e cliquei na combinação de letras e números que forneceria minha salvação.

Ficou emperrada. Inacreditável.

Cliquei nos números de novo. Nada. Meus M&M's continuaram detidos pela máquina.

Agarrei suas laterais e tentei sacudi-la. Nenhuma reação. Então a chutei. Ainda nada.

Encarei a máquina com os olhos arregalados.

— *Solte-os.* — Enfatizei a ordem com mais alguns chutes inúteis.

— Você tem um problema de controle da raiva.

Eu me virei ao ouvir o acolhedor e melódico sotaque britânico atrás de mim.

A pessoa a quem ele pertencia estava sentada na mesa de piquenique sob um dos quiosques de palha. O estado geral de desordem em que se encontrava era quase o bastante para me distrair de seu rosto. O garoto — se é que podia ser chamado assim, pois parecia que deveria estar na faculdade, e não no colégio — calçava All Stars de cano curto gastos e esburacados, sem cadarços. Calças justas cor de carvão e uma camisa de botão branca cobriam a silhueta esguia e desalinhada. A gravata estava solta, os punhos da camisa desabotoados, e o blazer jogado em um montinho ao lado enquanto o garoto se inclinava para trás de forma preguiçosa, apoiado nas palmas das mãos.

O maxilar e o queixo fortes pareciam levemente sujos, como quem não faz a barba há dias, e os olhos pareciam cinzentos à sombra. Mechas do cabelo castanho-escuro despontavam em todas as direções. Cabelo de quem acabou de acordar. Poderia ser considerado pálido em comparação com qualquer outra pessoa que eu havia visto na Flórida até então, o que significa dizer que ele não era cor de laranja.

Era lindo. E estava sorrindo para mim.

5

SORRINDO PARA MIM COMO SE ME CONHECESSE. VIREI A CABEÇA, imaginando se havia alguém atrás de mim. Não. Ninguém. Quando olhei de volta na direção do garoto, ele tinha sumido.

Pisquei, desorientada, e me abaixei para pegar minhas coisas. Ouvi passos se aproximando, mas pararam logo antes de me alcançarem.

A garota loira de bronzeado perfeito calçava *oxfords* de salto, com meias brancas 3/4 e saia plissada cor de carvão e azul-marinho até o joelho. O fato de que eu estaria usando o mesmo uniforme dentro de uma semana doía na alma.

Ela estava de braço dado com um garoto loiro incrivelmente enorme e perfeitamente arrumado. Os dois, vestindo os blazers com o brasão da Croyden, apontaram os narizes perfeitos, com a quantidade perfeita de sardas, para baixo, na minha direção.

— Cuidado — falou a garota. Em tom venenoso.

Cuidado com o quê? Não tinha feito nada. Mas decidi não responder, considerando que conhecia precisamente uma pessoa na escola inteira e nós tínhamos o mesmo sobrenome.

— Desculpa — respondi, ainda que não soubesse por quê. — Sou Mara Dyer. Sou nova aqui. — Óbvio.

Um sorriso vazio se esboçou no rosto puritanamente lindo da Garota da Máquina de Lanches.

— Bem-vinda — falou ela, e os dois foram embora.

Engraçado. Não me senti nem um pouco bem-vinda.

Afastei da mente os dois encontros estranhos e, com o mapa na mão, contornei o prédio sem sucesso. Subi as escadas e dei a volta novamente antes de, afinal, encontrar a sala de aula.

A porta estava fechada. Não gostava da ideia de entrar atrasada, ou de sequer entrar, na verdade. Mas já havia perdido uma aula, estava ali, e que se dane mesmo. Abri a porta e entrei.

Rachaduras apareceram nas paredes da sala de aula conforme umas vinte cabeças se voltaram na minha direção. As fissuras dispararam para cima, cada vez mais altas, até que o teto começou a desabar. Minha garganta ficou seca. Ninguém disse nada, muito embora a sala estivesse coberta de poeira, muito embora eu achasse que fosse sufocar.

Porque não estava acontecendo com mais ninguém. Só comigo.

Uma lâmpada caiu no chão bem na frente do professor, lançando uma chuva de faíscas na minha direção. Não eram reais. Mas tentei evitá-las mesmo assim, e caí.

Ouvi o som do meu rosto ao se chocar com o piso de linóleo polido. E então a dor me acertou entre os olhos. Sangue morno espirrava das minhas narinas e escorria para a boca e para baixo do queixo. Meus olhos estavam abertos, mas ainda não conseguia enxergar através da poeira cinza. Mas podia ouvir. A sala de aula tomou um fôlego coletivo, e o professor desesperado tentava determinar o quanto exatamente eu estava machucada. O estranho foi que não fiz nada além de ficar deitada no chão frio e ignorar as vozes abafadas ao meu redor. Preferia a bolha de dor à humilhação que certamente enfrentaria ao me levantar.

— Hmm, você está bem? Consegue me ouvir? — A voz do professor exprimia cada vez mais pânico.

Tentei dizer meu nome, mas acho que pareceu mais com "Morta" do que "Mara".

— Alguém chame a enfermeira Lucas antes que ela sangre até a morte na sala de aula.

Com isso, fiquei de pé com dificuldade, me apoiando sem equilíbrio em pés que não eram meus. Nada como a ameaça de enfermeiras e agulhas para levantar minha bunda do chão.

— Estou bem — anunciei e olhei ao redor da sala. Apenas uma sala de aula normal. Nada de poeira. Nenhuma rachadura. — Sério. Não é preciso chamar a enfermeira. Às vezes meu nariz sangra mesmo. — Risadinha, risadinha. Use a risada para afastar. — Nem sinto nada. O sangramento parou. — E tinha parado, embora eu parecesse uma aberração.

O professor me observou com atenção antes de responder.

— Hmm. Você realmente não está machucada, então? Gostaria de ir ao banheiro se limpar? Podemos nos apresentar formalmente quando voltar.

— Sim, obrigada — respondi. — Volto logo. — Fiz um esforço para controlar a tontura e lancei um olhar para o professor e para meus novos colegas de turma. Cada rosto na sala de aula estampava uma mistura de surpresa e horror. Inclusive, percebi, o da Garota da Máquina de Lanches. Que ótimo.

Saí da sala de aula. Meu corpo parecia frouxo conforme andava, como um dente mole que pode ser arrancado com o mínimo de força. Quando deixei de ouvir os sussurros ou a voz trêmula do professor, quase comecei a correr. Cheguei a passar direto pelo banheiro feminino a princípio, mal enxergando a porta vaivém. Dei meia-volta e, assim que entrei, me concentrei na estampa dos ladrilhos horrorosos, cor de gema de ovo, contei o número de cabines, fiz tudo o que pude para evitar me olhar no espelho. Tentei me acalmar, esperando assim adiar o ataque de pânico que acompanharia a visão do sangue.

Respirei devagar. Não queria me limpar. Não queria voltar para a sala de aula. Mas quanto mais eu ficasse fora, mais era provável que o professor mandasse a enfermeira atrás de mim. Eu *realmente* não queria isso, então me posicionei em frente ao balcão molhado, que estava coberto de bolinhos de papel-toalha amassado, e olhei para cima.

A garota no espelho sorriu. Mas não era eu.

E RA CLAIRE. AS MECHAS RUIVAS CAÍAM EM CASCATA SOBRE MEUS ombros, onde meu cabelo castanho deveria estar. E então o reflexo se curvou de modo sinistro no espelho. O banheiro ficou torto, me jogando para um lado. Mordi a língua, apoiei as mãos no balcão. Quando olhei para o espelho, era novamente meu rosto que me encarava.

Meu coração batia acelerado contra as costelas. Não era nada. Assim como na sala de aula não fora nada. Eu estava bem. Nervosa com o primeiro dia de aula, talvez. O desastroso primeiro dia de aula. Mas, pelo menos, a perturbação fora suficiente para dissuadir meu estômago de se revirar quando vi o sangue coagulado sobre a pele.

Peguei um punhado de papel-toalha no recipiente e molhei. Levei-o ao rosto para limpá-lo, mas o cheiro pungente de papel-toalha molhado finalmente fez meu estômago dar voltas. Fiz o máximo que pude para não vomitar.

Não funcionou.

Tive a presença de espírito de segurar os cabelos longos longe do rosto conforme esvaziava o estômago de seu minguado conteúdo para a pia. Naquele momento, fiquei contente por o universo ter frustrado minhas tentativas de tomar café da manhã.

Quando o vômito seco finalmente acabou, limpei a boca, gargarejei com um pouco de água e cuspi. Uma camada fina de suor cobria minha pele, cuja coloração era daquele inconfundível tom de quem acaba de vomitar. Uma primeira impressão encantadora, certamente. Ao menos a camiseta havia escapado dos meus fluidos corporais.

Inclinei-me sobre a pia. Se matasse o resto da aula de álgebra, o professor simplesmente reuniria um grupinho dos alunos que faziam parte do clube de atletas da matemática para me encontrar e se certificar de que não tinha morrido. Então, corajosamente, segui rumo ao calor desagradável e voltei para a sala. A porta ainda estava aberta: havia me esquecido de fechá-la após a partida descerimoniosa e ouvi o professor tagarelando de modo tedioso sobre uma equação. Respirei fundo e entrei com cuidado.

Em um segundo, o professor estava ao meu lado. Os óculos grossos faziam com que seus olhos parecessem com os de um inseto. Assustador.

— Ah, você parece muito melhor! Por favor, sente-se bem aqui. Sou o Sr. Walsh, aliás. Não registrei seu nome antes...

— É Mara. Mara Dyer — respondi rapidamente.

— Bem, Srta. Dyer, com certeza você sabe entrar com estilo.

A risada abafada da turma soou no ar.

— É, hum, sou só desastrada, acho. — Sentei-me na primeira fileira, onde o Sr. Walsh havia indicado uma mesa vazia paralela à do professor e próxima à porta. Todos os assentos na fileira estavam vazios, a não ser pelo meu.

Durante oito dolorosos minutos e 27 infinitos segundos, permaneci sentada, derretendo no sétimo círculo do meu inferno pessoal, imóvel, na mesa. Escutei o som da voz do professor, mas não prestei atenção em nada. A vergonha o abafava, e cada poro da minha pele parecia dolorosamente nu, aberto para ser explorado pelos olhos furtivos dos meus colegas de turma.

Tentei não me concentrar no acesso de sussurros que conseguia ouvir, mas não decifrar. Dei uns tapinhas na parte de trás da cabeça, que formigava, como se o calor dos olhares anônimos tivesse conseguido queimar meu cabelo, expondo o couro cabeludo. Olhei desesperadamente para a porta, desejando escapar do pesadelo, mas sabia que os sussurros apenas aumentariam assim que eu saísse.

O sinal tocou, marcando o final da minha primeira aula na Croyden. Um sucesso retumbante, com certeza.

Fiquei para trás da massa que saía em êxodo em direção à porta, sabendo que precisaria de um livro e também verificar onde ficava a próxima sala de aula na lista. O Sr. Walsh me disse muito educadamente que eu deveria fazer a prova trimestral em três semanas, como todo mundo, e então voltou para a mesa dele para remexer em papéis, deixando-me para enfrentar o resto da manhã.

Que foi maravilhosamente sem acontecimentos. Quando chegou a hora do almoço, peguei a bolsa tipo pasta lotada de livros e joguei sobre o ombro. Decidi procurar por um lugar silencioso e isolado para me sentar e ler o livro que eu havia levado. Aquela gracinha do vômito tinha acabado com meu apetite.

Desci as escadas saltando de dois em dois degraus, andei até a beira do pátio e parei na cerca que fazia divisão com um terreno baldio enorme. Árvores erguiam-se acima da escola, deixando um prédio inteiro à sombra. O piar esquisito de um pássaro perfurava o ar parado. Definitivamente, estava vivendo uma espécie de pesadelo em um *Jurassic Park* mauricinho. Abri o livro violentamente onde havia parado, mas me vi lendo e relendo o mesmo parágrafo antes de desistir. Aquele caroço subiu até minha garganta de novo. Recostei na cerca gradeada, o metal deixando marcas na pele através do tecido fino da minha blusa, e fechei os olhos em sinal de derrota.

Alguém gargalhou atrás de mim.

Minha cabeça se ergueu ao mesmo tempo em que o sangue congelou. Era a risada de Jude. A voz de Jude. Levantei-me devagar e olhei para a cerca, para a selva, com os dedos entrelaçados na grade de metal, e procurei pela fonte da gargalhada.

Nada além de árvores. Claro. Pois Jude estava morto. Assim como Claire. E Rachel. O que significava que eu tinha tido três alucinações em menos de três horas. Nada bom.

Voltei-me para o campus. Estava vazio. Olhei para o relógio e o pânico se instaurou: apenas um minuto para a próxima aula. Engoli em seco, peguei a bolsa e corri até o prédio mais próximo, mas ao virar a esquina parei aterrorizada.

Jude estava a mais ou menos 12 metros de distância. Sabia que ele não poderia estar ali, e que não estava. Mas ele *estava*, sério e nada amigável, sob a aba do boné de beisebol dos Patriots que nunca tirava. Parecendo que queria conversar.

Virei de costas e me apressei. Afastei-me, devagar a princípio, e depois corri. Olhei por cima do ombro uma vez, só para ver se ainda estava lá.

E estava.

Bem perto.

7

POR ALGUM GOLPE DE SORTE, ESCANCAREI A PORTA DA SALA DE aula mais próxima, 213, que acabou sendo a de espanhol. A julgar por todas as mesas ocupadas, já estava atrasada.

— *Señorita Dii-er?* — disparou a professora.

Distraída e perturbada, empurrei a porta para fechá-la atrás de mim.

— Se pronuncia "Daier", na verdade.

Pela correção ou pelo atraso, nunca vou saber, a professora me puniu, obrigando-me a ficar de pé em frente à turma enquanto mandava pergunta atrás de pergunta, em espanhol, às quais eu só conseguia responder "Não sei". Ela nem se apresentou: apenas se sentou, com os músculos em espasmos no antebraço repleto de veias conforme escrevia, cheia de soberba, no caderno de professora. A Inquisição espanhola adquiriu todo um novo sentido.

E isso continuou durante vinte minutos inteiros. Quando a professora finalmente terminou, fez com que eu me sentasse à mesa ao lado da dela, na frente da sala, diante de todos os outros alunos. Brutal. Meus olhos estavam colados ao relógio enquanto contava os segundos até acabar. Quando o sinal tocou, disparei para a porta.

— Parece que precisa de um abraço — falou uma voz atrás de mim. Virei de costas e vi um garoto baixinho sorrindo, vestido com uma camisa branca de botão aberta. Por baixo dava para ver uma camiseta amarela que dizia EU SOU UM CLICHÊ.

— É muito generoso de sua parte — falei, estampando um sorriso no rosto. — Mas acho que consigo me virar. — Era importante não agir como maluca.

— Ah, não estava oferecendo. Apenas observando. — O garoto tirou os dreadlocks rebeldes de cima dos olhos e estendeu a mão. — Sou Jamie Roth.

— Mara Dyer — falei, embora ele já soubesse.

— Espere, você é nova aqui? — Um sorriso malicioso se estendeu até os olhos escuros.

E eu correspondi.

— Engraçado. Você é engraçado.

Ele fez uma reverência exagerada.

— Não se preocupe com Morales, aliás. É a pior professora do mundo.

— Quer dizer que ela é hedionda assim com todo mundo? — perguntei quando estávamos a uma distância segura da sala de aula. Observei o campus à procura de mais pessoas mortas imaginárias enquanto trocava a bolsa de ombro. Não havia nenhuma. Até então tudo bem.

— Talvez não *tão* hedionda. Mas quase. Está com sorte por ela não ter jogado nenhum giz em você, na verdade. Como está o nariz, aliás?

Ele estava na aula de Álgebra II naquela manhã?

— Melhor, obrigada. Você é a primeira pessoa a perguntar. Ou a dizer alguma coisa legal, na verdade.

— Então as pessoas andaram dizendo coisas não legais?

Pensei ter visto de relance algo prateado em sua boca quando falou. Um piercing na língua? Interessante. Não parecia ser o tipo.

Fiz que sim conforme meus olhos absorviam os novos colegas de turma. Sabia que existiam variações do uniforme: opções diferentes de camisa, blazer e saia/calças, e suéteres para aqueles com espírito aventureiro de verdade. Mas, quando procurei por algum sinal de grupinhos — sapatos rebeldes ou alunos com os cabelos tingidos de preto e maquiagem combinando —, não vi nenhum. Era mais do que os uniformes; todos de alguma forma conseguiam se vestir exatamente iguais. Perfeitamente arrumados, perfeitamente comportados, nem um fio de cabelo fora do lugar. Jamie, com os dreadlocks, o piercing na língua e a camiseta exposta, era um dos únicos que se destacava.

Além, é claro, da pessoa desalinhada que vira pela manhã. Senti uma cotovelada nas costas.

— Então, menina nova? Quem disse o quê? Não deixe um colega esperando.

Sorri.

— Teve essa garota mais cedo que me disse para "tomar cuidado". — Descrevi a Garota da Máquina de Lanches para Jamie e observei enquanto as sobrancelhas dele se erguiam. — O garoto com quem ela estava foi igualmente hostil.

Jamie sacudiu a cabeça.

— Você chegou perto de Shaw, não foi? — E então ele sorriu para si mesmo. — Meu Deus, ele é algo de incrível.

— Hum... esse Shaw por acaso tem uma abundância de músculos e usa a camisa com o colarinho puxado para cima? Ele estava preso ao braço da tal garota.

Jamie riu.

— Essa descrição poderia enquadrar qualquer um dos babacas da Croyden, mas com certeza não Noah Shaw. Provavelmente Davis, se eu tivesse de adivinhar.

Ergui as sobrancelhas.

— Aiden Davis, estrela do time de lacrosse e fanático por *Project Runway*. Antes de Shaw, ele e Anna costumavam namorar. Até que ele saiu do armário metafórico e agora são BFFs para sempre. — Jamie piscou os cílios enfaticamente. Eu meio que o adorei. — Então, o que fez a Anna?

Lancei a Jamie um olhar de horror fingido.

— O que *eu* fiz a *ela*?

— Bem, *alguma coisa* você fez para chamar a atenção dela. Normalmente estaria abaixo da percepção de Anna, mas as garras saem se Shaw começar a te cercar — disse ele. Jamie olhou para mim durante um bom tempo antes de continuar. — Coisa que ele vai fazer, tendo exaurido os recursos limitados de fêmeas da Croyden. Literalmente.

— Bem, ela não precisa se preocupar. — Mexi no meu horário e no mapa, então olhei em volta tentando encontrar o anexo para a aula de biologia. — Não tenho interesse em roubar o namorado de alguém. — Nem em namorar, mas não disse, considerando que meu último namorado estava morto.

— Ah, ele não é namorado dela. Shaw deu um pé na bunda de Anna no ano passado, depois de duas semanas. Um recorde para ele. Então ela ficou ainda mais doida, como o resto das garotas. O inferno não conhece fúria como a de uma mulher abandonada, e toda essa baboseira. Anna costumava ser a garota propaganda da abstinência, mas depois de Shaw dava para escrever uma história em quadrinhos sobre as muitas aventuras da vagina dela. Poderia até vestir uma capa.

Dei um riso de escárnio. Meus olhos varreram os prédios à frente. Nenhum deles parecia ser um anexo.

— E o menino com quem estava toda íntima não tem problema algum com isso? — perguntei, distraída.

Jamie ergueu uma das sobrancelhas para mim.

— A Rainha Má? A resposta é não.

Ah.

— Como ele ganhou esse apelido?

Jamie me olhou como se eu fosse uma idiota.

— Quero dizer, especificamente — respondi, tentando não parecer uma.

— Digamos que eu tentei fazer amizade com Davis uma vez. No sentido platônico — esclareceu Jamie. — Não sou o tipo dele. De qualquer forma, meu maxilar ainda faz um clique quando bocejo. — Ele demonstrou para mim.

— Ele te bateu?

A fonte esguichou atrás de nós conforme cruzamos o pátio e paramos em frente ao prédio mais afastado do escritório da administração. Inspecionei as placas nas portas das salas. Totalmente aleatórias. Nunca encontraria esse lugar.

— Certamente. Davis tem um gancho direito *maligno*.

Pelo visto, tínhamos isso em comum.

— Eu me vinguei dele depois, no entanto.

— Ah?

Jamie não teria chance numa briga de facas contra Aiden Davis, nem se tudo o que Aiden tivesse fosse um rolo de papel higiênico.

Ele sorriu com a expressão sábia e falou:

— Eu o ameacei com Ebola.

Pisquei.

— Eu não *tenho* Ebola de verdade. É um agente de risco com biossegurança Nível Quatro.

Pisquei de novo.

— Em outras palavras, impossível que adolescentes o obtenham, ainda que o pai seja médico. — Ele pareceu desapontado.

— Ceeerto — respondi, sem me mexer.

— Mas Davis acreditou e quase fez xixi nas calças. Foi um momento importante para mim. Até aquele dedo-duro desgraçado me delatar para os conselheiros da escola, que acreditaram nele. E ligaram para meu pai para ter certeza de que eu não tinha Ebola de verdade em casa. Idiotas. Uma brincadeirinha envolvendo febre hemorrágica e você é tachado de "instável". — Ele sacudiu a cabeça, então a boca se entortou em um sorriso. — Você está, tipo, completamente apavorada agora.

— Não. — Eu estava. Só um pouquinho. Mas quem era eu para ser exigente no quesito amigos?

Ele piscou e fez que sim com a cabeça.

— Claro. Então que aula você tem agora?

— Biologia com Prieta? No anexo, onde quer que isso fique.

Jamie apontou para um enorme arbusto florido a cerca de 300 metros. Na direção oposta.

— Atrás da buganvília.

— Obrigada — respondi, olhando na direção indicada. — Nunca teria encontrado. Então, qual é sua próxima aula?

Ele se encolheu dentro do blazer e da camisa de botão.

— Física avançada, normalmente, mas vou matar.

Física avançada. Impressionante.

— Então... você está no mesmo ano que eu?

— Estou no terceiro ano — respondeu Jamie. Ele deve ter percebido meu ceticismo, pois rapidamente acrescentou: — Pulei uma série. Provavelmente absorvi os genes de baixa estatura dos meus pais por osmose.

— Osmose? Não quer dizer genética? — perguntei. — Não que você seja baixo. — Uma mentira, mas inofensiva.

— Sou adotado — falou Jamie. — E, por favor. Sou baixo. Não tem problema. — Jamie deu de ombros, então bateu no pulso sem relógio. — É melhor ir até a sala de Prieta antes que se atrase. — Ele acenou. — Vejo você por aí.

— Tchau.

E, simples assim, fiz um amigo. Mentalmente, me congratulei, Daniel ficaria orgulhoso. Minha mãe ainda mais. Planejava contar essa novidade como um gato que presenteia o dono com um rato morto. Talvez fosse até o suficiente para adiar a terapia.

Se, é claro, mantivesse em segredo as alucinações do dia.

8

ONSEGUI SOBREVIVER O RESTO DO DIA SEM SER HOSPITALIZA-
da ou internada, e, quando as aulas acabaram, mamãe estava
esperando por mim na rua sem saída, exatamente como Daniel disse que estaria. Ela era excelente naqueles pequenos
momentos de mãe, e não me desapontou.

— Mara, querida! Como foi o primeiro dia? — A voz dela borbulhava com entusiasmo. Mamãe empurrou os óculos escuros para cima
dos cabelos e se inclinou para me dar um beijo. Então ficou dura. — O
que aconteceu?

— O quê?

— Você tem sangue no pescoço.

Droga. Achei que tivesse limpado tudo.

— Meu nariz sangrou. — A verdade, nada além da verdade, mas
não inteira.

Mamãe ficou em silêncio. Os olhos estavam semicerrados e cheios
de preocupação. Nem um pouco fora do normal, e tão irritante.

— *O quê?* — perguntei.

— Seu nariz nunca sangrou na vida.

45

Queria perguntar "Como você sabe?", mas, infelizmente, ela *saberia*. Por muitos e muitos anos, eu costumava lhe contar tudo. Esses dias tinham acabado.

Permaneci intransigente.

— Sangrou hoje.

— Do nada? Aleatoriamente? — Ela me lançou aquele olhar perfurante de terapeuta, o que dizia *Você está me enrolando*.

Não iria admitir que pensei ter visto a sala de aula desabar assim que entrei nela. Ou que meus amigos mortos tinham reaparecido, cortesia do meu transtorno de estresse pós-traumático. Desde que havíamos nos mudado, eu estava livre dos sintomas. Fui ao enterro dos meus amigos. Empacotei meu quarto. Andei com meus irmãos. Fiz tudo o que deveria fazer para evitar ser o projeto de minha mãe. E o que aconteceu naquele dia não valia nem remotamente o que me custaria contar a ela.

Encarei-a.

— Aleatoriamente. — Ela ainda não acreditava. — Estou contando a verdade. Pode me deixar em paz agora? — Mas, mal terminei as palavras, soube que me arrependeria de tê-las dito.

E estava certa. O resto do percurso foi feito em silêncio, e quanto mais ficávamos sem falar, mais obviamente mamãe remoía aquilo.

Tentei ignorá-la e focar no caminho até em casa, pois eu mesma teria de ir de carro até a escola em alguns dias, graças a uma consulta ao dentista já muito atrasada por Daniel. Era levemente reconfortante saber que o Sr. Perfeito tivesse tendência a cáries.

As casas pelas quais passamos eram todas ao nível do chão e feitas de concreto, com golfinhos de plástico e horrorosas estátuas de estilo grego enfeitando os jardins. Era como se a prefeitura tivesse se reunido e feito uma votação para construir uma Miami totalmente desprovida de charme. Passamos por shopping a céu aberto atrás de shopping a céu aberto, todos anunciando *Michaels! Kmart! Home Depot!* com sua coletiva grandiosidade. Não conseguia, dentro da minha humilde existência, entender por que alguém precisaria de mais de um conjunto dessas lojas em um raio de 80 quilômetros.

Chegamos ao nosso novo lar depois de uma hora nauseante de engarrafamento, o que fez meu estômago se revirar pela segunda vez no dia. Depois de estacionar na entrada da garagem, mamãe saiu do carro subitamente. Apenas fiquei ali, sentada, imóvel. Meus irmãos ainda não tinham chegado, e nem papai, com certeza. Eu não queria entrar na cova dos leões sozinha.

Encarei o painel do carro, remoendo os sucos da minha própria amargura de modo melodramático, até que uma batida na porta do carro me tirou de mim.

Ergui a cabeça para olhar para fora e vi Daniel. A luz do dia tinha sido absorvida pelo crepúsculo, o céu atrás dele estava azul-escuro profundo. Algo dentro de mim estalou. Há quanto tempo estava ali sentada?

Daniel me espiou pela janela aberta.

— Dia difícil?

Tentei afastar o desconforto.

— Como adivinhou?

Joseph bateu a porta do Civic de Daniel, então andou até nós com um sorriso enorme no rosto, a mochila abarrotada presa entre os dois braços. Saí do carro e dei um tapinha no ombro dele.

— Como foi o primeiro dia?

— Incrível! Entrei no time de futebol e o professor me pediu para fazer um teste para a peça da escola na semana que vem, e tem umas garotas legais na minha turma, mas também tem uma bem esquisita que começou a falar comigo, mas fui legal com ela mesmo assim.

Sorri. É claro que Joseph se inscreveria em todas as atividades extracurriculares. Era extrovertido e talentoso. Meus dois irmãos eram.

Comparei os dois, andando com as passadas idênticas, como se fizessem parte de uma mesma gangue, lado a lado em direção a casa. Joseph parecia mais com mamãe, e tinha o mesmo cabelo liso, ao contrário de Daniel e eu. Mas os dois tinham herdado suas feições, enquanto eu tinha a pele de Branquelo McInverno de papai. Não havia uma marca familiar de similaridade nos nossos rostos. Isso fez com que me sentisse meio triste.

Daniel abriu a porta da casa. Quando nos mudamos, um mês antes, fiquei surpresa em descobrir que na verdade gostava dali. Arbustos podados com perfeição e flores emolduravam a reluzente porta de entrada, e o terreno era enorme. Eu me lembro de papai dizer que tinha quase quatro mil metros quadrados.

Mas não era nossa casa.

Nós três entramos juntos, uma frente unida. Podia ouvir mamãe espreitando na cozinha, mas, quando ela nos ouviu entrar, apareceu no saguão.

— Meninos! — Ela praticamente gritou. — Como foi o dia de vocês? — Mamãe abraçou os dois, ignorando-me visivelmente enquanto eu ficava para trás.

Joseph recontou cada detalhe com entusiasmo juvenil, e Daniel esperou pacientemente até mamãe direcionar as perguntas para ele enquanto os seguia até a cozinha. Ao ver uma oportunidade de fugir, peguei um desvio pelo longo corredor que levava até meu quarto, passando por três portas francesas de um lado e diversas fotos de família do outro. Havia fotos minhas e de meus irmãos quando crianças e bebês, e também algumas imagens obrigatórias e esquisitas do ensino fundamental. Depois dessas, havia fotografias de outros parentes e de meus avós. Naquele dia, uma delas chamou minha atenção.

Uma fotografia antiga em preto e branco de vovó no dia do casamento me encarava de volta pela moldura dourada. Ela estava sentada com uma expressão plácida, as mãos pintadas com hena dobradas sobre o colo, os cabelos negros reluzentes divididos rigorosamente ao meio. O flash fez com que o *bindi*, o terceiro olho que as mulheres indianas tradicionalmente usam, brilhasse entre as sobrancelhas perfeitamente arqueadas. Ela usava um tecido extravagante, as estampas intricadas dançando na barra do sári. Uma sensação esquisita se instalou e se foi antes que eu conseguisse identificá-la.

Então Joseph entrou disparado pelo corredor, a dois centímetros de me derrubar.

— Desculpa! — gritou ele, e dobrou a esquina correndo. Desgrudei os olhos da foto e fugi para o quarto novo, fechando a porta atrás de mim.

Eu me atirei no macio edredom branco e tirei os tênis com o auxílio da borda da cama. Eles caíram no carpete com um baque surdo. Olhei para as paredes escuras e nuas do quarto. Minha mãe queria que fosse rosa, como meu antigo quarto; alguma besteira psicológica sobre me ancorar ao ambiente familiar. Tão idiota. Uma cor de tinta não traria Rachel de volta. Então usei a cartada da pena e mamãe me deixou escolher um azul-madrugada meio emo em vez disso. Deu uma sensação de frio ao quarto e fez a mobília branca parecer mais sofisticada lá dentro. Pequenas rosas de cerâmica pendiam dos braços do candelabro que mamãe havia instalado, mas contra as paredes escuras aquilo não tornava o quarto excessivamente feminino. Funcionava. E eu tinha meu próprio banheiro pela primeira vez, o que era definitivamente animador.

Não tinha pendurado nenhum desenho ou quadro nas paredes e nem planejava. No dia antes de sair de Rhode Island, desmontei o painel de fotos e desenhos que havia pregado, deixando um desenho a lápis de Rachel de perfil por último. Encarei a imagem solitária e fiquei espantada com o quanto parecia séria. Principalmente se comparada com a expressão distraída que exibia no colégio, na última vez que me lembrava de tê-la visto viva. Não vi como ela estava no funeral.

Foi uma cerimônia de caixão fechado.

— Querida? Está dormindo?

Assustei-me com o som da voz de mamãe. Quanto tempo havia se passado? Fiquei automaticamente ansiosa. Um filete de suor escorreu pelo meu pescoço, ainda que eu não estivesse com calor.

Levantei da cama.

— Não.

Os olhos dela analisaram meu rosto.

— Está com fome? —Qualquer traço da irritação de antes havia sumido. Ela parecia preocupada agora. De novo. — O jantar está quase pronto.

— Papai está em casa?

— Ainda não. Está trabalhando em um novo caso. Provavelmente não chegará a tempo do jantar durante algumas semanas.

— Daqui a pouco vou para a cozinha.

Mamãe deu um passo hesitante para dentro do meu quarto.

— O primeiro dia foi horrível? — perguntou.

Fechei os olhos e suspirei.

— Nada inesperado, mas prefiro não falar sobre isso.

Ela virou o rosto e senti culpa. Amava minha mãe, de verdade. Ela era devotada. Era amorosa. Mas no último ano, tornara-se dolorosamente presente. E, no último mês, a presença dela tinha se tornado insuportável. No dia da mudança, passei a viagem de carro de 16 horas até a Flórida em silêncio, embora tivesse sido organizada para me agradar: eu tinha medo de voar e de altura em geral. Quando chegamos, Daniel me contou que, depois que recebi alta, ouviu mamãe e papai conversando sobre a possibilidade de me internar. Mamãe era a favor, naturalmente. Alguém ficaria de olho em mim o tempo todo! Mas eu não tinha vontade alguma de estudar para as provas de admissão para a faculdade em uma cela acolchoada, e, como o efeito do meu grande gesto — de ir aos funerais — tinha obviamente passado, eu precisava manter a loucura controlada. Parecia estar funcionando. Até então.

Minha mãe deixou a conversa de lado e me deu um beijo na testa antes de voltar para a cozinha. Saí da cama e deslizei de meias pelo corredor, com cuidado para não escorregar no chão de madeira envernizado.

Meus irmãos tinham arrumado a mesa, e mamãe ainda estava fazendo o jantar, então fui até a sala de estar e afundei no sofá macio de couro antes de ligar a televisão. O noticiário passava no modo tela sobre tela, mas eu o desativei ao clicar nos programas na barra guia.

— Mara, pode aumentar o volume um pouquinho? — pediu mamãe. Obedeci.

Três fotos flutuavam no canto da tela.

— Com a ajuda da Unidade de Busca e Resgate do Departamento de Polícia de Laurelton, os corpos de Rachel Watson e Claire Lowe foram encontrados esta manhã, mas os investigadores estão tendo dificuldades para recuperar os restos mortais de Jude Lowe, de 17 anos, pois, embora as alas da construção ainda estejam de pé, podem desabar a qualquer momento.

Estreitei os olhos para a televisão.

— Mas o quê... — sussurrei.

— Hum? — Mamãe entrou na sala de estar e pegou o controle remoto da minha mão. Ao fazer isso, as fotos dos meus amigos desapareceram. No lugar delas estava a fotografia de uma garota de cabelos escuros que sorria alegremente no canto da tela, ao lado da âncora do noticiário.

— Os investigadores estão seguindo novas pistas no caso da estudante do décimo ano assassinada, Jordana Palmer — recitava a apresentadora. — O Departamento de Polícia Metropolitana de Miami está conduzindo uma nova busca por evidências com uma equipe de unidades caninas na área limítrofe da propriedade dos Palmer. O Canal Sete tem as imagens.

A tela mudou para um vídeo tremido de uma equipe policial em uniformes bege acompanhada por pastores-alemães enormes que patrulhavam um mar de grama alta, a qual se estendia atrás de uma fileira de pequenas casas novas.

— Fontes indicam que a autópsia da jovem de 15 anos revela fatos perturbadores a respeito do modo como morreu, mas as autoridades não divulgam detalhes.

— As pistas, como falei, resultaram dos depoimentos de testemunhas que se apresentaram, e nós vamos segui-las hoje — disse o capitão Ron Roseman, do Departamento de Polícia Metropolitana de Miami. — Fora isso, não há mais nada que eu possa divulgar para não comprometer a investigação.

Os âncoras, então, passaram a discutir alegremente alguma nova iniciativa de alfabetização na escola do distrito de Broward. Mamãe me devolveu o controle.

— Posso mudar? — perguntei, tomando o cuidado de manter a voz inalterada. Ver meus amigos mortos na televisão tinha me abalado, mas eu não poderia deixar isso transparecer.

— Talvez seja melhor desligar. O jantar está pronto. — Mamãe parecia ansiosa, mais do que o normal. Não era a primeira vez que eu começava a achar que era ela quem deveria estar tomando remédios.

Meus irmãos se atiraram à mesa, e eu colei um sorriso torto no rosto ao me juntar a eles. Tentei rir das piadas que fizeram enquanto comíamos, mas não conseguia apagar as imagens de Rachel, Jude e Claire que tinha acabado de ver. Não, ver não: alucinar.

— Algo errado, Mara? — perguntou mamãe, me arrancando do transe. A expressão no meu rosto deve ter se igualado à maneira como me sentia.

— Não — respondi despreocupada. Levantei-me, inclinando a cabeça para a frente de modo a deixar o cabelo cobrir o rosto. Peguei o prato e fui até a pia para jogar água nele antes de colocá-lo na máquina de lavar louça.

O prato escorregou das minhas mãos ensaboadas e se quebrou contra o aço inoxidável. Pela visão periférica, vi Daniel e minha mãe trocarem um olhar. Eu era um peixinho dourado sem um castelo onde me esconder.

— Você está bem? — perguntou Daniel.

— Sim. Só escorregou. — Peguei os cacos na pia e os joguei no lixo antes de pedir licença para fazer o dever de casa.

Conforme passava de novo pelo corredor até o quarto, lancei um olhar para o retrato de vovó. Os olhos dela me encararam de volta, me seguindo. Eu estava sendo observada. Em todos os lugares.

10

A MESMA SENSAÇÃO ESQUISITA DE SER OBSERVADA ME SEGUIU até a escola no dia seguinte. Simplesmente não conseguia me livrar dela.

— Sabe, deveria pensar em tomar um pouco de sol — disse Daniel ao entrar com o carro no estacionamento.

Olhei para ele.

— Sério?

— Só estou dizendo porque parece um pouco abatida.

— Registrado — respondi de modo seco. — Vamos nos atrasar se você não encontrar uma vaga, sabia?

Rachmaninoff flutuava delicadamente pelos alto-falantes, sem fazer nada para acalmar minha inquietação.

Ou a de Daniel, pelo visto.

— Estou seriamente a fim de começar a brincar de carrinho de bate-bate aqui — falou ele com o maxilar trincado. Mesmo saindo cedo, ainda levamos quarenta minutos até a escola, e já havia uma fila monstruosa de carros de luxo esperando para entrar no estacionamento.

Observamos enquanto dois deles seguiram por lados opostos do estacionamento atrás da mesma vaga. Um dos carros que esperava, um

Mercedes sedã preto, cantou pneus quando o motorista acelerou para a frente até a vaga, cortando o outro carro, um Focus azul. O motorista do Focus tocou uma longa e aguda nota na buzina.

— Loucura — disse Daniel.

Assenti enquanto observava o motorista do Mercedes sair do carro com um carona. Reconheci a cascata imaculada de cabelos loiros da motorista mesmo antes de ver seu rosto. Anna, naturalmente. Então reconheci a expressão azeda de seu companheiro onipresente, Aiden, quando ele emergiu do banco do carona.

Quando finalmente encontramos uma vaga, Daniel sorriu para mim antes de nos separarmos.

— Mande uma mensagem se precisar de mim, tá bem? — falou ele. — O convite para o almoço ainda está de pé.

— Vou ficar bem.

A porta ainda estava aberta quando cheguei para a aula de inglês avançado, mas a maioria dos assentos estava ocupada. Sentei-me em uma das poucas mesas vazias na segunda fileira e ignorei os risinhos de alguns alunos que reconheci da aula de álgebra II. A professora, Srta. Leib, estava ocupada escrevendo alguma coisa no quadro. Quando terminou, sorriu para a turma.

— Bom dia, pessoal. Quem pode me dizer o que significa esta palavra?

Ela apontou para o quadro, onde a palavra "*hamartía*" estava escrita. Minha confiança cresceu, pois já tivera aquela aula. Ponto para o sistema de ensino público de Laurelton. Passei os olhos rapidamente pela sala. Ninguém ergueu o braço. Ah, que se dane. Ergui o meu.

— Ah, a aluna nova.

Precisava muito, muito mesmo, daquele uniforme.

O sorriso da Srta. Leib foi sincero conforme ela se inclinava sobre a mesa.

— Qual é seu nome?

— Mara Dyer.

— Prazer conhecê-la, Mara. Vá em frente.

— Erro fatal — gritou outra pessoa. Com sotaque britânico.

Dei meia-volta na cadeira e teria reconhecido o garoto de ontem imediatamente, mesmo que ele não parecesse tão distintamente bagunçado como antes, com o colarinho aberto, a gravata ao redor com o nó frouxo e as mangas da camisa dobradas. Ainda era lindo, e ainda sorria. Encarei-o com os olhos semicerrados.

A professora fez o mesmo.

— Obrigada, Noah, mas estava falando com Mara. E "erro fatal" não é a definição mais precisa, de qualquer forma. Gostaria de tentar, Mara?

Tentei, ainda mais agora que sabia que o garoto inglês era o famoso Noah Shaw.

— Significa falta ou erro — respondi. — Às vezes é chamada de falha trágica.

A Sra. Leib assentiu para me parabenizar.

— Muito bom. Vou arriscar aqui e presumir que leu *A trilogia tebana* na escola em que estudava?

— Sim — respondi, lutando contra a insegurança.

— Então você tem a vantagem neste jogo. Acabamos de terminar *Édipo rei*. Alguém poderia, sem ser Mara, me dizer qual foi a falha trágica de Édipo?

Noah foi o único que ergueu a mão.

— Duas vezes em um dia, Sr. Shaw? Isso é fora do normal. Por favor, mostre seu intelecto espantoso para a classe.

Noah me encarou diretamente ao falar. Errei no dia anterior, os olhos dele não eram cinza, eram azuis.

— O *erro fatal* dele foi a falta de autoconhecimento.

— Ou o orgulho — rebati.

— Um debate! — A Sra. Leib bateu palmas. — Adoro. Gostaria ainda mais se o resto de vocês parecesse mais animado, mas mesmo assim. — A professora se virou para o quadro e escreveu minha resposta e a de Noah no quadro, abaixo de "*hamartía*". — Acho que existem argumentos para sustentar as duas suposições; que a falha de Édipo em reconhecer quem ele era, em conhecer a si mesmo, causou a queda, ou que o orgulho dele, mais precisamente sua *húbris*, levou-o à queda trágica. E para a próxima segunda-feira, quero um trabalho individual, de cinco páginas, com suas brilhantes análises sobre o assunto.

Houve um gemido coletivo da turma.

— Nem adianta. Semana que vem começaremos com os anti-heróis.

E então continuou com a aula, a maioria das coisas eu já tinha ouvido antes. Um pouco entediada, peguei meu exemplar cheio de orelhas e muito amado de *Lolita* e o escondi atrás do caderno. O ar-condicionado na sala não devia estar funcionando, pois a atmosfera ficou cada vez mais abafada conforme os minutos se passaram. Quando o sinal finalmente tocou, estava doida por ar fresco. Dei um salto da cadeira, derrubando-a. Então me agachei para erguê-la e colocá-la de volta, mas a cadeira já estava nas mãos de alguém.

Nas de Noah.

— Obrigada — falei quando nossos olhos se encontraram.

Ele me deu o mesmo olhar familiar, de quem sabia das coisas, do dia anterior. Um pouco desconfortável, interrompi o contato e recolhi minhas coisas antes de sair correndo da sala de aula. Uma multidão de alunos que entravam me atropelou, e o livro caiu no chão. Uma sombra escureceu a capa antes que eu conseguisse alcançá-lo.

— É preciso ser um artista e um louco, uma criatura de infinita melancolia, para discernir, imediatamente, o demoniozinho mortal entre as crianças puras — disse ele com o sotaque britânico escorrendo em meio às palavras, a voz suave e baixa. — Ela não é reconhecida pelas demais crianças e tampouco tem consciência do seu fantástico poder.

Fiquei ali, encarando-o, boquiaberta e sem palavras. Teria gargalhado — a coisa toda era meio ridícula. Mas o *modo* como falou, o modo como olhava para mim, era assustadoramente íntimo. Como se soubesse meus segredos. Como se eu não *tivesse* segredos. Mas, antes que pudesse pensar em uma resposta, Noah se agachou e pegou meu livro.

— *Lolita* — falou ele ao virar o livro nas mãos. Os olhos passaram pela boca de lábios cor-de-rosa na capa, então o entregou a mim. Nossos dedos se tocaram brevemente, um fluxo quente passando entre eles.

Meu coração batia tão forte que Noah provavelmente conseguia ouvi-lo.

— Então — disse ele, os olhos encontrando os meus de novo. — É uma pervertida que tem problemas com o papai? — O canto de sua boca subiu em um sorriso lento e condescendente.

Queria arrancá-lo do rosto dele.

— Bem, é *você* quem está citando o livro. E errado, aliás. Então, o que isso te torna?

O meio-sorriso tornou-se um sorriso completo e malicioso.

— Ah, *com certeza* sou um pervertido que tem problemas com o papai.

— Acho que você me pegou, então.

— Ainda não.

— Escroto-mor — resmunguei baixinho ao me dirigir para a próxima aula. Não, não é que eu tivesse orgulho de falar palavrão para um perfeito estranho. Mas ele começou.

Noah acompanhou meu passo.

— O que isso quer dizer? — Ele parecia entretido.

— Exatamente isso — falei, dessa vez mais alto. — Escroto-mor. O maior de todos os escrotos que já existiram. O zênite na hierarquia dos escrotos — respondi, como se estivesse lendo de um dicionário de profanidades modernas.

— Acho que me pegou, então.

Ainda não.

As palavras saltaram na minha mente sem permissão, e me entoquei na sala de aula de álgebra, para longe dele, assim que vi a porta.

Sentei-me nos fundos, esperando me esconder dos olhares do dia anterior e me perder na incompreensibilidade da aula. Dobrei a lombada do *Lolita* e o escondi sob a bolsa. Peguei o papel quadriculado, então um lápis. Depois troquei por outro lápis. Noah estava mexendo comigo. Nada saudável.

Então Anna entrou altiva na sala de aula, acompanhada por seu amigo não tão pequeno, e interrompeu meus pensamentos. Os dois andavam como um par perfeito do mal. Ela percebeu que eu a encarava, e rapidamente virei o rosto, mas não sem corar. Pela visão periférica, observei-a me observar conforme se sentava na terceira fileira de mesas.

Fui tomada por alívio quando Jamie deslizou para o assento ao meu lado. Meu único amigo na Croyden, até então.

— E aí? — perguntou ele sorrindo.

Sorri de volta.

— Nenhum sangramento nasal.

— Ainda — disse Jamie, e piscou. — Então, quem mais conheceu? Alguém interessante? Além de mim, é claro.

Abaixei a voz e rabisquei o papel quadriculado.

— Interessante? Não. Escrotinho? Sim.

A covinha na bochecha de Jamie ficou mais profunda.

— Deixe-me adivinhar. Um certo babaca despenteado com um sorriso de fazer as calcinhas caírem?

Talvez.

Jamie assentiu.

— Esse seu rosto vermelho me diz que é definitivamente o caso.

— Talvez — respondi de modo casual.

— Então você conheceu Shaw. O que ele disse?

Imaginei por que Jamie estaria tão interessado.

— Ele é um babaca.

— É, isso aí. Pensando bem — começou Jamie —, isso é o que todas dizem. No entanto, o garoto está se afogando em boc...

— Muito bem, turma, peguem seus problemas e passem para a frente, por favor. — O Sr. Walsh se levantou e escreveu uma equação no quadro.

— Bela imagem mental — sussurrei para Jamie. Ele piscou bem no momento em que Anna se virou para me encarar.

O segundo dia se passou num mar de coisas mundanas. Aulas, dever de casa, professores fazendo piadas ruins, dever de casa, deveres de aula, dever de casa. Quando acabou, Daniel estava esperando por mim dentro do campus, e fiquei muito feliz em vê-lo.

— Oi, você — disse ele. — Ande mais rápido para termos uma chance de sair daqui antes que os carros entupam a única saída. — Quando obedeci, ele perguntou: — O segundo dia foi melhor do que o primeiro?

Pensei no dia anterior.

— Levemente — respondi. — Mas podemos não falar sobre mim? Como foi *seu* dia?

Ele deu de ombros.

— Normal. As pessoas são as mesmas por todo lado. Poucas se destacam.

— *Poucas*? Então algumas pessoas efetivamente se destacaram?

Ele revirou os olhos para mim.

— Algumas.

— Vamos lá, Daniel. Onde está aquele entusiasmo Croyden? Vamos ouvi-lo.

Daniel obedientemente me ofereceu um resumo da turma de veteranos e estava no meio da história sobre a linda violinista da aula de música quando chegamos em casa. O noticiário berrava da sala de estar, mas meus pais ainda não haviam chegado. Devia ser o irmãozinho.

— Joseph? — gritou Daniel sobre o alvoroço.

— Daniel? — gritou Joseph de volta.

— Onde está mamãe?

— Ela foi comprar o jantar. Papai chegará mais cedo esta noite.

— Fez o dever de casa? — Daniel estava verificando as cartas que haviam chegado na mesa da cozinha.

— Você fez? — perguntou Joseph, sem erguer a cabeça.

— Daqui a pouco, mas não sou eu quem está imerso em... o que você está *assistindo*?

— CNBC.

Daniel fez uma pausa.

— Por quê?

— Estão recapitulando a flutuação do mercado durante o dia — respondeu Joseph, sem hesitar.

Daniel e eu trocamos olhares. Então, ele ergueu um envelope incrivelmente grosso sem endereço de remetente.

— De onde veio isto?

— O novo cliente de papai deixou aqui, tipo, dois segundos antes de vocês chegarem.

Uma expressão passou pelo rosto de Daniel.

— O que foi? — perguntei a ele.

E então ela se desfez.

— Nada.

Daniel seguiu para o quarto, e, depois de um minuto, fui até o meu, deixando Joseph sozinho para enfrentar as consequências de ser surpreendido assistindo TV antes de fazer o dever de casa. Ele as espantaria com seu charme em cerca de cinco segundos.

Algum tempo depois uma batida alta me tirou com um susto das profundezas do livro-texto de espanhol, que eu tinha decidido ser a matéria que eu mais odiava. Ainda mais que matemática.

Papai se esgueirou pela pequena fresta da porta.

— Mara?

— Pai! Oi.

Ele entrou no meu quarto, obviamente cansado, mas não amarrotado, mesmo tendo passado o dia todo de terno. Ele se sentou na cama ao meu lado, a gravata de seda refletindo a luz.

— Então, como está a nova escola?

— Por que todos sempre me perguntam sobre a escola? Há outras coisas sobre as quais falar.

Ele fingiu perplexidade.

— Como o quê?

— Como o tempo. Ou esportes.

— Você odeia esportes.

— Ah, mas odeio mais a escola.

— Bem lembrado — falou papai, sorrindo.

Então começou uma história de trabalho, e, lá pelo meio da parte sobre a reprimenda a uma funcionária administrativa por usar "saltos de prostituta" perto de um juiz naquele dia, mamãe nos chamou para jantar. Era tão mais fácil rir com meu pai por perto, e naquela noite eu caí no sono com facilidade.

Mas não dormi por muito tempo.

ANTES

Abri um dos olhos quando as batidas na minha janela ficaram altas demais para ignorar. A figura que estava lá aproximou o rosto do vidro, olhando para dentro. Eu sabia quem era e não estava surpresa em vê-lo. Enterrei-me sob as cobertas quentes, esperando que fosse embora.

Ele bateu de novo. Eu estava sem sorte.

— Estou dormindo — resmunguei sob o cobertor.

Bateu no vidro ainda mais alto, e a janela velha se sacudiu dentro da esquadria de metal. Ele ou a quebraria, ou acordaria meus pais. Ambos os casos eram indesejáveis.

Eu me aproximei um pouquinho da janela e abri somente uma fresta.

— Não estou em casa — sussurrei alto.

— Muito engraçado. — Jude abriu o restante e me chocou com a lufada de ar frio. — Estou morrendo congelado aqui fora.

— Esse problema tem uma solução simples. — Cruzei os braços sobre a camiseta regata.

Jude pareceu confuso. Seus olhos estavam à sombra debaixo do boné de beisebol, mas era óbvio que estava verificando meu modelito de dormir.

— Ai, meu Deus. Você não está nem vestida.

— Estou vestida sim. Estou vestida para dormir. Estou vestida para dormir porque são 2 da manhã.

Ele olhou para mim, os olhos arregalados e debochados.

— Você se esqueceu?

— Sim — menti. Inclinei-me para fora da janela um pouquinho e olhei para a rua. — Elas estão esperando no carro?

Jude balançou a cabeça.

— Já estão no sanatório. Somos só nós. Vamos.

11

ACORDEI NO MEIO DA NOITE COM UM GRITO NA GARGANTA E uma âncora sobre o peito, encharcada de suor e terror. Lembrei. *Lembrei*. A enxurrada de compreensão era quase dolorosa. Jude na minha janela para me buscar e me levar até Rachel e Claire, que esperavam.

Foi assim que cheguei no local naquela noite. A lembrança não era assustadora, mas o fato de que ela existia quase o era. Quem sabe "assustador" não fosse a palavra — talvez, fosse *"emocionante"*. Eu sabia com todas as forças que não fora uma invenção do meu cérebro dormente, sabia que a lembrança era real. Vasculhei as beiradas da consciência à procura de algo mais, mas não havia nada, nenhuma pista de por que tínhamos ido.

Minhas veias estavam transbordando com adrenalina, e eu não conseguia dormir novamente. O sonho — a lembrança — ficava passando de novo em loop, perturbando-me mais do que deveria. Por que agora, tão de repente? O que eu poderia fazer a respeito? O que *deveria* fazer a respeito? Precisava me lembrar da noite em que havia perdido Rachel — por ela. Por mim. Ainda que mamãe não aceitasse, pois, segundo ela, minha mente estava se protegendo do trauma. Tentar forçar seria "prejudicial à saúde".

Depois da segunda noite do mesmo sonho, do mesmo terror, comecei a concordar silenciosamente com mamãe. Estava imprestável na escola naquele dia, e no seguinte também. A brisa de Miami soprava, mas em vez disso eu sentia o ar gélido de dezembro da Nova Inglaterra nos braços. Via Jude na janela ao fechar os olhos. Pensei em Rachel e Claire esperando por mim. No sanatório. O *sanatório*.

Mas com tanto com que me preocupar na Croyden, precisava mais do que qualquer coisa relaxar. E foi assim que foquei nos detalhes na sexta-feira de manhã: na nuvem ondulante de mosquitos que quase me sufocou quando saí do carro de Daniel no estacionamento. No ar pesado de tanta umidade. Qualquer coisa para evitar pensar no novo sonho, lembrança, o que quer que fosse, que tinha se tornado parte do meu repertório noturno. Estava feliz por Daniel ter tido a consulta ao dentista naquela manhã. Eu não queria conversar.

Quando cheguei à escola, o estacionamento ainda estava vazio. Havia superestimado a quantidade de tempo necessária para chegar lá com o trânsito. Raios faiscavam em distantes nuvens roxas que se espalhavam pelo céu como uma colcha escura. Iria chover, mas eu não podia ficar parada. Precisava fazer alguma coisa, me mexer, afastar a lembrança que corroía minha mente.

Abri a porta do carro e caminhei, passando por mais do que poucos terrenos sujos e casas destruídas. Não sei quanto tinha andado quando ouvi o choro.

Parei e escutei o ruído de novo. Uma cerca feita de elos de corrente estava à minha frente, entrecortada por arame farpado. Não havia grama, somente terra marrom-clara bastante homogênea e lama em lugares onde o chão estava molhado da chuva do dia anterior. O espaço estava atulhado de tralhas: peças de máquinas, pedaços de papelão e algum lixo. E uma pilha muito grande de madeira. Pregos espalhados pela terra.

Subi com cuidado até o arame farpado e tentei ficar na ponta dos pés para ver a extensão total do espaço. Nada. Então me agachei, esperando ter uma perspectiva diferente. Meus olhos passaram por um aglomerado de peças de carros e se moveram pelo lixo espalhado até a pilha de madeira. O pelo curto da cadela tinha cor de caramelo e quase se misturava ao pó abaixo da madeira precariamente empilhada. Estava esquálida, cada osso da coluna protuberante sob a pelagem escassa. Enrolada como uma minúscula bola, a cadela tremia, apesar do calor opressivo. O focinho preto tinha inúmeras cicatrizes, e as orelhas estavam rasgadas, e eram quase invisíveis atrás da cabeça.

Estava muito, muito mal.

Procurei por uma entrada para o pátio, mas não vi nenhuma. Agachei-me e chamei a cadela com a voz mais alta e mais gentil que consegui fazer. Ela rastejou para longe da pilha e foi até a cerca com passos trôpegos e hesitantes, olhando através do metal com olhos castanhos e líquidos.

Nunca tinha visto nada tão comovente na minha vida. Não poderia deixá-la, não daquele jeito. Teria de matar aula e soltá-la.

Foi quando reparei na coleira.

A coleira de couro estava presa com um cadeado, unido a uma corrente tão pesada que era incrível que a cadela conseguisse ficar de pé. Nem precisava ser presa ao chão: ela não iria a lugar nenhum.

Fiz carinho no focinho dela pela cerca e tentei avaliar se conseguiria passar a coleira pela cabeça ossuda e grande. Emiti um som para ela, para que se aproximasse e me deixasse sentir se estava muito apertada, mas assim que consegui tocá-la um sotaque sulista anasalado interrompeu o silêncio a poucos metros de distância:

— Que diabos está fazendo com minha cachorra?

Olhei para cima. O homem estava do meu lado da cerca, e próximo. Próximo demais. Não era bom sinal eu não tê-lo ouvido se aproximar. Vestia uma camiseta manchada justa e jeans rasgado, e os longos cabelos sebosos começavam na metade da cabeça.

O que se diz a alguém cujo cão você pretende roubar?

— Oi.

— Perguntei o que está fazendo com minha cadela. — Ele estreitou os olhos na minha direção, eram azuis, lacrimejantes e injetados.

Tentei engolir o desejo de golpeá-lo até a morte com uma tora de árvore e enrolei, deixando a pergunta no ar. Minhas opções, sendo adolescente e sem saber se aquele babaca tinha uma faca ou arma no bolso, eram limitadas.

Usei minha melhor voz de garota-burra-inocente:

— Estava apenas a caminho da escola e vi sua cadela! Ela é tão linda, de que raça é? — Esperei que isso fosse o suficiente para impedir que ele me devorasse no café da manhã. Prendi a respiração.

— É uma pit bull, nunca viu antes? — O homem disparou certa quantidade de alguma substância nojenta da boca para a terra.

Não uma tão magricela. Nunca tinha visto nenhum cachorro, ou animal, tão magro.

— Não. Que cadela ótima! Ela come muito? — Uma pergunta obscenamente estúpida. Minha falta de critério ainda me levaria à morte. Talvez naquele dia mesmo.

— Por que se importa?

Ah, bem. Está na chuva, então se molhe.

— Ela está morrendo de fome, e a corrente em seu pescoço é pesada demais. Tem mordidas nas orelhas e cicatrizes no rosto. Esse é realmente o melhor que pode fazer por ela? — falei, minha voz ficando mais aguda. — A cadela não merece isso. — Eu estava perdendo a calma.

O maxilar do homem se retesou, junto com os demais músculos no corpo. Ele andou direto até meu rosto. Prendi a respiração, mas não me mexi.

— Quem diabos pensa que é? — perguntou, a voz num chiado rouco. — Se manda. E se te pegar por aqui de novo, não serei tão bonzinho da próxima vez que nos encontrarmos.

Inspirei sem querer, e um odor desagradável foi levado até mim. Olhei para baixo e vi a cadela se encolhendo para longe do dono. Não queria deixá-la, mas não sabia como ultrapassar os obstáculos: o arame farpado, a coleira com o cadeado e a corrente pesada. O dono. Então virei os olhos e comecei a sair.

Aí ouvi um grito.

Quando me virei, a cadela tinha se encolhido tanto que estava abraçada ao chão. O dono estava segurando a corrente pesada. Devia ter dado um puxão nela.

O filho da mãe doentio sorriu para mim.

Eu me inflei de ódio, ele transbordava de mim. Nunca tinha odiado ninguém como o odiava naquele momento: meus dedos coçavam com a violência que queriam praticar, mas não podiam. Então me virei e corri, para dar a meus membros trêmulos algum alívio da fúria que borbulhava vinda de algum lugar escuro que eu desconhecia. Batia os pés no chão, desejando poder chutar o sorriso do rosto daquele merda. E, conforme o pensamento passava pelo cérebro, eu vi. O crânio do caipira afundando e deixando um buraco cheio de polpa na lateral da cabeça. Uma nuvem espessa de moscas entupindo sua boca. Sangue manchando a terra arenosa ao lado da pilha de madeira em uma poça larga e escurecida ao redor do cadáver.

Ele merecia morrer.

12

Suada e ofegante, circulei o estacionamento até a entrada da escola e verifiquei o relógio. Sete minutos livres antes da aula de inglês. Peguei a bolsa no carro, corri para a aula e cheguei um minuto antes de o sinal tocar. Por pouco.

A Srta. Leib fechou a porta atrás de mim, e me acomodei na mesa mais próxima. Noah estava lá, parecendo entediado, desinteressado e bagunçado como sempre. Ele se sentou à mesa sem o livro ou anotações, mas isso não o impediu de responder a cada uma das perguntas da Srta. Leib corretamente sempre que ela o chamava. Exibido.

Minha mente flutuou com a aula servindo como pano de fundo. Precisava fazer algo com relação à cadela. Ajudá-la de alguma forma. Tinha acabado de visualizar um plano duvidoso envolvendo cortadores de arame, uma máscara de esqui e uma clava quando o sinal tocou. Segui até a porta ansiosa para chegar à próxima aula, mas a multidão pulsante de alunos já estava reunida em frente à sala, entupindo a saída.

Quando finalmente escapei do confinamento da sala de aula, vi que encarava Anna diretamente. O nariz dela se enrugou com nojo.

— Você não toma banho?

Provavelmente cheirava mal depois da corrida da manhã, mas não estava com saco para as besteiras dela. Não naquele dia. Abri a boca, pronta para libertar os insultos.

— Prefiro infinitamente os que não tomam banho aos que se perfumam demais, você não, Anna?

A voz só podia ser de Noah. Eu me virei. Ele estava atrás de mim com um sorriso quase imperceptível.

Os olhos azuis de Anna se arregalaram. O rosto passou de maligno para inocente. Como mágica, só que mais desprezível.

— Acho que, se essas são as únicas escolhas, Noah, então sim. Mas não prefiro nenhuma delas.

— Quase me enganou — falou Noah.

Aquilo não parecia ser a resposta que ela estava esperando.

— T-tanto faz — gaguejou Anna, focando o olhar de volta na minha direção e me fuzilando com ele antes de ir embora.

Sensacional. Agora ela e eu definitivamente teríamos uma Coisa.

Virei-me para Noah. Ele me lançou um sorriso insolente, e endireitei minha postura.

— Não precisava ter feito isso — falei. — Estava sob controle.

— Apenas um "obrigada" é o suficiente.

A chuva começou a bater no teto da passarela.

— Preciso mesmo ir para a aula — falei, e apressei o passo. Noah me alcançou.

— O que tem agora? — perguntou ele com a voz baixa.

— Álgebra II. Vá embora. Estou fedendo. E você me incomoda absurdamente.

— Vou andando com você.

Fracasso. Passei a bolsa para o outro ombro, preparando-me para uma caminhada silenciosa e desconfortável. Do nada, Noah cutucou minha bolsa, me fazendo parar de repente.

— Você desenhou isso? — perguntou ele, indicando o grafite na bolsa.

— Sim.

— Você é talentosa — falou Noah. Olhei para seu rosto. Nada de sarcasmo. Não estava fazendo gracinha. Seria possível?

— Obrigada — respondi, desarmada.

— Agora é sua vez.

— De quê?

— De me elogiar.

Eu o ignorei.

— Podemos continuar a andar em silêncio, Mara, ou você pode perguntar coisas sobre mim até chegarmos à sala de aula.

Ele era irritante.

— O que o faz pensar que estou curiosa a seu respeito? — perguntei.

— Nada — respondeu Noah. — Na verdade, estou bem certo de que não está nem um pouco curiosa. É intrigante.

— Por quê? — A sala de aula ficava no fim do corredor. Não faltava muito agora.

— Porque a maioria das garotas que conheço aqui me perguntam de onde sou quando ouvem meu sotaque. E geralmente ficam muito animadas ao ter o prazer da minha conversa. — Ah, a arrogância. — É britânico, aliás.

— É, percebi. — Apenas 3 metros.

— Nasci em Londres.

Dois metros restantes. Não vou responder.

— Meus pais se mudaram da Inglaterra para cá faz dois anos.

Um metro.

— Não tenho uma cor preferida, mas desgosto muito do amarelo. Cor horrorosa.

Meio metro.

— Toco guitarra, adoro cachorros e odeio a Flórida.

Noah Shaw jogava sujo. Sorri, apesar de tudo. E então chegamos à sala de aula.

Disparei para os fundos e me plantei numa cadeira do canto.

Noah me seguiu. Ele sequer *estava* naquela turma.

Ocupou o assento ao meu lado, e eu descaradamente ignorei as roupas justas na silhueta esguia conforme se sentava. Jamie entrou e ocupou a cadeira do meu outro lado, me lançando um olhar demorado antes de sacudir a cabeça. Peguei o papel quadriculado e me preparei para fazer cálculos. O que significa que fiquei rabiscando até o Sr. Walsh se aproximar para recolher o dever de casa da noite passada. Ele parou em frente à mesa que Noah ocupava.

— Posso ajudá-lo, Sr. Shaw?

— Vou participar da sua aula como ouvinte hoje, Sr. Walsh. Preciso desesperadamente dar uma renovada em meu conhecimento algébrico.

— Ã-hã — respondeu o Sr. Walsh, inexpressivo. — Você tem uma permissão?

Noah se levantou e saiu da sala. Voltou quando o Sr. Walsh revisava o dever da noite anterior e, com muita segurança, entregou ao professor o pedaço de papel. O professor não disse nada, e Noah se sentou de novo ao meu lado. Que tipo de escola era aquela?

Quando o Sr. Walsh voltou a falar, tornei a rabiscar furiosamente no caderno e o ignorei. A cadela. Noah havia me distraído, e eu precisava descobrir como salvá-la.

Os pensamentos sobre ela consumiram minha manhã. Não pensei em Noah, ainda que tivesse ficado me encarando durante a aula de álgebra com a concentração de um gatinho que brinca com um novelo de lã. Não olhei uma só vez para ele conforme fazia as anotações e não reparei na expressão constante de divertimento que exibia enquanto eu me mexia na cadeira.

Ou no modo como passava os dedos longos pelos cabelos a cada cinco segundos.

Ou em como esfregava a sobrancelha toda vez que o Sr. Walsh me fazia uma pergunta.

Ou na maneira como recostava a bochecha com a barba por fazer na mão e simplesmente...

Me encarava.

Quando a aula finalmente terminou, Anna parecia pronta para cometer assassinato, Jamie se mandou antes que eu pudesse dizer qualquer coisa, e Noah esperou enquanto eu juntava meu material. Ele não tinha o dele. Nenhum caderno. Nenhum livro. Nenhuma bolsa. Era bizarro. Minha confusão deve ter transparecido no rosto, porque aquele sorriso delinquente estava de volta.

Decidi que vestiria algo amarelo da próxima vez que o visse. Amarelo da cabeça aos pés, se possível.

Andamos em silêncio até que uma porta vaivém à frente chamou minha atenção.

O banheiro. Uma ideia genial.

Quando a alcançamos, me virei para Noah.

— Vou ficar lá dentro um tempo. Você provavelmente não vai querer esperar.

Vi de relance a expressão horrorizada no rosto dele antes de eu abrir a porta com um empurrão forte demais. Vitória.

Havia algumas garotas de idade indeterminada no banheiro, mas não prestaram atenção em mim quando saíram. Fiquei feliz por me livrar de Noah, então sufoquei aquela parte que desejava saber qual era a música que ele mais gostava de tocar no violão. Jamie havia me avisado sobre essa loucura: Noah estava brincando comigo, eu seria idiota se me esquecesse disso.

E nada disso era importante. A cadela era. Durante a aula de álgebra, enquanto ignorava Noah, decidi que ligaria para o Controle de Animais e registraria uma queixa contra o Babaca Abusivo. Peguei o celular. Com certeza alguém seria enviado para verificar a queixa e veria que a cadela estava à beira da morte. E então a tirariam de lá.

Liguei para a central de informações e pedi o número do escritório de Controle de Animais da cidade, então o anotei na mão. O telefone tocou três vezes antes de uma voz feminina atender.

— Controle de Animais, oficial Díaz, posso ajudar?

— Sim, estou ligando para fazer uma queixa sobre maus-tratos a uma cadela.

Foi impossível permanecer sentada durante o resto do dia, sabendo que depois da escola teria de checar a cadela e me certificar de que ela estava segura. Fiquei inquieta na cadeira durante todas as aulas, o que me rendeu dever de casa a mais em espanhol.

Quando as aulas terminaram, corri pelas escadas escorregadias e quase quebrei o pescoço. A chuva tinha parado, por enquanto, mas se infiltrara pelas passarelas cobertas, tornando o caminho traiçoeiro. Estava no meio do estacionamento quando meu celular tocou: não era um número conhecido e, de toda forma, precisava me concentrar em onde pisava. Por isso ignorei a chamada e corri na direção da casa da cadela. Mas luzes piscavam à frente quando virei a esquina. Meu estômago deu voltas. Poderia ser um bom sinal. Talvez tivessem prendido o cara. Ainda assim, diminuí o ritmo para uma caminhada conforme me aproximava, os dedos tocando o muro em ruínas do lado oposto da cerca gradeada. Escutei as vozes e o ruído baixinho do rádio da polícia à frente. Chegando perto, vi uma viatura com as luzes acesas e um carro sem identificação.

E uma ambulância. Os pelos da minha nuca ficaram arrepiados.

Quando cheguei ao quintal, a porta da frente da casa estava aberta. Pessoas estavam próximas dos carros ao lado da ambulância silenciosa. Meus olhos varreram a propriedade, procurando a cadela, mas, quando eles se aproximaram da pilha de madeira, meu sangue congelou.

Não dava para enxergar a boca de jeito nenhum, devido à massa fervilhante de moscas que transbordava dela e pela substância pastosa que havia sido o crânio do homem. O chão abaixo da cabeça afundada estava completamente negro, e manchas vermelhas brotavam das beiradas da camiseta justa puída.

O dono da cadela estava morto. Exatamente como eu havia imaginado.

13

AS ÁRVORES, A CALÇADA E AS LUZES PISCANDO GIRARAM AO meu redor conforme eu o sentia: o primeiro e inconfundível nó no delicado tecido da minha sanidade.

Gargalhei. Estava louca a esse ponto.

Então vomitei.

Mãos enormes seguraram meus ombros. Pelo canto do olho, vi uma mulher de terno e um homem vestindo um uniforme escuro se aproximarem, mas eram borrões. As mãos de quem estavam em mim?

— Ótimo, simplesmente ótimo. Tire ela daqui, Gadsen! — disse a voz feminina. Parecia tão distante.

— Cale a boca, Foley. Você poderia muito bem ter delimitado um perímetro — disse a voz do homem atrás de mim. Ele me virou enquanto eu limpava a boca. Também vestia terno. — Qual é seu nome? — perguntou com um tom de autoridade.

— M-Mara — gaguejei. Mal conseguia escutar minha voz.

— Podem trazer os paramédicos aqui? — berrou ele. — Ela pode estar em choque.

Fiquei atenta com um estalo. Nada de paramédicos. Nada de hospitais.

— Estou bem — falei, e desejei que as árvores parassem de dançar. Respirei fundo algumas vezes para me equilibrar. Aquilo estava mesmo acontecendo? — É que nunca tinha visto um cadáver — falei, antes mesmo de perceber que aquilo era verdade. Não tinha visto os corpos de Rachel, Claire e Jude nos funerais. Não havia sobrado o suficiente para ver.

— Apenas para darem uma olhada — falou o homem. — Enquanto faço algumas perguntas, se não tiver problema. — Ele sinalizou para os paramédicos.

Eu sabia que não poderia vencer aquela briga.

— Tudo bem — falei. Fechei os olhos, mas ainda vi o sangue. E as moscas.

Mas onde estava a cadela?

Abri os olhos e procurei por ela, mas não a vi em lugar algum.

O paramédico se aproximou de mim, e tentei me concentrar em não parecer louca. Respirei devagar e de modo constante enquanto ele acendia a lanterna nos meus olhos. Ele me olhou, mas bem quando parecia estar terminando, ouvi a detetive mulher falar.

— Onde diabos está Díaz?

— Ela disse que estará aqui em breve. — A voz pertencia ao homem que estava falando comigo um minuto antes.

— Quer ir amarrar melhor aquele cachorro?

— Hã, não?

— Eu não queria tocá-lo — disse a mulher. — Dá para ver as pulgas rastejando no pelo.

— Senhoras e senhores, o melhor da polícia de Miami.

— Vai para o inferno, Gadsen.

— Calma. O cachorro não vai a lugar nenhum. Mal consegue andar, que dirá fugir. Não que faça diferença. É um pit bull, vão simplesmente sacrificá-lo.

O quê?

— De jeito *nenhum* o cachorro fez isso. O cara tropeçou e abriu o crânio na estaca ao lado da pilha de madeira... Estão vendo? Nem preciso esperar para que os técnicos nos digam isso.

— Não falei que foi o cachorro. Só disse que vão sacrificá-lo de qualquer forma.

— Que pena.

— Pelo menos se livrará do sofrimento.

Depois de tudo pelo que a cadela tinha passado, seria sacrificada. Assassinada.

Por minha causa.

Senti-me enjoada de novo. Minha mão tremia quando o paramédico mediu meu pulso.

— Como está se sentindo agora? — perguntou ele com a voz baixa. Tinha olhos gentis.

— Bem — menti. — Mesmo. Estou bem agora. — Esperava que dizer isso fosse o bastante para convencê-lo de que era realmente verdade.

— Então já terminamos. Detetive Gadsen?

O detetive homem e a mulher de terno caminharam até nós. O homem, Gadsen, agradeceu ao paramédico conforme ele voltava para a ambulância. Outras pessoas estavam ao redor dela, algumas de uniforme, outras não, e um caminhão tinha encostado. Nele, lia-se Perito Médico-legista estampado com estêncil na traseira. Um medo viscoso envolveu minha língua.

— Mara, não é? — perguntou o detetive Gadsen enquanto a parceira pegava o bloco de notas. Fiz que sim. — Qual é seu sobrenome?

— Dyer — respondi. A parceira anotou. As axilas do terno bege estavam escurecidas por suor. As do homem também. Mas, pela primeira vez em Miami, não estava com calor. Eu tremia.

— O que trouxe você aqui nesta tarde, Mara? — perguntou ele.

— Hum. — Engoli em seco. — Fui eu que liguei e registrei a queixa sobre a cadela. — Não havia motivo para mentir sobre aquilo. Deixei o nome e o celular com a oficial do Controle de Animais.

Os olhos dele não saíram do meu rosto, mas notei uma mudança na expressão. Ele esperou que eu continuasse.

Limpei a garganta.

— Só queria passar aqui depois da escola e ver se o Controle de Animais tinha buscado a cadela.

Com isso, ele fez um aceno positivo com a cabeça.

— Viu mais alguém quando esteve aqui esta manhã?

Fiz que não com a cabeça.

— Onde você estuda? — perguntou ele.

— Croyden.

A detetive mulher anotou. Odiava quando ela fazia isso.

Ele me fez mais algumas perguntas, mas eu não conseguia evitar que meus olhos buscassem a cadela. O corpo deve ter sido removido enquanto eu era examinada, porque tinha desaparecido. Uma porta metálica se fechou, e dei um pulo. Não tinha reparado que o detetive Gadsen tinha parado de falar. Estava esperando que eu dissesse alguma coisa.

— Desculpe — falei, quando algumas gotas de chuva batiam nas sucatas de metal e alumínio como se fossem balas. Choveria forte de novo, e em breve. — Não ouvi o que disse.

O detetive Gadsen estudou meu rosto. Repetiu:

— Falei que minha parceira vai te acompanhar de volta ao campus.

A detetive mulher parecia querer entrar na casa.

— Estou bem, de verdade. — Sorri, demonstrando o quão bem estava. — Não é longe mesmo. Mas obrigada ainda assim — respondi.

— Ficaria muito mais tranquilo se...

— Ela disse que está bem, Vince. Venha dar uma olhada nisto, sim?

O detetive Gadsen olhou para mim cuidadosamente.

— Obrigado por fazer a denúncia.

Dei de ombros.

— Precisava fazer alguma coisa.

— Claro. Se lembrar de mais alguma coisa — falou o detetive, e me entregou o cartão de visitas dele —, ligue-me a qualquer hora.

— Pode deixar. Obrigada. — Fui embora, mas, quando virei a esquina, encostei no muro frio de gesso e escutei.

Um par de passadas esmagava o cascalho, e foi logo acompanhado por um segundo. Os detetives conversavam entre si, e uma terceira voz se juntou a eles, uma que eu não lembrava ter ouvido. Alguém devia ter entrado na casa antes de eu chegar.

— O melhor palpite é que ele morreu umas sete horas atrás.

— Então por volta das 9 horas?

Nove. Apenas alguns minutos depois de eu tê-lo deixado. Não conseguia engolir, de tão seca que estava minha garganta.

— É minha estimativa. O calor e a chuva não ajudam. Sabe como é.

— Sei como é.

Ouvi então algo sobre temperatura, lividez, tropeçar e trajetórias por cima da descarga de sangue que latejava alto em meus ouvidos. Quando os passos e as vozes diminuíram, arrisquei uma olhada pelo muro.

Tinham sumido. Dentro da casa, talvez? E, daquele ângulo, eu conseguia ver a cadela. Estava amarrada de modo frouxo a um pneu na ponta mais distante do pátio, o pelo misturado à terra. A chuva agora caía constante, mas ela não se encolheu.

Corri até o animal sem pensar. Minha camiseta de algodão ficou imediatamente ensopada. Desviei de lixo e de peças de carros, pisando o mais levemente que conseguia, feliz pela chuva que mascarava o ruído dos meus passos. Mas, se alguém na casa estivesse prestando atenção, eu provavelmente seria ouvida. E definitivamente seria vista. Quando alcancei a cadela, o céu se abriu vingativamente enquanto me ajoelhava e desamarrava a guia do pneu. Puxei levemente.

— Venha — sussurrei no ouvido dela.

A cachorra não se moveu. Talvez não pudesse. O pescoço estava machucado e úmido onde haviam cortado a coleira, e eu não queria puxar. Nesse momento as vozes tinham ficado mais altas conforme se aproximavam de nós. Não tínhamos muito tempo.

Passei um braço por debaixo das costelas da cadela e a ergui sobre as quatro patas. Ela estava fraca, mas ficou de pé. Sussurrei de novo e empurrei com delicadeza as ancas para apressá-la para a frente. A cadela deu um passo, mas não foi adiante. Minhas células tremiam de pânico.

Então a peguei nos braços. Ela não era tão robusta quanto deveria ter sido, mas mesmo assim pesava. Curvei o corpo para a frente, dando passadas largas até sairmos do pátio. O suor e a chuva colavam meu cabelo à testa e ao pescoço. Estava ofegante quando viramos o quarteirão. Meus joelhos tremeram quando tirei a cadela do colo.

Não tinha certeza se conseguiria carregá-la até o carro de Daniel. E o que faria a seguir? Não tinha pensado tão adiante, mas agora a grandeza da situação em que havia me metido se revelava. A cadela precisava de um veterinário. Eu não tinha dinheiro. Meus pais não gostavam de animais. Eu tinha roubado uma evidência de uma cena de crime.

Uma cena de crime. Uma imagem da massa brilhante cor de melancia do crânio do homem, aquilo tudo esparramado na terra, surgiu de novo na minha mente. Ele com certeza estava morto. Apenas horas depois de eu desejar. Exatamente do modo como desejei.

Coincidência. Tinha de ser.

Tinha de ser.

A cadela choramingou, me trazendo de volta à realidade. Abaixei-me para acariciá-la e dei um passo hesitante para a frente, com o cuidado de não deixar a coleira roçar em seu pescoço. Parecia muito dolorido.

Apressei-a para a frente e peguei o celular no bolso. Tinha uma nova mensagem de voz. Da minha mãe, ligando de seu novo escritório. Não podia ligar de volta ainda: precisava levar a cadela para um hospital de animais. Ligaria para o serviço de informações e descobriria um veterinário próximo. Então pensaria num modo de dizer aos meus pais que — surpresa! — temos uma cadela. Teriam de se compadecer da companheira comovente da filha perturbada. Eu não era santa a ponto de deixar de usar minha tragédia para um objetivo mais nobre.

A chuva parou de novo, tão abruptamente quanto tinha começado, deixando apenas um leve chuvisco como rastro. Quando viramos a esquina antes do estacionamento, reparei no trote específico de um garoto específico que seguia na minha direção. Ele passava os dedos pelo cabelo encharcado de chuva e brincava com alguma coisa no bolso da camisa. Tentei agachar atrás do carro mais próximo para evitá-lo, mas a cadela latiu nesse exato segundo. Pega em flagrante.

— Mara — disse ele ao se aproximar de nós. Inclinou a cabeça, e a sombra de um sorriso enrugou-lhe os cantos dos olhos.

— Noah — respondi com a voz mais inexpressiva que pude. Continuei andando.

— Não vai me apresentar à sua amiga? — O olhar direto de Noah estava na cadela. O maxilar se contraiu conforme percebia os detalhes: a coluna ossuda, a pelagem escassa, as cicatrizes. E, por um segundo, pareceu fria e silenciosamente furioso. Algo que foi então substituído por uma cuidadosa inexpressividade.

Tentei parecer casual, como se sempre fizesse meu passeio vespertino na chuva, acompanhada de um animal esquálido.

— Estou ocupada, Noah. — Não tem nada para você aqui.

— Aonde vai?

Sua voz tinha um tom que não me agradava.

— Meu Deus, você é como a peste.

— Uma parábola épica e magistralmente composta, absolutamente subestimada e de ressonância moral atemporal? — respondeu ele.

— Como a doença, Noah. Não o livro.

— Vou ignorar essa qualificação.

— Pode ignorá-la enquanto sai do meu caminho? Preciso encontrar um veterinário.

Abaixei os olhos para a cadela. Ela estava encarando Noah, e balançou a cauda com fraqueza quando ele se abaixou para acariciá-la.

— Para a cadela que encontrei. — Meu coração bateu forte quando a língua formou a mentira.

Noah ergueu uma sobrancelha para mim, então verificou o relógio.

— É seu dia de sorte. Conheço um veterinário a seis minutos daqui.

Hesitei.

— Sério? — Que aleatório.

— Sério. Venha. Levo você lá.

Questionei a situação. A cachorra precisava de ajuda, bastante. E a atenderiam muito, muito mais rápido se Noah dirigisse. Com meu senso de direção, acabaria vagando sem destino pelo sul de Miami até as 4 horas da manhã.

Iria com Noah.

— Obrigada — respondi. E fiz que sim para ele, que sorriu. Então nós três andamos até seu carro. Um Prius.

Ele abriu a porta de trás, tirou a coleira da minha mão e, apesar do pelo manchado e do fato de estar infestada de pulgas, ergueu a cadela e a colocou sobre o estofado.

Se ela fizesse xixi pelo carro todo, eu morreria. Precisava avisá-lo.

— Noah — falei. — Encontrei-a faz apenas dois minutos. Ela... é de rua, e não sei nada sobre ela ou se fugiu de casa ou nada, e não quero que ela estrag...

Noah colocou o indicador sobre meu lábio superior e o dedão abaixo do lábio inferior e fez uma leve pressão, me interrompendo. Senti-me tonta, e talvez minhas pálpebras tenham estremecido até fechar. Muito constrangedor. Queria, de leve, me matar.

— Cale a boca — disse ele baixinho. — Não importa. Vamos apenas levá-la ao veterinário, tudo bem?

Fiz que sim com um movimento fraco, a pulsação galopando nas veias. Noah foi até o lado do carona e abriu a porta do carro para mim. Entrei.

14

ACOMODEI-ME NO ASSENTO, MUITO CONSCIENTE DA PROXI-
midade com Noah. Ele remexeu o bolso, tirou de dentro um
maço de cigarros, e então um isqueiro. Falei antes que conseguisse me segurar.

— Você *fuma*?

Ele lançou um sorriso leve e malicioso para mim.

— Quer um? — perguntou.

Sempre que ele arqueava as sobrancelhas daquele jeito, a testa se
enrugava de forma muito atraente.

Tinha algo errado comigo, com certeza. Atribuí aquilo a mais um
aspecto da minha sanidade que se deteriorava e evitei os olhos dele.

— Não, eu não quero um. Cigarros são nojentos.

Noah colocou o maço de volta no bolso da camisa.

— Não preciso fumar se incomoda você — disse ele, mas o modo
como falou me irritou.

— Não *me* incomoda. Se *você* não se importa de parecer ter 40
anos aos 20, cheirar como um cinzeiro e desenvolver câncer de pulmão,
por que eu deveria? — As palavras saíram da minha boca num ímpeto.
Era irritante, mas não pude evitar. Noah trazia à tona o pior em mim.

Sentindo-me um pouquinho culpada, arrisquei um olhar para ele, para ver se estava chateado.

Claro que não. Ele parecia se divertir.

— Acho engraçadíssimo que sempre que acendo um cigarro os americanos olham para mim como se eu fosse urinar nos filhos deles. É obrigado pela preocupação, mas nunca fiquei doente um único dia na vida.

— Que bom para você.

— É bom, sim. Agora, se importa se eu levar essa cadela faminta no banco de trás para o veterinário?

E a culpa tinha ido embora. Uma descarga de calor se espalhou da minha bochecha até a clavícula.

— Sinto muito, dirigir e falar é muito complexo? Sem problemas, fico calada.

Noah abriu a boca como se fosse falar, então a fechou de novo e sacudiu a cabeça. Arrancou do estacionamento, e ficamos sentados em um silêncio constrangedor durante nove minutos, graças a um trem.

Quando chegamos ao veterinário, Noah saiu do carro e começou a andar até o banco do carona. Escancarei a porta, só para o caso de ele estar pensando em abri-la. O andar enérgico não mudou; em vez disso, Noah abriu a porta traseira e esticou os braços até a cadela. O estofado estava, graças a Deus, livre de fluidos corporais caninos quando ele a levantou. Mas, em vez de colocá-la no chão, Noah carregou a cadela até a porta do prédio. Ela se aconchegou no peito dele. Traidora.

Ao nos aproximarmos da porta, ele me perguntou qual era o nome dela.

Dei de ombros.

— Não faço ideia. Já disse, encontrei-a faz dez minutos.

— Sim — falou Noah, inclinando a cabeça para um lado. — Isso você me disse. Mas eles precisarão de um nome para registrá-la.

— Bem, então escolha um. — Troquei o peso de uma perna para outra, nervosa. Não tinha ideia de como pagaria pela consulta ou o que diria quando entrássemos.

— Hum — murmurou Noah. Ele olhou para a cadela com uma expressão séria. — Qual é seu nome?

Joguei a cabeça para trás, exasperada. Só queria resolver logo aquilo.

Noah me ignorou, demorando o quanto desejava. Depois de uma eternidade, sorriu.

— Mabel. Seu nome é Mabel — falou para a cadela.

Ela sequer arriscou-lhe um olhar: ainda estava enroscada confortavelmente nos braços dele.

— Podemos ir agora? — perguntei.

— Você é uma coisa e tanto. Agora, seja um cavalheiro e abra a porta para mim. Estou com as mãos ocupadas.

Obedeci, de cara feia o tempo todo.

Quando entramos, os olhos da recepcionista se arregalaram ao observar a aparência da cadela. Então, correu para chamar o veterinário, e minha mente ficou a mil, tentando pensar no que poderia dizer para descolar o tratamento sem precisar pagar por isso. Uma voz alegre do outro lado da sala de espera me arrancou com um susto dos planos que arquitetava.

— Noah! — Uma mulher de tipo mignon emergiu de um dos consultórios. Seu rosto era dócil e estava iluminado graças à surpresa. — O que está fazendo aqui? — perguntou, sorrindo para Noah quando ele se inclinou para beijá-la nas duas bochechas. Curioso.

— Oi, mãe — disse Noah. — Esta é Mabel. — Ele acenou com a cabeça para a cadela aninhada nos braços dele. — Minha colega da escola, Mara, a encontrou perto do campus.

Precisei de muita força de vontade para acenar em resposta. O sorriso de Noah sugeria que ele havia reparado em minha surpresa e estava se divertindo com ela.

— Vou levá-la para os fundos e pesá-la.

Ela gesticulou para seu assistente, que gentilmente tirou a cadela dos braços de Noah. Então ficamos só eu e ele na sala de espera. Sozinhos.

— Então — comecei. — Você nem pensou em mencionar que sua mãe era a veterinária?

— Você não perguntou — disse ele. E estava certo, é claro. Mas mesmo assim.

Quando a mãe dele voltou para a sala, descreveu vários tratamentos que teria de administrar, os quais incluíam manter a cadela em observação durante o fim de semana. Silenciosamente agradeci aos céus. Aquilo me daria mais tempo para descobrir o que eu faria com ela.

Depois que terminou de listar os males de Mabel, a mãe de Noah olhou para mim ansiosa. Acho que não poderia atrasar mais a conversa sobre o pagamento.

— Humm, Dra. Shaw? — Odiei o som da minha voz. — Sinto muito, eu não... não tenho dinheiro comigo, mas se a recepcionista puder me dar uma estimativa do valor, posso ir ao banco e...

A Dra. Shaw me interrompeu com um sorriso.

— Isso não será necessário, Mara. Obrigada por... pegá-la, foi o que disse?

Engoli em seco, e meus olhos foram até os sapatos antes de eu encará-la.

— Sim. Eu a encontrei.

A Dra. Shaw pareceu cética, mas sorriu.

— Obrigada por trazê-la. Ela não teria sobrevivido muito mais.

Ah, se ela soubesse. Uma imagem do dono estirado sobre lama escurecida por sangue passou de novo em minha cabeça, e tentei não deixar isso transparecer no rosto. Agradeci muitíssimo a mãe de Noah, e então ele e eu voltamos para o carro. Os passos dele eram duas vezes maiores do que os meus, portanto Noah chegou lá primeiro, abrindo a porta do carona para mim.

— Obrigada — falei, antes de olhar para a expressão convencida e satisfeita dele. — Por tudo.

— Não há de quê — respondeu, a voz impregnada de um triunfo irritante. Como eu esperava. — Agora, vai me dizer como encontrou a cadela de verdade?

85

Desviei o olhar do dele.

— Do que está falando? — Esperava que Noah não reparasse que eu não conseguia encará-lo.

— Você estava andando com Mabel com uma coleira fina quando as vi. De modo nenhum ela estava usando aquilo antes, pelos machucados que tem no pescoço. Onde a conseguiu?

Encurralada, fiz o que qualquer mentiroso de respeito faria. Mudei de assunto. Meus olhos recaíram sobre as roupas dele.

— Por que sempre parece que você acabou de sair da cama?

— Porque em geral acabei mesmo. — E o modo como ele ergueu as sobrancelhas me fez corar.

— Chique — respondi.

Noah se inclinou para trás e gargalhou. O som era rouco. Amei instantaneamente, então me castiguei mentalmente por pensar isso. Mas os olhos dele se enrugavam nos cantos, e o sorriso iluminava o rosto todo. O sinal mudou de cor, e Noah, ainda sorrindo, tirou as mãos do volante e colocou-as no bolso, pegando os cigarros. Ele dirigiu com o joelho enquanto dava batidinhas no maço para que um cigarro caísse na mão, então abriu um pequeno isqueiro de prata e o acendeu com um movimento fluido.

Tentei ignorar o modo como os lábios dele se curvavam ao redor do cigarro, como o segurava pinçado entre o dedão e o terceiro dedo e o levava à boca fazendo quase uma reverência.

Aquela *boca*. Fumar era um mau hábito, sim. Mas ele ficava *tão* bem ao fazê-lo.

— Odeio silêncios constrangedores — falou Noah, interrompendo meus pensamentos nada comportados. Ele inclinou a cabeça para trás levemente, e alguns fios dos cabelos ondulados e espetados refletiram um raio de sol que entrou pela janela do carro. — Eles me deixam nervoso.

O comentário garantiu um revirar de olhos.

— Acho difícil acreditar que qualquer coisa deixe você nervoso. — As palavras foram sinceras. Era impossível imaginar que Noah estivesse qualquer coisa além de à vontade, o tempo todo. E não só à vontade, entediado. Entediado. E lindo. E eu estava sentada ao seu lado. Perto.

Minha pulsação se acelerou para alcançar a velocidade dos meus pensamentos. Havia alguma malícia em progresso, certamente.

— É verdade — continuou ele. — Também piro completamente quando as pessoas ficam me olhando.

— Eu digo que é tudo bobagem — falei, conforme os sons de Miami flutuavam para dentro da janela.

— O quê? — Noah me encarou, todo inocente.

— Você não é tímido.

— Não?

— Não — respondi estreitando os olhos. — E fingir sê-lo faz você parecer um babaca.

Noah simulou estar ofendido.

— Você me magoou até o âmago com esse julgamento profano.

— Cadê os lenços?

Noah deu um sorriso conforme os carros à nossa frente avançavam.

— Tudo bem. Talvez "tímido" não seja a palavra certa — admitiu. — Mas eu fico... ansioso... Quando tem gente demais em volta. Não gosto de atenção, de verdade. — Então me estudou com cautela. — Um vestígio do meu passado sombrio e misterioso.

Foi um sacrifício não rir na cara dele.

— Sério — zombei.

Ele deu mais um trago longo no cigarro.

— Não. Eu só fui uma criança esquisita. Lembro de ter, tipo, 12 ou 13 anos e todos os meus amigos terem namoradinhas. E eu ia dormir me sentindo um perdedor, desejando que um dia pudesse crescer e simplesmente encorpar.

— Encorpar?

— É. Encorpar. Ficar gostoso. De qualquer forma, consegui.

— Conseguiu o quê?

— Acordei certa manhã, fui à escola, e as garotas me notaram de volta. Muito desconcertante, na verdade.

A inocência dele me pegou desprevenida. Tentei não deixar transparecer.

— Pobre Noah — falei e suspirei.

Ele sorriu abafado e olhou para a frente.

— Acabei descobrindo como lidar com isso, mas não antes de nos mudarmos para cá. Infelizmente.

— Tenho certeza de que se adaptou muito bem.

Ele se voltou para mim e arqueou uma sobrancelha.

— As meninas aqui são chatas.

E a arrogância estava de volta.

— Nós americanos somos tão indelicados — falei.

— Não americanos. Só as garotas aqui da Croyden. — Reparei que tínhamos voltado ao estacionamento. E estacionado. Como isso tinha acontecido? Ele continuou: — A maioria delas, na verdade.

— Parece estar se virando bem.

— Eu estava, mas as coisas melhoraram nesta semana em especial. — Que horrível. Balancei a cabeça devagar, sem nem me preocupar em esconder o sorriso. — Você não é como as outras garotas.

Suprimi uma risada.

— Sério? — E Jamie disse que ele costumava ser sutil.

— Sério — respondeu Noah, deixando de reparar no meu sarcasmo. Ou o ignorando. Deu um último trago na guimba do cigarro, exalou a fumaça pelas narinas expandidas e com um peteleco atirou o que tinha sobrado do rolinho de câncer pela janela.

Minha boca se escancarou.

— Por acaso acabou de jogar lixo no chão?

— Meu carro é híbrido. Uma coisa anula a outra.

— Você é horrível — falei, sem convicção.

— Eu sei — disse Noah, com convicção. Sorriu, então estendeu o braço por cima do meu colo para abrir minha porta, roçando meu braço no dele ao se inclinar sobre mim. Ele abriu minha porta, mas não saiu do lugar. O rosto de Noah estava a centímetros do meu, e eu conseguia ver traços dourados naquela eterna barba por fazer. Ele cheirava a sândalo e oceano, e levemente a cigarro. A respiração ficou parada na garganta.

88

Quando o celular tocou, dei um salto tão forte que bati a cabeça no teto do carro.

— Que mer...!

O telefone continuou tocando, alheio à minha dor. A letra de *Dear Mama*, do Tupac, que Joseph havia programado como meu toque, indicava o culpado.

— Sinto muito, preciso...

— Espere... — começou Noah.

Meu coração galopava no peito, e só em parte por causa do susto. Os lábios de Noah estavam a centímetros do meu rosto, o celular protestava na mão, e eu estava ferrada.

15

Reuni cada grama de vontade própria que tinha e me retirei do carro de Noah. Dei a ele um aceno sem entusiasmo ao fechar a porta atrás de mim. Atendi ao telefone.

— Alô?

— Mara! Cadê você? — Mamãe parecia histérica.

Virei a chave na ignição do carro de Daniel e olhei para o relógio. Estava seriamente atrasada. Nada bom.

— Estou voltando para casa agora. — Os pneus cantaram quando dei ré na vaga, e quase bati no Mercedes preto que estava estacionado atrás de mim.

— Onde esteve? — perguntou ela.

Minha mãe estava contando cada nanossegundo que eu hesitava, então escolhi dizer a verdade:

— Encontrei uma cadela faminta perto da escola, e ela estava muito mal, então precisei levá-la ao veterinário. — Pronto.

Silêncio do outro lado da linha até mamãe finalmente perguntar:

— Onde está agora?

Algum imbecil buzinou para mim quando entrei na via expressa.

— Onde está o quê?

— A cadela, Mara.

— Ainda está no veterinário.

— Como pagou pela consulta?

— Não paguei... Um colega da escola me viu e me levou até a mãe dele, que é veterinária e tratou a cadela de graça.

— Que conveniente — disse mamãe.

E lá estava: o tom de voz afiado. Me ferrei, e muito. Não respondi.

— Vejo você quando chegar em casa — falou mamãe. Abruptamente.

Não estava animada para voltar, mas, de qualquer forma, pisei no acelerador assim que pude. Desafiei a polícia a me parar, chegando a 150 quilômetros por hora sempre que conseguia. Entrei e saí das pistas em todas as oportunidades. Ignorei as buzinas irritadas. Miami estava me contagiando.

Não demorou até que estacionasse na entrada da garagem de casa. Entrei devagar, como um criminoso, esperando conseguir ir de fininho até o quarto sem ser vista, mas mamãe estava sentada no braço do sofá da sala de estar rebaixada. Estava me esperando. Nenhum dos meus irmãos estava à vista ou ouvindo. Desgraçados.

— Vamos conversar. — A expressão dela estava naturalmente calma. Preparei-me para o massacre. — Precisa atender quando eu ligar. Sempre.

— Não percebi que era você ligando antes. Não reconheci o número.

— É o número do meu consultório, Mara. Pedi que você gravasse na agenda assim que nos mudamos e deixei uma mensagem de voz.

— Não tive tempo de escutar. Sinto muito.

Mamãe se inclinou para a frente, e os olhos dela analisaram meu rosto.

— Há mesmo uma cadela?

Encarei-os diretamente, desafiadora.

— Sim.

— Então, se eu ligar para o consultório veterinário amanhã de manhã e perguntar sobre ela, confirmarão?

— Não confia em mim?

Mamãe não respondeu. Apenas ficou sentada ali, as sobrancelhas erguidas, esperando que eu dissesse alguma coisa.

Trinquei os dentes, então falei:

— O nome da veterinária é Dra. Shaw, seu consultório é perto da escola — falei. — Não lembro o nome da rua.

A expressão de minha mãe não mudou.

Eu estava de saco cheio daquilo.

— Vou para o quarto — anunciei. Quando me virei, ela me deixou ir.

Fechei a porta com força demais. Presa no quarto, não podia mais adiar os pensamentos sobre o que havia acontecido durante o dia. Noah. Mabel. O dono. A morte dele.

As coisas estavam mudando. Suor pontilhava minha pele. Eu sabia que não era possível. Não era *possível*. Estava na aula às 9 horas, quando aquele miserável morreu. Ele tinha de ter morrido mais cedo. O legista, ou quem quer que fosse, estava errado. *Ele mesmo* dissera que era só uma estimativa.

Então era isso. Eu estava imaginando a conversa com o homem. Achei que tivesse me surpreendido de fininho pelas costas, mas ele não me surpreendeu nada. Já estava morto. A coisa toda fora apenas mais uma alucinação... Nada de anormal, de verdade, considerando meu transtorno de estresse pós-traumático.

Mas mesmo assim. Naquela manhã tinha sido... diferente. A confirmação de que eu agora estava mais louca do que achava possível. Mamãe trabalhava apenas com os levemente perturbados. Eu estava completamente delirante. Anormal. Psicótica.

Quando me juntei à família para jantar aquela noite, senti-me estranha e perturbadoramente calma enquanto comia, como se assistisse à coisa toda de longe. Até consegui ser educada com mamãe. De certo modo, era estranhamente reconfortante a convicção da minha insanidade. O homem morrera antes de eu o conhecer de manhã. Espere, não... Eu *nunca* o conheci. Inventei a conversa entre nós para me dar uma sensação de poder sobre uma situação diante da qual me sentia impotente: palavras de minha mãe, mas pareciam se encaixar. Eu não tinha o poder de trazer Rachel de volta, dissera ela depois que recebi alta do hospital. Logo antes de ela mencionar — forçar — a ideia de um psiquiatra e/ou remédios para me ajudarem a lidar com aquilo. E, é claro, no momento não tinha o poder de deixar a Flórida e voltar para casa. Mas uma cadela magricela, negligenciada e abandonada era algo que eu podia consertar.

Então era isso. Eu era *realmente* maluca. Mas então por que sentia que havia algo mais? Algo que estava deixando escapar?

A risada de mamãe à mesa de jantar me trouxe de volta ao presente. O rosto dela se iluminava todo quando sorria, e senti-me culpada por preocupá-la. Decidi não contar sobre minha pequena aventura. Se ela me observasse mais de perto, acabaria se tornando o Olho de Sauron. E então concretizaria a ameaça de terapia e remédios. Nenhuma das opções parecia particularmente atraente, e, na verdade, agora que eu sabia o que estava acontecendo, podia lidar com aquilo.

Até que fui dormir.

16

ANTES

PARAMOS EM UMA AMPLA ENTRADA DE ESTACIONAMENTO, ONDE havia um portão de ferro enferrujado. Galhos grossos de árvores sem folhas se retorciam sobre o carro, arranhando-o com o vento. Nossos faróis eram a única luz na rua silenciosa. Apesar do aquecedor, eu tremia.

Jude me envolveu com um braço e diminuiu o volume da música do Death Cab que saía dos alto-falantes. Olhei pela janela. Os faróis iluminavam um carro ligado a cerca de 6 metros de distância, e instantaneamente o reconheci como sendo o de Claire. O vidro estava embaçado, e ela desligou o motor assim que estacionamos. Estiquei o braço para abrir a porta, e Jude pegou minha cintura. Cerrei os dentes. Já estava no limite, e não tinha vontade de passar aquela noite evitando-o de novo.

Virei para me soltar.

— Estão nos esperando.

Ele não me largou.

— Tem certeza de que está pronta? — Jude parecia cético.

— Claro que sim — menti, sorrindo para dar ênfase.

— Porque podemos ir embora se você quiser.

Não posso negar que a sugestão me atraiu. Cobertores quentes normalmente vencem saídas na madrugada sob o frio congelante.

Mas aquela noite era diferente. Rachel me implorava para fazermos aquilo desde o ano anterior. E, agora que ela estava com Claire em seu encalço, minha neurose poderia me custar a melhor amiga.

Então, em vez de dizer sim, enfaticamente sim, revirei os olhos.

— Falei que estava dentro. Então estou dentro.

— Ou poderíamos ficar aqui. — Jude me puxou para si, mas virei o rosto e ele beijou minha bochecha.

— *Você* quer ir embora? — perguntei, ainda que soubesse a resposta.

Jude se afastou, irritado.

— Já fiz isso. É só um prédio velho. Nada demais.

Ele se atirou para fora do carro e eu o segui. Jude estaria irritadinho mais tarde, mas valia a pena. Estávamos namorando havia apenas dois meses, e durante o primeiro eu até que gostava dele. Quem não gostaria? Era o retrato do perfeito garoto americano. Cabelo louro-escuro e olhos verdes, assim como os de Claire. Ombros largos de jogador de futebol americano. E era doce. Como um xarope. No primeiro mês.

Mas ultimamente? Nem tanto.

A porta do carona do carro de Claire bateu, e Rachel veio saltitando me encontrar, o cabelo castanho balançando nas costas.

— Mara! Estou tão feliz por ter vindo. Claire achou que você ia amarelar no último minuto. — Ela me abraçou.

Olhei para Claire, ainda encolhida ao lado do carro. Seus olhos se estreitaram levemente em resposta. Parecia hostil e desapontada, como se esperasse que eu não fosse.

Ergui o queixo.

— E perder a chance de passar a noite neste ilustre sanatório? Nunca. — Passei um braço sobre os ombros de Rachel e sorri para ela. Então olhei enfaticamente para Claire.

— Por que demoraram tanto? — Claire nos perguntou.

Jude deu de ombros.

— Mara dormiu demais.

Claire deu um sorriso frio.

— Por que será que não estou surpresa? — falou.

Abri a boca para dizer algo desagradável, mas Rachel segurou minha mão, que tinha congelado totalmente nos poucos minutos que passei do lado de fora, e falou primeiro:

— Não importa, ela está aqui agora. Isso vai ser *tão* divertido, prometo.

Olhei para cima, para o prédio gótico e imponente diante de nós. Divertido. Ah, sim.

Jude soprou as mãos e colocou as luvas. Eu me preparei mentalmente para a longa noite que estava por vir. Eu conseguiria. Eu faria. Claire fez piada de mim por ter surtado depois do último aniversário de Rachel. Eu estava cansada de ouvir sobre o incidente do tabuleiro de Ouija. E depois daquela noite, não precisaria mais.

Encarei o prédio, o medo corria pelas veias. Rachel pegou a câmera no bolso e abriu a lente, então segurou minha mão direita de novo enquanto Jude seguia para segurar a esquerda. Mesmo assim, a companhia deles e o contato não tornavam o que estávamos prestes a fazer menos aterrorizante. Mas preferia morrer a ficar com medo na frente de Claire.

Claire pegou a própria câmera na mochila antes de jogá-la sobre os ombros. Começou a andar em direção ao prédio, e Rachel seguiu, puxando-me atrás de si. Chegamos a uma cerca destruída com diversas placas de Não ultrapasse presas ao longo da madeira podre, e eu instintivamente olhei para o alto, para a imponente instituição acima de mim, erguendo-se sobre nós como um poema de Poe. A arquitetura do Sanatório Estadual para Lunáticos Tamerlane era formidável, e ficava ainda mais sinistra com a trepadeira que serpenteava os degraus da entrada e as extensas paredes de tijolos. As fachadas de janelas de pedra desmoronavam, decadentes.

O plano era passar a noite no prédio abandonado e ir para casa ao amanhecer. Rachel e Claire queriam explorá-lo completamente, e tentar encontrar a ala infantil e os quartos onde se administrava terapia de choque. De acordo com o cânone de literatura de terror de Rachel, aqueles seriam os quartos onde mais provavelmente haveria atividade paranormal, e ela e Claire planejavam documentar nossa aventura para a posteridade. U-huuu.

Jude se aproximou de mim, e fiquei até feliz pela presença dele quando Rachel e Claire escalaram a cerca de madeira deteriorada. Então foi minha vez. Jude me ergueu, mas hesitei ao segurar a madeira frágil. Depois de algumas palavras de coragem, finalmente dei impulso para o outro lado com a ajuda dele. Aterrissei com força em uma ruidosa pilha de folhas em decomposição.

O caminho mais fácil para dentro do prédio era pelo porão.

17

Eu sabia que Rachel queria ir ao sanatório. Mas até a noite seguinte à morte do merda que era dono de Mabel, não lembrava por que havia concordado.

No sábado, tentei me preparar para sonhar mais, para lembrar mais — para observá-la morrer. Arrastei-me para debaixo dos lençóis tremendo, querendo e não querendo vê-la de novo. Eu a vi, mas foi o mesmo sonho. Nada novo no domingo também.

As lembranças eram bom sinal. Acontecia devagar, mas pelo menos acontecia. E sem um psicólogo ou substâncias químicas que alteram a consciência. Meu cérebro estava obviamente alterado o bastante.

Fiquei quase feliz por ter Mabel em que pensar e com que me preocupar durante o fim de semana todo, ainda que não conseguisse reunir coragem para tentar descobrir o telefone de Noah. Pensei que poderia perguntar-lhe como estava a cadela durante a aula de inglês, na segunda-feira, mas quando cheguei à sala ele não estava lá.

Em vez de ouvir, minha mente e o lápis divagaram sobre o caderno de desenhos, arrastando-se preguiçosamente conforme a Srta. Leib recolhia nossos trabalhos e discutia as diferenças entre heróis trágicos e anti-heróis. Toda vez que um aluno saía ou entrava na sala, meu olhar se voltava para a porta, esperando que Noah entrasse antes que o sinal da próxima aula soasse. Mas ele não entrou.

Quando a aula acabou, olhei para o desenho antes de fechar o livro e o enfiar na bolsa.

Os olhos de carvão de Noah me olhavam da página semicerrados, voltados para baixo, a pele ao redor enrugada pelo sorriso. O dedão de Noah roçava o lábio inferior enquanto a mão se fechava em um punho preguiçoso na direção da boca, a qual exibia o sorriso reluzente. Parecia quase tímido ao sorrir. A testa pálida estava lisa, relaxada como em uma semigargalhada.

Meu estômago se revirou. Virei para a página anterior e reparei horrorizada que havia traçado o perfil elegante de Noah perfeitamente, desde as maçãs do rosto salientes até a leve protuberância do nariz imponente. E, na página anterior a essa, seus olhos me encaravam, indiferentes e intangíveis.

Tive medo de continuar olhando. Precisava seriamente de ajuda.

Enfiei o livro de desenhos na bolsa e olhei furtivamente por sobre o ombro, esperando que ninguém tivesse visto. Eu estava a meio caminho da aula de álgebra quando senti um leve toque nas costas. Mas, quando me virei, não havia ninguém. Balancei a cabeça. Senti-me estranha de repente, como se estivesse flutuando sobre o sonho de outra pessoa.

Quando cheguei à sala de aula do Sr. Walsh, me vi cercada por risadas. Alguns garotos assobiaram quando entrei. Será que era porque finalmente vestia uma réplica do uniforme da escola? Não sei dizer. Algo estava acontecendo, mas eu não conseguia entender. Minhas mãos tremiam nas laterais do corpo, então as fechei em punho e sentei-me à mesa ao lado da de Jamie. Foi quando reparei no ruído de papel amassando atrás de mim. Ruído que vinha da folha colada às minhas costas.

Então alguém *havia* esbarrado em mim mais cedo. Isso, ao menos, eu não tinha alucinado. Estiquei o braço para trás e arranquei o cartaz, no qual a palavra "piranha" estava rabiscada em uma folha de fichário. As risadas discretas explodiram então em gargalhadas. Jamie ergueu os olhos, confuso, e fiquei vermelha quando amassei o papel com a mão. Anna jogou a cabeça para trás e emitiu um urro ao gargalhar.

Sem pensar, abri um dos punhos e coloquei o pedaço de papel na palma estendida.

E então o atirei no rosto dela.

— Criativo — falei para Anna quando o papel atingiu o alvo.

Primeiro, as bochechas dela ficaram vermelhas, depois uma veia saltou na testa. Anna abriu a boca para lançar um insulto na minha direção, mas o Sr. Walsh a interrompeu antes que começasse. Ponto para mim.

Jamie sorriu e deu tapinhas no meu ombro assim que a aula acabou.

— Boa, Mara.

— Obrigada.

Aiden empurrou Jamie a caminho da porta, jogando o ombro dele contra o portal. Aiden se virou antes de sair da sala.

— Você não tinha de estar decorando o jardim?

Jamie o observou com os olhos arregalados e esfregou o ombro.

— Ele precisa de uma facada no olho — murmurou Jamie depois de Aiden ir embora. — Então. Imbecis à parte, como foi a primeira semana?

Ah, sabe como é. Vi um cara morto. Estou ficando maluca. O mesmo de sempre.

— Não tão ruim.

Jamie acenou com a cabeça.

— É uma mudança muito grande em relação à antiga escola, não?

Assim que falou, uma imagem de Rachel se materializou no meu cérebro.

— É tão óbvio assim? — perguntei.

— Você tem escola pública escrito na testa.

— Hã, obrigada?

— Ah, é um elogio. Sentei em salas de aula com esses babacas durante a maior parte da minha vida. Não é nada de que se orgulhar. Confie em mim.

— Estudar em escola particular ou na Croyden? — perguntei conforme abríamos caminho até o armário dele.

— Pelo que ouvi de amigos de outras escolas, acredito que esse nível de escrotidão seja exclusivo da Croyden. Veja Anna, por exemplo. Tem o QI um pouco maior do que o de um cadáver, e mesmo assim profana nossa aula de álgebra II com sua estupidez. — Decidi não mencionar que eu provavelmente estava tão enrolada com o dever de casa quanto ela. — A quantia doada pelos pais é diretamente proporcional à quantidade de assassinatos dos quais o filho pode se livrar — falou Jamie ao trocar os livros.

Quando uma sombra bloqueou a luz do sol do meio-dia que entrava, olhei para cima.

Era Noah. Como sempre, o botão de cima do colarinho estava aberto, as mangas da camisa estavam enroladas de modo despreocupado, e ele usava uma gravata fininha de tricô com o nó frouxo ao redor do pescoço. Dava para ver a gargantilha preta pendurada no pescoço dele, despontando de debaixo do colarinho aberto da camisa. Era um bom look para ele. Um ótimo look, na verdade, apesar das sombras que manchavam a pele sob seus olhos. O cabelo estava naquele estado permanente de desordem enquanto Noah passava uma das mãos pelo maxilar rústico. Quando percebeu que eu estava encarando, corei. Ele suprimiu um risinho. Então foi embora, sem dizer nada.

— E então começou — suspirou Jamie.

— Cala a boca. — Virei de costas para que ele não me visse corar em um tom ainda mais forte de vermelho.

— Se ele não fosse tão babaca, eu aplaudiria — disse Jamie. — Dava para provocar um incêndio com o calor entre vocês.

— Está confundindo rancor, a pior das aversões, com a mais genuína das afeições — falei. Mas quando pensei na semana anterior, e em como Noah tinha sido com Mabel, não tive tanta certeza de estar certa.

Jamie respondeu com um triste aceno de cabeça.

— É só uma questão de tempo.

Lancei a ele um olhar venenoso.

— Até...?

— Até você fazer a caminhada da vergonha para fora do covil de imoralidade dele.

— Obrigada pela bela opinião a meu respeito.

— Não é culpa sua, Mara. As garotas não conseguem evitar se apaixonar por Shaw, principalmente no seu caso.

— Meu caso?

— Noah está claramente caidinho por você — falou Jamie, a voz pingando sarcasmo. Ele fechou o armário, e eu me virei para ir embora. Jamie me seguiu. — E esse garoto não se machuca.

Abafei um risinho por sobre o ombro em sua direção.

— Qual é seu problema com Noah, hein?

— Quer dizer, além do fato de a atenção dele ter voltado a mira de Anna Greenly para você?

— Além disso.

Ele considerou as palavras. A cobertura de cascas de árvore depositada no solo quebrava sob nossos pés conforme cortávamos caminho por um dos canteiros de flores até as mesas de piquenique.

— Noah não namora. Vai foder com você, no sentido literal e figurado. Todo mundo sabe, as conquistas dele sabem, mas fingem não se importar até ele seguir para a próxima. E então elas terminam sozinhas e suas reputações vão para o inferno. Anna é um belo exemplo, mas é apenas uma de muitas. Soube que uma veterana da Walden tentou se matar depois que ele... Bem, depois que ele se meteu onde queria, trocadilho intencional, e não ligou mais.

— Parece um exagero *absurdo* da parte dela.

— Talvez, mas não gostaria de ver isso acontecer com você — disse Jamie. Ergui as sobrancelhas. — Você tem problemas demais — concluiu ele, e abriu um largo sorriso.

Eu o devolvi.

— Que magnânimo da sua parte.

— De nada. Considere-se avisada. Que faça bom proveito disso.

Passei a bolsa para o outro ombro.

— Obrigada por me contar — falei a Jamie. — *Não* estou interessada, mas é bom saber.

Jamie sacudiu a cabeça.

— Ã-hã. Quando estiver completamente de coração partido, ouvindo músicas tristes e suicidas depois que acabar, apenas se lembre de que eu avisei. — Ele foi embora e me deixou à porta da sala de aula de história. Sábias foram as palavras, mas esquecidas à luz da próxima aula.

Na hora do almoço me peguei mais uma vez garimpando comida da máquina. Estava catando moedas na bolsa quando ouvi passos se aproximarem. Por algum motivo, não precisei me virar para saber quem era.

Noah me ultrapassou, roçando meu ombro ao colocar um dólar na máquina. Saí da frente.

— O que devo comprar? — perguntou ele.

— O que você quer?

Ele me olhou e inclinou a cabeça. Um dos cantos da boca se entortou em um sorriso.

— Essa é uma pergunta complicada.

— Biscoitos em formato de animais, então.

Noah pareceu confuso, mas apertou o botão E4 mesmo assim, e a máquina obedeceu. Ele me entregou a caixa. Tentei devolvê-la, mas ele colocou as mãos para trás.

— Fique com eles — falou.

— Posso comprar eu mesma, obrigada.

— Não me importo.

— Que surpresa — falei. — E como está Mabel, aliás? Queria perguntar sobre ela esta manhã, mas você não estava na aula.

Noah me deu um olhar inexpressivo.

— Tive um compromisso. E ela está segurando a onda. Não vai a lugar nenhum por um tempo, no entanto. Quem quer que a tenha deixado chegar àquele estado deveria sofrer uma morte lenta e dolorosa.

De repente, fiquei desconfortável e engoli em seco antes de falar.

— Agradeça à sua mãe por cuidar dela — falei, tentando afastar a sensação enquanto me dirigia a uma das mesas de piquenique. Sentei-me sobre a superfície irregular e abri a caixa de biscoitos. Talvez só precisasse comer. — Ela foi incrível. — Mordi a cabeça de um elefante.

— Pode só me avisar quando precisarei buscá-la?

— Avisarei.

Noah saltou para a mesa de piquenique e sentou-se ao meu lado, apoiando-se sobre os braços, mas olhando direto para a frente. Lanchei ao lado dele em silêncio.

— Vamos jantar juntos neste fim de semana — falou ele do nada.

Quase engasguei.

— Está me chamando para sair?

Noah abriu a boca para responder no momento em que um grupo de garotas mais velhas surgiu das escadarias. Quando o viram, reduziram a velocidade perigosa e desfilaram sugestivamente conforme passaram por nós, lançando para trás um coro de "Oi, Noah". Ele pareceu ignorá-las, mas então o mais ínfimo espasmo de um sorriso traidor despontou nos cantos dos lábios.

Era todo o lembrete de que eu precisava.

— Obrigada pelo convite, mas acho que devo recusar.

— Tem planos? — A voz dele sugeria que estava apenas esperando pela minha desculpa.

Eu lhe dei uma.

— Sim, um encontro com toda a porcaria que perdi na escola. — Então tentei emendar. — Sabe, pela transferência tardia. — Não queria falar sobre aquilo no momento. Principalmente não com ele. — As provas trimestrais representam vinte por cento da nossa nota, e não posso me ferrar nelas.

— Posso te ajudar a estudar — disse Noah.

Olhei para ele. Os cílios escuros que emolduravam os olhos cinza-azulados não estavam ajudando minha situação. Muito menos o sorriso levemente malicioso nos lábios dele. Virei o rosto.

— Sou melhor estudando sozinha.

— Não acho que seja verdade.

— Não me conhece bem o bastante para afirmar isso.

— Então vamos mudar esse fato — disse ele de modo casual. Noah continuou olhando para a frente quando alguns fios de cabelo caíram sobre os seus olhos.

Estava me matando.

— Olha, Shaw...

— Vamos começar com essa doideira de sobrenome, é?

— Engraçadíssimo. Convide outra pessoa pra jantar.

— Não quero convidar outra pessoa. E você também não quer que eu convide, na verdade.

— Errado. — Saltei para fora da mesa e fui embora. Se não olhasse para ele, ficaria bem.

Noah me alcançou com duas passadas longas.

— Não pedi para se casar comigo. Pedi que jantasse comigo. O quê? Tem medo de que eu arruíne a imagem que está cultivando aqui?

— Que imagem? — perguntei, sem animação.

— Angustiada, solitária, emo-adolescente introspectiva, encarando o nada enquanto rabisca folhas em decomposição que caem de galhos nus e... — A voz de Noah sumiu, mas o olhar superior de diversão no rosto dele não.

— Não, isso foi lindo. Por favor, continue.

Corri à frente até que outro banheiro feminino apareceu. Empurrei a porta, planejando deixar Noah do lado de fora enquanto me recompunha.

Mas ele me seguiu até lá dentro.

Duas garotas mais novas estavam de frente para o espelho, passando gloss.

— Saiam — disse Noah a elas com a voz entediada. Como se elas não devessem estar no banheiro feminino. Mas as duas não esperaram por uma segunda ordem. Saíram tão rápido que eu teria rido se não estivesse igualmente chocada.

Noah direcionou o olhar para mim e algo mudou por trás de seus olhos.

— Qual é seu problema? — perguntou com a voz baixa.

Olhei para Noah. A indiferença casual tinha sumido. Mas ele não estava com raiva. Nem irritado. Era mais algo do tipo... curioso. Sua expressão de calma era desastrosa.

— Não tenho um problema — falei confiante. Dei um passo à frente, os olhos semicerrados para Noah. — Estou livre de problemas.

A longa silhueta, acentuada pelo corte esguio da camisa e as calças justas, parecia muito deslocada contra o azulejo amarelo horroroso. Minha respiração acelerou.

— Não sou seu tipo. — Consegui dizer.

Noah então deu um passo na minha direção, e um sorriso inapropriado repuxou o canto da sua boca. Droga.

— Não tenho um tipo.

— Isso é ainda pior — falei, e juro que tentei soar cruel. — Você é tão sem critério quanto dizem.

Mas desejava ele mais perto.

— Fui difamado. — A voz soava um pouco mais alta que um sussurro. Noah deu mais um passo, tão próximo que senti o calor emanando do seu peito. Então abaixou o rosto para mim, sincero e aberto, com aquele cabelo caótico caindo sobre os olhos, e eu queria e não queria, e precisava dizer algo.

— Duvido. — Foi o melhor que consegui. O rosto dele estava a centímetros do meu. Estava prestes a beijá-lo, e me arrependeria.

Mas, naquele momento, não conseguia me importar.

18

— SOUBE QUE ELE MANDOU POR E-MAIL UMA FOTO DO PRÓ-prio... Ah. Oi, Noah. — A voz parou no meio da frase, e pude ouvir o sorrisinho sem graça nela.

Noah fechou os olhos. Então se afastou de mim e virou para encarar as intrusas. Pisquei, numa tentativa de colocar tudo em foco novamente.

— Senhoritas — disse ele para as garotas boquiabertas e fez que sim com a cabeça. Então foi embora.

As garotas deram risadinhas, arriscando olhares de soslaio para mim enquanto consertavam a maquiagem derretida em frente ao espelho. Ainda estava com a boca escancarada e em choque, encarando a porta. Somente quando o sinal tocou finalmente me lembrei como é que se andava.

Não vi mais Noah até quarta-feira à noite.

Passei o dia levemente surtada por causa da falta de sono, por um mal-estar generalizado e pela angústia em relação ao que havia acontecido entre nós. Na segunda-feira, ele virou as costas para mim como se não tivesse acontecido nada. Como Jamie avisou que faria. E estaria mentindo se dissesse que não fiquei magoada.

Não fazia ideia do que diria a Noah quando o visse, se é que diria alguma coisa. Mas a aula de inglês chegou e passou, e ele não apareceu. Eu, eficientemente, tomei notas na aula da Srta. Leib e fiquei um tempo do lado de fora da sala quando acabou, varrendo o campus à procura de Noah sem saber por quê.

Na aula de álgebra, tentei me concentrar nos polinômios e nas parábolas, mas estava ficando dolorosamente óbvio que, embora estivesse por dentro de biologia, história e inglês, tinha dificuldades em matemática. O Sr. Walsh chamou meu nome duas vezes durante a aula, e dei respostas sofrivelmente erradas em ambas. Todo dever de casa que entreguei foi devolvido com marcas raivosas de caneta vermelha por todo lado, e pontuado por uma nota infeliz no fim da página. As provas seriam em semanas, e eu não tinha esperança de pegar a matéria.

Quando a aula terminou, um pedaço esquisito de conversa chamou minha atenção, dissolvendo meus pensamentos.

— Ouvi dizer que foi devorada depois que ele a matou. Algum tipo de coisa canibal — falou uma garota atrás de mim. Ela concluiu a observação estalando o chiclete dentro da boca. Virei de costas.

— Você é uma idiota, Jennifer — um garoto chamado Kent, acho, disparou de volta para ela. — Devorada por jacarés, não pelo pedófilo.

Antes que pudesse ouvir mais, Jamie jogou o fichário na minha mesa.

— Oi, Mara.

— Ouviu isso? — perguntei a ele assim que Jennifer e Kent saíam da sala de aula.

Jamie pareceu confuso a princípio, mas depois a compreensão transformou a expressão no rosto dele.

— Ah. Jordana.

— O quê? — O nome era familiar, e tentei me lembrar por quê.

— Era de quem eles estavam falando. Jordana Palmer. Estava no décimo ano na Dade High. Conheço alguém que conhece alguém que a conhecia. Tipo isso. É muito triste.

As peças se encaixaram.

— Acho que ouvi algo a respeito no noticiário — falei baixinho.

— O que aconteceu com ela?

— Não conheço a história toda. Só que ela deveria ir à casa de uma amiga e então... não apareceu. Encontraram o corpo alguns dias depois, e com certeza foi assassinada, mas ainda não se sabe como. O pai é policial, e acho que estão mantendo o caso em sigilo, ou algo assim. Ei, você está bem?

Foi quando senti o gosto de sangue. Aparentemente, havia mastigado a pele do lábio inferior até rasgá-lo. Coloquei a língua para fora para limpar o sangue.

— Não — eu disse, com sinceridade, enquanto saía da sala.

Jamie me seguiu.

— Gostaria de compartilhar?

Não gostaria. Mas quando olhei nos olhos de Jamie, era como se não tivesse escolha. O peso de toda a estranheza, o sanatório, Rachel, Noah, tudo emergiu, tentando rastejar para fora da minha garganta.

— Me envolvi em um acidente antes de nos mudarmos para cá. Minha melhor amiga morreu. — Praticamente vomitei as palavras. Fechei os olhos e respirei, chocada com o excesso de informação compartilhada. O que havia de errado comigo?

— Sinto muito — disse Jamie, abaixando os olhos.

Fiz com que ele se sentisse desconfortável. Sensacional.

— Está tudo bem. Estou bem. Não sei por que falei isso.

Jamie se moveu, desconfortável.

— Não tem problema — falou ele. Depois sorriu. — Então, quando quer estudar álgebra?

Uma continuidade aleatória e ridícula. De modo nenhum Jamie se beneficiaria ao me ter como parceira de estudos; não quando ele rebatia perfeitamente cada uma das questões que o Sr. Walsh lançava.

— Está ciente de que minha destreza em matemática é ainda mais pífia do que minhas habilidades sociais?

— Impossível. — A boca de Jamie se abriu em um sorriso debochado.

— Obrigada. Sério, deve ter coisas melhores para fazer com a vida do que desperdiçá-la com casos perdidos, não?

— Já sou ofidioglota. O que mais falta?

— Élfico.

— Você é tipo uma nerd ge-nu-í-na. Adorei. Me encontre nas mesas de piquenique durante o almoço. Leve o cérebro e algo para ele fazer — falou Jamie enquanto ia embora. — Ah, e seu fecho está aberto — gritou ele por cima do ombro.

— Como é?

Jamie apontou sorrindo para a minha bolsa, então seguiu para a próxima aula. Fechei a bolsa.

Quando o encontrei na hora marcada, com o livro de matemática nas mãos, estava todo sorrisos, pronto e esperando para testemunhar minha estupidez. Jamie pegou o papel quadriculado e o livro, mas meus pensamentos se fecharam assim que vi os números na página lustrosa. Precisei me obrigar a prestar atenção ao que Jamie dizia conforme escrevia a equação e a explicava pacientemente. Mas depois de alguns minutos, como se um interruptor tivesse sido ligado no meu cérebro, os números começaram a fazer sentido. Trabalhamos problema após problema até que todo o dever de casa da semana estivesse feito. Meia hora para fazer algo que normalmente eu levaria duas e ainda me garantiria um F pelo esforço, e o trabalho estava perfeito.

Dei um assobio baixinho.

— Nossa. Você é bom.

— Foi tudo você, Mara.

Sacudi a cabeça. Ele confirmou.

— Tudo bem — cedi. — De qualquer forma, obrigada.

Jamie se inclinou em uma saudação exagerada antes de seguirmos para a aula de espanhol. Conversamos sobre coisas insignificantes no caminho, evitando gente morta como tópico da conversa. Ao chegarmos à sala, Morales se dirigiu da mesa ao quadro-negro aos trancos e escreveu uma lista de verbos para conjugarmos. Como era de se esperar, chamou meu nome primeiro. Respondi errado. Ela jogou um pedaço de giz em mim, quebrando em milhões de cacos o bom humor da sessão de estudos da hora do almoço.

Quando a aula acabou, Jamie se ofereceu para me ajudar com espanhol também. Aceitei.

No fim do dia, enfiei o então desnecessário livro-texto no armário. Precisava de um tempo bem aproveitado com o caderno de desenhos *sem* desenhar Noah, sem desenhar ninguém. Passei os livros para um lado do armário e procurei em meio a uma semana de lixo, mas não o vi. Catei na bolsa, mas também não estava lá. Irritada, soltei a bolsa para que pudesse me concentrar, e ela escorregou pela fileira inferior de armários, derrubando alguns folhetos rosa que estavam presos ao metal antes de atingir o chão. Nada ainda. Comecei a tirar os livros, um de cada vez, conforme o mais puro medo, de congelar, se formava no meu estômago. Cada vez mais rápido, vasculhei minhas coisas e deixei-as cair no chão até ficar de frente para um armário vazio.

O caderno de desenhos tinha sumido.

Lágrimas ameaçaram surgir nos meus olhos, mas um grupo de alunos entrou no nicho dos armários e me recusei a chorar em público. Muito devagar, coloquei os livros de volta e tirei o folheto que estava preso na frente do livro de álgebra. Uma festa a fantasia em South Beach organizada por um dos alunos da elite da Croyden em homenagem ao Dia do Professor, no dia seguinte. Não me incomodei em ler o resto dos detalhes antes de deixá-lo cair no chão de novo. Não era minha praia.

Nada daquilo era minha praia. Nem a Flórida e as hordas de loiras bronzeadas e mosquitos. Nem Croyden e o corpo discente sofrivelmente genérico. Eu tinha um amigo em Jamie, mas sentia falta de Rachel. E ela estava morta.

Dane-se. Arranquei um folheto de outro armário e o enfiei na bolsa. Precisava de uma festa. Corri até o portão dos fundos para encontrar Daniel. Ele parecia atipicamente bem em seu uniforme da Croyden e feliz, até me ver — então o rosto dele se transformou em uma máscara de preocupação fraterna.

— Você parece anormalmente triste esta tarde — disse ele.

Entrei no carro.

— Perdi meu caderno de desenhos.

— Ah — falou. E depois de uma pausa completou: — Havia algo importante nele?

Além de vários desenhos detalhados da pessoa mais furiosamente linda do colégio? Não, nada demais.

Mudei de assunto.

— Por que estava todo feliz antes de eu destruir seu bom humor?

— Eu parecia feliz? Não me lembro de parecer feliz — disse ele. Estava enrolando. E correndo. Olhei para o velocímetro: estava a mais de 80 quilômetros por hora antes de entrarmos na via expressa. Isso era viver perigosamente para Daniel. Muito suspeito.

— Você parecia feliz — falei para ele. — Desembucha.

— Vou à festa hoje à noite.

Virei o rosto para ele duas vezes seguidas. Com certeza não era a praia de *Daniel*.

— Com quem?

Ele corou e deu de ombros. Sem essa. Meu irmão estava... a fim de alguém?

— Quem?! — exigi saber.

— A violinista. Sophie.

Encarei-o boquiaberta.

— Não é um encontro — acrescentou ele imediatamente. — Só vou encontrá-la na festa.

O início de uma ideia brotou na minha cabeça assim que saímos da via expressa.

— Posso ir junto? — perguntei. Então foi a vez de Daniel me olhar duas vezes. — Prometo que não vou interferir com seus avanços românticos.

— Sabe, eu ia dizer que sim, mas agora...

— Ah, por favor. Só preciso de uma carona.

— Tudo bem. Mas quem *você* vai encontrar na festa, faça-me o favor de dizer?

Hã. Não planejava encontrar ninguém. Só queria dançar, suar e esquecer e...

— Que diabos é isso? — sussurrou Daniel ao dobrarmos a esquina da rua de casa.

Uma intensa concentração de vans de noticiários de TV e pessoas tomava o pavimento em frente à garagem. Daniel e eu nos olhamos e eu soube que pensamos a mesma coisa.

Algo estava errado.

19

O MAR DE REPÓRTERES SE ABRIU PARA O CARRO DE DANIEL conforme nos dirigimos para a entrada da garagem. Olharam para nós quando passamos; os câmeras pareciam estar guardando o equipamento, e as antenas nas vans tinham sido recolhidas para dentro dos veículos. O que quer que tivesse acontecido, estavam se preparando para ir embora.

Assim que Daniel parou, disparei para fora do carro até a porta de entrada, passando pelos carros de mamãe e de papai. O carro do meu pai, que não deveria estar ali tão cedo.

Começava a ficar enjoada quando finalmente irrompi dentro de casa com Daniel atrás de mim. Tiros eletrônicos de pistola automática e música de videogame chegaram aos meus ouvidos, e a forma familiar da cabeça do nosso irmãozinho encarava a tela, posicionado com as pernas cruzadas no chão. Fechei os olhos e respirei com as narinas dilatadas, tentando reduzir as batidas do coração antes que explodisse no peito.

Daniel foi o primeiro a falar.

— Que diabos está acontecendo?

Joseph deu meia-volta para olhar para Daniel, irritado com a interrupção.

— Papai pegou algum caso grande.

— Pode desligar isso?

— Um segundo, não quero morrer. — O avatar de Joseph golpeou um vilão bigodudo até ele virar uma poça de gosma espessa e viscosa.

Meus pais surgiram silenciosos sob o portal da cozinha.

— Desligue, Joseph. — Mamãe parecia exausta.

Joseph suspirou e pausou o jogo.

— O que está acontecendo? — perguntou Daniel.

— Um dos meus casos vai a julgamento em breve — falou papai —, e fui nomeado o novo advogado de defesa hoje.

Uma sombra de compreensão passou pelo rosto de Daniel, mas eu não entendi.

— Acabamos de nos mudar para cá — falei. — Isso não é, tipo, anormalmente rápido?

Mamãe e papai trocaram um olhar. Com certeza havia algo que eu não sabia.

— O quê? O que está acontecendo?

— Peguei o caso para um amigo meu — respondeu papai.

— Por quê?

— Ele se retirou.

— Tudo bem.

— Antes de nos mudarmos para cá.

Fiz uma pausa para absorver o que estava ouvindo.

— Então você estava com o caso antes de nos mudarmos para a Flórida.

— Sim.

Isso não devia fazer diferença, a não ser...

Engoli em seco, então fiz a pergunta cuja resposta já sabia.

— O que é? Qual é o caso?

— O assassinato Palmer.

Massageei a testa. Nada demais. Papai já havia defendido casos de assassinato antes, e tentei acalmar a náusea que se instalou no estômago. Mamãe começou a pegar ingredientes da despensa para o jantar e, sem qualquer motivo, sem qualquer motivo razoável, imaginei pedaços de corpo humano em um prato.

Sacudi a cabeça para afastar a imagem.

— Por que não nos contou? — perguntei a papai. Então olhei para Daniel, imaginando por que estaria tão quieto.

Daniel evitou meu olhar. Ah. Eles não contaram para *mim*.

— Não queríamos que se preocupasse com isso. Não depois de... — Papai começou, então se interrompeu. — Mas agora que as coisas estão esquentando, acho que é melhor assim. Lembra-se do meu amigo Nathan Gold? — perguntou-me papai.

Confirmei.

— Quando descobriu que nos mudaríamos — prosseguiu —, pediu que eu assumisse o caso para ele. Durante as próximas duas semanas farei algumas coletivas de imprensa. Não sei como conseguiram o endereço daqui... Deveria ter pedido à Gloria para enviar um release comunicando a substituição antes que vazasse — disse ele, mais para si mesmo.

E não era nada demais, mas odiava que estivessem me tratando como se fosse uma coisa delicada e frágil. E, honestamente, provavelmente não eram "eles". Não tinha dúvidas de que mamãe, enquanto minha psicóloga não oficial, era responsável pelas informações que chegavam ou não até mim.

Virei-me para ela.

— Poderiam ter me contado, sabe. — Ela se escondeu silenciosamente atrás da geladeira aberta. Falei mesmo assim. — Sinto falta dos meus amigos, e sim, é uma doideira que essa menina tenha morrido, mas não tem nada a ver com o que aconteceu com Rachel. Não precisam me manter no escuro sobre coisas assim. Não entendo por que você está me tratando como se eu fosse duas.

— Joseph, vá fazer o dever de casa — falou mamãe.

Meu irmão estava voltando de fininho para a sala, tinha quase alcançado o controle quando minha mãe disse o nome dele.

— Mas amanhã não tem aula.

— Então vá para o quarto.

— O que eu fiz? — reclamou ele.

— Nada, só quero conversar com sua irmã um minuto.

— Mãe — interrompeu Daniel.

— Agora não, Daniel.

— Quer saber, mãe? Converse com Daniel — eu disse. — Não tenho mais nada a dizer.

Mamãe não falou. Parecia cansada; linda como sempre, mas cansada. A iluminação indireta formava uma auréola nos cabelos escuros.

Depois de uma pausa, Daniel falou de novo.

— Então, tem essa festa hoje à noite e...

— Pode ir — falou mamãe.

— Obrigado. Pensei em levar Mara comigo.

Mamãe virou de costas para mim e deu atenção total a Daniel. Ele fez contato visual comigo por cima do ombro dela e deu de ombros, como se dissesse: É o mínimo que posso fazer.

Mamãe hesitou antes de responder.

— É dia de semana. — É claro que isso só a incomodava quando *eu* era o assunto da conversa.

— Não tem aula amanhã — disse Daniel.

— Onde é?

— South Beach — respondeu ele.

— E você vai ficar lá o tempo todo?

— Sim. Não vou deixá-la sozinha.

Ela se virou para papai.

— Marcus?

— Por mim não tem problema — falou papai.

Então mamãe me encarou com cuidado. Não confiava em mim sequer um minuto, mas confiava no filho mais velho perfeito. Um enigma.

— Tudo bem — disse ela finalmente. — Mas esteja em casa às 23 horas. Sem desculpas.

Foi uma demonstração impressionante da influência de Daniel, tenho de admitir. Não o suficiente para me fazer esquecer o quanto estava irritada com mamãe, mas a expectativa de sair de casa e ir a algum lugar que não fosse a escola melhorou meu humor. Talvez naquela noite pudesse realmente me divertir.

Saí da cozinha para tomar banho. A água quente escaldou a pele fina sobre minhas escápulas, e recostei nos azulejos, deixando que escorresse sobre a pele. Precisava pensar em uma fantasia; não queria ser a única pessoa vestindo a coisa errada de novo.

Saí do banho e coloquei uma camiseta e calças de ioga antes de desembaraçar o ninho de ratos que era meu cabelo molhado. Garimpar na cômoda seria inútil. No armário também.

Mas o armário de mamãe...

Na maior parte do tempo, minha mãe vestia terninhos ou uma saia com camisa de botão. Sempre profissional, totalmente americana. Mas eu sabia que havia um sári ou dois enterrados em algum lugar naquele seu armário gigantesco e monocromático. Poderia funcionar.

Fui na ponta dos pés até o quarto de meus pais e entreabri a porta. Ainda estavam na cozinha. Comecei a procurar entre as roupas de mamãe por algo adequado.

— Mara?

Ops. Virei de costas. O estresse era evidente no rosto dela, a pele estava tensa sobre as maçãs do rosto acentuadas.

— Estava só procurando algo para vestir — falei. — Desculpa.

— Não tem problema, Mara. Só queria que pudéssemos...

Inspirei devagar.

— Podemos fazer isso mais tarde? Daniel disse que vai estar engarrafado, e preciso pensar em uma fantasia.

A testa de mamãe se enrugou. Sabia que ela queria dizer algo, mas esperava que esquecesse, pelo menos dessa vez. Fiquei surpresa quando um sorriso conspiratório transformou lentamente seu rosto.

— É uma festa a fantasia?

Fiz que sim.

— Acho que posso ter algo — disse ela. Mamãe passou por mim e desapareceu nas profundezas do closet. Depois de alguns minutos, emergiu segurando um cabide porta-terno aninhado nos braços como se fosse uma criança pequena. Trazia também sandálias de tirinha com saltos perigosamente altos que balançavam em seus dedos. — Isto deve caber em você.

Olhei para o porta-terno desconfiada.

— Não é um vestido de casamento, é?

— Não. — Ela sorriu e o entregou a mim. — É um vestido. Um dos da minha mãe. Pegue meu batom vermelho e prenda o cabelo para cima e pode ir como uma modelo vintage.

Um sorriso se espalhou por meu rosto, combinando com o de mamãe.

— Obrigada — falei com sinceridade.

— Apenas me faça um pequeno favor?

Ergui as sobrancelhas, esperando pela advertência.

— Fique com Daniel.

A voz dela estava rouca, e senti-me culpada. De novo. Concordei e agradeci novamente pelo vestido antes de voltar para o quarto e experimentá-lo. O plástico firme do porta-terno farfalhou quando abri o zíper, e uma seda escura, verde-esmeralda, reluziu do interior. Puxei o vestido de dentro do plástico e prendi a respiração. Era maravilhoso. Torci para que coubesse.

Fui para o banheiro para tentar colocar rímel sem empalar os globos oculares, mas, quando olhei no espelho, Claire estava atrás do meu reflexo.

Ela piscou para mim.

— Divirtam-se vocês dois — falou Claire.

20

DISPAREI PARA FORA DO BANHEIRO E SENTEI NA CAMA, A BOCA seca e as mãos trêmulas. Queria gritar, mas fechei os olhos e me obriguei a respirar. Claire estava morta. Não estava no meu banheiro, e não havia nada a temer. Minha mente estava me pregando peças. Iria a uma festa naquela noite e precisava me vestir. Uma coisa de cada vez.

Maquiagem primeiro. Andei até o espelho atrás da porta do quarto, mas parei. Não havia ninguém lá. Somente o transtorno de estresse pós-traumático.

Mas por que arriscar?

Caminhei silenciosamente pelo corredor de volta ao quarto dos meus pais.

— Mãe? — chamei, passando a cabeça pelo vão da porta. Ela estava sentada na cama de pernas cruzadas enquanto digitava no laptop. Mamãe tirou os olhos do computador. — Faz minha maquiagem?

O sorriso de mamãe não poderia ter sido mais animado. Ela me apressou até o próprio banheiro e me sentou sobre a cadeira em frente à penteadeira. Fiquei virada para longe do espelho, só para garantir.

Senti mamãe passar delineador nos meus olhos, mas, quando pegou o batom, interrompi-a.

— Não. Isso faz com que me sinta como um palhaço.

Ela fez que sim com uma seriedade debochada e voltou ao trabalho, torcendo e prendendo meus cabelos com grampos no alto da cabeça de modo tão forte que meu rosto doía. Quando terminou, disse-me para olhar no espelho.

Sorri, o exato oposto da minha reação interna.

— Quer saber? Confio em você — falei, e beijei-a na testa antes de sair do quarto.

— Espere um segundo — gritou mamãe para mim. Parei e ela abriu a caixa de joias. Tirou de dentro um par de brincos, do tipo botão, com uma única esmeralda no centro cercada por diamantes.

— Ai, meu Deus — falei, encarando-os. Eram incríveis. — Mãe, não posso...

— Apenas emprestados, não são para você. — Ela sorria. — Aqui, fique quieta. — Mamãe prendeu os brincos nas minhas orelhas. — Pronto — disse ela, com as mãos sobre meus ombros. — Está linda.

Sorri.

— Obrigada.

— De nada. Mas não os perca, está bem? Eram da sua avó.

Fiz que sim e voltei para o quarto. Era hora de lidar com o vestido. Tirei-o de dentro do porta-terno. Vesti-lo pelas pernas seria mais seguro — dessa forma, poderia parar caso ele ameaçasse rasgar. Para minha enorme surpresa, entrou com facilidade. Mas o decote era perigosamente baixo na frente e perigosamente baixo nas costas, expondo mais pele do que eu estava habituada. Muito mais.

Tarde demais agora. Uma olhada no relógio me disse que eu só tinha cinco minutos antes de Daniel precisar sair para encontrar com sua pequena nerd. Calcei os sapatos que mamãe me deu. Ficaram um pouco apertados, mas ignorei isso e, equilibrando-me principalmente nos dedos dos pés, andei até a entrada. Passei por Joseph quando ele estava a caminho do quarto.

— Aimeudeus, DANIEL! Precisa ver Mara!

Ficando muito vermelha, empurrei-o para seguir em frente e fiquei de pé à porta de casa, doida para abri-la e esperar no carro por meu irmão mais velho. Mas as chaves estavam com ele. Claro que estavam.

Daniel se materializou no corredor vestindo terno e os cabelos penteados para trás com aparência molhada. Mamãe surgiu logo em seguida. Os dois ficaram parados ali e encararam por muito mais tempo do que necessário enquanto me mexia fingindo tédio para esconder a vergonha.

Finalmente, Daniel falou.

— Uau, Mara. Você parece... parece... — O rosto dele se contorceu enquanto procurava por palavras.

Um olhar passou pelo rosto de mamãe, mas sumiu antes que pudesse interpretá-lo.

— Parece uma modelo — falou ela, alegremente.

— Hã, eu ia dizer uma dama de má reputação. — Disparei a Daniel um olhar de puro veneno. — Mas, claro.

— Não parece nada, Daniel. Pare com isso. — O garoto de ouro recebeu um sermão, e, com isso, suprimi um risinho. — Você está linda, Mara. E parece mais velha, também. Daniel — disse mamãe, e se virou para encará-lo. — Fique de olho nela. Não a deixe sair de vista.

Ele ergueu a mão, batendo continência.

— Sim, senhora.

Quando chegamos no carro, Daniel colocou música indiana. Ele sabia que eu não era fã.

— Posso mudar?

— Não.

Fuzilei-o com o olhar, mas Daniel me ignorou enquanto arrancava da entrada da garagem. Não conversamos até chegar à via expressa.

— Então, o que supostamente você deveria ser, mesmo? — perguntei-lhe, quando entramos na fila atrás do aglomerado de carros lentos e brilhantes no trânsito.

— Bruce Wayne.

— Há.

— Sinto muito, aliás. — Ele fez uma pausa, ainda olhando a pista.
— Por não contar sobre o caso. — Não falei nada. — Mamãe pediu que
não contasse.

Olhei direto para a frente.

— Então, naturalmente, você obedeceu.

— Ela achou que estava fazendo a coisa certa.

— Gostaria que ela parasse com isso.

Daniel deu de ombros, e ficamos em silêncio durante o resto do
caminho. Nos arrastamos pelo trânsito até finalmente virarmos na Lin-
coln Road. Era mesmo atraente. Luzes de neon iluminavam os prédios,
alguns reluziam, outros brilhavam demais. Drag queens cintilavam pelas calçadas ao lado de mulheres seminuas. Estacionar era impossível,
mas finalmente encontramos um lugar perto da boate e pagamos uma
quantia obscena em dinheiro pelo privilégio. Quando saí do carro,
meus pés esmagaram o vidro quebrado que empoeirava a calçada.

Andei atrás de Daniel devagar e com cuidado, sabendo que uma
passada em falso me lançaria voando ao concreto cheio de vidro e
guimbas de cigarro, estragando assim minha saída de adolescente normal. E o vestido.

Ficamos na fila e esperamos pela nossa vez. Quando chegamos ao
estereotipado segurança musculoso, entregamos o dinheiro da entrada,
e ele carimbou nossas mãos sem cerimônia. Daniel e eu atravessamos a
corda para dentro da boate que pulsava, e pude ver que a confiança dele
diminuíra um pouco. No que dizia respeito à falta de experiência com
festas, pelo menos, éramos iguais.

O salão estava completamente tomado por uma palpitante massa
de corpos. Giravam ao nosso redor de modo sincronizado conforme
abríamos caminho com os ombros unidos. A quantidade de gente semi-
nua era realmente impressionante: um punhado de anjas, diabas e fadas
vadias cambaleava para o bar em saltos altos, puxando a barriga para
dentro e estufando o decote brilhante. Para minha infelicidade, vi Anna
entre elas. Havia cedido o seu, em geral, recatado conjunto para uma
montagem incrivelmente escassa de anjo, com a auréola e as asas de
praxe. Exagerou na maquiagem, no sutiã *push-up* e nos saltos, e parecia
a meio caminho de se tornar a crise de meia-idade de algum contador.

Segurei meu irmão pelo braço e ele nos conduziu até o outro lado do bar, onde deveríamos encontrar a tal garota da qual estava a fim.

Enquanto esperávamos, reconheci o pedaço da música remixada que vibrava dos alto-falantes e sorri para mim mesma. Daniel me deu um tapinha no ombro alguns minutos depois, e segui os olhos dele até vê-lo sorrir para uma loira mignon vestindo macacão, com graxa falsa borrando o rosto. Ela disse o nome dele, gritando ou apenas com os lábios — não dava para saber. A música engolia qualquer outro som no espaço.

Os cabelos curtos da garota quicavam e balançavam abaixo do queixo conforme se aproximava de nós. Quando nos alcançou, Daniel se inclinou até o ouvido dela para nos apresentar.

— Esta é Sophie! — gritou ele.

Sorri para ela. Era bonitinha. Daniel se saiu bem.

— Prazer! — gritei.

— O quê? — gritou ela de volta.

— Prazer!

O olhar dela revelava que ainda não tinha conseguido me ouvir. Tudo bem, então.

A música virou uma batida mais lenta e ritmada, e Sophie começou a puxar Daniel para longe de mim, para a multidão de pessoas. Ele se virou para mim — para obter aprovação, presumi —, e gesticulei para que fosse. No entanto, depois que meu irmão se foi, comecei a me sentir esquisita. Apoiei-me no bar que não ia me servir nada, sem propósito ou motivo para estar ali. O que eu esperava? Vim para dançar, e vim com meu irmão que se encontraria com outra pessoa. Devia ter chamado Jamie. Que estúpida. Agora não tinha escolha a não ser mergulhar na multidão e começar a girar. Como se isso não fosse esquisito.

Joguei a cabeça para trás, sem opção, e me apoiei sobre a ponta não afiada da barra de metal. Quando me estiquei, dois caras — um com um suéter do Miami Heat e o outro no que eu esperava ser a representação de um imbecil de reality show eternamente sem camisa — fizeram contato visual. Totalmente não interessada. Olhei para o outro lado, mas pela visão periférica vi que estavam se aproximando. Disparei para a multidão sem qualquer graciosidade e por pouco evitei levar uma cotovelada no rosto de uma garota vestida no que somente poderia ser descrito como o uniforme erótico da Grifinória. Muito errado.

Quando finalmente cheguei à parede mais afastada, meus olhos varreram a multidão, absorvendo os corpos seminus e as fantasias na esperança de reconhecer alguém da escola que não fosse hediondo.

E reconheci.

Noah estava totalmente vestido e, até onde eu podia ver, sem fantasia. Usava calça jeans escura e um capuz, aparentemente, apesar do calor. E conversava com uma garota.

Uma garota incrivelmente bonita e delicada, com pernas enormes, usando um microvestido brilhante e asinhas de fada. Ela parecia estranhamente familiar, mas não conseguia me lembrar de onde. Devia estudar na nossa escola. Noah ouvia intensamente o que quer que ela estivesse dizendo, e um semicírculo de garotas fantasiadas a cercava: uma diaba, uma gata, uma anja e... Uma cenoura? Hã. Gostei da garota-vegetal, mas odiei o resto.

Precisamente nessa hora, a cabeça de Noah se ergueu e ele me viu encarando. Não pude ler a expressão no rosto dele, nem quando se inclinou sobre a fada e disse algo no ouvido dela. A fada se virou para olhar para mim. Noah esticou o braço para impedi-la, mas não antes de meus olhos encontrarem os dela. A garota riu e cobriu a boca antes de se virar de volta.

Noah estava debochando de mim. A humilhação se espalhou do fundo do meu estômago e se alojou na garganta. Dei meia-volta e abri caminho pelos corpos que haviam invadido minha bolha do espaço pessoal. Tanto quanto quis ir à festa, quis ir embora naquele momento.

Encontrei Daniel e gritei no ouvido dele que não estava me sentindo muito bem. Perguntei a Sophie se ela poderia dar-lhe uma carona na volta. Daniel ficou preocupado; insistiu em me levar para casa, mas eu não deixaria. Disse a ele que só precisava de um pouco de ar e, finalmente, ele me entregou as chaves e me deixou ir.

Engoli a vergonha e corri até a saída. Conforme empurrava a multidão, achei ter ouvido alguém atrás de mim gritar meu nome. Parei, engoli em seco e, contra meu bom senso, virei de costas.

Não havia ninguém.

21

QUANDO CHEGUEI EM CASA, TINHA ME RECOMPOSTO. Voltar com o rosto cheio de lágrimas, sem Daniel, não melhoraria minha situação com mamãe, e mal tínhamos começado a progredir. Mas quando embiquei o carro na entrada da garagem, o carro dela não estava lá. Nem o de papai. As luzes dentro de casa também estavam apagadas. Onde estavam? Fui até a porta da frente e estiquei o braço para destrancá-la.

A porta se abriu. Antes que a tocasse.

Fiquei parada ali, os dedos a apenas centímetros da maçaneta. Encarei, com o coração na garganta, e ergui os olhos devagar seguindo o comprimento da porta. Nada fora do normal. Talvez tivessem se esquecido de trancar.

Com uma das mãos, abri o restante da porta e fiquei ali parada, olhando para dentro da casa escura. As luzes da entrada, da sala de estar e da de jantar estavam apagadas, mas uma luz prateada escapava do canto onde ficava a sala de estar. Devem ter deixado aquela acesa.

Meus olhos percorreram o lugar. O quadro ainda estava na parede. A antiga tela chinesa de marfim e madrepérola estava no mesmo lugar desde que eu havia saído. Tudo estava no devido lugar. Inspirei, fechei a porta atrás de mim e acendi todas as luzes da frente da casa em uma rápida sucessão.

Melhor assim.

Quando entrei na cozinha para pegar algo para comer, reparei no bilhete na porta da geladeira.

Levei Joseph ao cinema. Voltamos umas 22h30.

Uma olhada no relógio me informou que eram apenas 21 horas. Deviam ter acabado de sair. Joseph provavelmente fora o último a ir embora e se esqueceu de trancar a porta. Nada demais.

Vasculhei a geladeira. Iogurte. Achocolatado. Pepinos. Sobras de lasanha. Minha cabeça doía, um lembrete dos mil grampos que mamãe havia enfiado nela. Peguei um pote de iogurte e uma colher, então segui até o quarto para trocar de roupa. Mas assim que entrei no corredor, congelei.

Quando saí de casa com Daniel, todos os retratos de família estavam pendurados do lado esquerdo da parede, opostos aos três conjuntos de portas francesas à direita.

Mas agora todos os retratos estavam à direita. E as portas francesas à esquerda.

O iogurte caiu das minhas mãos, manchando a parede. A colher quicou no chão, e o som me puxou de volta para a realidade. Tive uma noite ruim. Estava imaginando coisas. Saí do corredor de costas e então corri para a cozinha e puxei um pano de prato da alça do fogão. Quando voltei para o corredor, tudo estaria no devido lugar.

Voltei para o corredor. Tudo estava no devido lugar.

Corri até o quarto, fechei a porta atrás de mim e afundei na cama. Estava chateada. Não deveria ter saído: a festa não era, de fato, o que eu precisava. A coisa toda tinha me deixado nervosa e estressada, e provavelmente estava causando o episódio de TEPT. Precisava relaxar. Precisava tirar aquelas roupas.

Os saltos foram primeiro. Meus pés não estavam acostumados com aquele tipo de tortura, e assim que os tirei meu corpo inteiro suspirou de alívio. Tudo estava dolorido: os calcanhares, as batatas da perna, as coxas. Ainda vestida, caminhei até o banheiro e abri a torneira da banheira. A água quente relaxaria meus músculos. Relaxaria a mim. Acendi a lâmpada de aquecimento, o que projetou um brilho avermelhado uterino sobre os azulejos e a pia brancos. A água corrente abafou meus pensamentos, e eu inspirei o vapor que subia da banheira. Comecei a tirar os grampos do cabelo, e eles ficaram empilhados no canto da pia como lagartas pretas e magricelas. Fui até o closet para tirar o vestido, mas congelei.

Uma caixa aberta estava no chão do armário. Não me lembrava de tê-la tirado das prateleiras. Nem de tirar a fita adesiva das laterais e abri-la desde que havíamos nos mudado. Será que eu a deixara do lado de fora? Devo ter deixado. Ajoelhei-me em frente à caixa. Era a que mamãe havia levado para o hospital, e sob pedaços da minha antiga vida — bilhetes, desenhos, livros, a velha boneca de pano que tinha desde bebê — encontrei uma pilha de fotografias lustrosas presas com um elástico de modo descuidado. Algumas delas escaparam, flutuando até o chão, e peguei uma.

A fotografia era do verão anterior. Vi a composição daquele momento como se estivesse acontecendo em tempo real. Rachel e eu de bochechas unidas olhando para a câmera que ela segurava longe dos nossos rostos. Estávamos rindo, as bocas abertas, os dentes refletindo no sol, o vento soprando nossas mechas brilhantes. Ouvi o clique do obturador imprimindo a imagem no filme, que ela insistira em usar naquele verão, pois queria aprender a revelar. Então a impressão ficou escura, tornando nós duas brancas, parecendo esqueletos no negativo.

Coloquei a foto sobre a escrivaninha vazia com cuidado, pus a caixa de volta e fechei a porta. Quando reparei no silêncio, prendi a respiração. Saí de dentro do closet e espiei dentro do banheiro. A torneira estava desligada. Uma única gota d'água caiu, parecendo uma bomba naquela quietude. A banheira tinha transbordado, fazendo o azulejo de cerâmica refletir a luz como vidro.

Não me lembrava de ter fechado a água.

Mas devo ter feito isso.

Só que de jeito *nenhum* eu entraria.

Mal conseguia respirar quando peguei duas toalhas e as joguei no chão. Elas escureceram assim que absorveram a água, e ficaram encharcadas em segundos. A água escorreu até meus pés. O ralo da banheira precisava ser aberto. Fui até lá com cuidado, mas tudo dentro de mim gritava *má ideia*. Inclinei-me sobre a borda da banheira.

Os brincos de esmeralda e diamantes cintilavam no fundo. Levei as mãos às orelhas.

Sim, tinham sumido.

Ouvi a voz de mamãe na mente. *Não os perca, está bem? Eram da sua avó.*

Fechei os olhos bem apertados e tentei respirar. Quando os abrisse, seria corajosa.

Testei a água com o dedo. Nada aconteceu.

Claro que nada aconteceu. Era apenas uma banheira. As fotos haviam me distraído e a deixei transbordar, então desliguei a torneira sem registrar o fato. Tudo estava bem. Mergulhei o braço.

Por um segundo, não consegui pensar. Era como se todo o tato do cotovelo para baixo tivesse sido desligado. Como se o resto do meu braço jamais tivesse existido.

Então uma dor escaldante rasgou minha pele, meus ossos, de dentro para fora e de fora para dentro. Um grito mudo deformou minha boca, e lutei para puxar o braço de volta, mas ele não se moveu. Não conseguia me mexer. Encolhi-me na lateral da banheira. Mamãe me encontrou ali uma hora depois.

— Como você disse que aconteceu? — O médico do pronto-socorro parecia ter minha idade. Enrolava a gaze sobre a pele vermelha e inchada do meu antebraço enquanto eu trincava os dentes, reprimindo um grito.

— Banheira — consegui resmungar. Ele e mamãe trocaram um olhar.

— Seu braço deve ter ficado lá dentro por um tempo — disse ele, olhando nos meus olhos. — Essas queimaduras são bem sérias.

O que eu poderia dizer? Que testei a água antes de entrar e não pareceu tão quente? Que parecia que algo me agarrou e me manteve submersa? Dava para ver nos olhos do médico que ele achava que eu era louca — que tinha feito aquilo de propósito. Qualquer coisa que dissesse para explicar o que havia acontecido não ajudaria.

Então virei o rosto.

Não me lembro muito do caminho até o hospital, só que Joseph, papai e mamãe estavam comigo. E ainda bem que não me lembrava de mamãe me pegando no chão do banheiro ou me colocando no carro, como deve ter feito. Eu mal conseguia olhar para ela. Quando o médico terminou o curativo, puxou minha mãe para o corredor.

Concentrei-me na dor lancinante no braço para evitar pensar em onde estava. O cheiro de antisséptico invadia as narinas, o ar do hospital penetrava minha pele. Trinquei o maxilar para segurar o enjoo e encostei na janela para sentir o vidro frio na bochecha.

Meu pai devia estar preenchendo papelada, pois Joseph estava sentado esperando sozinho. Ele parecia tão pequeno. Mas mesmo assim. Ele olhava para baixo e seu rosto — nossa. O rosto dele estava tão assustado. Uma dor forte me subiu pela garganta. Tive um lampejo de como deve ter ficado apavorado quando estive internada da última vez, vendo a irmã mais velha ser engolida por uma cama de hospital. E agora, lá estávamos de novo, nem três meses depois. Foi um alívio quando mamãe finalmente voltou para me levar para fora do quarto. Ficamos todos em silêncio no caminho de volta.

Quando chegamos em casa, Daniel estava lá. Ele me cercou assim que passei pela porta.

— Mara, você está bem?

Fiz que sim.

— Foi só uma queimadura.

— Quero falar com Mara rapidinho, Daniel — disse mamãe. — Vou até seu quarto daqui a pouco.

A voz dela era ameaçadora, mas Daniel pareceu imperturbável, mais preocupado comigo do que qualquer outra coisa.

Mamãe seguiu na frente pelo corredor até meu quarto e sentou-se na cama. Eu sentei na cadeira.

— Vou marcar uma consulta para você conversar com alguém amanhã — disse ela.

Concordei em silêncio ao visualizar a aparência horrorizada de Joseph. Ele era só uma criança. Eu o tinha feito passar por coisas demais. E entre a queimadura, os espelhos, a risada e os pesadelos, talvez fosse hora de fazer as coisas do jeito de mamãe. Talvez conversar com alguém ajudasse.

— O médico disse que você deve ter ficado com o braço debaixo d'água por um bom tempo para ter queimaduras de segundo grau. E ainda assim você ficou lá até eu encontrá-la... — disse ela, com a voz alterada. — No que você estava pensando, Mara?

Minha voz estava tomada por derrota.

— Eu ia tomar um banho, mas os brincos... — Inspirei trêmula. — Os brincos que você me emprestou caíram na banheira. Precisei pegá-los antes de abrir o ralo.

— E pegou? — perguntou mamãe.

Fiz que não com a cabeça.

— Não. — Minha voz falhou.

As sobrancelhas de mamãe se uniram. Ela andou até mim e colocou a mão na minha orelha. Senti o dedo soltar a tarraxa de um brinco. Ela exibiu o brinco de esmeralda na palma da mão. Levei a mão à outra orelha: o outro também estava lá. Tirei o brinco e o coloquei na mão dela conforme lágrimas se acumulavam nos meus olhos.

Tinha imaginado a coisa toda.

22

—MARA DYER? — CHAMOU A RECEPCIONISTA. Levantei-me. A revista que não estava lendo caiu no chão, aberta em uma página proibida para menores com duas modelos nuas envolvendo um ator lindo de terno. Picante demais para um consultório de psiquiatra. Peguei a revista e a coloquei sobre a mesa de centro, então fui até a porta para a qual a recepcionista sorridente apontava. Entrei.

A psiquiatra tirou os óculos e os colocou sobre a mesa ao se levantar.

— Mara, é um prazer conhecê-la. Sou Rebecca Maillard.

Apertamos as mãos. Olhei para as opções de assento. Uma poltrona. O sofá de praxe. Uma cadeira de escritório. Provavelmente algum tipo de teste. Escolhi a poltrona.

A Dra. Maillard sorriu e cruzou as pernas. Era magra. Da idade de mamãe. Talvez até se conhecessem.

— Então, o que a traz aqui hoje, Mara? — perguntou ela.

Estiquei o braço com as ataduras. A Dra. Maillard ergueu as sobrancelhas, esperando que eu falasse. Então falei.

— Eu me queimei.

— Quer dizer que foi queimada ou queimou a si mesma?

Esperta, essa médica.

— Fui queimada, mas mamãe acha que eu me queimei.

— Como aconteceu?

Respirei fundo e contei a ela sobre os brincos e a banheira. Mas não sobre a porta da frente destrancada. Ou sobre a caixa que não me lembrava de ter tirado do lugar no closet. Uma coisa de cada vez.

— Algo assim já aconteceu antes?

— Assim como? — Observei os livros nas estantes dela; o manual de diagnósticos, coleções farmacológicas, periódicos. Nada interessante ou fora do comum. Poderia ser o consultório de qualquer um. Não havia personalidade.

A Dra. Maillard fez uma pausa antes de responder.

— Essa foi a primeira vez que foi parar no hospital?

Encarei-a com os olhos semicerrados. Parecia mais uma advogada do que psiquiatra.

— Por que pergunta se já sabe a resposta?

— Não sei a resposta — falou a Dra. Maillard, inabalável.

— Mamãe não te contou?

— Ela me contou que vocês se mudaram para cá recentemente porque você vivenciou um trauma em Rhode Island, mas não tive chance de conversar com ela por muito tempo. Precisei trocar o horário de outro paciente para atendê-la tão em cima da hora.

— Sinto muito — falei.

A Dra. Maillard enrugou a testa.

— Não precisa se desculpar, Mara. Só espero poder ajudar.

Também esperava, mas estava começando a duvidar.

— O que tem em mente?

— Bem, pode começar me contando se já esteve no hospital antes — falou ela, unindo as mãos sobre a perna. Fiz que sim. — Por que motivo? — Ela olhou para mim com interesse apenas casual. Não fez nenhuma anotação.

— Meus amigos morreram em um acidente. Minha melhor amiga. Eu estava lá, mas não me feri.

Ela pareceu confusa.

— Por que foi para o hospital, então?

— Fiquei inconsciente por três dias. — Minha boca parecia não querer dizer a palavra "coma".

— Seus amigos — disse ela, devagar. — Como eles morreram?

Tentei responder, repetir o que mamãe me contou, mas tive problemas com as palavras. Estavam enterradas na minha garganta, além do alcance. O silêncio ficou mais e mais desconfortável enquanto eu lutava para puxá-las.

A Dra. Maillard se inclinou para a frente.

— Não tem problema, Mara — falou ela. — Não precisa me contar.

Respirei fundo.

— Não lembro como eles morreram, sinceramente.

Ela concordou. Uma mecha de cabelo louro-escuro caiu sobre a testa.

— Tudo bem.

— Tudo bem? — Lancei a ela um olhar cético. — Simples assim?

A Dra. Maillard sorriu de leve, os olhos castanhos eram gentis.

— Simples assim. Não precisamos falar sobre nada que você não queira nesta sala.

Fiquei um pouco indignada. Rebati:

— Não me importo em falar sobre isso. Só não me lembro.

— E não tem problema. Às vezes, a mente encontra um meio de nos proteger das coisas até estarmos prontas para lidar com elas.

A presunção dela me incomodou mais do que deveria.

— Eu me sinto pronta para lidar com isso.

A Dra. Maillard colocou o cabelo atrás da orelha.

— Isso também não é problema. Quando tudo aconteceu?

Pensei durante um tempo. Era tão difícil ter noção de tempo.

— Alguns meses... Dezembro?

Pela primeira vez, o comportamento da Dra. Maillard mudou. Ela pareceu surpresa.

— Isso é bem recente — falou.

Dei de ombros e olhei para o outro lado. Meus olhos recaíram sobre uma planta que parecia de plástico e pegava luz do sol no canto do consultório. Me perguntei se era de verdade.

— Então, como está desde a mudança? — prosseguiu ela com as perguntas.

Um leve sorriso se formou no canto da minha boca.

— Tirando a queimadura, quer dizer?

A Dra. Maillard sorriu de volta.

— Tirando isso.

A conversa poderia tomar centenas de rumos diferentes. A Dra. Maillard estava sendo paga para me ouvir — era o trabalho dela. Apenas um trabalho. Quando voltasse para casa, para a família, não seria Dra. Maillard. Seria mamãe. Becca, talvez. Outra pessoa, como minha mãe. E não pensaria em mim até nossa próxima consulta.

Mas eu estava ali por um motivo. Com as lembranças — os sonhos — eu podia lidar. Com as alucinações também. Mas a queimadura era demais. Pensei em Joseph parecendo tão assustado, pequeno e perdido no hospital. Não queria vê-lo daquele jeito nunca mais.

Engoli em seco e prossegui.

— Acho que tem alguma coisa acontecendo comigo. — Minha grande declaração.

A expressão dela não mudou.

— O que acha que está acontecendo com você?

— Não sei. — Senti a necessidade de suspirar e passar as mãos pelos cabelos, mas resisti. Não sabia que tipo de sinal isso enviaria e não queria enviar justamente o errado.

— Tudo bem, vamos voltar um minuto. *Por que* acha que algo está acontecendo com você? O que a faz pensar isso?

Esforcei-me para manter contato visual com ela.

— Às vezes vejo coisas que não estão ali — respondi.

— Que tipo de coisas?

Por onde começar? Decidi seguir a ordem cronológica inversa.

— Bem, como falei, achei que os brincos que mamãe me emprestou tinham caído na banheira, mas estavam nas minhas orelhas.

A Dra. Maillard confirmou que escutava com um aceno.

— Continue.

— E antes de ir à festa ontem à noite, vi uma das minhas amigas mortas no espelho. — *Zing*.

— Que tipo de festa era?

Se a Dra. Maillard ficou chocada com minha revelação, não demonstrou.

— Hã... Uma festa a fantasia? — Não tive a intenção de fazer soar como uma pergunta.

— Foi com alguém?

Confirmei.

— Meu irmão, mas ele iria se encontrar com outra pessoa. — A sala começou a parecer quente.

— Então você ficou sozinha?

Uma imagem de Noah sussurrando para a menina encantadora passou diante dos meus olhos. Sozinha, de fato.

— Sim.

— Você tem saído bastante desde que se mudou?

Sacudi a cabeça e respondi:

— A noite passada foi a primeira vez.

A Dra. Maillard sorriu levemente.

— Pode ter sido estressante.

Com isso, precisei conter uma risada. Não pude evitar.

— Em comparação a quê? — perguntei.

As sobrancelhas dela se ergueram.

— Me diga você.

— Em comparação à morte da melhor amiga? Ou a me mudar para longe de tudo que conheço? Ou a começar em uma nova escola tão no fim do ano escolar?

Ou a descobrir que seu pai está representando o suposto assassino de uma adolescente? O pensamento me surgiu sem aviso. Sem precedente. Empurrei-o para longe. O trabalho de papai *não* seria um problema para mim. Não podia me permitir ser *tão* problemática assim. Se mamãe reparasse que eu estava estressada com isso, talvez o fizesse desistir do caso, o primeiro desde que nos mudamos. E, com três filhos

136

matriculados em uma escola particular, eles provavelmente precisavam do dinheiro. Eu tinha destruído as vidas deles o suficiente. Decidi não mencionar isso para a Dra. Maillard. O que conversávamos era confidencial, mas ainda assim.

O rosto dela estava sério quando falou.

— Está certa — disse ela, encostando de novo na cadeira. — Deixe eu te fazer uma pergunta: a noite passada foi a primeira em que você viu alguém ou algo que não estava ali?

Neguei com a cabeça, de certo modo aliviada pelo foco da conversa ter mudado.

— Sente-se confortável para me contar sobre as outras coisas que viu?

Não exatamente. Brinquei distraída com o fio da minha calça jeans surrada, sabendo o quanto pareceria maluca. O quanto já parecia maluca. Falei mesmo assim.

— Outro dia vi meu antigo namorado, Jude, na escola.

— Quando?

— No primeiro dia. — Depois de ver a sala de aula de álgebra desabar. Depois de Claire surgir pela primeira vez no espelho. Mordi o lábio.

— Então, já estava bem estressada.

Fiz que sim.

— Sente falta dele?

A pergunta me pegou desprevenida. Como responderia àquilo? Quando estava acordada, mal pensava em Jude. E quando sonhava... Não era exatamente agradável. Abaixei os olhos, esperando que a Dra. Maillard não reparasse meu rosto corado, a única evidência da vergonha. Eu era uma pessoa ruim.

— Às vezes essas coisas são complicadas, Mara — disse ela. Acho que acabou reparando. — Quando perdemos pessoas que eram importantes para nós, podemos vivenciar toda uma gama de emoções.

Eu me mexi na poltrona.

— Podemos falar sobre outra coisa?

— Podemos, mas gostaria muito de continuar nisso durante um tempo. Pode me contar mais sobre o relacionamento de vocês dois?

Fechei os olhos.

— Não era nada demais. Só estávamos juntos havia dois meses.

— Foram meses bons?

Pensei a respeito.

— Tudo bem — falou a Dra. Maillard prosseguindo. A resposta devia estar escrita na minha testa. — E quanto a seu relacionamento com a melhor amiga? Você a viu desde que morreu também, não foi?

Neguei.

— Aquela foi Claire. Ela se mudou para Laurelton no ano passado. Era a irmã de Jude, meu namorado. Era próxima de Rachel.

Os olhos da Dra. Maillard se estreitaram.

— Rachel. Sua melhor amiga?

Confirmei.

— Mas não era próxima de você?

— Não muito.

— E você não viu Rachel?

Fiz que não com a cabeça.

— Há algo mais? Algo que viu e que não deveria? Algo que ouviu e que não deveria?

Semicerrei os olhos. Perguntei:

— Como vozes? — Ela definitivamente achava que eu era maluca.

A Dra. Maillard deu de ombros.

— Como qualquer coisa.

Olhei para meu colo e tentei segurar um bocejo. Não consegui.

— Às vezes. Às vezes ouço chamarem meu nome.

A Dra. Maillard assentiu.

— Como você dorme?

— Não muito bem — admiti.

— Pesadelos?

Pode-se dizer que sim.

— Sim.

— Lembra-se de algum deles?

Esfreguei a nuca.

— Às vezes. Às vezes sonho com aquela noite.

— Acho que você é muito corajosa em me contar tudo isso. — Ela não pareceu condescendente ao dizer isso.

— Não quero ser louca — falei. Sinceramente.

— Não acho que seja louca.

— Então é normal ver coisas que não estão ali?

— Quando alguém passou por um evento traumático, sim.

— Mesmo que não me lembre dele?

A Dra. Maillard ergueu uma sobrancelha.

— De nada?

Esfreguei a testa, então prendi o cabelo na nuca como um nó. Não falei nada.

— Acho que você está começando a se lembrar — disse ela. — Devagar e de um modo que consiga processar sem machucar muito sua mente. E, ainda que eu queira explorar mais isso se você decidir me ver de novo, acho provável que enxergar Jude e Claire seja a maneira de seu cérebro expressar os sentimentos mal resolvidos que tem em relação a eles.

— Então, o que faço? Para fazer isso parar? — perguntei a ela.

— Bem, se achar que gostaria de me ver de novo, podemos conversar sobre um plano para terapia.

— Nada de remédios? — Imaginei que mamãe tivesse me levado a uma psiquiatra por um motivo. Provavelmente pensou que deveria usar a artilharia pesada. E, depois da noite anterior, não poderia exatamente discutir com ela.

— Bem, costumo, sim, receitar medicação para ser utilizada juntamente com a terapia. Mas a escolha é sua. Posso recomendá-la a um psicólogo se não quiser usar medicação ainda, ou podemos fazer uma tentativa. Ver como você se sai.

As coisas que estavam acontecendo desde que nos mudamos — os sonhos, as alucinações —, imaginei se um comprimido poderia realmente fazê-las ir embora.

— Acha que tomar remédios vai ajudar? — falei.

— Só remédios? Talvez. Mas com terapia comportamental cognitiva, as chances de se sentir melhor mais cedo são maiores, embora seja definitivamente um processo de longo prazo.

— Terapia comportamental cognitiva?

A Dra. Maillard confirmou.

— Ela muda sua maneira de pensar a respeito das coisas. A forma de lidar com o que está vendo. Com o que sente. Também ajudará com os pesadelos que vem tendo.

— As lembranças — corrigi. E então um pensamento se materializou. — E se... E se eu só precisar me lembrar?

Ela se inclinou um pouco para a frente na poltrona.

— Isso pode fazer parte do processo, Mara. Mas não é algo que se possa forçar. Sua mente já está trabalhando nisso. Do próprio jeito.

Um sorriso surgiu no canto da minha boca.

— Então, não faremos nenhuma hipnoterapia ou nada aqui?

A Dra. Maillard sorriu.

— Creio que não — disse ela.

Concordei.

— Mamãe não acredita nisso mesmo.

A Dra. Maillard pegou um bloquinho na mesa e escreveu algo. Tirou dele um pedaço de papel e me entregou.

— Peça para sua mãe comprar isto. Se quiser tomar, ótimo. Se não, também não tem problema. Pode não fazer efeito durante algumas semanas, no entanto. Ou pode acabar funcionando alguns dias depois de começar a tomar. Cada pessoa é diferente.

Não conseguia ler a letra da Dra. Maillard.

— Zoloft?

Ela fez que não com a cabeça.

— Não gosto de receitar inibidores de serotonina a adolescentes.

— Por quê?

Os olhos da Dra. Maillard varreram o calendário sobre a mesa.

— Alguns estudos mostraram que há uma ligação entre os inibidores e o suicídio em adolescentes. Podemos nos encontrar na próxima terça-feira?

As datas voaram pela minha mente.

— Na verdade, as provas estão chegando. Correspondem a grande parte da minha nota.

— Isso é muita pressão.

Dei uma gargalhada.

— É. Acho que sim.

Ela pegou os óculos e os colocou de volta.

— Mara, já chegou a considerar a hipótese de dar um tempo na escola?

Levantei-me.

— Para ficar sentada pensando em como sinto falta de Rachel o dia inteiro? Acabar com minhas chances de me formar a tempo? Destruir meu histórico escolar?

— Entendido. — A Dra. Maillard sorriu e se levantou. Ela estendeu a mão, eu a apertei, mas não consegui olhar nos olhos dela. Estava envergonhada pela recente explosão de pena. — Mas tente cuidar do estresse. — Então deu de ombros. — O máximo que puder. Episódios de TEPT costumam ser provocados por momentos assim. E ligue-me quando as provas acabarem, principalmente se decidir tomar o remédio. Ou antes, se precisar de mim. — Ela me entregou o cartão de visitas. — Foi um prazer conhecê-la, Mara. Estou feliz por ter vindo.

— Obrigada — respondi com sinceridade.

Mamãe estava esperando por mim do lado de fora quando a consulta terminou. Surpreendentemente, não se intrometeu. Entreguei a receita, e o rosto dela ficou tenso.

— O que foi? — perguntei.

— Nada — respondeu mamãe, e olhou para a rua. Paramos em uma farmácia a caminho de casa. Ela colocou o saquinho no nicho do painel central do carro.

Abri e olhei para o frasco de comprimidos.

— Zyprexa — li em voz alta. — O que é?

— Deve ajudar a tornar as coisas fáceis de se lidar — falou mamãe ainda olhando para a frente. Uma não resposta. Ela não disse mais nada no caminho de casa.

Mamãe levou o saquinho para dentro de casa consigo, e eu fui para o quarto. Liguei o computador e digitei Zyprexa no Google. Cliquei no primeiro site que encontrei, e minha boca ficou seca.

Era um antipsicótico.

23

NÃO SABIA COMO REAGIR A NOAH NA AULA NO DIA SEGUINTE. A festa a fantasia parecia ter acontecido havia eras, mas minha humilhação era recente. Fiquei feliz pela camisa de botão de manga comprida que precisava usar — ao menos minimizava o impacto das ataduras no braço esquerdo. Mamãe, que se tornara a Guardiã dos Comprimidos, tinha separado Tylenol com codeína antes de eu sair naquela manhã. Meu corpo todo doía, mas não tomei, e também não planejava começar a tomar Zyprexa por enquanto. Precisava estar com a cabeça limpa.

Quando entrei na aula de inglês, Noah já estava lá. Nossos olhos se encontraram por um segundo antes de eu abaixar o olhar e passar por ele. Precisava saber de Mabel — fazia só uma semana desde que eu a resgatara? — e descobrir como falar sobre ela com meus pais agora, considerando o que havia acontecido. Mas não sabia como mencionar o assunto com Noah, como falar com ele depois da festa. Sentei-me numa mesa do outro lado da sala, mas ele se levantou e me seguiu, sentando-se atrás da minha cadeira. Quando a Sra. Leib começou a falar, eu estava batendo com o lápis na mesa. Noah estalava os dedos atrás de mim, o que me dava um nervoso de ranger os dentes.

Quando o sinal tocou, cortei caminho entre os alunos, ansiosa pela aula de álgebra pela primeira vez na vida. Noah levava as garotas à loucura, e eu já era louca. Precisava esquecer isso. Esquecer ele. Como Jamie muito sabiamente dissera, eu já tinha problemas suficientes.

Fiquei tão aliviada ao ver Jamie na aula de álgebra que devo até ter sorrido. Com os dentes. Mas o brilho do meu bom humor não durou: Noah me encontrou assim que o sinal tocou.

— Oi — disse ele ao iniciar um trote gracioso ao meu lado.

— Oi. — Mantive os olhos à frente. Pergunte sobre a cadela. Pergunte sobre a cadela. Tentei encontrar as palavras, mas trinquei os dentes em vez disso.

— Mabel não está muito bem — falou Noah com o tom de voz constante.

Meu estômago se contorceu, e eu diminuí um pouquinho o passo.

— Ela vai ficar bem?

— Acho que sim, mas provavelmente é melhor se continuar conosco por um tempo. Assim mamãe pode tomar conta dela — disse Noah passando a mão pela nuca. — Você se importa?

— Não — respondi, ajustando o peso da bolsa no ombro ao me aproximar da próxima sala de aula. — Deve ser melhor assim.

— Queria te perguntar uma coisa... — começou Noah, então levou uma das mãos aos cabelos, torcendo as mechas. — Mamãe queria saber se talvez poderíamos ficar com ela? Ela está muito apegada.

Virei o rosto para o lado para vê-lo. Ou ele não reparou nas minhas ataduras ou as estava ignorando. Parecia indiferente a tudo. Distante. As palavras não combinavam com seu tom de voz.

— Quero dizer, a cadela é sua — disse ele —, o que você quiser nós faremos...

— Não tem problema — interrompi. Lembrava do modo como Mabel tinha se enroscado no peito dele enquanto a carregava. Ela estaria melhor com ele, com certeza. — Diga a sua mãe que não tem problema.

— Ia perguntar quando vi você na festa, mas você saiu.

— Tinha outro lugar para ir — falei, evitando o olhar dele.

— Certo. O que há de errado? — perguntou Noah, ainda parecendo extremamente desinteressado.

— Nada.

143

— Não acredito em você.

— Não me importo. — Não era verdade.

— Tudo bem. Almoce comigo, então — disse ele, casualmente.

Fiz uma pausa, dividida entre o sim e o não.

— Não — respondi finalmente.

— Por que não?

— Combinei de estudar com alguém — falei. Esperava que Jamie confirmasse.

— Com quem?

— Por que se importa? — perguntei em tom desafiador. Poderíamos estar discutindo física molecular, considerando o interesse que ele parecia dispensar à conversa.

— Também estou começando a me perguntar isso — disse Noah, e foi embora. Não olhou para trás.

Tudo bem.

Desenhei meu braço enfaixado na aula de artes, ainda que devêssemos estar trabalhando com rostos. E quando chegou o almoço, não procurei por Jamie, optando pela solidão. Peguei a banana que havia levado, descasquei e mordi devagar enquanto me dirigia ao armário, deixando os dentes roçarem na fruta. Estava feliz por ter me livrado de Noah. Aliviada, até o momento em que fui trocar os livros.

Foi aí que vi o bilhete.

Dobrado para que coubesse nas frestas do armário, empilhado inocentemente sobre uma torre de livros. Um pedaço de papel grosso com meu nome escrito.

Papel neutro e branco reluzente.

Papel de caderno de desenhos.

Desdobrei o bilhete e reconheci um de meus desenhos de Noah imediatamente. O outro lado do papel simplesmente dizia:

TENHO ALGO QUE PERTENCE A VOCÊ.
ENCONTRE-ME NAS MÁQUINAS DE LANCHE NO ALMOÇO SE O QUISER DE VOLTA.

Uma descarga de calor percorreu minha pele. Teria Noah roubado meu caderno de desenhos? A raiva repentina me surpreendeu. Nunca tinha socado ninguém antes, mas havia uma primeira vez para tudo. Interrompi o pensamento com a batida metálica e aguda da porta do armário.

Não lembro como cheguei à base das escadas. Em um minuto estava ao lado do armário, no outro estava dobrando a esquina das máquinas de lanche. E então um pensamento horrível passou por mim: e se não tivesse sido Noah? Se tivesse sido outra pessoa? Como... ah, não. Como Anna. Imaginei-a se dissolvendo em um ataque de risos ao mostrar meus desenhos de Noah aos amigos.

É lógico que, quando cheguei, Anna estava de pé aguardando com uma expressão esnobe e satisfeita no rosto bonito. Escoltada por Aiden, os dois bloquearam meu caminho, transbordando de satisfação.

Quando vi os dois, ainda estava confiante de que conseguiria lidar com aquilo. Praticamente já tinha me acostumado a esperar pelas besteiras dela.

O que não esperava eram as dezenas de alunos reunidos para assistir aquele desastre se desenrolar.

E o que fez um grito lancinante percorrer minha espinha foi ver Noah, no centro de um círculo de admiradores, homens e mulheres.

Naquele momento, a magnitude das tramas de Anna me ofendeu. Meu estômago se revirou quando tudo se encaixou: por que estavam todos ali, por que Noah estava ali. Anna estava montando aquele picadeiro desde que ele tinha falado comigo no primeiro dia de aula. Foi no Mercedes preto *dela* que quase bati na semana anterior — ela me viu sair do carro de Noah. E agora, tudo de que ela precisava para completar a fantasia de mestre de cerimônias era a cartola e o monóculo.

Ah, Anna. Subestimei você.

Todos os olhares estavam em mim. Minha vez. Se eu fosse jogar.

Passei os olhos pelos estudantes reunidos enquanto fiquei ali de pé, decidindo. Finalmente, apenas olhei para Anna e desafiei-a a falar. Aquela que falar primeiro perde. E ela não desapontou.

— Procurando por isto? — disse ela inocentemente ao segurar meu caderno de desenhos.

Estiquei o braço, mas Anna o puxou de volta.

— Sua manja-rola — falei, com os dentes trincados.

Ela fingiu choque.

— Nossa, nossa, Mara. Que linguajar! Estou apenas devolvendo um item perdido à legítima dona. É a legítima dona, não é? — perguntou ao abrir o caderno para ver o verso da capa. — Mara Dyer — leu em voz alta. — É você — acrescentou com ênfase, pontuando a declaração com uma risada de escárnio. Não falei nada. — Aiden aqui foi bonzinho o bastante para pegar quando o esqueceu na aula de álgebra por engano.

Aiden sorriu com a deixa. Devia ter tirado de dentro da minha bolsa.

— Na verdade, ele roubou.

— Creio que não, Mara. Você deve ter se descuidado e o colocou em outro lugar — disse ela e fez um *tsc*.

Agora que havia montado o palco, Anna começou a folhear meu caderno de desenhos. Se batesse nela, Aiden pegaria o caderno e Noah veria o que eu tinha desenhado. E, para ser honesta, nunca bati em ninguém na vida. Também não havia nada que pudesse dizer para minimizar o dano. Os desenhos eram tão precisos, retratos dele tão bem construídos que trairiam minha quedinha obsessiva assim que fossem revelados. A humilhação seria perfeita, e ela sabia.

A derrota tomou minhas bochechas, escorrendo para a garganta e as clavículas. Não poderia fazer nada a não ser sofrer diante de tal exposição emocional e ficar ali, sujeita à escola inteira, até Anna estar bêbada da overdose de crueldade.

E pegar meu caderno de desenhos depois que ela terminasse. Porque era meu e o teria de volta.

Não queria ver o rosto de Noah quando Anna finalmente abrisse a página onde ele aparecia pela primeira vez. Vê-lo sorrir torto, ou rir, ou gargalhar, ou revirar os olhos acabaria comigo, e eu não podia chorar ali naquele dia. Então fixei o olhar no rosto de Anna e a assisti tremer com malícia exultante ao segurar o caderno de desenhos e abrir caminho até ele. A multidão passou de um semicírculo torto para um triângulo aberto, com Noah no vértice.

— Noah? — cantarolou ela.

— Anna — respondeu Noah, inexpressivo.

Ela folheou o caderno, e eu podia ouvir os sussurros crescerem até um burburinho. Ouvi o zumbido de uma risada em algum lugar no lado mais distante dos quiosques, mas o som parou. Anna virava as páginas devagar para obter efeito, e, como uma diretora de escola demoníaca, segurava o livro num ângulo que permitisse exposição máxima à multidão reunida. Todos precisavam ter a oportunidade de dar uma boa olhada em minha desgraça.

— Esse se parece *tanto* com você — disse ela para Noah, pressionando o próprio corpo contra o dele.

— Minha garota tem talento — respondeu Noah.

Meu coração parou de bater.

O coração de Anna parou de bater.

O coração de todo mundo parou de bater. O zumbido de um mosquito solitário teria soado obsceno naquela quietude.

— Mentira — sussurrou Anna finalmente, mas foi alto o bastante para que todos ouvissem. Ela não tinha se movido um centímetro.

Noah deu de ombros.

— Sou um babaca vaidoso, e Mara ainda me faz esses agrados. — Depois de uma pausa, acrescentou: — Só estou feliz que você não tenha colocado as patinhas gananciosas no *outro* caderno de desenhos. *Isso* sim teria sido vergonhoso. — Os lábios dele se curvaram em um sorriso tímido enquanto deslizava para longe da mesa de piquenique na qual estava sentado. — Agora, me deixa em paz, porra — falou com calma para uma Anna embasbacada e muda. Então passou por ela empurrando-a e puxando o caderno de desenhos com violência de suas mãos.

E veio até mim.

— Vamos — ordenou Noah gentilmente ao chegar ao meu lado. O corpo dele roçava a reta entre meu ombro e braço de modo protetor. E, então, ele estendeu a mão.

Queria agarrá-la. Queria cuspir na cara de Anna. Queria beijar Noah. Queria acertar uma joelhada na virilha de Aiden Davis. A civilidade venceu, e ordenei que cada nervo do meu corpo respondesse ao sinal que o cérebro enviava e tocasse os dedos dele com os meus. Uma corrente viajou das pontas dos dedos até o vazio que costumava ser meu estômago.

E simplesmente assim, eu era total, completa e inteiramente, Dele.

Nenhum de nós falou até estarmos fora dos campos de audição e visão do corpo discente chocado e boquiaberto. Estávamos de pé ao lado de um banco na quadra de basquete quando Noah parou, finalmente soltando minha mão. Senti-me vazia, mas mal tive tempo de processar a perda.

— Você está bem? — perguntou ele, baixinho.

Confirmei, olhando além dele. Minha língua estava dormente.

— Tem certeza?

Fiz que sim outra vez.

— Absoluta?

Encarei-o fixamente.

— Estou bem — falei.

— Essa é minha garota.

— Não sou sua garota — falei com mais veneno do que pretendia.

— Certo, então — disse Noah, e olhou para mim de modo curioso. Ele ergueu uma das sobrancelhas. — Quanto a isso. — Eu não sabia o que dizer, então não disse nada. — Você gosta de mim. Você, assim como eu, *gosta* de mim. — Ele estava tentando não sorrir.

— Não. Eu odeio você — falei, esperando que ao enunciar se tornasse verdade.

— Mas mesmo assim me desenha. — Noah ainda soava presunçoso, minha declaração não o deteve nem um pouco.

Aquilo era tortura. Era até pior do que aquilo que tinha acabado de acontecer, ainda que fôssemos só nós dois. Ou exatamente *porque* éramos só nós dois.

— Por quê? — perguntou ele.

— Por que o quê? — O que eu poderia dizer? Noah, apesar de você ser um babaca, ou talvez justamente por causa disso, gostaria de arrancar suas roupas e ser a mãe dos seus filhos. Não conte a ninguém.

— Por que tudo. Começando com por que me odeia. E então continue até chegar à parte sobre os desenhos.

148

— Eu não odeio você de verdade — falei, derrotada.

— Eu sei.

— Então por que pergunta?

— Porque queria que você admitisse — disse ele, sorrindo torto.

— Feito — respondi, sentindo-me perdida. — Terminamos?

— Você é a pessoa mais ingrata do mundo.

— Está certo — falei com a voz inexpressiva. — Obrigada por me salvar. Preciso ir.

Comecei a ir embora.

— Não tão rápido.

Noah esticou o braço na direção do meu punho saudável. Ele o pegou delicadamente, e eu me virei. Meu coração flutuava de modo doentio.

— Ainda temos um problema — continuou.

Olhei sem entender para ele, que ainda segurava meu punho, e esse contato interferia no funcionamento do meu cérebro.

— Todos acham que estamos juntos — falou Noah.

Ah. Noah precisava de uma saída. Claro que precisava. Não estávamos, de fato, juntos. Eu era só... não sei o que era para ele. Olhei para o chão, apontando o bico do tênis para a calçada como uma criança deprimida enquanto pensava no que dizer.

— Na segunda-feira, fale pra eles que me dispensou— respondi, finalmente.

Noah soltou meu punho e pareceu verdadeiramente confuso.

— O quê?

— Se disser que terminou comigo durante o fim de semana, todos vão acabar esquecendo que isso aconteceu. Diga que eu era muito grudenta ou algo assim.

Noah arqueou as sobrancelhas de leve.

— Não era exatamente isso que eu tinha em mente.

— Tudo bem. — Agora eu estava confusa. — Vou concordar com o que você preferir, pode ser?

— Domingo.

— Como é?

— Prefiro domingo. Meus pais combinaram alguma coisa para o sábado, mas no domingo estou livre.

Não entendi.

— E?

— E você vai passar o dia comigo.

Aquilo não era o que eu esperava.

— Vou?

— Sim. Você me deve. — E estava certo: eu devia. Noah não precisou fazer nada para transformar o sonho de Anna e meu pesadelo em realidade. Ele poderia ter ficado sentado lá, olhando para a cena como se não tivesse a ver com ele, e teria sido o suficiente para aprimorar minha humilhação perante a escola.

Mas ele não fez isso. Ele me salvou, e eu não conseguia entender por quê.

— Adianta perguntar o que faremos no domingo?

— Na verdade não.

Tudo bem.

— Adianta perguntar o que vai fazer comigo?

Ele deu um sorriso malicioso.

— Na verdade não.

Incrível.

— Será necessário que decore alguma palavra chave caso precise de socorro?

— Isso vai depender inteiramente de você. — Noah chegou impossivelmente mais perto, apenas a centímetros de distância. Algumas sardas sumiam para trás do pescoço na altura do maxilar dele. — Serei delicado — acrescentou. Minha respiração ficou presa na garganta conforme ele me olhava por debaixo dos cílios, me destruindo.

Encarei-o com os olhos semicerrados.

— Você é mau — declarei.

Em resposta, Noah sorriu e ergueu o indicador para bater de leve na ponta do meu nariz.

— E você é minha — falou, e então foi embora.

24

Depois da escola encontrei Daniel me esperando no portão dos fundos. Ele passou a mochila abarrotada para o outro ombro.

— Ora, ora. Se não é o assunto da cidade.

— As notícias viajam rápido por aqui? — perguntei, mas, quando o fiz, reparei alguns olhares de outros alunos da Croyden enquanto seguíamos para o carro.

— Pelo contrário, cara irmã. Só fui saber do show no Campo dos Quiosques meia hora depois de ele ter acabado — disse Daniel ao chegarmos ao carro. — Vamos conversar sobre isso?

Soltei uma gargalhada ao abrir a porta do carro e entrar.

— Não.

Daniel entrou menos de um segundo depois.

— Noah Shaw, hein?

— Eu disse que não.

— Quando isso aconteceu?

— Não é não.

— Você não acha que vão permitir que você saia com esse cara sem minha ajuda, né?

— Ainda é um não.

Daniel saiu do estacionamento.

— Algo me diz que você vai mudar de ideia — falou ele, e então sorriu para a estrada à frente durante todo o caminho de volta para casa. Tão irritante. Quando embicou na garagem, disparei do banco do carona, quase deixando de perceber que nosso irmão mais novo estava agachado entre os arbustos que separavam nossa casa da propriedade do vizinho. Daniel já estava lá dentro.

Fui até Joseph. Desde o dia anterior ele parecia bem. Como se o hospital nunca tivesse acontecido. Queria me certificar de que isso permaneceria assim.

— Oi — falei ao caminhar até ele. — O que...

Um gato preto que ele estava acariciando semicerrou os olhos amarelos e emitiu um chiado para mim. Dei um passo para trás.

Joseph tirou a mão dele e se virou, ainda agachado.

— Você a está assustando.

Ergui as mãos de modo defensivo.

— Desculpa. Você vai entrar?

O gato deu um miado baixinho e melódico, e então saiu em disparada. Meu irmão se levantou e limpou as mãos na camiseta.

— Agora vou — respondeu.

Dentro de casa, joguei a bolsa na mesa da entrada e ignorei o som de algo inidentificável sendo esmagado, então caminhei para a cozinha. O telefone tocou. Joseph correu para tirá-lo do gancho.

— Residência dos Dyer — atendeu ele, formalmente. — Aguarde, por favor. — Tapou o bocal do fone. Ele era mesmo hilário. — É para você, Mara. E é um meninoooo — cantarolou.

Revirei os olhos, mas imaginei quem poderia ser.

— Vou atender no quarto — respondi quando Joseph explodiu em risadas. Terrível.

Fora do campo de visão dele, corri o resto do caminho e tirei o telefone do gancho.

— Alô?

— Alô — respondeu Noah imitando meu sotaque americano. Mas eu reconheceria aquela voz em qualquer lugar.

— Como conseguiu meu telefone? — disparei, sem conseguir evitar.

— Chama-se pesquisar. — Dava para ouvi-lo dando risadinhas ao telefone.

— Ou perseguir.

Noah gargalhou.

— Você é adorável quando é insuportável.

— Você não — respondi, mas sorri apesar do meu humor.

— A que horas devo buscá-la no domingo? E onde exatamente você mora?

Noah se apresentar à minha família não podia acontecer. Eu ouviria para o resto da vida.

— Você não precisa me buscar — falei, na pressa.

— Considerando que você não faz ideia de onde vamos e não tenho intenção alguma de contar, tenho muita certeza de que preciso.

— Posso encontrá-lo em algum lugar central.

Noah parecia estar se divertindo.

— Prometo passar a calça antes de conhecer sua família. Até levarei flores para a ocasião.

— Ai, meu Deus. Por favor, não — respondi. Talvez honestidade fosse a melhor política. — Minha família vai acabar com minha vida se você vier.

Eu os conhecia bem demais.

— Parabéns... você acaba de tornar a ideia ainda mais atraente. Qual é o endereço?

— Te odeio mais do que imagina.

— Desista, Mara. Sabe que vou encontrar de qualquer maneira.

Suspirei, derrotada, e o informei a ele.

— Estarei aí às 10 horas.

— Ah — falei, surpresa. — Por algum motivo achei que fosse um encontro diurno.

— Engraçadíssima. Às 10 horas da manhã, querida.

— Uma garota não pode dormir no fim de semana?

153

— Você não. Te vejo no domingo, e não calce sapatos idiotas — disse Noah, desligando antes que eu pudesse responder.

Fiquei de pé encarando o telefone. Ele era tão *irritante*. Mas um arrepio de nervoso passou pelo meu estômago. Noah e eu. Domingo.

Mamãe colocou a cabeça para dentro do meu quarto e falou, me assustando:

— Seu pai vem jantar em casa hoje. Pode me ajudar a arrumar a mesa? Ou o braço dói muito?

Meu braço. Minha mãe. Será que ela me deixaria ir?

— Já vou — respondi, colocando o telefone no gancho. Parece que eu precisaria da ajuda de Daniel, no fim das contas.

Andei até o corredor e entrei no quarto dele. Daniel estava na cama lendo um livro.

— Oi — falei.

— Oi. — Ele não ergueu a cabeça.

— Então, preciso da sua ajuda.

— Com o quê, diga-me, por favor?

Ele dificultaria aquilo o máximo que pudesse. Sensacional.

— Eu devo sair com Noah no domingo.

Ele riu.

— Que bom que divirto você — falei.

— Sinto muito, só estou... impressionado.

— Nossa, Daniel, sou tão horrorosa assim?

— Ah, por favor. Não foi o que quis dizer. Estou impressionado por você ter mesmo aceitado o convite. Só isso.

Fiz uma expressão deprimida e ergui o braço. Disse:

— Acho que mamãe nunca mais vai me deixar ficar fora da sua vista.

Com isso, Daniel finalmente olhou para mim e ergueu uma sobrancelha.

— Ela ficou absurdamente irritada na quarta-feira à noite, mas agora que você está, sabe, falando com alguém, eu poderia fazer alguma mágica, acho. — O sorriso dele se alargou. — Quero dizer, se você abrir o bico.

Se alguém podia lidar com mamãe, esse alguém era Daniel.

— Tudo bem — concordei. — O quê?

— Você sabia que isso ia acontecer?

— Meu caderno de desenhos sumiu na quarta-feira.

— Bela tentativa. E quanto à parte em que Shaw declarou pratica-mente para a escola inteira que você o andava usando para praticar nus?

Suspirei.

— Total surpresa.

— Foi o que pensei. Quero dizer, sinceramente. Você mal saiu de casa... — Ele parou de falar, mas ouvi as coisas que não disse: mal saiu de casa a não ser para fugir de uma festa, visitar o pronto-socorro e uma psiquiatra.

Interrompi o silêncio desconfortável:

— Então, vai me ajudar ou não?

Daniel inclinou a cabeça e sorriu.

— Você gosta dele?

Aquilo era insuportável.

— Quer saber, esqueça. — Virei-me para ir embora.

Daniel se sentou.

— Tudo bem, tudo bem. Eu te ajudo. Mas só por culpa. — Ele ca-minhou até mim. — Eu deveria ter contado a você sobre o caso do papai.

— Bem, considere-nos quites — respondi, e então sorri. — Se você me ajudar a arrumar a mesa.

— Então, qual é a ocasião especial? — perguntei a papai à mesa naque-la noite. Ele me lançou um olhar de dúvida. — É, tipo, a terceira vez que chega em casa tão cedo desde que nos mudamos.

— Ah — disse ele, e sorriu. — Bem, foi um bom dia no escritório. — Papai mordeu um pedaço do frango ao curry, então engoliu. — Pelo visto meu cliente é inocente de verdade. A suposta testemunha chave tem 100 anos. Não vai aguentar a pressão.

Mamãe se levantou para pegar mais comida na cozinha.

— Que bela coisa a se dizer, Marcus — comentou ela olhando para mim. Mantive a expressão meticulosamente contida.

— Bem, o que quer que eu diga? Lassiter tem um álibi. Tem raízes na comunidade. É um dos incorporadores imobiliários mais bem sucedidos no sul da Flórida, doou centenas de milhares de dólares para grupos de conservação...

— Isso não é, tipo, paradoxal? — intrometeu-se Joseph.

Daniel sorriu para nosso irmãozinho e então entrou na conversa:

— Acho que Joseph está certo. Talvez seja só um pretexto. Quero dizer, ele é incorporador e está doando para os grupos que mais o odeiam? É obviamente uma fachada... Ele pode ter comprado a boa vontade do juiz na audiência da fiança.

Decidi me juntar também, para manter as aparências.

— Concordo. Parece que ele tem algo a esconder. — Soei adequadamente jovial. Mamãe até ergueu os polegares para mim da cozinha. Missão cumprida.

— Tudo bem — disse papai. — Sei quando estou em minoria. Mas não tem graça, gente. O homem está sendo julgado por assassinato, e as evidências não se encaixam.

— Mas papai, não é seu trabalho dizer isso?

— Pare com isso, Joseph. Explique a ele, pai — falou Daniel. Quando papai virou de costas, Daniel piscou para Joseph.

— O que eu gostaria de saber — falou mamãe quando papai abriu a boca para retrucar — é em que faculdade meu filho mais velho vai estudar no ano que vem.

E então Daniel foi para a berlinda. Contou sobre as faculdades nas quais esperava ser aceito, e me desliguei enquanto colocava mais arroz basmati no prato. Tinha comido uma garfada quando reparei algo cair da borda do garfo. Algo pequeno. Algo pálido.

Algo que se movia.

Congelei com a boca cheia enquanto voltava o olhar para o prato. Vermes brancos se contorciam na porcelana, semiafogados no curry. Cobri a boca.

— Você está bem? — perguntou Daniel, então pegou uma garfada de arroz.

Olhei para ele com os olhos arregalados e a boca ainda cheia, e então para o meu prato outra vez. Nada de vermes. Apenas arroz. Mas não conseguia engolir.

Levantei-me da mesa e andei devagar até o corredor. Assim que dobrei a esquina, corri para o banheiro social e cuspi a comida. Meus joelhos tremiam e o corpo parecia fraco. Joguei água fria sobre o rosto pálido e suado, e olhei no espelho como de hábito.

Jude estava atrás de mim, vestindo as mesmas roupas que usara na última noite que o vi, e estampando um sorriso totalmente desprovido de ternura. Não consegui respirar.

— Você precisa tirar a mente deste lugar — disse ele antes de eu me virar para o vaso sanitário e vomitar.

25

O DESPERTADOR ME ACORDOU COM UM SUSTO NO DOMINGO de manhã. Nem me lembrava de ter ido dormir. Ainda estava com as roupas que vestia no dia anterior.

Estava apenas cansada. E talvez um pouco nervosa por encontrar com Noah. Talvez. Um pouco. Concentrei-me no closet e verifiquei as opções.

Saia, não. Vestido, definitivamente não. Calças jeans, então. Peguei uma calça surrada e tirei minha camiseta preferida da gaveta da cômoda, jogando-a por cima da cabeça.

Meu coração batia desesperado, em profundo contraste com os movimentos de todas as outras partes do corpo conforme segui como uma lesma até a cozinha naquela manhã. Como se tudo estivesse normal. Porque estava.

Mamãe estava colocando fatias de pão na torradeira quando entrei.

— Bom dia, mãe. — Minha voz pareceu tão equilibrada. Dei a mim mesma uma salva de palmas internamente.

— Bom dia, querida. — Ela sorriu e pegou um filtro para a cafeteira. — Acordou cedo. — Mamãe colocou uma mecha dos cabelos curtos para trás da orelha.

— Sim. — Era verdade. E ela não sabia por quê. Desde quarta-feira, estava tentando pensar em um modo de mencionar os não planos de hoje para ela, mas sempre dava um branco na cabeça. E agora Noah estava quase ali.

— Tem planos para hoje?

Hora de falar.

— Sim, na verdade. — Mantenha-se casual. Nada demais.

— O que vai fazer? — Mamãe mexia nos armários, e eu não conseguia ver o rosto dela.

— Não sei ao certo. — Era verdade. Não sabia, embora isso, em geral, não fosse o que os pais gostariam de ouvir. Principalmente os meus. Principalmente minha mãe.

— Bem, vai com quem? — perguntou ela. Se ainda não estava desconfiada, ficaria em breve.

— Um garoto da escola... — falei, a voz sumindo conforme eu me preparava para a inquisição.

— Quer levar meu carro?

O quê?

— Mara?

Pisquei.

— Desculpa... Achei que tivesse perguntado "o quê?". O quê?

— Perguntei se você gostaria de levar o Acura. Não vou precisar dele hoje, e você não está mais tomando a codeína.

Daniel deve ter cumprido a parte dele no pacto. Depois eu precisaria perguntar como ele conseguira isso.

Recusei-me a corrigir minha mãe dizendo a ela que fazia dias que não tomava a codeína. A queimadura ainda doía, mas desde sexta-feira tinha diminuído bastante. E, sob as ataduras, não parecia nem tão ruim quanto eu esperava. O médico do pronto-socorro me disse que provavelmente deixaria cicatrizes, mas as bolhas pareciam já estar secando. Até então, tudo bem.

— Obrigada, mãe, mas na verdade ele vem me buscar. Chegará em... — Olhei o relógio. Droga. — Cinco minutos.

Mamãe se virou para me olhar, surpresa.

— Queria que tivesse me avisado com um pouco mais de antecedência — falou, verificando o reflexo na superfície de vidro do micro-ondas.

— Você está linda, mãe. Ele provavelmente só vai buzinar, ou algo assim. — Estava tentada a dar uma olhada rápida no meu próprio reflexo no micro-ondas também, mas não quis arriscar ver o reflexo de outra pessoa. Servi-me de um copo de suco de laranja e sentei à mesa da cozinha em vez disso. — Papai está?

— Não, foi para o escritório. Por quê?

Porque assim uma pessoa a menos estaria presente para testemunhar minha humilhação. Mas antes que pudesse traduzir o pensamento em um discurso aceitável, Daniel entrou. Ele se espreguiçou empurrando as pontas dos dedos contra o teto.

— Mãe — disse Daniel, e beijou mamãe na bochecha a caminho da geladeira. — Algum plano para hoje, Mara? — perguntou ele com a cabeça enterrada no conteúdo da geladeira.

— Cale a boca — respondi, mas sem muita convicção.

— Não provoca, Daniel — falou mamãe.

Três batidas na porta da frente anunciaram a chegada de Noah.

Daniel e eu nos entreolhamos por meio segundo. Então saltei da mesa da cozinha, e ele bateu a porta da geladeira. Disparamos para a entrada. Daniel chegou primeiro. Desgraçado. Mamãe estava logo atrás de mim, massageando o pescoço.

Daniel escancarou a porta da frente. Noah era um espetáculo ambulante, vestindo jeans escuro e uma camiseta branca, transpirando o charme despenteado.

E trazia flores. Meu rosto não sabia se ficava pálido ou vermelho.

— Bom dia. — Ele exibiu um sorriso brilhante para nós três. — Sou Noah Shaw — disse, olhando por cima do meu ombro. Estendeu o buquê de lírios para minha mãe, que esticou o braço por cima de mim para pegá-lo. Era belíssimo. Noah tinha bom gosto. — É um prazer conhecê-la, Sra. Dyer.

— Entre, Noah — pediu mamãe. — E pode me chamar de Indi.

Eu estava para morrer. Os ombros de Daniel tremeram com uma risada silenciosa.

Noah entrou e sorriu para meu irmão.

— Você deve ser Daniel?

— Precisamente. É um prazer conhecê-lo — falou meu irmão.

Era uma morte lenta e dolorosa.

— Por favor, sente-se, Noah. — Mamãe indicou os sofás na sala de estar. — Vou colocar as flores na água.

Vi uma janela de oportunidade e a agarrei.

— Na verdade, acho que devemos...

— Eu adoraria sentar, obrigado — falou Noah rapidamente. Ele estava tentando sem sucesso esconder um sorriso enquanto Daniel parecia um felino devorador de pássaros. Os dois foram até a sala. Daniel se sentou numa poltrona fofa, e Noah se acomodou em um dos sofás. Fiquei de pé.

— Então, o que vai fazer com minha irmãzinha hoje? — perguntou Daniel. Fechei os olhos em derrota.

— Acho que não posso estragar a surpresa — respondeu Noah. — Mas prometo devolvê-la intacta.

Ele não tinha acabado de dizer aquilo. Daniel gargalhou, e os dois, de alguma forma, engataram em uma conversa. Sobre música, acho, mas não tenho certeza. Estava ocupada demais me afogando em vergonha para prestar atenção até que mamãe voltou da cozinha e passou por mim para sentar-se bem em frente a Noah.

— Então, Noah, de que parte de Londres você veio? — perguntou ela.

Aquela manhã estava cheia de surpresas. Como ela sabia de qual cidade da Inglaterra ele vinha? Olhei para mamãe e encarei.

— Soho — respondeu Noah. — Já esteve lá?

Mamãe fez que sim no momento em que Joseph entrava, de pijama, na sala.

— Minha mãe morou em Londres antes de se mudar para os Estados Unidos — disse ela. — Costumávamos ir todo ano quando eu era pequena. — Mamãe puxou Joseph para o sofá ao lado dela. — Este é meu bebê, aliás — falou ela, com um sorriso largo.

Noah sorriu para meu irmãozinho.

— Noah — apresentou-se ele.

— Joseph — respondeu meu irmão, e estendeu a mão.

Mamãe e Noah continuaram conversando como velhos amigos sobre a Mãe Inglaterra enquanto eu alternava o peso do corpo entre um pé e outro, esperando que terminassem.

Mamãe se levantou primeiro.

— Foi muito bom conhecê-lo, Noah. Mesmo. Precisa vir jantar algum dia — disse ela antes que eu pudesse impedi-la.

— Eu adoraria, se Mara me convidar.

Quatro pares de sobrancelhas se arquearam em expectativa, esperando pela minha resposta.

— Claro. Algum dia — falei, e abri a porta.

Noah sorriu torto.

— Mal posso esperar. Foi um prazer enorme, Indi. Daniel, *precisamos* conversar. E Joseph, foi muito bom conhecer você.

— Espere! — Meu irmãozinho disparou da sala de estar e correu para o quarto. Ele voltou com o celular. — Qual é seu telefone?

Noah pareceu surpreso, mas deu o número mesmo assim.

— O que está fazendo, Joseph? — perguntei.

— Networking — respondeu ele, ainda concentrado no telefone. Então olhou para cima e um sorriso iluminou seu rosto. — Tudo bem, salvei.

Mamãe sorriu para Noah conforme ele me seguia para fora de casa.

— Divirtam-se! — gritou ela para nós.

— Tchau, mãe, voltaremos... mais tarde.

— Espere, Mara — disse mamãe ao dar alguns passos para fora de casa. Os olhos de Noah se voltaram para nós, mas, quando minha mãe me puxou de lado, ele continuou a andar para o carro.

Mamãe estendeu a mão. Um pequeno comprimido branco e redondo estava dentro dela.

— *Mãe* — sussurrei com os dentes trincados.

— Eu me sentiria melhor se você tomasse.

— A Dra. Maillard disse que eu não precisava — respondi olhando para Noah. Ele estava ao lado do carro e virou o rosto.

— Eu sei, querida, mas...

— Tudo bem, tudo bem — sussurrei e peguei o comprimido. Noah estava esperando e eu *não* queria que ele visse. Aquilo era chantagem do pior tipo.

— Tome agora, por favor?

Joguei o comprimido na boca e o prendi sob a língua enquanto fingia engolir. Abri a boca.

— Obrigada — disse ela com um sorriso triste no rosto. Eu não respondi, fui embora. Quando ouvi a porta de casa se fechar, tirei o comprimido da boca e o joguei no chão. Não tinha decidido *não* tomar o remédio, mas não queria ser obrigada.

— Conversinha pré-encontro? — perguntou Noah enquanto caminhava para abrir a porta do carona para mim. Me perguntei se ele teria visto o lance do remédio. Se viu, não demonstrou.

— Isto não é um encontro. Mas aquela foi uma bela atuação. Ela nem me perguntou a que horas voltaria para casa.

Noah sorriu.

— Que bom que gostou. — Ele olhou para minhas roupas e assentiu. — Vai servir.

— Que porra de condescendência.

— Que boca suja.

— Incomoda você? — Sorri, feliz com a ideia.

Noah rebateu o sorriso e fechou a porta do carona.

— Nem um pouco.

26

Esperei que Noah acendesse um cigarro quando partimos
com o carro. Em vez disso, ele me entregou um copo de plástico
com *iced coffee*.

— Obrigada — falei, um pouco surpresa. Parecia ter a
quantidade certa de leite. Tomei um gole. E açúcar. — Então, o caminho é longo? Para chegar onde quer que seja?

Noah ergueu o próprio copo e tirou o canudo com a boca. Os
músculos de seu maxilar se mexiam enquanto mastigava. Eu não conseguia desviar os olhos.

— Vamos parar para visitar uma amiga primeiro — disse ele.

Uma amiga. Não pareceu ameaçador, e, sinceramente, tentei não
ser paranoica. Mas parte de mim imaginou se não estariam armando
algo contra mim. Algo pior do que o que Anna tinha planejado. Engoli
em seco.

Noah ligou o iPod com uma das mãos e manteve a outra no volante.

— *Hallelujah* — falei, sorrindo.

— O quê?

— A música. Adoro esse cover.

— Sério? — Noah parecia irritantemente surpreso. — Não parece muito seu estilo.

— Ah? Meu estilo?

— Eu tacharia você como fã enrustida de pop.

— Ah, vai tomar banho.

— Vamos.

A música terminou e algo clássico começou a tocar. Estiquei o braço até o iPod.

— Posso? — Noah fez que não com a cabeça com um desapontamento exagerado, mas gesticulou me permitindo mesmo assim. — Fique calmo. Não ia mudar a música, só queria ver. — Olhei as músicas dele. Noah tinha um gosto excelente e coerente. Eu era bem mais diversificada. Sorri satisfeita.

Noah arqueou uma sobrancelha.

— Por que está sorrindo, aí?

— Meu gosto é muito mais eclético do que o seu.

— Impossível. Você é americana — disse ele. — E, se isso é verdade, é só porque você ouve porcaria.

— Como é que você tem amigos, Noah?

— Eu me pergunto isso diariamente. — Ele mastigou o canudo de plástico.

— Sério. Mentes curiosas querem saber.

A testa de Noah se enrugou, mas ele olhou direto para a frente.

— Acho que não tenho.

— Quase me enganou.

— Isso não seria difícil.

Aquilo doeu.

— Vai pro inferno — falei baixinho.

— Já estou lá — respondeu Noah calmamente, tirando o canudo da boca e jogando-o no chão.

— Então, por que está fazendo isso? — perguntei, com cuidado para manter a voz constante, mas uma imagem desagradável — eu na noite do baile de formatura, coberta em sangue de porco — me passou pela cabeça.

— Quero te mostrar uma coisa.

Virei o rosto e olhei pela janela. Nunca sabia qual Noah esperar a cada dia. Ou, Deus do céu, a cada minuto.

Passarelas entrecruzadas passavam sobre nós, enormes monstruosidades de concreto que eram a única paisagem naquela parte da I-95. Seguíamos para o sul, e Noah e eu não nos falamos durante a maior parte do trajeto.

Em algum ponto a paisagem urbana deu lugar ao oceano dos dois lados da estrada. Ela se estreitou de quatro pistas para duas, e então uma ponte íngreme e alta surgiu diante de nós.

Muito íngreme e muito alta.

Subimos atrás de um enxame de luzes de freio que lotavam a passarela acima de nós. Minha garganta se fechou. Segurei o painel central com a mão enfaixada, a dor urrando por debaixo da pele enquanto eu tentava não olhar para a frente ou para qualquer um dos lados, onde a água turquesa e o horizonte de Miami retrocediam até encolherem.

Noah colocou a mão sobre a minha. Levemente. Mal tocando-a.

Mas eu senti.

Virei a cabeça para ver o rosto dele. Noah deu um meio sorriso enquanto olhava adiante. Era contagioso. Sorri de volta. Em resposta, Noah entrelaçou os dedos com os meus dedos enfaixados, os quais ainda se apoiavam no painel. Eu estava preocupada demais com a mão dele sobre a minha para sentir qualquer dor.

— Está com medo de alguma coisa? — perguntei. O sorriso dele evaporou. Noah fez que sim. — Bem? — insisti. — Eu te mostrei o meu...

— Tenho medo de coisas forjadas.

Virei a cabeça. Ele nem conseguia corresponder. Nenhum de nós falou por um minuto. Mas então.

— Tenho medo de ser falso. Vazio — disse Noah, inexpressivo. Ele soltou meus dedos, e a palma de sua mão ficou sobre o dorso da minha por um momento. Minha mão inteira caberia quase totalmente na dele. Virei-a e entrelacei nossos dedos antes que percebesse o que estava fazendo.

E então percebi o que estava fazendo. Meu coração saltou. Observei o rosto de Noah em busca de algo. Um sinal, talvez. Sinceramente não sabia bem o quê.

Mas não havia nada ali. A expressão dele era suave, a testa não estava franzida. Inexpressivo. E nossos dedos ainda entrelaçados. Não sabia se meus seguravam os dele à força ou se os dele estavam só descansando ou...

— Não há nada que eu queira. Não há nada que eu não possa fazer. Não me importo com nada. De qualquer modo, sou um impostor. Um ator na minha própria vida.

Essa inocência repentina me derrubou. Não fazia ideia do que dizer, então não disse nada.

Ele tirou a mão da minha e apontou para um domo de ouro enorme do outro lado da água.

— Aquele é o Miami Seaquarium.

Ainda nada.

A mão livre de Noah vasculhou o bolso. Ele tirou um cigarro dando tapinhas no maço e o acendeu, exalando a fumaça pelo nariz.

— Deveríamos ir.

Ele queria me levar de volta para casa. E, para minha surpresa, eu não queria voltar.

— Noah, eu...

—Ao Seaquarium. Eles têm uma baleia assassina lá.

— Tudo bem...

— O nome dela é Lolita.

— Isso é...

— Errado?

— É.

— Eu sei.

E que o silêncio desconfortável domine. Saímos da via expressa, na direção oposta ao Seaquarium, e a rua dobrou-se, dando em uma vizinhança barulhenta e cheia de caixas — casas, na verdade — de gesso cor de pêssego, amarelas, laranja e cor-de-rosa, com barras nas janelas. Tudo estava em espanhol: todas as placas, todos os letreiros de lojas.

Mas, mesmo enquanto olhava, sentia Noah ao meu lado, a centímetros de distância, esperando que eu dissesse algo. Então falei.

— Então, hã, você já viu... Lolita? — perguntei. Queria me socar no rosto.

— Cruzes, não.

— Então como soube dela?

Ele passou os dedos pelos cabelos, e algumas mechas caíram nos olhos, refletindo a luz do sol do meio da manhã.

— Minha mãe é meio que uma ativista dos direitos dos animais.

— Ah sim, lance de veterinário.

— Não, desde antes. Ela se tornou veterinária por causa da coisa dos animais. E é mais que isso, na verdade.

Juntei as sobrancelhas.

— Acho que é impossível ser mais vago do que isso — falei.

— Bem, não sei como descrever, sinceramente.

— Como resgate de animais e essas coisas? — Imaginei se a mãe de Noah teria vivido aventuras de roubo de cães como a minha com Mabel.

— Tipo isso, mas não o que você está pensando.

Há.

— Então o quê?

— Já ouviu falar da Frente de Libertação Animal?

— Não são aquelas pessoas que soltam todos os macacos de laboratório, e aí os macacos espalham um vírus que transforma as pessoas em zumbis...?

— Acho que isso é um filme.

— Certo.

— Mas esse é o senso comum.

Conjurei uma imagem da Dra. Shaw usando máscara de esqui e libertando animais cobaias de laboratórios.

— Gosto da sua mãe.

Noah sorriu levemente.

— Os dias de luta pela libertação dos primatas acabaram depois que ela se casou com meu pai. Os sogros não aprovaram — disse ele, com um ar solene debochado. — Mas ela ainda doa dinheiro para esses

168

grupos. Quando nos mudamos para cá, estava toda emotiva com Lolita e fez alguns eventos beneficentes para tentar angariar fundos para conseguir um tanque maior.

— O que aconteceu? — perguntei enquanto Noah dava um longo trago no cigarro.

— Os babacas ficavam aumentando o preço sem dar garantias de que realmente construiriam a tal coisa. — Ele soltou a fumaça pelo nariz. — De qualquer forma, por causa do meu pai, agora ela só dá dinheiro, acho. Já vi os envelopes nas cartas que vão para o correio.

Noah virou à direita numa curva fechada, e eu instintivamente olhei pela janela. Não estava prestando atenção à paisagem — estava a centímetros dele, afinal de contas —, mas então percebi que em algum lugar no caminho, Cuba do Norte tinha se transformado em East Hampton. A luz do sol passava pelas folhas das árvores enormes enfileiradas de ambos os lados da rua, manchando nossos rostos e mãos pelo vidro do para-brisa e pelo teto solar. As casas eram excessivamente feitas de experimentações: cada uma mais absurda e cheia de pompa do que a seguinte, e não havia qualquer uniformidade nelas. A única coisa que a casa de vidro moderna de um lado da rua tinha em comum com a do lado oposto, de estilo vitoriano, era a escala. Ambas palácios.

— Noah? — perguntei devagar.

— Sim?

— Para onde estamos indo?

— Não vou dizer.

— E quem é essa amiga que estamos indo ver?

— Não vou dizer.

Então, depois de um segundo:

— Não se preocupe, você vai gostar dela.

Olhei para baixo, para os joelhos rasgados das calças jeans e os tênis surrados.

— Sinto-me ridiculamente malvestida para um *brunch* de domingo. Só estou dizendo.

— Ela não vai ligar — falou Noah ao passar os dedos pelos cabelos. — E você está perfeita.

27

FILEIRAS DE PALMEIRAS EMERGIAM DAS LATERAIS DA RUA ESTREI-
ta, e o oceano despontava nos espaços entre as casas. Quando
chegamos ao final da rua sem saída, um enorme portão automá-
tico de ferro se abriu para nós. Uma câmera estava instalada na
entrada. O dia ficava mais e mais estranho.

— Então... O que essa amiga faz, exatamente?

— Você a chamaria de dama do lazer.

— Faz sentido. Você provavelmente não precisa trabalhar se tem
dinheiro para morar aqui.

— Não, provavelmente não.

Passamos por uma fonte enorme e extravagante no centro da propriedade: um homem grego, musculoso e quase nu, segurava a cintura
de uma garota que tentava alcançar o céu. Os braços dela se transfor-
mavam em galhos e lançavam água pálida e reluzente à luz do sol. Noah
parou na entrada principal, onde um homem de terno esperava.

— Bom dia, Sr. Shaw — disse o homem para Noah, então foi até
a porta do carona para abri-la para mim.

— Bom dia, Albert. Pode deixar comigo.

Noah saiu do carro e abriu a porta para mim. Semicerrei os olhos para ele, que evitou meu olhar.

— Deve vir aqui com frequência — falei, com cautela.

— Sim.

Albert abriu a porta da frente para nós, e Noah entrou direto.

Por mais extravagantes que os jardins, a fonte, a entrada de carros e o portão fossem, nada, *nada* poderia ter me preparado para o interior da mansão. Dos dois lados, arcos e colunas erguiam-se formando uma imensa sacada. Meus All Stars emitiam guinchos enquanto eu andava pelo chão de mármore de impecável padrão, e havia outra fonte grega no centro do pátio interno com três mulheres segurando cântaros. A mera imensidão do lugar era assombrosa.

— É impossível alguém morar aqui — falei para mim mesma.

Noah ouviu.

— Por quê?

— Porque isto não é uma casa. É como... um cenário. De algum filme de máfia. Ou um salão brega de casamentos. Ou... *Annie*.

Noah inclinou a cabeça.

— Uma análise pungente, porém precisa. Mas temo informar que pessoas moram aqui sim.

Ele passeou despreocupado até o final do pátio e virou à esquerda. Segui espantada e com os olhos arregalados até um hall de entrada igualmente extenso. Não reparei no pequeno montinho preto de pelos trotando na minha direção até que estivesse a apenas alguns metros de distância. Noah agarrou a cadela no ar bem na hora em que ela avançava sobre mim.

— Sua cadelinha — disse Noah à cadela que rosnava. — Comporte-se.

Ergui uma sobrancelha para ele.

— Mara, conheça Ruby. — A massa inquieta feita de dobras de gordura e pelos avançou na minha jugular, mas Noah a impediu. O rosto amassado da pug apenas aumentava seus sons de fúria. Era perturbador e hilário ao mesmo tempo.

— Ela é... encantadora — respondi.

— Noah? — Virei-me e vi a mãe de Noah de pé a pouco mais de 5 metros atrás de nós, descalça e impecavelmente vestida em linho branco. — Achei que ficaria fora o dia todo.

Fora o dia todo?

— Estupidamente, deixei as chaves aqui.

Deixei as chaves... aqui.

Foi quando reparei na cadela cor de terra tentando se esconder atrás dos joelhos da Dra. Shaw.

— Essa aqui é...? — Olhei da cadela para Noah. A expressão dele se abriu em um sorriso.

— Mabel! — chamou Noah em voz alta.

Ela choramingou e recuou um passo, ainda mais para trás do tecido do vestido da Dra. Shaw.

— Venha aqui, linda.

Ela choramingou de novo.

Ainda olhando para a cadela, Noah falou:

— Mãe, lembra-se de Mara? — Ele inclinou a cabeça na minha direção enquanto se agachava tentando chamar a cadela.

— Lembro — respondeu ela, sorrindo. — Como vai?

— Bem — falei, mas estava concentrada demais na cena que se desenrolava à frente para prestar atenção. A pug maligna. O terror de Mabel. E o fato de que Noah morava ali. *Ali.*

Ele caminhou até onde estava a mãe e esticou o braço para baixo, para acariciar Mabel, com Ruby ainda se debatendo no outro braço. Mabel bateu a cauda contra as pernas da Dra. Shaw. Era incrível como parecia melhor depois de apenas uma semana. A coluna e os ossos dos quadris ainda apareciam sob a pele, mas já estava começando a engordar. E o pelo parecia impossivelmente mais saudável. Incrível.

— Você pega ela? — Noah ofereceu a cadelinha para a mãe, que estendeu os braços. — Como precisei voltar, pensei em promover o reencontro de Mara e Mabel enquanto estávamos aqui.

Mabel não queria participar do plano, e a Dra. Shaw parecia saber.

— Por que não levo as duas lá para cima enquanto vocês dois...

— É a agitação de Ruby que a está deixando nervosa. Leve apenas ela, ficaremos bem. — Noah se agachou para acariciar Mabel.

A Dra. Shaw deu de ombros.

— Foi bom ver você novamente, Mara.

— Você também — respondi em voz baixa conforme ela ia embora.

Noah pegou Mabel como se fosse uma bola de futebol antes que ela pudesse ir atrás da Dra. Shaw. As patas da coitada da cadela se agitaram como se estivesse correndo numa esteira fantasma. A lembrança de um gato preto chiando passou pela minha mente.

Você está assustando ela, dissera Joseph.

Mabel também estava com medo. De mim.

O fôlego ficou preso na minha garganta. Aquela era uma coisa doida de se pensar. Por que teria medo de mim? Eu estava sendo paranoica. Outra coisa a estava assustando. Tentei não deixar a mágoa transparecer na voz ao falar:

— Talvez sua mãe esteja certa, Noah.

— Ela está bem, Ruby só deixou ela nervosa. — A parte branca dos olhos de Mabel era visível quando Noah a carregou até onde eu estava. Ele olhou para mim confuso. — O que você fez, tomou banho com urina de leopardo antes de sair de casa esta manhã?

— Sim. Urina de leopardo. Jamais saia de casa sem ela.

Mabel choramingou, gemeu e lutou nos braços de Noah.

— Tudo bem — disse ele finalmente. — Abortar missão. — Noah colocou Mabel de volta no chão e observou-a escorregar para fora do hall, as patinhas estalando no mármore. — Ela não deve se lembrar de você — falou, olhando na direção de Mabel.

Abaixei o olhar.

— Certamente é isso. — Não queria que visse que eu estava chateada.

— Bem — falou Noah finalmente. Ele deu meia-volta e me observou.

Forcei-me a não corar diante de seu olhar.

— Bem. — Hora de mudar de assunto. — Você é um mentiroso mentindo que mente.

— Ah?

Olhei ao redor, para o teto longínquo e para as varandas extensas.

— Você manteve tudo isto em segredo.

— Não, não mantive. Você é que nunca perguntou.

— Como eu poderia adivinhar? Você se veste como um mendigo.

Com isso, um sorriso debochado surgiu na boca de Noah.

— Nunca ouviu falar em não julgar um livro pela capa?

— Se soubesse que era Dia dos Provérbios Clichês teria ficado em casa. — Esfreguei a testa e sacudi a cabeça. — Não acredito que não me disse nada.

Os olhos de Noah me desafiaram.

— Como o quê?

— Ah, não sei. Tipo, "Mara, talvez você prefira usar maquiagem e calçar saltos, pois vou levá-la para a casa da minha família em Miami Beach no domingo". Algo assim.

Noah espreguiçou a silhueta fina, entrelaçando os dedos e esticando os braços acima da cabeça. A camiseta branca subiu, expondo um filete de barriga e o elástico da cueca acima do cós baixo do jeans. A braguilha era de botão, reparei.

Belo golpe.

— Primeiro, você não precisa de maquiagem — disse ele, fazendo-me revirar os olhos. — Segundo, você não duraria uma hora no lugar aonde vamos se estivesse de salto. Falando nisso, preciso pegar as chaves.

— Ah, sim, as chaves misteriosas.

— Vai continuar com isso o dia todo agora? Achei que estivéssemos fazendo progresso.

— Desculpa. Só estou um pouco agitada com o ataque da pug e o medo de Mabel. E o fato de você morar no Taj Mahal.

— Besteira. O Taj Mahal tem só uns 17 metros quadrados. Esta casa tem 2 mil.

Encarei-o, inexpressiva.

— Estava brincando — disse ele.

Encarei-o, inexpressiva.

— Tudo bem, não estava. Vamos?

— Depois de você, meu soberano — falei.

Ele deu um suspiro exagerado ao seguir para uma escadaria enorme com um corrimão de entalhe intrincado. Segui-o para cima e, com vergonha, apreciei a vista. Os jeans de Noah eram largos, mal se seguravam sobre os quadris.

Quando finalmente chegamos ao topo das escadas, ele virou à esquerda para um longo corredor. Os peludos tapetes orientais abafavam nossos passos, e meus olhos absorviam as detalhadas pinturas a óleo nas paredes. Finalmente, Noah parou em frente a uma porta de madeira reluzente. Esticou o braço para abri-la, mas ouvimos uma porta batendo sem cuidado atrás de nós e viramos para ver.

— Noah? — perguntou uma voz sonolenta. De mulher.

— Oi, Katie.

Mesmo com marcas de travesseiro no rosto, a garota, que me era familiar, estava absolutamente deslumbrante. Parecia de outro mundo ali, de pé, num conjunto de camisola e short, do mesmo modo que na ocasião em que vestia a fantasia de fada. Sem a fantasia e as luzes pulsantes da boate, era óbvio que compartilhava da beleza extraterrestre de Noah. Os cabelos eram do mesmo castanho-escuro mel, mas longos; as pontas caíam sobre o laço da alça da camisola. Os olhos azuis se arregalaram em surpresa ao encontrarem os meus.

— Não sabia que tinha companhia — disse ela a Noah, reprimindo um sorriso.

Ele lançou-lhe um olhar, então se virou para mim.

— Mara, minha irmã Katie.

— Kate — corrigiu ela, então lançou a mim um olhar de compreensão. — Bom dia.

Não consegui fazer mais do que acenar com a cabeça. Naquele momento, uma líder de torcida loura e animadinha estava dando estrelas na minha veia cava. A irmã dele. A *irmã* dele!

— É quase meio-dia, na verdade — falou Noah.

Kate deu de ombros e bocejou.

— Bem, um prazer conhecê-la, Mara — falou ela, e piscou para mim antes de seguir escada abaixo.

— Você também — eu disse, sussurrando. O coração exultante dentro do peito.

Noah escancarou a porta, e tentei me recompor. Aquilo não mudava nada. Nada mesmo. Noah Shaw ainda era um mulherengo, um babaca, e ainda era, dolorosamente, areia demais para o meu caminhãozinho. Aquele seria meu mantra interno, o qual repeti diversas vezes até que Noah virou a cabeça para falar.

— Você vai entrar?

Sim. Sim, eu iria.

28

O QUARTO DE NOAH ERA IMPRESSIONANTE. UMA CAMA DE tablado baixa e moderna dominava o ambiente, mas, além dela, não havia móveis, a não ser por uma escrivaninha longa que se integrava discretamente a um nicho. Não havia pôsteres. Nenhuma roupa suja. Apenas um violão encostado ao lado da cama. E os livros.

Fileiras e mais fileiras de livros, ocupando prateleiras embutidas que se estendiam do chão ao teto. A luz do sol se esparramava pelas enormes janelas com vista para a Baía de Biscayne.

Nunca imaginei como seria o quarto de Noah, mas, se tivesse, não seria aquilo. Era lindo, com certeza. Mas tão... vazio. Inabitado. Dei a volta no cômodo, passando os dedos por algumas das lombadas dos livros conforme andava.

— Bem-vinda à coleção particular de Noah Shaw — disse ele.

Encarei todos os livros.

— Você não leu todos.

— Ainda não.

Abri um sorriso.

— Então é uma tática para chamar atenção.

— Como? — Dava para perceber o interesse na voz dele.

— Livros de vaidade — falei, sem olhar para Noah. — Você não os lê de verdade, estão aqui somente para impressionar seus... convidados.

— Você é uma menina cruel, Mara Dyer — disse ele, ficando de pé no meio do quarto.

Senti os olhos de Noah em mim e gostei.

— Estou errada? — perguntei.

— Está errada.

— Tudo bem — falei, e peguei um livro qualquer da estante. — *Maurice*, de E.M. Forster. Sobre o que é? Já.

Noah me contou sobre o protagonista gay que estudava em Cambridge na Grã-Bretanha da virada do século XX. Não acreditei nele, mas não tinha lido o livro, então segui em frente.

— *Retrato do artista quando jovem*?

Noah mergulhou de barriga na cama, exibindo um tom de tédio enquanto tagarelava outra sinopse. Meus olhos seguiram o comprimento quilométrico das costas dele, e meus pés coçavam com o impulso confuso de caminhar até ali e me juntar a ele. Em vez disso, peguei outro livro sem ler a lombada antes.

— *Ulisses* — falei.

Noah sacudiu a cabeça com o rosto enterrado no travesseiro.

Satisfeita, sorri para mim mesma, coloquei o livro de volta na prateleira e peguei outro. Estava sem a sobrecapa, então li o título na capa.

— *Os prazeres do...* Bosta. — Li o resto do título do grosso volume indistinto para mim mesma e senti as bochechas corarem.

Noah se virou de lado e disse com uma seriedade debochada:

— Nunca li *Os prazeres do bosta*. Parece nojento. — Corei ainda mais. — Porém, já li *Os prazeres do sexo* — prosseguiu, com um sorriso malicioso se formando no rosto. — Faz algum tempo, mas acho que é daqueles clássicos que você pode ler e reler... E reler.

— Não gosto mais desse jogo — falei ao colocar o livro de volta na prateleira.

Noah esticou o braço para o chão ao lado da cama, próximo ao violão que estava apoiado em um estojo coberto de adesivos. Ele balançou as chaves.

— Bem, podemos ir agora. Pode voltar com sua arguição sobre os conhecimentos da biblioteca mais tarde — disse ele, ainda com o sorriso no rosto. — Está com fome?

Na verdade, estava, então fiz que sim. Noah foi até um interfone bem disfarçado e colocou o dedo no botão de chamada.

— Se pedir a algum criado para trazer a comida, vou embora.

— Só ia me certificar de que Albert não tirou o carro do lugar.

— Ah, certo. Albert, o mordomo.

— Ele é manobrista, na verdade.

— Você não está se ajudando.

Noah me ignorou e olhou para o relógio ao lado da cama.

— Devíamos mesmo estar lá agora. Quero que tenha tempo de viver a experiência completa. Mas podemos parar no Mireya's no caminho.

— Outro amigo?

— Um restaurante. Cubano. O melhor.

Ao chegarmos ao carro, Albert sorriu quando Noah abriu a porta para mim. Depois que a mansão estava fora de vista, reuni coragem para atacar Noah com as perguntas que me atormentavam desde que descobri sobre os bens dele. Do tipo financeiro.

— Então, que tipo de pessoas são vocês? — perguntei.

— Vocês? — Ele colocou os óculos escuros.

— Fofo. Sua família. As únicas pessoas que moram por aqui são, supostamente, jogadores de basquete e ex-cantores pop.

— Meu pai é dono de uma empresa.

— Tudo beeem — respondi. — Que tipo de empresa?

— De biotecnologia.

— Então onde estava Papai Riquinho esta manhã?

O rosto de Noah estava curiosamente inexpressivo.

— Não sei e não me importo — respondeu simplesmente. Olhava direto para a frente. — Não somos... próximos.

— Claramente. — Esperei que ele desenvolvesse o comentário, mas ergueu os óculos escuros e escondeu os olhos em vez disso. Hora de mudar de assunto. — Então, por que sua mãe não tem sotaque britânico?

— Ela não tem um sotaque *inglês* porque é americana.

— Ai, meu Deus, sério? — falei, debochando. Vi Noah sorrir de perfil. Ele fez uma pausa antes de continuar.

— Ela é de Massachusetts. E não é minha mãe biológica. — Ele olhou para mim de soslaio, procurando ver minha reação.

Mantive o rosto impassível. Não sabia muito a respeito de Noah a não ser pelas atividades extracurriculares que recheavam os boatos a seu respeito. Mas naquele momento percebi que queria saber. Não tinha ideia do que esperar naquela manhã quando ele me buscou, e, até certo ponto, continuava sem saber. Mas não achava mais que seria algum tipo de plano nefasto, e isso me deixou curiosa.

— Minha mãe morreu quando eu tinha 5 anos e Katie tinha quase 4 — prosseguiu ele.

A revelação me puxou para fora dos pensamentos. E fez com que eu me sentisse uma imbecil por escolher não um, mas dois assuntos desagradáveis para a conversa.

— Sinto muito — falei, um comentário horrível.

— Obrigado — disse ele olhando para a estrada iluminada à nossa frente. — Faz muito tempo, nem me lembro dela. — Mas sua postura tinha se enrijecido.

Noah não falou durante um minuto, e me perguntei se deveria dizer alguma coisa. Mas então me lembrei de todos me dizendo a mesma coisa quando Rachel morreu, e como eu não queria ouvir aquilo. Simplesmente não havia o que dizer.

Noah me surpreendeu ao continuar:

— Antes de mamãe morrer, ela, papai e Ruth — ele gesticulou com a cabeça indicando a casa — eram muito próximos. Ruth fez o ensino médio na Inglaterra, então foi assim que se conheceram, e continuaram amigos enquanto estavam em Cambridge, causando confusões e organizando protestos.

Ergui as sobrancelhas.

— Ruth me contou que mamãe era a mais... entusiasta. Acorrenta-va-se a árvores e invadia os departamentos de ciências da universidade, libertava animais de laboratórios, coisa e tal — falou Noah ao colocar um cigarro entre os lábios. — Os três faziam isso juntos. O que parece incompreensível, conhecendo meu pai. E, de alguma forma, ele convenceu mamãe a se casar com ele. — O cigarro ficou pendurado nos lábios conforme Noah falava, atraindo meus olhos como um ímã. — Quando ainda estavam na faculdade. Um último ato de rebeldia, ou algo assim.

Noah acendeu o cigarro, abriu a janela e tragou. O rosto estava cuidadosamente impassível por trás das lentes escuras conforme falava.

— Meus avós não ficaram animados. São velhos ricos, não eram muito fãs de mamãe desde o início e achavam que o filho estava destruindo seu futuro, etc. etc. Mas se casaram mesmo assim. Minha madrasta se mudou para os Estados Unidos para estudar veterinária e meus pais viveram *la vie bohème* por um tempo. Quando tiveram filhos, meus avós ficaram felizes. Katie e eu nascemos em datas tão próximas que acho que esperavam que mamãe fosse tirar uma licença-maternidade da sua carreira de desobediência civil. — Noah bateu a cinza do cigarro na extensão da via expressa atrás de nós. — Mas mamãe sequer diminuiu o ritmo. Simplesmente nos levava consigo para onde ia. Até que morreu. Esfaqueada.

Ai, meu Deus.

— Em um protesto.

Cruzes.

— Ela fez meu pai ficar em casa com Katie naquele dia, mas eu estava com ela. Tinha acabado de fazer 5 anos, alguns dias antes, mas não me lembro. Nem lembro muito dela, na verdade. Papai nem fala o seu nome e perde a cabeça se outra pessoa a menciona — disse Noah, sem mudar o tom de voz.

Eu estava sem palavras. A mãe de Noah tinha morrido — fora assassinada —, e ele estava lá quando aconteceu.

A fumaça que Noah exalou pelo nariz ficou em volta dele antes de escapar pela janela aberta. Estava um dia maravilhoso, azul e sem nuvens.

Mas poderia haver um tornado do lado de fora que eu não me importaria. Em um instante, Noah ficou diferente para mim. Eu estava paralisada.

— Ruth voltou para a Inglaterra quando soube de minha mãe. Há muito tempo ela me contou que, assim que mamãe morreu, meu pai ficou imprestável. Não conseguia tomar conta de nós, não conseguia tomar conta de si mesmo. Literalmente um desastre. Isso foi, claro, antes de ele vender a alma aos acionistas. Ela ficou e os dois se casaram, mesmo que ele não a merecesse, mesmo que tenha se tornado uma outra pessoa. E aqui estamos agora, uma grande família feliz.

A expressão dele era indecifrável por trás dos óculos escuros, desejei poder vê-la. Será que alguém na escola sabia sobre a mãe dele — sobre ele? E então me ocorreu que Noah não sabia o que tinha acontecido *comigo*. Olhei para o colo, brincando com o joelho desfiado da calça jeans. Se contasse a ele naquele momento, pareceria que eu estava comparando tragédias — como se achasse que perder a melhor amiga fosse comparável a perder um dos pais, o que não era. Mas se não dissesse nada, o que ele pensaria?

— Eu só... — comecei. — Eu nem...

— Obrigado — interrompeu-me friamente. — Está tudo bem.

— Não, não está.

— Não, não está — falou Noah, inexpressivo. Ele empurrou os óculos escuros para cima, mas o rosto ainda estava sob um escudo. — No entanto, há benefícios em ter um pai que se vendeu para o mundo corporativo.

Ele agia de modo superficial em relação àquilo, então fiz o mesmo.

— Como ganhar um carro no aniversário de 16 anos?

O sorriso de Noah estava cheio de malícia.

— Katie tem um Maserati.

Pisquei.

— Não tem.

— Tem sim. E nem tem idade legal para dirigi-lo.

Ergui a sobrancelha.

— E seu carro? É a marca da sua rebeldia adolescente, ou algo assim?

O canto da boca de Noah se curvou em um leve sorriso.

— Triste, não é? — Ele falou de modo suave, mas algo assombrava sua expressão. As sobrancelhas se uniram, e eu queria muito esticar o braço e as separar.

— Não acho — falei em vez disso. — Acho que é corajoso. Tem tantas *coisas* que se pode comprar tendo muito dinheiro. Não usá-lo é... é bem moralista.

Noah fingiu horror.

— Você acaba de me chamar de moralista?

— Acho que sim.

— Mal sabe ela — falou Noah, e aumentou o volume do iPod.

— Death Cab? — perguntei. — Sério?

— Parece surpresa.

— Não achei que gostasse deles.

— Uma das únicas bandas atuais de que gosto.

— Vou precisar expandir seu gosto musical.

— É cedo demais para ameaças — respondeu Noah ao virar em uma rua agitada e estreita. Estava movimentada, cheia de pessoas aproveitando o clima. Noah estacionou na rua assim que a música acabou, e o deixei abrir a porta para mim. Estava começando a me acostumar com isso. Passamos por um pequeno parque onde um grupo de velhos jogava dominó. Um painel largo e colorido estava pintado em uma das paredes, e tendas listradas cobriam as mesas de jogos. Nunca tinha visto nada parecido.

— Não significa nada, sabe — falou Noah, de repente.

— O quê?

— O dinheiro.

Olhei em volta, para as fachadas decadentes das lojas e dos carros estacionados na rua. O de Noah devia ser o mais novo.

— Acho que sua perspectiva foi deturpada de algum modo porque, tipo assim, você tem dinheiro.

Noah parou de andar e encarou à frente.

— É um dinheiro para calar a boca — disse ele, e havia certa irritação na voz. — Para que meu pai não precise passar tempo com a gente. — Mas então o tom de voz se acalmou. — E, mesmo que ele não me desse nada, ainda tem o fundo de pensão que ganharei quando fizer 18 anos.

— Legal. Quando é isso? — perguntei.

Noah voltou a andar.

— Dia 21 de dezembro.

— Perdi seu aniversário. — E por algum motivo isso me deixou triste.

— Perdeu.

— O que pensa em fazer com o dinheiro?

Noah exibiu um sorriso.

— Converter em moedas de ouro e nadar nelas. Mas antes — disse ele, pegando minha mão —, o almoço.

29

MEU CORPO ESQUENTOU COM O CONTATO CONFORME NOAH liderava o caminho até o restaurante lotado. Observei-o de perfil, falando com o *maître*. Por algum motivo, não parecia a mesma pessoa que eu havia conhecido duas semanas atrás. Não parecia a mesma pessoa que havia me buscado naquela manhã. Noah, o sarcástico, o distante, o intocável, se importava com as coisas. E isso o tornava real.

Me perguntei se mais alguém sabia disso, mas, por um breve momento, saboreei a ideia de que eu poderia ser a única. Fomos conduzidos até a mesa ao lado da janela, e então Noah segurou minha mão com mais firmeza. Olhei para ele. Estava pálido.

— Noah? — Os olhos dele estavam fechados com força, e comecei a ficar com medo sem saber por quê. — Você está se sentindo bem?

— Me dê um minuto — falou ele, sem abrir os olhos. Então soltou minha mão. — Volto já.

Noah cortou pelo caminho por onde havíamos entrado e desapareceu do restaurante. Um pouco zonza, sentei-me à mesa e verifiquei o cardápio. Estava com sede e ergui a cabeça para procurar por um garçom no restaurante quando o vi.

Jude.

Encarando-me de debaixo da aba do boné. No meio de uma multidão de pessoas esperando por um lugar para sentar.

Ele começou a andar na minha direção.

Fechei os olhos, bem apertados. Não era real.

— Qual é a sensação de ser a garota mais linda do lugar?

Pulei ao ouvir a voz com sotaque. Não a de Noah. E definitivamente não a de Jude. Quando abri os olhos, um cara de pele clara, cabelos louros e olhos cor de avelã estava de pé ao lado da mesa com uma expressão séria. Era bonitinho.

— Se importa se me sentar? — perguntou ele ao se sentar em frente a mim. Aparentemente não tinha a intenção de esperar pela resposta.

Olhei-o com os olhos semicerrados.

— Na verdade, estou aqui com alguém — respondi. Onde estava Noah?

— Ah? Um namorado?

Fiz uma pausa antes de responder:

— Um amigo.

O sorriso dele se abriu.

— Ele é um bobo.

— O quê?

— Se é apenas um amigo, é um bobo. Acho que não suportaria ser apenas seu amigo. Sou Alain, aliás.

Suprimi um risinho. Quem era esse cara?

— Por sorte, Alain — falei, pronunciando o nome dele errado de propósito —, não encaro isso como um problema.

— Não? E por quê?

— Porque você está de saída — disse Noah atrás de mim. Virei o corpo e olhei para cima. Noah estava a centímetros de distância, inclinando-se levemente sobre mim. A tensão era evidente nos ombros dele.

Alain se levantou e procurou algo no bolso das calças jeans, então puxou uma caneta.

— Caso se canse de amigos — disse ele, rabiscando algo em um guardanapo —, este é meu número. — Ele o deslizou pela superfície da mesa na minha direção. A mão de Noah se esticou por cima do meu ombro e o pegou.

Alain semicerrou os olhos para Noah. Disse:

— Ela pode tomar as próprias decisões.

Noah ficou imóvel por um segundo, encarando Alain. Então relaxou, e uma fagulha de divertimento iluminou os olhos dele.

— Claro que pode — falou Noah, e ergueu uma das sobrancelhas para mim. — E então?

Encarei Alain.

— O assento está ocupado — respondi.

Alain sorriu.

— Certamente está.

Noah se virou para ele bem casualmente e disse algo em francês. Observei a expressão de Alain ficar cada vez mais nervosa.

— Ainda gostaria de se juntar a nós? — perguntou Noah, mas Alain já estava saindo. Noah ocupou o assento então vazio e sorriu. — Turistas — disse ele dando de ombros de modo preguiçoso.

Encarei-o fixamente, ainda que sem raiva. Estava até calma, para falar a verdade. Anormalmente calma, considerando meu estado pós-alucinatório. Estava feliz por Noah ter voltado. Mas não poderia livrá-lo assim tão fácil.

— O que disse a ele?

Noah pegou o cardápio e falou enquanto o analisava:

— O bastante.

Mas eu não engoliria.

— Se você não vai me dizer, então me dê o telefone dele.

— Disse a ele que você está no ensino médio — falou Noah, sem olhar para cima.

— Só isso? — Eu estava cética.

O esboço de um sorriso surgiu nos seus lábios.

— Basicamente. Você parece bem mais velha, por sorte sua.

Minhas sobrancelhas se ergueram.

— Olha quem fala.

Ele sorriu e colocou o cardápio sobre a mesa. Então olhou pela janela. Distraído.

— O que há? — perguntei.

Noah ergueu o olhar para mim e me deu um sorriso curto.

— Nada.

Não acreditei.

Então o garçom apareceu, e Noah tirou o cardápio das minhas mãos, entregando-o ao homem e fazendo nosso pedido em espanhol, às pressas. O garçom partiu para a cozinha.

Lancei-lhe um olhar sombrio.

— Eu ainda não tinha decidido — falei.

— Confie em mim.

— Acho que não tenho muita escolha. — Um sorriso malicioso surgiu nos lábios dele. Respirei fundo, e, um nome da paz, deixei passar. — Então, espanhol *e* francês?

Noah respondeu com um sorriso lento e arrogante. Precisei me concentrar para evitar derreter sobre o assento coberto de plástico.

— Fala alguma outra língua? — perguntei.

— Bem, em que nível de fluência?

— Qualquer um.

O garçom voltou trazendo dois copos vazios congelados e garrafas escuras de alguma coisa. Ele serviu as bebidas cor de caramelo e então saiu.

Noah tomou um gole antes de responder:

— Alemão, espanhol, holandês, mandarim e, é claro, francês.

Impressionante.

— Diz alguma coisa em alemão — pedi, e tomei um gole da bebida. Era doce, mas picante e azeda no fim. Não tinha certeza se gostava.

— *Scheide*.

Decidi dar mais uma chance à bebida.

— O que isso quer dizer? — perguntei e tomei um gole.

— Vagina.

Quase engasguei e cobri a boca com a mão. Depois de me recompor, falei:

— Adorável. É tudo o que sabe?

— Em alemão, holandês e mandarim, sim.

Sacudi a cabeça.

— Por que, Noah, você sabe como dizer vagina em todas as línguas?

— Porque sou europeu, e por isso mais culto do que você — respondeu ele tomando mais um gole e tentando não sorrir. Antes que conseguisse bater nele, o garçom trouxe uma cesta do que pareciam ser chips de banana servida com um molho amarelo-pálido e viscoso.

— *Mariquitas* — disse Noah. — Prove uma, vai me agradecer.

Provei uma. E realmente agradeci. Eram saborosas e levemente doces, e a acidez do alho no molho acionou as papilas.

— Meu Deus, isso é bom — falou Noah. — Poderia ficar viciado.

O garçom voltou e encheu nossa mesa de comida. Não consegui identificar nada a não ser o arroz e o feijão. Os mais esquisitos eram pratos de algum tipo de bolinhos fritos brilhando e algo preparado com um vegetal branco e carnudo mergulhado em molho e cebolas. Apontei para esse.

— Yuca — respondeu Noah.

Apontei para os bolinhos fritos.

— Bananas-da-terra fritas.

Apontei para uma tigela cheia do que se passava por ensopadinho, mas então Noah falou:

— Vai ficar apontando ou vai comer?

— Gosto de saber o que estou colocando na boca antes de engolir.

Ele arqueou uma sobrancelha, e quis me esconder em um buraco e morrer.

Incrivelmente, ele deixou essa passar. Em vez disso, explicou o que era cada coisa conforme erguia os pratos para que eu me servisse. Quando eu estava a ponto de explodir, o garçom chegou com a conta e a colocou em frente a Noah. Copiando o gesto dele com o número de Alain, puxei a conta para mim enquanto catava dinheiro no bolso.

Uma expressão de horror recaiu sobre o rosto de Noah.

— O que está fazendo?

— Pagando meu almoço.

— Não entendi — disse Noah.

— Comida custa dinheiro.

— Brilhante. Mas isso ainda não explica por que você acha que vai pagar.

— Porque posso pagar pela minha comida.

— Custou dez dólares.

— E, adivinhe você? Eu tenho dez dólares.

— E eu tenho um American Express Black.

— Noah...

— Você está com uma coisinha bem aqui, aliás — disse ele, apontando para a lateral do próprio maxilar.

Ai, que péssimo.

— Onde? Aqui? — Peguei um guardanapo do porta-guardanapos sobre a mesa e esfreguei no lugar onde o pedaço ofensivo de comida parecia estar. Noah sacudiu a cabeça, e eu esfreguei de novo.

— Ainda aí — falou ele. — Posso? — Noah indicou o porta-guardanapos e se inclinou sobre a mesa, na altura dos meus olhos, pronto para limpar meu rosto como se eu fosse uma criança suja. Que tortura. Fechei os olhos apertados de vergonha e esperei pelo toque do guardanapo de papel no rosto.

Senti as pontas dos dedos dele na bochecha em vez disso. Parei de respirar e abri os olhos, então sacudi a cabeça. Que constrangedor.

— Obrigada — falei baixinho. — Não sou nem um pouco civilizada.

— Então acho que terei de civilizar você — disse Noah, e então percebi que a conta tinha desaparecido.

Uma olhada em Noah me informou que ele já havia pagado. Muito ardiloso.

Semicerrei os olhos para ele.

— Fui avisada sobre você, sabe.

E com aquele meio sorriso que acabava comigo, Noah respondeu:

— E mesmo assim está aqui.

30

MEIA HORA DEPOIS, NOAH DIRIGIU ATÉ A ENTRADA PRINCI-
pal do Centro de Convenções de Miami Beach e estacionou na rua. Em cima das palavras PROIBIDO ESTACIONAR
pintadas no asfalto. Lancei-lhe um olhar cético.

— Cortesia por ser o Bebê Riquinho — falou.

Noah tirou as chaves do bolso e caminhou até a porta como se fosse
o dono do prédio. Bem, provavelmente era. Estava um breu do lado de
dentro, e Noah tateou até encontrar o interruptor, então acendeu as luzes.

As obras de arte me deixaram sem fôlego.

Estavam por toda parte. Cada superfície estava coberta: os próprios pisos eram obras em si, padrões geográficos pintados sob nossos
pés. Havia instalações por toda parte. Esculturas, fotografias, impressões. Tudo e qualquer coisa.

— Ah, meu Deus.

— Sim?

Bati no braço dele.

— Noah, o que é isso?

— Uma exposição custeada por algum grupo do qual mamãe faz
parte. Dois mil artistas estão em exibição, acho.

— Onde está todo mundo?

— A abertura é só daqui a cinco dias. Somos só nós.

Eu estava sem palavras. Virei-me para Noah e o encarei boquiaberta. Ele parecia delirantemente satisfeito consigo mesmo.

— Outra cortesia — disse ele, e sorriu.

Andamos pelo labirinto de exibições, passeando pelo espaço industrial. Não parecia com nada que eu já tivesse visto. Algumas das *salas* eram por si só a arte; paredes retorcidas com metal ou totalmente feitas de uma tapeçaria pela qual podíamos atravessar.

Caminhei até uma instalação de escultura, uma floresta de peças altas e abstratas me cercou. Pareciam árvores ou pessoas, dependendo do ângulo em que se olhasse. Era feita de cobre e níquel fundidos e assomava sobre mim. Fiquei maravilhada com a escala, o esforço que o artista deve ter feito para criar algo assim. E Noah me levara até ali, planejando o dia inteiro para mim. Queria voltar e dar a ele o melhor abraço de sua vida.

— Noah? — Minha voz retumbou pelas paredes num eco vazio. Ele não respondeu.

Virei de costas. Ele não estava ali. A exaltação que eu sentia sumiu, substituída por um leve zumbido de medo. Andei até a parede mais afastada procurando por uma saída e tomei consciência da dor nas panturrilhas e nas coxas pela primeira vez. Devia estar andando há algum tempo. A vastidão do espaço engolia meus passos. A parede era um beco sem saída.

Precisava voltar pelo caminho por onde havia entrado e tentei lembrar qual havia sido. Conforme passei pelas árvores — ou seriam pessoas? —, senti os troncos disformes e sem rosto se virarem na minha direção, me seguindo. Olhei direto para a frente, mesmo quando os galhos tentaram me agarrar. Porque não estavam fazendo mesmo isso. Não estavam se mexendo. Não era real. Eu só estava com medo, e não era real. Talvez eu começasse a tomar os comprimidos quando chegasse em casa mais tarde.

Se eu chegasse em casa mais tarde.

Escapei da floresta de metal ilesa, é claro, mas então me vi cercada de enormes fotografias de casas e prédios em diversos estágios de ruína.

As imagens se prolongavam do chão ao teto, fazendo parecer que eu estava andando numa calçada real ao lado delas. Trepadeiras subiam em paredes de tijolos e árvores se dobravam e se inclinavam para dentro das estruturas, às vezes engolindo-as por inteiro. A grama também parecia ter crescido através do chão do Centro de Convenções. E havia três pessoas nas fotos. Três pessoas com mochilas, escalando uma cerca no limite de uma das propriedades. Rachel. Claire. Jude.

Pisquei. Não, eles não. Ninguém. Não tinha ninguém na foto, na verdade.

O ar ficou pesado e apressei o passo. Com a cabeça latejando e os pés doloridos, corri pelas fotografias, pegando um desvio em uma quina para tentar encontrar a saída. Mas quando me virei, dei de cara com outra foto.

Milhares de quilos de tijolos e fragmentos de concreto estavam espalhados sobre o chão de madeira. Era uma foto de destruição, como se um tornado tivesse atingido um prédio e deixado apenas uma pilha de escombros e a vaga noção de que havia pessoas ali embaixo. Era suntuosa: cada raio de sol que passava pelas árvores projetava uma sombra perfeita e distorcida no chão coberto de neve.

E então a poeira, os tijolos e os vergalhões começaram a se mover. A escuridão invadiu os cantos do meu campo de visão conforme a neve e o sol recuavam, deixando folhas mortas no caminho. A poeira se agrupou, e voaram tijolos e vergalhões, até que ficaram empilhados. Eu não conseguia respirar, não conseguia ver. Perdi o equilíbrio e caí, e quando bati no chão, meu olhos se abriram com o choque do impacto. Mas eu não estava mais no Centro de Convenções.

Não estava mais sequer em Miami. Estava bem ao lado do sanatório, junto com Rachel, Claire e Jude.

31

ANTES

RACHEL ESTENDEU O MAPA QUE HAVIA CONSEGUIDO NA INTER-
net, ele mostrava uma planta detalhada das instalações. Eram
enormes, mas podiam ser percorridas se houvesse tempo suficiente. O plano era entrar pela porta do porão, seguir até a
área de armazenamento e subir para o térreo, saindo direto na cozinha
industrial. Então, mais um lance de escadas nos levaria aos quartos dos
pacientes e consultórios na ala infantil.

Rachel e Claire estavam exultantes conforme abriam a porta do
porão com um estalo surdo. O Departamento de Polícia de Laurelton
tinha desistido quase que completamente de proteger o local, à exceção
de algumas breves placas de CONDENADO, o que era perfeito para Rachel. Ela estava doida para escrever nossos nomes no quadro-negro
dentro de um dos quartos dos pacientes. Nele, estavam os nomes de
outros caçadores de emoções — ou idiotas, pode escolher — que tinham ousado passar a noite ali dentro.

Claire foi a primeira a descer os degraus. A luz da câmera dela
projetava sombras no porão. Eu devia estar parecendo tão apavorada
quanto me sentia, pois Rachel sorriu e prometeu, de novo, que tudo
ficaria bem. Então seguiu Claire.

Andei atrás delas até o andar mais baixo do sanatório e senti Jude colocar o dedo por dentro de uma das presilhas na parte de trás da minha calça. Estremeci. O porão estava coberto de escombros, as paredes de tijolos em ruínas estavam rachadas e descascando. Expostos, canos quebrados saltavam do teto, e eram óbvias as evidências da infestação de ratos. Conforme andamos pelos restos mortais de algum tipo de sistema de prateleiras, nossas luzes atravessavam colunas aleatórias de vapor ou névoa ou algo de que tentei em vão me esquivar.

Na parede oposta a essa seção do porão, uma escada completa, cuja madeira do corrimão estava podre, retorcia-se até o andar principal. No primeiro patamar, apenas cinco degraus acima, havia uma poltrona de madeira com o encosto alto e largo. Estava disposta como se fosse algum tipo de sentinela sinistra, bloqueando o acesso para o segundo lance de escadas. *Clique.* O flash da câmera de Rachel disparou quando ela tirou uma foto. Estremeci dentro do casaco, e eu devia estar trincando os dentes porque ouvi Claire dar um risinho de escárnio.

— Ai, meu Deus, ela já está apavorada e ainda nem chegamos às salas de tratamento.

Jude saiu em minha defesa.

— Deixe ela em paz, Claire. Está congelando aqui embaixo.

Isso a calou. Rachel empurrou a cadeira para longe do caminho, e o som que ela fez ao arrastar no chão me fez ranger os dentes. Seguimos escadaria acima, e ela rangia sob nosso peso. A subida era íngreme, os degraus pareciam soltos, e prendi a respiração o tempo todo. Quando chegamos ao topo, quase desabei de alívio. Estávamos dentro de uma despensa enorme. Claire chutou isolantes térmicos e lixo que deviam ter décadas de idade, tendo o cuidado de evitar as seções mais apodrecidas evidentes no chão de madeira. Andávamos por uma cozinha industrial e um refeitório aberto. *Clique.* Outra foto. Senti uma tontura enquanto seguia Rachel, imaginando enfermeiras de expressão severa e funcionários distribuindo um mingau sem gosto para os pacientes. Todos babando e se contorcendo atrás do longo balcão que se estendia de uma ponta até a outra do enorme salão.

Um sistema de roldanas impossivelmente grande e imponente anunciou nossa entrada no corredor que levava ao primeiro andar de quartos de pacientes. As alavancas que o controlavam estavam à direita, os pesos bojudos que as equilibravam eram visíveis atrás da mesa da sala das enfermeiras. Os cabos do sistema iam até o teto e se estendiam até o final do corredor, desviando à porta de cada quarto individual. Ele culminava em portas de ferro de quase 500 quilos. *Não mexa com o sistema de roldanas*, tinha avisado o site. Um garoto que explorava o sanatório sozinho ficou preso do lado errado. O corpo foi encontrado seis meses depois.

É claro que eu não precisava do aviso. Papai tinha dito a mim e a meus irmãos muitas vezes o quão velho era o prédio. Antes de começar a trabalhar com direito penal, havia processado os donos da propriedade e a prefeitura em nome da família do menino e deveria ter ganhado: os arquivos transbordavam evidências. Mas, inexplicavelmente, o júri decidiu contra a família da vítima. Talvez achando que ele deveria ter consciência do que estava fazendo. Talvez achando que a cidade precisava de um exemplo.

Mas tudo o que eu pensava era em como devia ter sido ouvir aquelas portas baterem — sentir a reverberação no chão apodrecido, nas paredes, nos 500 quilos de ferro que separavam a pessoa do restante de sua vida. Como seria a sensação de saber que ninguém viria salvá-lo. Como deve ter sido morrer de fome.

O prazer de Rachel e de Claire atingiu um nível mais alto ao passarmos pelos cabos trançados e alavancas. *Clique.* O flash iluminou o salão cavernoso. Jude e eu andamos juntos atrás das duas, ficando mais para o meio. Passávamos por quartos de pacientes, e eu não queria chegar nem perto deles.

Seguimos devagar, o facho da lanterna de Jude indo de uma parede a outra conforme avançávamos pelo buraco negro impenetrável que abria a boca para nós. Quando Rachel e Claire desapareceram ao dobrar uma esquina, apressei o passo, apavorada pela ideia de perdê-las nas passagens labirínticas. Mas Jude tinha parado completamente e puxou de leve o cós dos meus jeans. Virei.

Ele sorriu.

— Não precisamos segui-las, sabe.

— Obrigada, mas vi filmes de terror o suficiente para saber que separar o grupo não é a melhor ideia. — Tentei virar o corpo para a frente outra vez, mas ele não me soltou.

— Sério, não há do que ter medo. É só um prédio velho.

Antes que eu pudesse responder, Jude agarrou minha mão e me puxou atrás de si. A lanterna iluminou o número do quarto a nossa frente. 213.

— Ei — sussurrou ele ao me puxar.

— Uhm... — resmunguei.

Jude ergueu uma sobrancelha para mim.

— Você precisa tirar a mente deste lugar. — Dei de ombros e recuei um passo. Meu pé ficou preso em alguma coisa e eu caí.

32

Tentei abrir os olhos. Estavam úmidos e inchados, e o mundo, preto-azulado e sombrio, sacudia ao meu redor. Só conseguia ver partes dele. De alguma forma me sentia aquecida, mas meu corpo estava enroscado.

— Mara? — perguntou Noah. Eu estava a centímetros do rosto dele. Minha cabeça repousava sobre seu ombro, no espaço entre o pescoço e a orelha. Ele estava me carregando. Não dentro do sanatório. Nem no Centro de Convenções.

— Noah — sussurrei.

— Estou aqui.

Ele me colocou no banco do carona e tirou algumas mechas de cabelo do meu rosto enquanto inclinava-se sobre mim. Sua mão permaneceu ali.

— O que aconteceu? — perguntei, ainda que soubesse. Eu tinha apagado. Tive um flashback. E agora tremia.

— Você desmaiou durante minha grande demonstração. — A voz dele era suave, mas estava obviamente abalado.

— Hipoglicemia — menti.

— Você gritou.

Flagrante. Recostei-me no banco do carona.

— Desculpa — sussurrei. E sentia muito mesmo. Não era nem capaz de sair com um garoto sem desabar em mil pedaços. Senti-me uma idiota.

— Não tem *nada* por que se desculpar. Nada.

Sorri, mas um sorriso vazio.

— Admita. Foi esquisito.

Noah não disse nada.

— Posso explicar — falei, conforme a névoa na minha mente se dissipava. Eu *podia* explicar. Devia isso a ele.

— Não precisa — respondeu Noah, baixinho.

Soltei uma gargalhada.

— Obrigada, mas preferiria que você não pensasse que essa é minha reação normal a exposições de arte.

— Eu não penso isso.

Suspirei.

— Então o que pensa? — perguntei, de olhos fechados.

— Não penso nada. — O tom de sua voz parecia inalterado.

Não fazia sentido Noah estar tão tranquilo em relação a meu breve surto. Abri os olhos para encará-lo.

— Você não está nem um pouco curioso? — Eu estava um pouco desconfiada.

— Não. — Noah olhava para a frente, ainda de pé do lado de fora do carro.

Não um pouco desconfiada. *Muito* desconfiada.

— Por que não? — Minha pulsação disparou enquanto eu aguardava a resposta. Não fazia ideia do que Noah diria.

— Porque acho que sei — disse ele, abaixando o rosto para me olhar. — Daniel.

Esfreguei a testa, sem saber se o havia escutado bem.

— O quê? O que ele tem a ver com...

— Daniel me contou.

— Contou o quê? Vocês dois acabaram de se conhecer...

Ah. *Ah.*

Tinha sido arranjado.

Por isso Noah não perguntara uma só vez sobre minha antiga escola. Meus antigos amigos. Nem uma única pergunta sobre a mudança, mesmo que ele também fosse relativamente novo em Miami. Não tinha nem perguntado sobre meu braço. Agora eu entendia por quê: Daniel tinha contado tudo a ele. Meu irmão não me magoaria de propósito, mas aquela não seria a primeira vez que agia como uma marionete de mamãe. Talvez achasse que eu precisava de um novo amigo e não acreditasse que pudesse conseguir um sozinha. Babaca hipócrita.

Noah fechou a porta do carona e sentou-se no banco do motorista, mas não ligou o carro. Nenhum de nós disse nada durante um longo tempo.

— Quanto você sabe? — perguntei quando recuperei a voz.

— O suficiente.

— Que tipo de resposta é essa?

Noah fechou os olhos, e, por um breve segundo, senti-me culpada. Olhei pela janela para o céu escuro em vez de encarar o rosto dele. Noah mentira para mim. *Ele* deveria se sentir culpado.

— Eu sei sobre... sobre seus amigos. Sinto muito.

— Por que simplesmente não me disse? — perguntei baixinho. — Por que mentir?

— Acho que pensei que você tocaria no assunto quando estivesse pronta.

Contra minha vontade, olhei para ele. As pernas de Noah estavam esticadas, lânguidas, à frente do corpo. Ele estalava os dedos, completamente imperturbável. Impassível. Imaginei por que teria se dado a todo aquele trabalho.

— Com o que Daniel te subornou para que saísse comigo?

Noah se virou para mim incrédulo.

— Você é maluca?

Não tinha uma boa resposta para essa pergunta.

— Mara, eu perguntei a Daniel — falou Noah.

Pisquei.

— O quê?

— Eu perguntei a *ele*. Sobre você. Quando você me xingou depois da aula de inglês. Lembrava de você de... Descobri que tinha um irmão e falei com ele e...

Interrompi-o.

— Agradeço pelo que está tentando fazer, mas não precisa acobertar Daniel.

A expressão de Noah se fechou. A luz do poste acima de nós projetava a sombra dos cílios dele sobre a bochecha.

— Não o estou acobertando. Você não queria falar comigo e eu não sabia... — Noah parou e fixou o olhar em mim. — Eu não sabia o que fazer, está bem? Eu precisava conhecer você.

Antes que meus lábios pudessem formar "por quê", Noah continuou apressadamente:

— Quando estávamos no banheiro naquele dia, lembra? — Ele não esperou que eu respondesse. — Quando estávamos lá, pensei que a tinha conquistado. — Um sorriso malicioso surgiu no rosto dele por uma fração de segundo. — Mas então você disse que tinha ouvido... coisas... Coisas sobre mim, e então aquela garotas entraram. Não queria que elas falassem mal de você. Era sua primeira semana, pelo amor de Deus. Não devia ter de lidar com isso, principalmente quando ninguém a conhecia.

Eu estava sem palavras.

— E então vi você em South Beach. Naquele vestido. E apenas decidi: "que se foda, eu sou um babaca egoísta, e daí?" Katie implicou comigo por estar deprimido a semana toda, e contei a ela que você era o motivo. E aí você simplesmente... fugiu. Então, não. Não estou acobertando Daniel. Não sei o que *estou* fazendo, mas não é isso. — Ele olhou direto para a frente, para a escuridão.

O banheiro. A boate. Eu estava errada sobre tudo.

Ou... Será? A coisa toda, isso, poderia ser apenas mais um joguinho. Era tão difícil distinguir o que era real.

Ele recostou a cabeça no banco, os cabelos escuros e bagunçados se espalhando em todas as direções.

— Então, parece que sou um idiota.

— Talvez.

Ele sorriu torto, os olhos fechados. Falei:

— Mas, olha, podia ser pior. Você podia estar doente, como eu.

Não tinha a intenção de dizer isso em voz alta.

— Você não está doente — afirmou Noah.

Algo dentro de mim começou a se rasgar.

— Você não sabe. — Disse a mim mesma para calar a boca. Não funcionou. — Você não me conhece. Só sabe o que Daniel contou, e eu não deixo que ele veja esse tipo de coisa. Tem algo errado comigo. — Minha voz falhou quando senti a garganta fechar, bem apertada com o soluço que queria escapar. Droga.

— Você passou por...

E eu perdi a cabeça.

— Você não sabe pelo que passei — falei quando duas lágrimas quentes escaparam. — Daniel não sabe. Se soubesse, contaria tudo à minha mãe e eu acabaria em um hospital psiquiátrico. Então por favor, *por favor*, não discuta quando digo que tem algo muito errado comigo.

As palavras transbordaram, mas, depois que falei, senti a verdade nelas. Eu poderia tomar remédios, fazer terapia, o que quer que fosse. Mas sabia o suficiente para entender que psicóticos não podem ser curados, apenas controlados. E a falta de esperança que veio com tudo isso de repente pareceu demais para suportar.

— Não há nada que ninguém possa fazer para consertar isso — eu disse, baixinho. Finalmente.

Mas então Noah se voltou para mim. O rosto estava anormalmente aberto e sincero, mas os olhos eram desafiadores ao encararem os meus. Minha pulsação disparou sem meu consentimento.

— Me deixe tentar.

33

E U ESPERAVA DIVERSOS CENÁRIOS DIFERENTES DEPOIS DO MEU breve ataque. Noah revirando os olhos e rindo de mim. Noah fazendo uma gracinha, levando-me de volta e terminando comigo à porta de casa.

A resposta que deu não estava entre nenhum deles.

A pergunta ficou no ar. Deixar ele tentar o quê? Eu não sabia como responder porque não entendia o que ele estava pedindo. Mas Noah me encarou, ansioso, com a leve sugestão de um sorriso nos lábios, e eu precisava fazer *algo*.

Fiz que sim. Aquilo pareceu ser o suficiente.

Quando Noah embicou na minha garagem, saiu do carro e correu até a porta do carona para abri-la para mim. Olhei-o, mas ele me interrompeu antes que eu pudesse falar.

— Gosto de fazer isso para você. Tente se lembrar para que eu não tenha que correr todas as vezes.

Todas as vezes. Senti-me estranha enquanto andávamos pelo caminho de tijolos até a porta principal. Algo havia mudado entre nós.

— Venho te buscar amanhã cedo — disse Noah ao tirar uma mecha de cabelo do meu rosto e colocá-la atrás da orelha. O toque era aconchegante.

Pisquei com força e sacudi a cabeça para esvaziá-la.

— Mas não é seu caminho.

— E?

— E Daniel já precisa ir para a escola mesmo.

— E daí?

— E por q...

Noah colocou um dos dedos sobre meus lábios.

— Não. Não me pergunte por quê. É irritante. Eu quero. É por isso. É só isso. Então me deixe fazer. — O rosto de Noah estava tão próximo. Muito próximo.

Foco, Mara.

— Todos vão pensar que estamos juntos.

— Deixe-os pensar — disse ele passando os olhos pelo meu rosto.

— Mas...

— Mas nada. Quero que pensem.

Pensei em tudo que isso implicaria. Porque era Noah, as pessoas não pensariam apenas que estávamos juntos, mas que estávamos *juntos*, juntos.

— Sou péssima atriz — falei tentando explicar.

Noah roçou os dedos ao longo do meu braço e levou minha mão até sua boca. Os lábios tocaram as juntas dos meus dedos, eram incrivelmente macios. Ele olhou nos meus olhos, e isso me matou.

— Então não atue. Vejo você às 8 horas. — Noah soltou minha mão e andou de volta até o carro.

Fiquei em frente à porta, sem fôlego, conforme ele ia embora. Repassei as palavras dele na mente. *Me deixe tentar. Quero que pensem. Não atue.*

Algo estava começando entre nós, mas era algo que acabaria comigo se terminasse. Quando terminasse, o que seria em breve, se fosse acreditar em Jamie. Zonza, entrei em casa, encostei atrás da porta e fechei os olhos.

— Bem-vinda de volta. — Ouvi o sorriso na voz de Daniel, ainda que não pudesse vê-lo.

Tentei recobrar o equilíbrio, pois meu irmão era culpado e eu não o livraria só porque estava derretendo por dentro.

— Você tem muito que explicar. — Foi tudo o que consegui dizer.

— Culpado — disse Daniel, mas não parecia. — Você se divertiu?

Fiz que não com a cabeça.

— Não acredito que fez isso comigo.

— Você. Se. Divertiu?

— Não. É. Essa. A. Questão.

O sorriso de Daniel cresceu.

— Gosto dele.

— O que isso tem a ver com a coisa toda? Como você pôde contar a ele, Daniel?

— Tudo bem, espere aí um segundo. Antes de tudo, a única coisa que contei a ele foi o motivo de termos nos mudado de Laurelton para cá. Houve um acidente, seus amigos morreram e nos mudamos para recomeçar. Você não tem o monopólio sobre essa explicação, então relaxe. — Abri a boca para protestar, mas Daniel continuou. — Em segundo lugar, ele é um cara legal.

Eu concordava, mas não queria concordar.

— Outras pessoas não acham — falei em vez disso.

— Outras pessoas costumam estar erradas.

Encarei-o de olhos arregalados.

— Continuando. Conte o que aconteceu. Não me esconda nada.

— Depois do primeiro dia de aula, fui conversar sobre meu estudo de música independente com o professor, e Noah estava lá. Ele compõe, aliás, e é bizarramente bom. Sophie me disse que fez algumas apresentações livres com ele no ano passado.

Pensei na lourinha pequena e adorável que era Sophie e senti uma vontade repentina de chutá-la nas canelas e correr.

— De qualquer forma, quando descobriu meu nome, ele me perguntou sobre você.

Rebobinei os pensamentos.

— Mas só o conheci no segundo dia de aula.

Daniel deu de ombros.

— De alguma forma ele conhecia você.

Sacudi a cabeça devagar.

— Por que mentir, Daniel? Por que fingiram que não se conheciam hoje cedo?

— Porque presumi, e corretamente, aliás, que você teria um ataque. Mas sério, Mara, está exagerando. Seu nome mal foi mencionado em nossa conversa. Passamos a maior parte do tempo discutindo o nexo Kafka-Nietzsche e os sonetos paródicos de *Dom Quixote*.

— Não tente me distrair com seu papinho intelectual. Você não deveria ter saído por aí implorando por amigos para mim. Não sou tão patética.

— Não foi isso o que fiz. Mas, ainda que tivesse feito, por acaso você já ultrapassou sua cota de amigos aqui em Miami? Perdi alguma coisa?

Endireitei a postura.

— Isso é muito babaca de se dizer — respondi com a voz baixa.

— Tem razão. É mesmo. Mas como você sempre insiste que todos a tratem com normalidade, então responda: *Fez* mais algum amigo desde que nos mudamos para cá?

Lancei a ele o olhar da morte.

— Na verdade, sim.

— Quem? Quero um nome.

— Jamie Roth.

— O garoto do Ebola? Soube que é meio instável.

— Aquilo foi um incidente isolado.

— Não foi o que ouvi.

Trinquei os dentes.

— Detesto você, Daniel. De verdade.

— Amo você também, irmã. Boa noite.

Fui para o quarto e bati a porta.

Quando acordei na manhã seguinte, sentia-me pesada, como se tivesse dormido demais, mas minha cabeça doía como se não tivesse. Olhei para o relógio: 7h48.

Xinguei e tropecei para fora da cama, correndo para me vestir. Mas quando passei pela escrivaninha, parei. Um comprimido branco e pequeno estava apoiado sobre um guardanapo. Fechei os olhos e inspirei. Odiava a ideia de tomar — odiava. Mas o fiasco da exposição de arte fora assustador, sem falar do incidente da banheira na semana anterior. E eu não queria pirar na frente de Noah de novo. Só queria ser normal para ele. Para minha família. Para todo mundo.

Antes que pudesse pensar duas vezes, engoli o comprimido e disparei do quarto. Esbarrei em papai quando ele virou o corredor e joguei a pasta sanfonada que ele carregava pelos ares. Papéis se espalharam por todo lado.

— Ei, onde é o incêndio? — disse ele.

— Desculpa... Preciso ir, estou atrasada para a escola.

Papai pareceu confuso.

— O carro de Daniel não está aqui. Achei que ninguém estava em casa.

— Um amigo vai me levar — falei ao me abaixar para juntar os papéis. Misturei-os e entreguei a papai.

— Obrigado, querida. Como está? Nunca mais vi você. Julgamento idiota.

Quiquei um pouco, ansiosa para encontrar com Noah antes que ele saísse do carro.

— Quando será?

— As argumentações iniciais serão daqui a duas semanas, com uma semana reservada na pauta do tribunal — disse ele, e beijou minha testa. — Nos falamos antes de eu seguir para a base de acampamento.

Ergui as sobrancelhas, sem entender.

— Antes de ir para o hotel onde vou ficar para me preparar para o tribunal.

— Ah.

— Mas não se preocupe, nos falamos antes disso. Pode ir. Amo você.

— Amo você também. — Dei um beijinho na bochecha de papai e esbarrei nele ao passar pela entrada de casa, jogando a bolsa sobre o ombro. Mas quando escancarei a porta da frente, Noah já estava lá.

Estas são as coisas que constituíam Noah naquela manhã, dos pés à cabeça:

Sapatos: All Star cinza.

Calça: de *tweed* cor de carvão.

Camisa: de botões, com corte esguio, para fora, fina e de listras estreitas. Gravata superfina, amarrada frouxa ao redor do colarinho e expondo a sombra de uma camiseta estampada em silk por baixo.

Dias sem se barbear: entre três e cinco.

Meio sorriso: traiçoeiro.

Olhos: azuis e infinitos.

Cabelos: uma linda, linda bagunça.

— Bom dia — disse ele com a voz aconchegante e forte. Deus me ajude.

— Bom dia. — Consegui responder, semicerrando os olhos. Não sei se pelo sol ou por encará-lo por muito tempo. Decida no cara ou coroa.

— Você precisa de óculos escuros — falou Noah.

Esfreguei os olhos.

— Eu sei.

De repente, ele se agachou.

— O que você es...

Na pressa, tinha me esquecido de amarrar os cadarços.

Noah estava amarrando para mim. Ele ergueu a cabeça para me olhar por entre os cílios negros e sorriu.

A expressão no rosto de Noah me derreteu completamente. Eu sabia que estava com o sorriso mais idiota nos lábios, mas não me importava.

— Pronto — falou Noah ao terminar de amarrar os cadarços do lado esquerdo. — Agora você não corre mais riscos.

Tarde demais.

Quando paramos no estacionamento da escola, comecei a suar apesar do forte ar condicionado. Nuvens escuras haviam preenchido o céu durante o caminho, e algumas gotas de chuva bateram no para-brisa, o que fez com que hordas de alunos disparassem para os portões principais. Eu estava nervosa — apavorada, na verdade — por entrar na escola com Noah. Era muito *público*.

— Pronta? — perguntou ele com uma seriedade debochada.

— Na verdade, não — admiti.

Noah pareceu confuso.

— O que foi?

— Olhe para eles — falei, indicando as hordas. — É só que... Todo mundo vai ficar comentando.

Ele deu um meio sorriso.

— Mara. Já estão comentando.

Aquilo não fez com que eu me sentisse nem um pouco melhor. Mordi o lábio inferior.

— Isto é diferente — falei. — É escancarar tudo. De propósito. Por escolha própria.

E então Noah disse praticamente a única coisa que poderia fazer com que me sentisse melhor:

— Não vou te deixar sozinha. Vou ficar com você. O dia todo.

Ele disse com sinceridade. Eu acreditei. Ninguém parecia se importar com o que Noah fazia na Croyden, então não era exagero imaginá-lo assistindo aulas que não eram dele. Mas eu morreria se chegasse a esse ponto.

Noah pegou o blazer do banco de trás, vestiu-o, abriu minha porta e então lá estávamos, de pé, lado a lado, conforme cada olhar distraído se voltava para nossa direção. O pânico fechou minha garganta. Olhei para Noah para avaliar a reação dele. Parecia... feliz. Ele estava *gostando*.

— Você está se divertindo com isto — falei, incrédula.

Ele arqueou uma das sobrancelhas para mim.

— Gosto de estar ao seu lado. E gosto de todos vendo a gente junto. — Noah colocou um dos braços sobre meus ombros, aproximando-me de si, e minha ansiedade se dissolveu. De alguma forma.

Ao nos aproximarmos do portão, reparei em alguns garotos perto dos carros que estavam estacionados ao lado da entrada. Todos tinham a mesma expressão de olhos arregalados, feito ruminantes, quando se viraram em nossa direção.

— Cara! — Um garoto chamado Parker gritou para Noah ao correr na nossa direção. Noah ergueu uma sobrancelha para ele.

Os olhos de Parker encontraram os meus pela primeira vez desde que eu chegara a Croyden.

— Qual é?

As pessoas diziam isso mesmo?

— Oi — respondi.

— Então vocês estão, tipo...?

Noah arregalou os olhos para ele.

— Vá embora, Parker.

— Claro, claro. Ei, hum, Kent só queria saber se ainda está tudo certo para amanhã à noite?

Noah virou a cabeça para me olhar e disse:

— Não mais.

Parker olhou para mim enfaticamente.

— Que bosta.

Noah esfregou o olho com a palma da mão.

— Terminamos?

Parker suprimiu um risinho.

— Sim, sim. Vejo vocês depois — disse ele piscando para mim ao sair.

— Ele parece... especial — falei conforme Parker seguia para se reunir à matilha.

— Não é — respondeu Noah.

Gargalhei até que uma voz atrás de mim me interrompeu.

— Eu pegava.

Continuei andando.

— Eu pegava mais forte — disse outra pessoa. O sangue latejava nas minhas orelhas, mas não olhei para trás.

— Eu pegava tão forte que quem me tirasse de cima seria coroado o rei da Inglaterra.

Noah não estava mais ao meu lado quando me virei. Encurralava Kent, da aula de álgebra, contra o carro.

— Eu deveria machucá-lo consideravelmente — disse Noah com a voz baixa.

210

— Cara, relaxa. — Kent estava totalmente calmo.

— Noah — me ouvi dizer. — Não vale a pena.

Os olhos de Noah se estreitaram, mas ao ouvir minha voz ele soltou Kent, que arrumou a camisa e alisou a frente das calças cáqui.

— Vai se foder, Kent — disse Noah ao se virar.

O idiota riu.

— Ah, eu vou.

Noah se virou e ouvi o impacto inconfundível de nós de dedos se chocando contra um rosto. Kent estava caído no concreto, as mãos agarradas ao nariz.

Quando começou a se levantar, Noah falou:

— Eu não faria isso. Estou quase enfiando a porrada em você aí no chão mesmo. Quase.

— Você quebrou meu nariz! — Sangue escorria pela camisa de Kent, e uma multidão formara um pequeno círculo ao redor de nós três.

Um professor abriu caminho pelo aglomerado e gritou:

— Sala do diretor AGORA, Shaw.

Noah o ignorou e caminhou até mim excessivamente calmo. Ele colocou a mão intacta sobre a parte inferior da minha coluna, e minhas pernas ameaçaram se dissolver. O sinal tocou, e olhei para Noah quando ele se inclinou e roçou os lábios na minha orelha.

— Valeu a pena — sussurrou ele perto dos meus cabelos.

34

O PROFESSOR ESTAVA A ALGUNS METROS DE DISTÂNCIA.
— Não estou brincando, Shaw. Não importa de quem você é filho, vai para a sala do Dr. Kahn.

Noah recuou levemente e procurou meu rosto.

— Você vai ficar bem?

Fiz que sim. Os olhos de Noah se detiveram um pouco mais antes de ele beijar o topo da minha cabeça e sumir.

Depois de um momento de perplexidade, me recompus e caminhei sozinha pelo corredor de olhos que me observavam. Consegui chegar na aula de inglês antes de a Srta. Leib começar. Ela estava recapitulando o que esperava dos trabalhos de fim de semestre, mas era eu que tinha a atenção da turma. Olhares furtivos lançados por cima de ombros, bilhetinhos passados entre cadeiras enfileiradas, e me afundei no assento, tentando inutilmente me fundir com o plástico. Pensei em Noah na sala do diretor, respondendo por seu ato de cavalheirismo. Ou podemos dizer, pela disputa para ver quem é mais macho. O que quer que fosse, eu tinha gostado. Por mais que odiasse admitir.

Noah surgiu no meio da aula, e um sorriso ridículo transformou meu rosto assim que o vi. Quando o tempo acabou, ele pegou

212

minha mochila e jogou por cima do ombro conforme passávamos pela porta.

— Então, o que aconteceu na sala do Dr. Kahn? — perguntei.

— Apenas fiquei sentado lá e o encarei por cinco minutos, e ele ficou sentado lá me encarando por cinco minutos. Então falou para eu tentar aprender a me dar bem com os outros durante a suspensão de dois dias e me mandou seguir caminho.

Minha expressão se fechou.

— Você foi suspenso?

— Depois das provas — disse ele, visivelmente despreocupado. Então sorriu. — Foi o que eu ganhei por defender sua honra.

Gargalhei.

— Aquilo *não* foi por mim. Foi você marcando território — falei. Noah abriu a boca para dizer algo, mas o interrompi antes que conseguisse. — Por assim dizer.

Noah riu.

— Não afirmo nem nego sua suposição.

— Você não precisava fazer aquilo, sabe.

Noah deu de ombros preguiçosamente e olhou para a frente.

— Eu quis — respondeu.

— Isso vai ferrar seu histórico ou algo assim?

— Com a minha média geral perfeita? Duvido.

Virei para ele devagar assim que chegamos à porta da sala de álgebra.

— Perfeita?

Noah suprimiu um risinho.

— E você pensando que eu fosse só um rostinho bonito.

Inacreditável.

— Não entendo. Você nunca anota nada. Nunca está com seus livros.

Noah deu de ombros.

— Tenho boa memória — respondeu ele na hora em que Jamie apareceu a caminho da aula de álgebra. — Oi — disse Noah para ele.

— Oi — respondeu Jamie, e me lançou certo olhar ao passar por nós.

Se Noah reparou na reação de Jamie, não mencionou.

— Vejo você depois? — perguntou Noah.

A ideia me confortou.

— Sim. — Sorri e entrei na sala.

Jamie já estava à mesa, e sentei-me ao lado dele, jogando a bolsa no chão com um ruído surdo.

— Muito mudou desde que você pela última vez eu vi — disse ele, sem me olhar.

Decidi dar a ele um pouco de trabalho.

— Eu sei — respondi com suspiro dramático e exasperado. — Nem consigo explicar o quanto estou com raiva das provas.

— Não disso falava eu.

— Por que está dando uma de Yoda hoje?

— Por que está evitando o assunto *du jour*? — perguntou Jamie enquanto preenchia os quadradinhos do papel quadriculado para formar um desenho bem esquisito de um dragão com braços humanos cuspindo fogo.

— Não estou evitando, só não há nada a dizer.

— Nada a dizer. A garota nova e solitária de repente está se divertindo com o cara mais gato da Croyden, e há um caderno de desenhos porno-Shaw retratando esse relacionamento improvável? "Nada a dizer" uma ova. — Jamie ainda se recusava a fazer contato visual.

Inclinei-me e sussurrei para ele:

— Não existe um caderno de desenhos pornô. Foi uma estratégia.

Jamie finalmente olhou para mim e ergueu uma sobrancelha.

— Foi tudo uma farsa?

Puxei os lábios para dentro e então os mordi.

— Não exatamente — respondi. Não sabia bem como explicar o que havia acontecido entre Noah e eu no dia anterior e não tinha certeza se queria.

Jamie voltou para o papel quadriculado.

— Bem, em algum momento você vai ter de explicar isso para mim bem devagarzinho.

Anna interrompeu meus pensamentos antes que eu conseguisse responder a Jamie:

— Quanto tempo você dá, Aiden?

Aiden fingiu me estudar ao responder:

— Até o fim desta semana, se ela abrir as pernas. Caso contrário, pode durar mais umas duas.

— Ciúmes? — perguntei, calma, embora por dentro estivesse furiosa.

— Ciúmes do que você vai enfrentar depois que Noah terminar tudo? — Anna contraiu a boca, curvando-a em um sorriso malicioso. — Por favor. Mas ele é incrível na cama — disse com um sussurro fingido. — Então aproveite enquanto puder.

Anna sentou-se de novo, o Sr. Walsh entrou na sala, e eu fervilhei silenciosamente na cadeira enquanto pressionava o lápis contra o caderno muito, muito forte. Meu estômago ardia ao pensar em Anna adquirindo aquela informação específica sobre Noah. Jamie havia me contado que os dois saíram. Mas isso não *necessariamente* queria dizer...

Eu queria e não queria saber.

Quando o sinal tocou, levantei-me da cadeira, e outra garota da sala, Jessica, me deu uma cotovelada ao passar. Qual era o problema dela? Meu braço doeu, e o esfreguei antes de pegar o livro e o caderno na mesa. Enquanto seguia até a porta, alguém os derrubou das minhas mãos. Virei de costas, mas ninguém ao redor parecia particularmente culpado.

— Que merda é essa? — murmurei baixinho ao me agachar para pegar as coisas.

Jamie se agachou comigo.

— Você está dissolvendo a trama social da Croyden.

— Como assim? — Enfiei as coisas na bolsa com uma força desnecessária.

— Noah te trouxe de carro para a escola.

— E daí?

— Noah não traz ninguém à escola.

— E daí? — perguntei, resmungando com frustração.

— Ele está agindo como seu namorado. O que deixa as garotas que ele tratou feito camisinhas um tantinho enciumadas.

— Camisinhas? — perguntei confusa.

— Utilizadas uma vez e descartadas.

— Nojento.

— Ele é.

Ignorei aquilo, sabendo que não faria nenhum progresso no assunto.

— Então o que você quer dizer? Que eu era invisível, mas agora sou um alvo?

Jamie inclinou a cabeça e gargalhou.

— Ah, você nunca foi invisível.

Noah estava esperando por mim quando conseguimos sair da sala. Jamie passou por nós em silêncio e seguiu para a próxima aula. Noah nem reparou.

A chuva caía para dentro do caminho coberto, mas ele andou do lado de fora mesmo assim, sem se importar em ficar molhado. Quando saímos do alcance dos ouvidos, não consegui segurar a pergunta que estava me deixando enjoada desde a aula de Álgebra. Ergui o olhar para ele.

— Então, você ficou com Anna no ano passado, certo?

A expressão antes alegre de Noah se transformou em nojo.

— Não usaria exatamente o termo "ficou".

Então Jamie estava certo.

— Nojento — murmurei.

— Não foi tão horrível assim.

Eu queria bater com a cabeça contra o arco de tijolos.

— Não quero saber, Noah.

— Bem, o que você quer que eu diga então?

— Que ela tem escamas sob o uniforme.

— Não saberia dizer.

Meu coração deu um salto, mas tentei parecer apenas levemente curiosa.

— Sério?

— Sério — respondeu Noah com divertimento no tom de voz.

— Então, hã, o que aconteceu? — perguntei bem casualmente. Noah deu de ombros.

— Ela meio que colou em mim no ano passado, e sofri até que a péssima personalidade de Anna e minha incapacidade de traduzir a língua retardada que ela fala foram demais para mim.

Ainda era muito cedo para comemorar.

— Ela disse que você era incrível na cama — falei, fingindo interesse no jorro de água que desceu da calha próxima aos armários. Meu rosto me trairia se ele o visse.

— Bem, isso é verdade.

Que ótimo.

— Mas ela não saberia dizer por experiência própria. — Nesse momento, Noah puxou meu queixo para que eu ficasse cara a cara com ele. — Ora, ora, Mara Dyer.

Mordi o lábio e olhei para baixo.

— O quê?

— Não acredito — disse ele, incrédulo.

— *O quê*?!

— Está com ciúmes. — Dava para ouvir o sorriso na voz dele.

— Não — menti.

— Está *sim*. Posso assegurar que não tem com que se preocupar, mas acho que gosto disso.

— Não estou com ciúmes — insisti, o rosto queimando sob o toque dos dedos de Noah. Recuei contra o armário.

Noah ergueu uma sobrancelha.

— Então por que se importa?

— Não me importo. É que ela é tão... tão *podre* — respondi ainda olhando para o chão. Finalmente reuni coragem para olhar para ele. Noah não estava sorrindo. — Por que você deixa ela dizer que dormiu com você?

— Porque eu não saio contando com quem eu fiquei — respondeu ele, abaixando levemente para me olhar nos olhos.

Virei o rosto e abri a porta do armário.

— Então todo mundo pode dizer que fez qualquer coisa com você — falei para o vão escuro.

— Isso fere seus sentimentos? — Ele falou baixinho atrás dos meus ombros.

— Não tenho sentimentos — respondi com o rosto enterrado no armário.

A mão de Noah surgiu no armário ao meu lado, e senti que ele se inclinou na direção das minhas costas. O ar estava pesado com a eletricidade entre nós.

— Me beija — falou, simplesmente.

— O quê? — Virei, ficando a apenas centímetros dele. O sangue brilhava por debaixo da minha pele.

— Você ouviu.

Senti os olhares dos outros alunos. Na minha visão periférica, vi-os amontoados sob a marquise, esperando a chuva diminuir. Ficaram boquiabertos ao verem a silhueta longa de Noah se inclinar sobre a minha, a mão apoiada no aço ao lado da minha orelha. Ele não se aproximou; estava pedindo, esperando que eu desse o próximo passo. Mas, assim que meu rosto começou a queimar com a sensação dos olhos de Noah e dos alunos em mim, os outros começaram a desaparecer um por um. E não quero dizer que foram embora. Eles *desapareceram*.

— Não gosto muito de beijar — disparei, os olhos voltando a encarar os de Noah.

A boca dele se entortou no menor dos sorrisos.

— Hã?

Engoli em seco e assenti.

— É idiota — falei, procurando pela multidão que estava ali reunida. Ninguém. Sumiram. — Alguém cutucando a boca de outra pessoa com a língua é idiota. E nojento. — Que belo modo de empregar o vocabulário de inglês avançado. Mara, você reclama demais.

Os olhos de Noah se enrugaram nos cantos, mas ele não estava rindo de mim. Passou a mão livre pelos cabelos, enroscando-os conforme o fazia, mas algumas mechas grossas caíram de novo na testa mesmo assim. Ele não se mexeu. Estava tão próximo. Inspirei-o: chuva, sal e cigarro.

— Já beijou muitos garotos antes? — perguntou ele, baixinho.

A pergunta levou o foco de volta à minha mente. Ergui uma sobrancelha.

— Garotos? Isso é uma suposição.

Noah gargalhou, o som era baixo e rouco.

— Garotas, então? — perguntou.

— Não.

— Não beijou muitas garotas? Ou muitos garotos?

— Nenhum dos dois — respondi. Deixei-o interpretar como quisesse.

— Quantos?

— Por que...

— Vou proibir essa palavra. Você não tem mais permissão de usá-la. Quantos?

Minhas bochechas coraram, mas mantive a voz firme ao responder:

— Um.

Com isso, Noah chegou impossivelmente mais perto, os músculos suaves do antebraço flexionando-se conforme dobrava o cotovelo para se aproximar de mim, quase me tocando. Eu estava inebriada pela proximidade e fiquei realmente preocupada que meu coração pudesse explodir. Talvez Noah não estivesse pedindo. Talvez eu não me importasse. Fechei os olhos e senti a barba por fazer sobre o maxilar e o leve roçar dos lábios dele em minha orelha.

— O outro cara estava fazendo errado.

35

OS LÁBIOS DE NOAH TOCARAM DELICADAMENTE A PELE DA minha bochecha e ali ficaram. Eu estava pegando fogo. Quando abri os olhos e a respiração voltou ao normal, Noah não estava na minha frente. Estava pendurado casualmente no arco acima do nicho dos armários, esperando que eu pegasse o material para a aula de artes.

O sinal tocou.

Permaneci ali. Ainda sentia a impressão dos lábios dele na bochecha. Ainda olhava como uma idiota. O sorriso de Noah se tornou presunçoso.

Fechei os olhos, respirei fundo e reuni o que me restava de dignidade antes de passar direto por ele, com o cuidado de evitar a chuva que caía dentro da cobertura arqueada. Fiquei feliz por artes ser a próxima aula. Precisava relaxar, cuidar do meu nível de estresse, como dissera a Dra. Maillard. E era impossível ignorar Noah. Quando estávamos em frente à sala de aula, falei que o encontraria depois.

A testa de Noah se enrugou enquanto outros alunos passavam por nós.

— Mas tenho um tempo livre para estudar — disse ele.

— Então pode ir estudar.

— Mas quero ver você desenhar.

Minha resposta foi fechar os olhos e esfregar a testa. Ele era impossível.

— Não quer que eu vá? — perguntou Noah. Abri os olhos. Noah parecia desapontado e uma graça.

— Você me distrai — falei com sinceridade.

— Não vou te atrapalhar. Prometo. Pego um giz de cera e desenho quietinho. Sozinho. Em um canto.

Não pude evitar o sorriso, e Noah, percebendo a chance, passou por mim e disparou para dentro da sala. Caminhei tranquilamente até uma mesa no fundo. Os olhos de Noah me seguiram enquanto eu sentava em um banquinho e pegava o grafite e o carvão.

Ignorei-o e fui feliz para meu lugar. Abri o caderno de desenhos folheando rapidamente as páginas cheias de Noah enquanto a professora substituta pigarreava antes de falar.

— Oi, gente! Sou a Srta. Adams. A Sra. Gallo teve uma emergência familiar, então serei a substituta hoje. — De franja curta e óculos, ela parecia ter 12 anos. E soava como se tivesse.

Quando a Srta. Adams fez a chamada e disse o nome de um aluno ausente, a mão de Noah se ergueu. Observei-o com cautela. Assim que a chamada terminou, Noah se levantou sem qualquer vergonha enquanto cabeças acompanhavam a caminhada dele até a frente da sala.

— Hum... — A Srta. Adams verificou a prancheta. — Ibrahim Hassin?

Noah confirmou. Eu morri.

— O que está fazendo? — perguntou ela.

Noah exibia uma expressão de surpresa.

— A Sra. Gallo não falou? — perguntou ele. — Deveríamos começar a trabalhar com modelos vivos hoje.

Não, eu estava sendo torturada.

— Ah, humm. Eu não...

— É verdade — intrometeu-se uma menina com uniforme de líder de torcida. Brittany, eu acho. — No... Ibrahim deveria ser o primeiro. A Sra. Gallo falou. — Um coro de acenos de cabeça e murmúrios apoiou a afirmação de Brittany.

A Srta. Adams parecia perplexa e um pouco perdida.

— Hã, tudo bem, acho. Vocês sabem o que fazer?

Noah lançou-lhe um sorriso reluzente ao arrastar um banquinho até o centro da sala.

— Com certeza. — Então se sentou, e eu encarei a página em branco, sentindo a pressão do olhar de Noah o tempo todo.

— Hum, espere — falou a substituta com um tom de desespero na voz.

Meus olhos passaram rapidamente para a frente da sala. Noah estava desabotoando a camisa. Jesus Cristo.

— Na verdade, não me sinto muito confortável com...

Ele afrouxou a gravata. As colegas de sala do sexo feminino deram risinhos.

— Aimeudeus!

— Ca-*ramba*.

— Gostoso. Gostoso demais.

Ele puxou a borda da camiseta para cima. Adeus, dignidade. Se Noah ouviu as garotas, não deu sinais. Ele me encarou de volta e deu um sorriso malicioso.

— S-Sr. Hassin, por favor, coloque as roupas de volta — gaguejou a Sra. Adams.

Noah parou, deixando todos aproveitarem a vista por mais um momento, então vestiu a camiseta de novo, e então a camisa social, fechando todos os botões com as casas erradas e deixando os punhos abertos.

A Srta. Adams exalou audivelmente.

— Tudo bem, gente, ao trabalho.

Os olhos de Noah estavam em meu rosto. Engoli em seco. A justaposição da presença dele em uma sala cheia de gente a ele fitando mais ninguém além de mim era avassaladora. Algo mudou dentro de mim diante da intimidade entre nós dois, encarando um ao outro em meio ao rabiscar de vinte lápis no papel.

Sombreei o rosto dele partindo do nada. Borrei a curva do pescoço e escureci a boca insolente. Enquanto isso, as luzes realçavam o ângulo reto no maxilar de Noah em contraste com o céu nublado do lado de fora. Não ouvi o sinal. Não ouvi os outros alunos se levantarem para sair da sala. Nem percebi que Noah não estava mais no banquinho.

Senti dedos roçarem minhas costas.

— Oi — disse Noah. A voz dele era muito suave.

— Oi — respondi. Permaneci curvada de modo protetor sobre a página, mas virei o corpo para encará-lo.

— Posso?

Não podia negar e não respondi. Saí do caminho para que Noah conseguisse ver.

Ouvi a inspiração dele. Nenhum de nós falou por um bom tempo. Então...

— É assim que eu sou? — A expressão de Noah era indecifrável.

— Para mim, é.

Noah não falou.

— É apenas como o vi naquele momento — eu disse.

Ele ainda estava em silêncio. Eu me mexi desconfortável.

— Se olhasse para os desenhos dos outros, seriam totalmente diferentes — acrescentei.

Noah ainda encarava.

— Não está *tão* ruim — falei ao me mover para fechar o caderno de desenhos.

Noah me interrompeu.

— Não — falou com a voz baixa, quase inaudível.

— Não?

— Está perfeito.

Noah ainda encarava o desenho, mas parecia... distante. Fechei o caderno e o coloquei na bolsa. Quando saímos da sala, a mão dele envolveu meu pulso.

— Posso ficar com ele? — perguntou Noah.

Arqueei uma sobrancelha.

— O desenho.

— Ah — falei. — Claro.

— Obrigado. — Noah ameaçou um sorriso. — Seria ganancioso pedir um de você?

— Um autorretrato? — perguntei. Noah sorriu em resposta. — Não faço um há milênios.

— Então está na hora.

Pensei na ideia. Teria de me desenhar sem um espelho, agora que via pessoas mortas neles. Dei de ombros, evasiva, na direção de Noah e me concentrei nas gotas de chuva que caíam do telhado de sapê da cobertura do quiosque.

Ouvi um zunido baixo vindo do bolso de Noah. Ele pegou o telefone e arqueou a sobrancelha para o aparelho.

— Tudo bem?

— Humm — murmurou ele, ainda encarando o telefone. — É seu irmão.

— Daniel? O que ele quer?

— Na verdade, Joseph — respondeu Noah escrevendo uma mensagem de volta. — Oferecendo dicas sobre a bolsa de valores.

Tenho a mais esquisita das famílias.

Noah enfiou o celular de volta no bolso.

— Vamos comer no salão de refeições — falou do nada.

— Tudo bem.

— Não fui exatamente... Espere, o que você disse? — Noah parecia surpreso.

— Se quiser ir, podemos.

Ele ergueu uma sobrancelha.

— Isso foi mais fácil do que eu esperava. Meu corpo deve ter afetado seu bom senso.

Suspirei.

— Por que insiste em me fazer odiar você?

— Não estou fazendo você me odiar. Estou fazendo você me amar.

Droga, ele estava certo.

— Então vai ceder? — perguntou Noah. — Assim?

Comecei a andar.

— O quanto ainda é possível piorar depois de tudo que aconteceu hoje?

Noah parou.

— Piorar?

— Ter todos encarando e imaginando o tipo de festinhas das quais sua vagina deve ter participado não é tão emocionante quanto se pensa — respondi.

— Eu sabia — disse Noah impassível. Ele ainda segurava minha mão, que parecia minúscula e quente sob a dele. — Eu sabia que isso iria acontecer.

Tirei o cabelo da testa.

— Eu aguento.

— Mas não deveria. — Noah, tinha as narinas dilatadas. — Queria mostrar a eles que você é diferente. Por isso... Nossa — disse, entre dentes. — Por isso estou fazendo tudo isso. Porque você é diferente — falou para si mesmo.

Uma sombra escureceu o rosto de Noah, e ele me encarou em silêncio. Estudando-me. Eu estava perdida, mas não tive tempo de perguntar do que estava falando antes de a expressão dele mudar. Noah soltou minha mão e prosseguiu:

— Se você está sofrendo por isso...

Sem pensar, agarrei a mão dele de volta.

— Então vou vestir minha calça de menina crescida e lidar com a situação. — Indiquei o refeitório. — Vamos?

Noah não falou o resto do caminho, e eu remoí o que tinha dito a ele e o que significava. As pessoas pensariam que sou uma piranha. Provavelmente já pensam. E, ainda que Noah estivesse diferente — parecesse diferente — da pessoa sobre a qual Jamie havia me alertado, isso não queria dizer que o que havia entre nós não acabaria no dia seguinte. Valia a pena? A reputação de Noah não parecia preocupar Daniel, e eu pensava — esperava — que Jamie e eu continuássemos amigos mesmo assim. E, por enquanto, havia Noah.

Decidi que era o bastante.

Ainda estávamos de mãos dadas quando chegamos ao refeitório. Quando ele abriu a porta para mim, finalmente entendi por que Noah chamava o lugar de salão de refeições. Os tetos eram altos como uma torre, e arcos se estendiam por todo o lugar, abrigando janelas de vidro do chão ao teto. O branco impecável das paredes contrastava com o chão de nogueira encerado. Nada poderia estar mais distante da imagem à qual a palavra "refeitório" costuma remeter.

— Alguma preferência de lugar? — perguntou ele.

Meus olhos varreram o salão lotado, cheio de alunos da Croyden uniformizados.

— Está brincando, né?

Noah pegou minha mão e me guiou pelo salão. Olhos se ergueram e nos seguiram conforme passávamos. Ele viu, nos fundos, o olhar de alguém que conhecia bem e acenou, e a pessoa acenou de volta.

Era Daniel. Os olhos dele estavam arregalados de surpresa, e a mesa ficou silenciosa conforme desviamos das cadeiras para encontrá-lo.

— Ai, meu Deus, se não é minha irmãzinha. Aqui, neste mesmo refeitório!

— Cale a boca. — Sentei-me ao lado de Noah e peguei o almoço, envergonhada demais para olhar nos olhos do resto dos veteranos reunidos na mesa.

— Vejo que trouxe Mara, a rabugenta, para brincar. Obrigado, Noah.

Noah ergueu as mãos na defensiva.

Daniel pigarreou e disse:

— Então, Mara. — Ergui os olhos do sanduíche. — Este é o pessoal. Pessoal, esta é minha irmã Mara.

Reuni um pouco de coragem e olhei ao redor da mesa. Reconheci Sophie e mais ninguém. Noah estava em uma cadeira em frente a meu irmão, e fiquei ao lado dele, de frente para Sophie.

— Oi — falei para ela.

— Oi — respondeu Sophie sorrindo enquanto mastigava. Ela engoliu e me apresentou ao resto do grupo. Noah e meu irmão ficaram batendo papo; os amigos de Daniel eram incrivelmente legais, e depois de apenas alguns minutos Sophie me fez rir tanto que quase chorei. Quando recuperei o fôlego, Noah olhou nos meus olhos, pegou minha mão sob a mesa e sorriu. Sorri de volta.

Eu estava feliz. E queria mais do que tudo que aquilo durasse.

36

As provas foram brutais, como esperado. Arrasei em história e no trabalho de inglês, não fiz feio em álgebra, e estava sofrendo à espera da de espanhol, a penúltima prova.

Noah tentou estudar comigo na primeira noite da semana de provas, mas foi um verdadeiro fracasso como professor, e acabei atirando um monte de fichas em cima dele depois de dez minutos. Graças a Deus existe Jamie. Estudamos todos os dias durante horas e no fim da semana: ele explicando álgebra para mim em espanhol. Jamie era incrível, e eu me *sentia* incrível, apesar do estresse. Na última semana, tomando Zyprexa, os pesadelos tinham acabado, as alucinações me abandonaram, e entrei na sala de espanhol sentindo-me preparada, mas ainda nervosa.

A prova oral deveria ser fácil. Recebemos uma lista de tópicos e deveríamos conseguir falar sobre qualquer um deles, mesclando poética com gramática correta e pronúncia até Morales estar satisfeita. E, naturalmente, assim que Jamie e eu entramos na sala, Morales me avaliou.

— *Señorita Dii-er* — disse ela com escárnio. Sempre falava meu nome errado e em inglês. Irritante. — Você é a próxima.

Ela apontou para mim e depois para o quadro-negro na frente da sala.

Jamie me deu um olhar de solidariedade quando passei por sua dele. Tentando em vão acalmar a respiração, me arrastei até a frente da sala. Morales estava prolongando minha tristeza, mexendo nos papéis, escrevendo no livro, qualquer coisa. Preparei-me para o massacre iminente, alternando o peso do corpo entre um pé e outro.

— Quem foi Pedro Arias Dávila?

Parei de me mexer. Aquele não era um dos tópicos: nunca sequer mencionamos Dávila na sala. Ela estava tentando me derrubar. Ergui o olhar na direção de Morales, que estava sentada sozinha na primeira fileira, o corpo atochado sem cerimônias na cadeira para alunos. Em posição de ataque.

— Não temos o dia todo, *señorita Dii-er*. — Ela tamborilou as unhas longas na superfície de metal da própria mesa.

Um formigamento de vitória subiu pela minha corrente sanguínea. Tinha feito história mundial no ano anterior, e por acaso meu projeto final fora sobre o Panamá do século XVI. Quais eram as chances? Entendi como um sinal.

— Pedro Arias Dávila liderou a primeira grande expedição espanhola para o Novo Mundo — respondi em um espanhol impecável. Não tinha ideia de como fiz aquilo, e senti uma tontura. Todos na sala estavam olhando para mim.

Fiz uma pausa para refletir sobre minha genialidade, então continuei:

— Ele foi soldado nas guerras em Granada, na Espanha e no Norte da África. O rei Fernando II o nomeou líder da expedição em 1514. — Mara Dyer rumo à vitória.

Morales falou com uma voz calma e fria.

— Pode se sentar, *señorita Dii-er*.

— Eu não terminei. — Não podia acreditar que tinha realmente dito aquilo. Por um segundo, minhas pernas ameaçaram disparar para a mesa mais próxima. Mas, conforme Morales rapidamente perdia a compostura, uma animação deliciosa correu pelas minhas veias. Não resisti e continuei: — Em 1519, ele fundou a Cidade do Panamá. Participou do acordo entre Francisco Pizarro e Diego de Almargo que permitiu a descoberta do Peru. — Engole essa, Morales.

— Sente-se, *señorita Dii-er*. — Morales começou a bufar, parecendo-se bastante com um personagem de desenho. Em trinta segundos, fumaça começaria a sair de seus ouvidos.

— Não terminei — falei de novo, satisfeita com minha audácia. — No mesmo ano, Pedro de los Ríos assumiu como governador do Panamá. Dávila morreu aos 91 anos em 1531.

— Sente-se! — gritou ela.

Mas eu era invencível.

— Dávila é lembrado como um homem cruel e mentiroso. — Enfatizei cada adjetivo e encarei Morales com rigidez, observando as veias na testa dela ameaçarem explodir. O pescoço tenso da professora ficou roxo.

— Saia da minha sala. — A voz era baixa e furiosa. — *Señor* Coardes, é o próximo. — Morales deu meia-volta na cadeira pequena demais e acenou com a cabeça para um colega de classe sardento e boquiaberto.

— Não terminei. — Ouvi-me dizer. Estava quase quicando com energia. A própria sala estava atenta e viva. Ouvia os pezinhos de formigas apressadas indo e voltando em direção a um pedaço de chiclete grudado na prateleira de livros à esquerda. Sentia o cheiro do suor que escorria da lateral do rosto de Morales. Via cada dreadlock caindo em câmera lenta sobre o rosto de Jamie conforme ele colava a testa na mesa.

— SAIA DA MINHA SALA DE AULA! — urrou Morales, chocando-me com sua fúria conforme se levantava da cadeira e derrubava a mesa.

Nesse momento, não pude mais segurar. Um sorriso presunçoso iluminou meu rosto, e eu saí da sala.

Ao som de aplausos.

37

ESPEREI DO LADO DE FORA POR JAMIE ATÉ A PROVA TERMINAR. Quando ele saiu da sala, segurei na alça da mochila e o puxei para mim.

— O que achou dos *cojones*? — Meu sorriso ameaçava dividir o rosto em dois quando ergui a mão para que ele batesse.

Jamie correspondeu.

— Aquilo foi... Aquilo foi muito... — Ele olhou para mim assombrado.

— Eu *sei* — falei, inebriada pela vitória.

— Idiota — terminou ele.

— *O quê?* — Eu tinha sido brilhante.

Jamie sacudiu a cabeça e colocou as mãos nos bolsos largos da calça conforme caminhávamos para o portão dos fundos.

— Agora, com certeza ela vai tentar reprovar você.

— Como assim? Eu *arrasei* naquela resposta.

Ele olhou para mim como se eu fosse idiota.

— Era uma prova oral, Mara. Totalmente subjetiva. — Jamie fez uma pausa, observando meu rosto, esperando a mensagem ser absorvida. — Ninguém naquela sala de aula vai confirmar sua história, a não ser por mim. E minha palavra não significa nada por aqui.

E lá estava. Eu *era* uma idiota.

— Agora você entendeu — falou ele.

Jamie estava certo. Meus ombros caíram como se alguém tivesse esvaziado completamente o balão amarelinho e sorridente que era meu coração. Não tão brilhante assim.

— Que bom que gravei tudo — completou ele.

Virei de costas.

— Não! — falei. *Yes!*

O sorriso de Jamie correspondia àquele que eu exibia mais cedo, dente por dente.

— Achei que você fosse pirar por ser reprovada depois, então gravei sua performance em MP3 para a posteridade. Pensei que fosse gostar de dissecá-la mais tarde. — Ele ergueu o iPhone conforme o sorriso ficava impossivelmente maior. — Salvei você.

Dei um guinchinho pela primeira vez na vida, como um leitão, e atirei os braços ao redor do pescoço de Jamie.

— Você. É. Um. Gênio.

— Naturalmente, querida.

Ficamos ali nos abraçando e sorrindo, e depois as coisas ficaram esquisitas. Jamie pigarreou, e eu abaixei os braços, enfiando-os nos bolsos. Talvez Jamie até tenha arrastado os pezinhos, de tão sem graça, antes de falar.

— Hum, acho que seu irmão está tentando acenar para você. É isso ou ele está tentando guiar o pouso de um avião.

Virei-me. Daniel estava de fato gesticulando desesperadamente na minha direção.

— Acho que deveria...

— É. Hum, quer fazer alguma coisa depois da escola esta semana?

— Claro — falei. — Me liga?

Andei de costas na direção de Daniel até Jamie confirmar, então virei e dei tchau por cima do ombro. Quando cheguei ao meu irmão, ele não parecia satisfeito.

— Você está com sérios problemas, mocinha — falou enquanto caminhávamos até o carro.

— O que foi agora?

— Soube da sua performance na aula de espanhol.

Como isso era possível? Merda.

— Merda.

— Hã, sim. Você não tem ideia de onde acaba de pisar — falou ele, enquanto entrávamos. — Existe um motivo para que Morales seja universalmente odiada. Sophie me agraciou com histórias de terror depois de contar a novidade.

Fiz uma nota mental para reclamar com Sophie por ser fofoqueira. Senti as entranhas revirando, mas contive a voz quando falei:

— Não acho que poderia piorar muito. A bruxa me torturava diariamente.

— O que ela fez?

— Fazia com que eu ficasse na frente da sala enquanto disparava perguntas em espanhol sobre coisas que ainda nem aprendemos, e ria quando eu respondia errado... — Parei. Por algum motivo, meus argumentos pareciam menos convincentes em voz alta. Daniel olhou de soslaio para mim. — Uma risada *maldosa* — acrescentei.

— Ã-hã.

— E jogava giz em mim.

— É só isso?

Fiquei irritada e lancei a ele um olhar.

— Assim fala o aluno que nunca ouviu o grito de um professor.

Daniel não respondeu e olhou inexpressivo para a frente conforme dirigia.

— Foi bem agressivo. Você tinha de estar lá para ver. — Eu não queria mais pensar em Morales.

— Acho que sim — disse ele, e olhou para mim de modo esquisito. — O que há com você?

— Nada — murmurei.

— A mentira tem perna curta.

— Isso não tem mais graça desde que você tinha 5 anos. Na verdade, nunca teve.

— Olha, não se preocupe tanto com a coisa da Morales. Pelo menos você não precisa se candidatar a sete estágios neste verão.

— Todos vão aceitar você — falei com a voz baixa.

— Não é verdade. Ando desleixado com meu estudo sobre música independente, e a Srta. Dopiko *ainda* não escreveu minha carta de recomendação... E talvez eu tenha superestimado minha carga horária de matérias avançadas, então não sei como vou me sair nas provas. Talvez nem consiga entrar nas minhas faculdades preferidas.

— Bem, se isso for verdade, não há esperanças para mim.

— Bem, talvez você devesse trabalhar nisso agora antes que seja tarde demais — falou Daniel, olhando para a frente.

— Talvez não fosse tão difícil se eu fosse um gênio como meu irmão mais velho.

— Você é tão inteligente quanto eu, só não se esforça tanto.

Abri a boca para protestar, mas Daniel me cortou:

— Não é só a questão das notas. O que vai colocar no seu currículo para a faculdade? Não faz teatro. Nem música. Nem trabalha no jornal da escola. Nem pratica esportes. Nem...

— Eu desenho.

— Bem, faça algo com isso. Entre em alguns concursos. Ganhe alguns prêmios. E se envolva com algumas organizações, eles precisam ver que você é bem...

— Nossa, Daniel. Eu sei, está bem? Eu sei.

Dirigimos o resto do caminho para casa sem falar nada, mas sentia-me culpada e quebrei o silêncio ao estacionarmos na garagem.

— O que Sophie vai fazer este fim de semana? — perguntei.

— Sei lá — disse Daniel ao bater a porta. Sensacional. Agora ele também estava no modo irritadinho.

Entrei em casa e fui para a cozinha catar alguma comida enquanto Daniel desaparecia para dentro do quarto, provavelmente para delinear algum estudo de *nonsense* filosófico. Ou seja, trabalhar em material para os formulários de estágio e engasgar no sofrimento do próprio TOC decorrente do sucesso. Eu, por minha vez, refleti a respeito de um futuro deprimente estrelado por mim como artista de rua de Nova York, vivendo de macarrão instantâneo e morando em um prédio invadido em Alphabet City, porque eu não tinha nenhuma atividade extracurricular. Então o telefone tocou, interrompendo meus pensamentos. Atendi.

— Alô?

— Diga a seu marido para largar o caso — sussurrou alguém do outro lado da linha. Tão baixo que não tinha certeza se tinha ouvido corretamente.

Mas meu coração disparou no peito mesmo assim.

— Quem é?

— Vai se arrepender. — A pessoa desligou.

Comecei a suar frio, e minha mente ficou em branco. Quando Daniel entrou na cozinha, eu ainda segurava o telefone, muito depois de o tom de discagem ter ficado mudo.

— O que você está fazendo? — perguntou ele ao passar por mim a caminho da geladeira.

Não respondi. Verifiquei o histórico de chamadas e procurei a última chamada recebida. Tinha sido do escritório de mamãe, duas horas antes. Nenhum registro de ligações depois dessa. Que horas eram? Olhei o relógio do micro-ondas: vinte minutos haviam se passado. Estava ali, segurando o telefone, havia vinte minutos. Eu tinha deletado a chamada? *Houve* mesmo uma chamada?

— Mara?

Virei-me para Daniel.

— Credo — disse ele dando um passo para trás. — Parece que você viu um fantasma.

Eu tinha ouvido um.

Ignorei-o e peguei o celular a caminho do quarto. Tinha tomado o remédio naquela manhã, exatamente como em todas as outras desde a exposição de arte. Mas se o telefonema tivesse sido real, por que não aparecia no histórico de chamadas?

Apavorada, disquei o número de papai só para garantir. Ele atendeu no segundo toque.

— Tenho uma pergunta — disparei, antes mesmo de dizer oi.

— O que houve, garota?

— Se você quisesse deixar o caso agora, poderia?

Papai fez uma pausa do outro lado da linha.

— Mara, você está bem?

— Sim, sim. É só uma pergunta acadêmica — falei. E era meio que verdade. Por enquanto.

— Tuuuuudo bem. Olha, é bem improvável que a juíza permita uma substituição de advogados a esta altura. Na verdade, tenho quase certeza de que não.

Meu coração afundou.

— Como o outro advogado largou o caso?

— O cliente concordou em me deixar substituí-lo. Caso contrário, Nathan não teria sorte.

— E o cliente não vai deixar você desistir agora?

— Duvido. Tornaria as coisas muito feias para o lado dele. E a juíza não deixaria acontecer, eu seria penalizado se fizesse algo assim. Mara — disse papai —, tem certeza de que está se sentindo bem? Queria perguntar sobre a terapia na semana passada, mas fiquei enrolado...

Ele achava que aquilo lhe dizia respeito. Que tinha a ver com sua ausência.

— Sim. Estou bem — respondi o mais convincente que pude.

— Quando é a próxima consulta?

— Na quinta que vem.

— Tudo bem. Preciso ir, mas conversamos no seu aniversário, está bem?

Parei.

— Você vai estar em casa no sábado?

— Pelo máximo de tempo que puder. Amo você, garota. Nos falamos depois.

Desliguei o telefone. Andei de um lado para o outro no quarto como um animal selvagem, repassando o telefonema na cabeça. Eu estava tomando um remédio antipsicótico para alucinações e, possivelmente, prováveis delírios. Fiquei bem na última semana, mas talvez a pressão das provas tivesse mesmo me afetado. Se contasse a meus pais sobre o telefonema sem que houvesse provas, não haveria nada para confirmar minha história. O que pensariam? O que fariam? De qualquer forma, papai não podia largar o caso, e mamãe? Mamãe iria querer me tirar da escola para me ajudar a lidar com o estresse. E não poder me formar a tempo ou ir para a faculdade o quanto antes — nada disso me ajudaria a lidar com o estresse.

Não mencionei o telefonema.

Mas deveria.

38

NOAH ME BUSCOU NA MANHÃ SEGUINTE, MAS FIQUEI INQUIETA e calada a caminho da escola. Ele não forçou nada. Ainda que aquela fosse nossa rotina de literalmente todos os dias pela última semana, todos os olhares se voltavam para nós enquanto passávamos pelo portão para o pátio. O braço de Noah não saiu da minha cintura, mas ele me deixou à porta da sala de álgebra, mesmo que relutante. Anna e Aiden passaram por nós fazendo caretas como se sentissem cheiro de alguma coisa podre.

— Você está bem? — perguntou Noah para mim, inclinando a cabeça.

— O quê? — Estava distraída, pensando na ligação na noite anterior. E na floresta de metal na exposição de arte. E em Claire e Jude aparecendo nos espelhos. — Só estou pensando na prova de biologia mais tarde.

Noah compreendeu.

— Vejo você depois, então?

— Ã-hã — respondi, e entrei na sala.

Quando cheguei à mesa, Jamie entrou e sentou-se ao meu lado.

— Ainda está com aquele babaca orgulhoso?

Apoiei a cabeça nas mãos e enfiei os dedos no cabelo.

— Nossa, Jamie. Dá um tempo.

Ele abriu a boca para dizer algo, mas o Sr. Walsh já tinha começado a aula. Estava de saco cheio de ouvir Jamie reclamar de Noah, e decidi que naquele dia passaríamos isso a limpo. Semicerrei os olhos para ele e falei *almoço* apenas com o movimento silencioso dos lábios. Ele concordou.

O resto das aulas da manhã passou voando, e Jamie estava esperando por mim junto às mesas de piquenique na hora marcada. E, pela primeira vez desde que me lembrava, os olhos dele estavam na mesma altura dos meus.

— Você cresceu? — perguntei.

Jamie ergueu as sobrancelhas.

— Cresci? Hormônios loucos. Antes tarde do que nunca, acho — respondeu ele, dando de ombros. Então semicerrou os olhos para mim. — Mas não mude de assunto. Deveríamos estar conversando sobre seu gosto sofrível para homens.

— Qual é seu problema?

— Não tenho um problema. Você tem um problema.

— Ah? Qual é meu problema?

— Shaw está te usando — falou Jamie em voz baixa.

Fiquei irritada.

— Acho que não.

— O quanto realmente você o conhece, Mara?

Fiz uma pausa, então respondi:

— Bem o suficiente.

Jamie virou o rosto.

— Bem, eu o conheço há mais tempo. — Ele afastou os dreadlocks que caíam sobre o rosto e mordeu o lábio inferior.

Bem de perto, observei-o sentado ali, e, depois de um minuto, as evidências se encaixaram.

— Ah, meu Deus — sussurrei. — Você está com ciúmes.

Jamie olhou para mim como se eu tivesse ficado louca.

— Você é louca? — perguntou ele.

— Hum... — Talvez?

— Sem ofensa, querida, mas você não faz meu tipo.

Gargalhei.

— Não com ciúmes *de mim*, mas dele — expliquei.

O rosto de Jamie ficou sombrio.

— Não vou mentir, o garoto é gostoso, mas não. Não sei como você o aguenta, sinceramente.

— O que ele fez, Jamie?

Ele ficou quieto.

— Ele dormiu com sua mãe ou algo assim?

A expressão de Jamie se endureceu.

— Minha irmã.

Abri a boca, mas a princípio nenhum som saiu. Então:

— Não sabia que você tinha uma irmã.

— Ela se formou. Estava no primeiro ano do ensino médio quando Noah começou a estudar aqui.

— Talvez... Talvez ele gostasse dela — falei. Algo se apertou no meu peito.

Jamie soltou uma gargalhada.

— Não gostava. Apenas a usou para provar algo.

— Provar o quê?

Jamie inclinou a cabeça para trás e fixou o olhar no telhado de sapê.

— Você sabe que pulei um ano, certo? — perguntou Jamie. Confirmei. — Bem, eu costumava ser da turma da irmãzinha dele, Katie. Assim que Noah e Katie começaram a estudar aqui, ela estava meio confusa com as matérias. Então ajudei Katie.

— Como me ajudou.

— Exceto que pode ou não ter havido troca de saliva na jogada. Não me lembro — falou Jamie, ao que ergui uma sobrancelha cética. — De qualquer forma — continuou ele, enfático —, Noah me flagrou com a mão sob a saia dela. Katie usa fio-dental, a propósito. Gostosa demais. E no dia seguinte, cheguei em casa e minha irmã extremamente inteligente e pragmática, Stephanie, não parava de falar sobre Noah.

Senti uma pontada no peito.

— Vai ver ela gostava dele — falei em voz baixa.

— Ah, gostava. Muito. Até voltar para casa chorando numa noite de sábado depois de saírem. — Jamie estreitou os olhos ao ver Noah se aproximar de nós vindo do outro prédio. — Noah a humilhou. Ela insistiu em pedir transferência da Croyden, e meus pais deixaram.

— Ela está bem?

Jamie riu.

— Sim. Quero dizer, está na faculdade, e isso foi há uns dois anos. Mas usá-la só para provar uma coisa, dessa maneira? Nojento.

Não sabia o que dizer. Queria defender Noah, mas seria possível? Então falei outra coisa.

— O que aconteceu entre você e Katie?

— Nada. Não queria que ele ferrasse com a vida de Stephanie mais do que já tinha feito, então encerrei aquela merda. — Jamie sugou o lábio inferior. — Eu gostava mesmo dela. — Ele inclinou a cabeça para mim, os dreadlocks caindo para o lado. — Mas nada disso importa, porque você não vai ouvir um amigo coadjuvante que é negro, judeu e bissexual, vai?

Meus olhos encontraram os de Noah conforme ele se aproximava.

— Não sei — respondi, ainda olhando Noah.

— O funeral é seu — Jamie parou de falar por alguns segundos antes de Noah chegar.

— Roth — disse Noah, inclinando a cabeça.

— Shaw. — Jamie fez que sim com a cabeça enquanto respondia.

Noah foi para trás de mim e beijou meu ombro, no momento em que Anna e Aiden surgiram de detrás das escadarias.

— Nossa, Mara, você ainda não abriu as pernas para ele? — disse Anna, gesticulando com a cabeça para indicar Noah. Ela fez um *tsc*. — Era isso o que eu estava perdendo, Noah?

— A lista das coisas que você está perdendo, Anna, é maior do que a lista de visitantes da Clínica Gratuita de South Beach — disse Jamie, e fiquei surpresa ao ouvir a voz dele. — Embora eu tenha certeza de que o currículo das suas trepadas inclua os mesmos nomes.

Noah riu silenciosamente atrás de minhas costas e lancei a Jamie um sorriso conspiratório. Ele havia me defendido. Ainda que não concordasse com minhas escolhas. Era um bom amigo.

Anna ficou ali boquiaberta antes de Aiden puxá-la pela camisa para sussurrar alguma coisa. Assim que o sinal tocou, um sorriso maligno transformou a expressão de Anna antes de os dois se virarem.

Foi somente quando vi o rosto de Noah ao sair da prova de biologia que percebi que havia algo errado. Muito errado.

— O que aconteceu? — perguntei conforme ele me puxava para longe do estacionamento, em direção aos armários.

— Jamie quer te contar pessoalmente. Ele me pediu para buscá-la — falou Noah. — E ele não falava mais do que uma palavra comigo há anos, então vamos.

Eu estava embasbacada. O que poderia ter acontecido nas últimas duas horas? Quando viramos no canto em que ficava o armário de Jamie, ele estava juntando o material. Não apenas os livros, mas os desenhos, os bilhetes... tudo. Limpando o armário.

Jamie enfiou o roteiro da peça da escola na mochila e suspirou ao me ver.

— Aiden disse que eu o ameacei — falou Jamie às pressas.

— O quê?

— Com uma faca. Anna confirmou a história. — Jamie enfiou um punhado de papéis na mochila. — Um deles plantou a faca na minha mochila quando eu não estava olhando. Fui expulso.

— *O quê?* — Minha voz ressoou, formando um eco contra o metal. — Isso é um absurdo! Como podem simplesmente expulsá-lo?

Jamie parou e se virou para mim, as mãos cerradas.

— Ainda que Croyden não tivesse uma política de tolerância zero, tenho um histórico manchado. A coisa com o Ebola no ano passado. Meus pais já estão aqui para me buscar.

— Simples assim? — perguntei, com a voz aguda.

— Simples assim — respondeu ele e bateu a porta do armário. — Tecnicamente, estou suspenso aguardando a revisão do caso, mas está basicamente acabado; eu já estava em estágio probatório. Então, agora vou fazer todas as tarefas por *correspondência*. — Ele imitou a voz grave do Dr. Kahn. — Vi Noah perto do prédio da administração e pedi que fosse te chamar. Fui informado que estou de castigo até me formar. Ou tirar o certificado de conclusão do ensino médio. O que vier primeiro. Vai foder totalmente meus formulários de admissão na faculdade no ano que vem.

Meu estômago se revirou. Não podia acreditar naquilo. Estava além da injustiça.

— Ora, ora. Se não é o *bully* da escola. — Ouvi a voz de Aiden e me virei, furiosa. Anna estava ao lado dele, parecendo triunfante.

Então era assim que as coisas seriam. Com um golpe, haviam arruinado a vida de Jamie, simplesmente porque ele me defendera. Porque éramos amigos. E ao olhar para as expressões nojentas deles, eu soube, sem sombra de dúvida, que não seria a última vez.

Meu corpo formigava com violência. Seria capaz de matá-los por aquilo. Eu queria.

Jamie fuzilou Aiden com os olhos.

— Não me faça *cortá-lo*, Davis.

Aiden gargalhou.

— Com o quê? Uma espadinha de enfeitar drinques?

Enfrentei-o antes de perceber o que estava fazendo.

— Saia — eu disse. — Agora, antes que eu te machuque.

Aiden diminuiu a distância entre nós em segundos. De perto, ele era ainda maior. O bíceps estava tenso.

— Por que esperar?

A mão de Noah foi para a garganta de Aiden automaticamente, e ele o empurrou contra os armários

— Seu filho da puta idiota — disse Noah para Aiden. — Jamie, tire Mara daqui.

— Noah — protestei.

— Anda!

Jamie segurou minha mão e me puxou para longe, ultrapassando Anna. Ouvi o som de corpos batendo contra o metal atrás de mim e tentei me virar, mas Jamie era surpreendentemente forte.

— Noah pode cuidar de si mesmo, Mara.

Tentei me soltar.

— Aiden é enorme.

Jamie lançou-me um sorriso curto e amargo ao segurar minha mão mais forte e me puxar.

— Mas Noah briga sujo. Ficará bem. Prometo.

Jamie não me soltou até estarmos ao lado da rua sem saída, em frente ao carro de seus pais.

— De castigo provavelmente significa sem telefone ou computador — falou ele. — Mas se eu encontrar uma coruja, tento enviar uma mensagem para o mundo exterior, está bem?

Concordei acenando com a cabeça bem na hora em que o pai de Jamie abaixava o vidro da janela.

— Tchau, querida — falou Jamie, e me beijou na bochecha. — Não deixe O Cara te colocar para baixo.

E, simples assim, ele tinha ido embora.

39

FIQUEI DE PÉ ALI, COMPLETAMENTE ZONZA E ENCARANDO O CAM-
pus vazio. O único amigo que havia feito no curto espaço de
tempo em que estudara ali, além de Noah, tinha ido embora.
Senti a mão de alguém roçar nas minhas costas. Virei-me. O
rosto lindo de Noah estava um desastre. Um machucado vermelho vivo
surgia abaixo da maçã do rosto do lado esquerdo, sob um aglomerado
de cortes que se estendia da sobrancelha até a orelha.

— Ai, meu Deus — sussurrei.

Noah exibiu um sorrisinho imoral. Então se encolheu.

— Vamos. Precisamos ir embora. — Ele me apressou em direção
do estacionamento, olhando por cima do ombro apenas uma vez antes
de entrarmos no carro. Pequenas gotas de sangue se formavam sobre os
nós dos seus dedos e pingavam no painel toda vez que Noah passava a
marcha.

— Devíamos ir ao hospital?

Noah sorriu de novo. Pareceu sentir dor ao fazê-lo.

— Você devia ver como ficou o outro cara.

— O que você fez?

— Ah, assim que ele se curar, poderá levar uma vida normal.

Ergui as sobrancelhas.

— Brincadeira. — Noah tirou o cabelo da minha bochecha e o colocou atrás da orelha, então se encolheu de novo. — Ele ficará bem em alguns dias, sinto dizer — respondeu, com o maxilar contraído. — Tem sorte por eu tê-lo deixado vivo. Se ele ameaçar você de novo, não vou ter tanta pena. — Noah voltou os olhos para a estrada. — Mas enquanto isso, amanhã começa minha suspensão por causa da coisa com Kent na semana passada, e, se Aiden ou Anna abrirem a boca... Bem. Vou ficar na minha, como deveria.

Quando paramos em frente à garagem da minha casa, Noah estacionou, mas não saiu do carro.

— Te vejo na sexta-feira — falou erguendo os óculos escuros.

— Não acho que seus pais devam me ver assim. Não ajudaria nossa causa.

— Nossa causa?

Noah esticou o braço para envolver minha nuca e passou o dedão pelo espaço abaixo da orelha. Ele recuperou o fôlego com o movimento.

— Eu gostaria de ficar por perto por um bom tempo.

Meu coração bateu com força contra as costelas ao toque da mão de Noah no pescoço. Eu estava sendo incoerente. O que Jamie dissera, a aparência de Noah, a proximidade dele... Os pensamentos se atropelaram no meu cérebro antes que eu conseguisse organizá-los.

— Por que dormiu com a irmã de Jamie? — disparei, sendo totalmente deselegante. Queria me socar no rosto.

A mão de Noah continuava no meu pescoço, mas um olhar prazeroso de desdém tomou conta da expressão dele.

— O que ele te disse?

Bem, eu tinha ajoelhado, agora precisava rezar. Engoli em seco.

— Que você não gostou do fato de ele estar saindo com sua irmã e então fez isso por vingança.

Noah estudou meus olhos.

— E você acreditou?

De repente, minha garganta ficou seca.

— Deveria?

Ele me encarou de volta, a mão ainda na minha nuca.

— Sim. Acho que deveria — falou Noah, inexpressivo. Os olhos dele estavam sombrios, a expressão indecifrável.

Eu sabia que deveria me importar com a resposta. Sabia que o que Jamie dissera significava alguma coisa — que eu era, e estava sendo, uma garota boba que havia desejado algo que muitas outras haviam desejado e, por isso, pagaram o preço. Eu pagaria o mesmo em breve. Deveria tomar impulso e acertá-lo, um golpe pelo feminismo ou algo assim, ou, no mínimo, sair do carro.

Mas então o dedão dele percorreu minha pele e, sem perceber, inclinei-me na direção de Noah e apoiei a testa contra a dele. Os lábios de Noah se abriram ao meu toque.

— Você deveria mesmo ir ao médico — foi tudo o que consegui dizer. E me odiei por isso.

O sorriso dele apenas repuxava um canto da boca. O lábio inferior estava cortado. Noah olhou para mim, então, e se inclinou para mais perto. Os olhos recaíram sobre meus lábios.

— Não tenho tempo — respondeu com a voz baixa, fazendo uma pausa, ficando ali, a meros centímetros de mim, até que cheguei o rosto para mais perto sem querer.

— Não quero machucá-lo — sussurrei, embora fosse eu quem provavelmente sairia machucada.

Nossos narizes se tocaram, e havia apenas um momento perfeito e ardente separando nossas bocas.

— Você não pode.

Alguém bateu na janela do motorista, apavorando-me sem qualquer razão. Afastei o corpo. Noah fechou os olhos por um segundo, e então desceu o vidro da janela.

Daniel e Joseph estavam ali, o rosto de Daniel contorcido em debochada reprovação, enquanto Joseph sorria.

— Desculpe interromper — falou Daniel olhando para mim. — Só achei que gostaria de saber que mamãe está chegando em cinco minutos.

— O que aconteceu com seu rosto? — perguntou Joseph a Noah, obviamente impressionado.

Noah meio que deu de ombros.

— Estive em uma pequena confusão.

— Legal.

— Quer entrar? — perguntou Daniel a Noah. — Colocar um gelo nisso?

Noah olhou para o relógio.

— Cinco minutos?

— Ela precisou parar na lavanderia. Se você correr dá tempo.

Saímos do carro, e todos nos dirigimos para dentro de casa. Joseph destrancou a porta e correu para a cozinha, supostamente para buscar gelo para o rosto de Noah. Daniel verificou as cartas sobre a mesa da entrada.

— Qual instituição de ensino superior teve a sorte de me aceitar hoje? — perguntou ele, com os olhos nos envelopes. — Ah, Harvard. Que legal. E Stanford! — Daniel segurou minha mão e me girou.

Noah espiou a pilha.

— E Northwestern. E a Universidade de Nova York. Você precisa ir pra lá, é a mais diversificada. Não é saudável ter muitos gênios enfurnados no mesmo campus.

Daniel sorriu.

— Faz sentido. Mas é bom ter opções — disse ele, então colocou os envelopes de volta na mesa. Avaliou os cortes de Noah e disse: — Aiden fez com que chamassem uma ambulância e insistiu em ser carregado de maca.

— Eu teria preferido se fosse um caixão — respondeu Noah.

— Ouvi a mãe dele pedindo sua expulsão, também, aliás.

Os olhos de Noah encontraram os de meu irmão.

— O resto do conselho nunca vai aprovar.

Daniel concordou.

— Isso é verdade.

Meus olhos se voltavam de um para o outro.

— Sobre o que vocês dois conversam quando não estou presente?

— Ah, você bem gostaria de saber — respondeu Daniel ao enfiar as chaves no bolso e pegar a pilha de cartas de aceitação. Joseph ressurgiu segurando um Ziploc cheio de gelo e o entregou a Noah.

— Obrigado — disse Noah sorrindo. Joseph parecia ter acabado de ganhar na loteria. — Preciso ir. Vejo você em alguns dias? — perguntou-me Noah.

Confirmei.

— Não se esqueça de ir ao médico.

Noah lançou-me certo olhar.

— Tchau, Mara — disse ele, e caminhou até o carro. Estreitei os olhos ao observá-lo ir embora e fechei a porta assim que ele se foi.

Os braços de Daniel estavam cruzados quando entrei em casa. Examinei-o.

— O quê?

— *Você* precisa ir ao médico — disse Daniel olhando para meu braço.

Pressionei as palmas contra os olhos.

— Ah, por favor, Daniel.

— Por favor você. Quando foi a última vez que trocou as ataduras?

— Faz alguns dias — menti.

— Bem, mamãe disse que tem uma consulta de rotina. Então, ou eu te levo, ou ela leva.

— Tudo bem — resmunguei e segui para a porta. Daniel me seguiu.

— Fiquei sabendo sobre Jamie, aliás.

— Ficou sabendo o que aconteceu de verdade? — perguntei a meu irmão. Ele confirmou. Encarei os pés. — Não acredito que Anna e Aiden fizeram aquilo com ele e que vão sair dessa ilesos. — De repente senti uma dor lancinante nas mãos e olhei para baixo. Estava apertando os punhos tão forte que as unhas entraram nas palmas. Tentei relaxar.

— A escola vai ser péssima sem ele.

— Pelo menos tem Noah.

Encarei o nada.

— Não é como se tivesse com a cota de amigos lotada — respondi baixinho.

Daniel ligou o carro e arrancou da entrada da garagem. Falou:

— Sinto muito por ter te dito isso, sabe.

— Tudo bem — respondi, olhando pela janela.

— Como você está, tirando essa situação?

— Bem.

— Quando é a próxima sessão de terapia?

Encarei-o fixamente.

— Na quinta que vem. Falou com Noah a respeito disso?

— Claro que não — respondeu Daniel. — Mas acho que ele não se importaria.

Inclinei a cabeça para trás, contra o banco, e virei o rosto.

— Gostaria que ele não soubesse da profundidade da minha loucura.

— Ah, por favor. O cara se meteu em duas brigas em duas semanas. Ele obviamente tem os próprios problemas.

— E, no entanto, aqui está você, servindo de agente de encontros para nós dois.

— Ninguém é perfeito. E não estou servindo de agente de encontros. Acho que ele é bom para você. Ele também passou por muitas coisas, sabe.

— Eu sei.

— E acho que não tem ninguém com quem conversar a respeito.

— Parece que ele conversou com você.

— Na verdade, não. Garotos não compartilham as coisas como as garotas fazem. Só sei o suficiente para... Enfim. Só estou dizendo é que acho que ele entenderia.

— É. Nada como ouvir que a garota com quem você acabou de começar a namorar está tomando antipsicóticos.

Daniel aproveitou a oportunidade para mudar de assunto.

— A propósito, como está sendo com os comprimidos? Algum efeito colateral?

249

— Não que eu tenha reparado.

— Acha que estão funcionando?

Com exceção do telefonema perturbador.

— Acho que sim.

— Que bom. Então acha que estará disposta a ir à festa surpresa de Sophie, na sexta à noite? Estou planejando uma coisa enorme. Bem, não tão enorme. Mas ainda assim uma festona.

— Não sei — falei, pensando no telefonema. Na ameaça. Em Jamie. Não tinha certeza se estaria no clima de festa. — Talvez.

— E quanto ao seu aniversário? Você e Noah têm algum plano?

— Não contei a ele — respondi em voz baixa ao olhar pela janela para os carros que passavam. Estávamos quase no consultório. Meu estômago se revirou quando me dei conta disso.

— Por que não?

Suspirei.

— Não quero que seja nada demais, Daniel.

Ele sacudiu a cabeça ao entrar no estacionamento do consultório.

— Você deveria baixar a guarda para ele, Mara.

— Vou considerar. — Abri a porta do consultório, e Daniel me seguiu. Assinei a prancheta e esperei até chamarem meu nome. Era melhor do que o hospital, mas o mesmo cheiro, aquele cheiro asséptico, fez minha respiração acelerar e minha garganta se fechar. Quando a enfermeira mediu minha pressão, o pulso latejou contra a braçadeira conforme ela apertava meu braço. Engasguei para recuperar o fôlego, e a enfermeira me olhou como se eu fosse louca. Mal sabia ela.

A mulher me levou até uma sala e apontou para o banco de vinil coberto de papel de consultório médico. A médica entrou para me ver alguns minutos depois.

— Mara? — perguntou ela, lendo a prancheta. Então olhou nos meus olhos e estendeu a mão. — Sou a Dra. Everett. Como está esse braço?

— Está bem — falei, estendendo-o para ela.

— Trocou as ataduras de dois em dois dias?

Não.

— Ã-hã.

— Como está a dor?

— Na verdade, não tenho reparado — falei. As sobrancelhas dela se arquearam. — Ando muito ocupada com as provas e coisas da escola — falei, para dar uma explicação.

— A distração pode ser um bom remédio. Tudo bem, Mara, vamos olhar. — Ela desenrolou a gaze do cotovelo primeiro e foi descendo até o antebraço. A testa dela se enrugou, e a médica contorcia os lábios conforme as ataduras se soltavam, revelando minha pele pálida e intacta. Ela olhou para a prancheta. — Quando isso aconteceu?

— Faz duas semanas.

— Hum. O médico do pronto-socorro deve ter cometido um engano. Devia ser um residente — disse a si mesma.

— O quê? — perguntei, ficando nervosa.

— Às vezes queimaduras de primeiro grau são confundidas com as de segundo grau, principalmente nos braços e nos pés — falou ela, virando meu braço e o inspecionando. — Mas, mesmo assim, a vermelhidão costuma durar algum tempo. Sente dor quando faço isso? — perguntou ao estender meus dedos.

Fiz que não com a cabeça.

— Não entendi. O que há de errado?

— Não há nada de errado, Mara — respondeu ela, encarando meu braço. — Está totalmente curado.

40

NÃO TER ATADURAS PINICANTES E QUE ACUMULAVAM SUOR SOB a manga da camisa foi a única coisa boa dos dois dias seguintes. Sem Noah e, principalmente, sem Jamie, eu tinha ainda menos paciência para a escola, o que se tornou visível. Surtei com a professora de história, que amava, e cheguei muito perto de socar Anna no rosto quando ela passou por mim e bateu com a bolsa no meu ombro. Ela era responsável pela expulsão do meu único amigo. Seria o mínimo que eu poderia fazer.

Resisti. Por pouco. Mas meu péssimo humor me seguiu até em casa. Só queria ficar sozinha.

Quando entrei, saquei o caderno de desenhos e fui para a sala de estar desenhar. Sentar no chão era sempre melhor para desenhar, e meu quarto com carpete não ajudava.

Cerca de uma hora depois de eu ter começado, Daniel colocou a cabeça para dentro do portal arqueado.

— Oi.

Ergui a cabeça do chão e sorri sem emoção.

— Já pensou se vai ou não à festa de Sophie amanhã à noite? — perguntou ele.

Voltei a esfumaçar o desenho. Autorretratos são difíceis sem um espelho.

— A festa é temática?

— Não — respondeu Daniel.

— Ah.

— Isso quer dizer que você vai?

— Não — falei. — Só estou pensando.

— Sabe que papai e mamãe vão sair hoje à noite, certo?

— Sim.

— E Joseph vai comigo para ajudar a preparar as coisas para amanhã.

— Sim — respondi, sem olhar para cima.

— Então o que você vai fazer?

— Vou ficar sentada aqui. Desenhando.

Daniel ergueu uma sobrancelha.

— Tem certeza de que está se sentindo bem?

Suspirei.

— Prefiro encarar minha depressão com uma dose cavalar de autopiedade, Daniel. Ficarei bem.

— Se é por causa das notas, posso falar com mamãe por você. Amaciar o golpe.

— O quê? — Se eu não estava ouvindo direito antes, agora Daniel com certeza tinha minha total atenção.

— Você ainda não viu suas notas?

Meu coração começou a saltar.

— Já estão disponíveis?

Daniel assentiu.

— Não sabia que você não sabia.

Disparei do chão, deixando o caderno de desenhos para trás, e segui para o quarto. Mergulhei na cadeira da escrivaninha e girei para olhar o monitor. A ansiedade corria pelas veias. Alguns dias atrás eu andava confiante, mas agora...

Conforme meus olhos varreram a tela, comecei a relaxar.

Inglês avançado: A

Biologia: B+

História: B

Artes: A

Espanhol: F

Álgebra II: B

Virei o rosto da tela e depois voltei. Então observei o monitor de novo. F. Entre o D e o G no teclado. F de final. F de fracasso. Fracasso final.

Não conseguia recuperar o fôlego e abaixei a cabeça entre os joelhos. Eu deveria *saber*. Nossa, como era idiota. Mas, em defesa própria, nunca, nunca reprovei em uma matéria antes, e essas coisas não parecem possíveis até que realmente aconteçam. Como eu poderia explicar a meus pais?

Embora envergonhada, esperava que Daniel ainda estivesse em casa. Disparei para a cozinha, o rosto inflamado. Ele havia deixado um bilhete na geladeira.

Fui arrumar as coisas.
Ligue se quiser que volte para buscar você.

Xinguei baixinho e me apoiei no aço inoxidável, manchando-o com impressões digitais. E então lembrei.

Jamie.

Ele havia gravado o teste. Tinha provas de que eu me saíra bem. Tirei o celular do bolso e cliquei na imagem que Jamie havia instalado para si no meu celular. A cabeça de um carneiro. Esquisitão. Inclinei a cabeça na direção do teto e rezei para que ele atendesse.

Foi direto para a caixa postal.

De castigo provavelmente significa sem telefone ou computador, dissera Jamie. *Mas se eu encontrar uma coruja, tento enviar uma mensagem para o mundo exterior, está bem?*

Meus olhos se encheram de lágrimas, e atirei o celular na parede, descascando a tinta e despedaçando o aparelho. Não poderia me importar menos. Havia um F no meu histórico. Um F.

Coloquei a cabeça entre as mãos e repuxei o rosto. Pensamentos obscuros passavam pela minha mente. Precisava contar a alguém, descobrir o que fazer. Precisava de um amigo — precisava da minha melhor amiga, mas ela estava morta. E Jamie também não estava disponível. Mas eu tinha Noah. Fui até o celular destruído e juntei os pedaços. Tentei colá-los. Sem sorte. Tirei do gancho o telefone de casa e apertei o botão para ligar, então percebi que nem sabia o telefone dele de cabeça. Só o conhecia havia algumas semanas, afinal de contas.

As lágrimas secaram no meu rosto, fazendo minha pele endurecer. Não terminei o desenho. Não fiz nada. Estava chateada demais, furiosa comigo mesma por ter sido tão idiota e com mais raiva ainda de Morales. Quanto mais pensava a respeito, com mais raiva ficava.

Era tudo culpa da professora. Não fiz nada a ela desde que entrei na Croyden, e ela se desdobrou para ferrar com minha vida. Talvez pudesse descobrir o endereço de Jamie e pegar o MP3 com ele, mas ajudaria? Será que o Dr. Kahn sequer sabia espanhol? A prova fora, como Jamie observou, subjetiva. E, ainda que *eu* soubesse que havia arrasado na resposta, também sabia que Morales mentiria.

Olhei pela janela da cozinha para o céu negro do lado de fora. Eu lidaria com aquilo no dia seguinte.

41

O DIA SEGUINTE COMEÇOU ANORMALMENTE. ACORDEI MORta de fome por volta das 4 da manhã e fui para a cozinha fazer torradas. Tirei uma garrafa de leite da geladeira e me servi de um copo enquanto a máquina esquentava o pão. Quando as fatias saltaram, comi-as lentamente, repassando a noite anterior na cabeça. Não reparei em Joseph até que ele balançou a mão em frente ao meu rosto.

— Terra para Mara!

Uma gota branca pingou da abertura triangular da embalagem de leite. As palavras de Joseph estavam abafadas, invadindo meu cérebro. Queria desligar o som.

— Acorda.

Dei um salto e então afastei a mão dele com um tapa.

— Me deixa em paz.

Ouvi uma segunda pessoa revirando a cozinha e virei o pescoço. Daniel tirou uma barra de cereais da despensa e a mordeu.

— Quem fez xixi no seu cereal? — perguntou ele com a boca cheia.

Inclinei-me sobre a mesa e pus a cabeça latejante sobre as mãos. Era a pior dor de cabeça que tinha em semanas.

— Noah vem te buscar? A suspensão dele deve acabar hoje, certo?

— Não sei. Acho que sim.

Daniel olhou para o relógio.

— Bem, ele está atrasado. O que significa que quem vai levar você sou eu. O que significa que precisa se trocar. Agora.

Abri a boca para informar Daniel que tínhamos horas até o início das aulas, e perguntar a ele o que estava fazendo acordado tão cedo, mas olhei para o relógio do micro-ondas. Eram 7h30. Eu estava sentada à mesa da cozinha havia horas. Mastigando... Durante horas. Engoli o pão frio junto com o pânico por ter perdido tanto tempo.

Daniel olhou para mim de soslaio.

— Anda — disse ele com a voz suave. — Não posso me atrasar.

Não vi o carro de Noah no estacionamento quando chegamos à escola. Talvez tivesse decidido tirar mais um dia de folga. Vaguei a caminho do campus, semiconsciente. Não vi Noah na aula de inglês, nem pelos corredores entre as aulas. Ele deveria estar lá. Eu queria descobrir onde Jamie morava e, mesmo que os dois se odiassem, não conhecia mais ninguém a quem perguntar.

Entre as aulas, caminhei até a sala da administração para marcar uma hora com o Dr. Kahn e, quando a tal indesejada hora chegou, entrei na sala dele armada com uma argumentação sólida. Discutiria pela nota que merecia. Contaria a ele sobre o MP3. Ficaria calma. Não choraria.

A sala do diretor parecia mais a sala de estudos de um nobre do século XIX, desde as paredes forradas com madeira escura até as pilhas de livros encapados em couro e o busto de Palas erguido acima da porta da sala. Brincadeira. Só a parte sobre os livros.

O Dr. Kahn estava sentado atrás da mesa de mogno; a luz verde tênue da luminária incidia sobre seu rosto sobrenaturalmente suave. Parecia o mínimo possível com um doutor, vestia calça cáqui e uma camisa polo branca com o escudo da Croyden bordado.

— Srta. Dyer — disse ele, indicando uma das cadeiras em frente à mesa. — O que posso fazer por você hoje?

Encarei-o.

— Acho que minha nota de espanhol deveria ser corrigida — falei. Soei calma. Confiante.

— Entendo.

— Posso provar que mereço um A na prova — falei, e era verdade. *Havia* uma gravação. Só não a tinha comigo.

— Isso não será necessário — falou o Dr. Kahn recostando-se na poltrona de couro com botões.

Pisquei.

— Ah — falei, um pouco espantada. — Ótimo. Então quando a nota será alterada?

— Creio que não posso fazer nada, Mara.

Pisquei de novo, mas, quando abri os olhos, só havia escuridão.

— Mara? — A voz do Dr. Kahn parecia distante. Pisquei de novo. O Dr. Kahn tinha de fato colocado os pés calçados sobre a mesa. Ele parecia tão *casual*. Eu queria arrancar seus sapatos e puxar a cadeira de debaixo do homem.

— Por que não? — perguntei com os dentes trincados. Precisava ficar calma. Se gritasse, o F permaneceria.

Mas era tão tentador.

O Dr. Kahn ergueu um pedaço de papel da mesa e o revisou com cuidado.

— Professores precisam enviar uma explicação por escrito para a administração sempre que dão uma nota de reprovação — disse ele. — A Srta. Morales escreveu que você colou na prova.

Minhas narinas se dilataram, e pontos vermelhos surgiram em meu campo visual.

— Ela mentiu — falei calmamente. — Como eu poderia colar em um exame oral? É ridículo.

— De acordo com o caderno de notas dela, suas primeiras notas foram bastante ruins.

Não conseguia acreditar no que estava ouvindo.

— Então estou sendo punida por melhorar?

— Não apenas melhorar, Mara. Sua melhora foi bem milagrosa, não acha?

As palavras do Dr. Kahn inflamaram minha raiva.

— Arranjei um professor particular — falei entre dentes enquanto tentava piscar para afastar os pontos vermelhos.

— Ela falou que você ficava olhando para debaixo da manga da camisa durante a prova. Disse que viu palavras escritas no seu braço.

— Ela está mentindo! — gritei, então percebi o erro. — Está mentindo — falei com a voz mais baixa e trêmula. — Eu estava com o braço enfaixado quando fiz a prova. Por causa de um acidente.

— Ela também falou que tinha visto seus olhos distraídos durante os trabalhos de aula.

— Então, basicamente, ela pode dizer que colei sem ter de oferecer nenhuma evidência?

— Não gosto do seu tom, Srta. Dyer.

— Então acho que estamos quites — rebati, antes de conseguir evitar.

O Dr. Kahn ergueu as sobrancelhas devagar. A voz dele estava irritantemente contida quando falou:

— Christina Morales é professora aqui há vinte anos. É firme, mas justa; posso contar em uma das mãos o número de reclamações de alunos.

Eu o interrompi.

— Eles têm medo demais para dizer qualq...

— Você, por outro lado — continuou o Dr. Kahn —, está aqui há apenas semanas e se atrasou para a aula em diversas ocasiões, respondeu à professora de história hoje cedo, sim, eu soube disso, e conseguiu ser expulsa da sala de aula da Srta. Morales após causar um tumulto. Em quem você acreditaria?

Eu literalmente enxergava as coisas em vermelho. Esforcei-me tanto para não gritar que minha voz, quando falei, saiu como um sussurro:

— Apenas... Apenas ouça. Existe uma gravação da minha prova. Vou conseguir alguém para traduzi-la. Vamos ouvir. A Srta. Morales pode...

O Dr. Kahn sequer descruzou as pernas antes de me interromper:

— Vamos fazer o seguinte. Chamarei a Srta. Morales mais tarde e repassarei tudo com ela novamente. Avisarei a você sobre minha decisão final.

Pensamentos sombrios surgiam em minha mente, e o tempo se arrastou. Levantei da cadeira e a derrubei, mas estava com as mãos trêmulas demais para pegá-la. Aquilo era... A coisa toda era mais do que injusta, e eu estava perdendo a cabeça. Escancarei a porta e escutei

259

quando ela bateu com força antes de quicar de volta. Não me importei. Parecia que meus pés eram feitos de aço conforme caminhava para a aula de espanhol. Queria esmagar a grama até virar pó. Morales sairia ilesa daquilo. Desejei que ela engasgasse na própria língua mentirosa.

E consegui visualizar com uma clareza estarrecedora. Os olhos esbugalhados e a professora cambaleando pela sala de aula vazia, levando os dedos ossudos até a boca, tentando entender o que havia de errado. Ela ficava azul e emitia um ruído engraçado de engasgo. É difícil mentir quando não se pode falar.

Eu queria confrontá-la. Queria cuspir no olho dela. Mas, conforme acelerava escada acima para a sala, soube que nunca levaria aquilo adiante. Eu ia xingá-la, no entanto. Dobrei o corredor e percorri os poucos metros finais até a porta, pensando em diversos apelidos pelos quais gostaria de chamá-la. A aula de espanhol de hoje é um oferecimento da letra *P*.

Não havia ninguém na sala a não ser Jude quando parei em frente à porta. Ele estava deitado no chão, pálido com a poeira. Uma enorme viga de madeira estava sobre ele, e vi onde as farpas tocavam a pele. O torso de Jude estava encharcado de sangue, que também escorria pela lateral da boca. Fazendo-o parecer um pouco com o Coringa, do *Batman*.

Pisquei.

Não era mais o corpo de Jude. Era o imbecil que havia maltratado Mabel, deitado no chão, a lateral do crânio reduzida a uma gosma rosa, a perna dobrada em um ângulo engraçado. Como uma bailarina caipira. O piso de linóleo tinha se tornado terra, e as moscas entupiam a boca dele.

Pisquei de novo.

Ele sumiu. No lugar estava Morales. Deitada no chão com o rosto mais roxo do que azul. Fazia sentido, considerando a aula de artes do segundo ano sobre cores primárias. Vermelho mais azul igual a roxo, e Morales estava sempre com o rosto vermelho. Que Deus me perdoe, mas ela estava parecendo a criança violeta da *Fantástica Fábrica de Chocolate*. Virei a cabeça para os dois lados e pisquei para o cadáver de olhos esbugalhados no piso de linóleo, certa de que sumiria como os outros se eu desviasse os olhos. Então desviei.

Mas, quando olhei de volta, ela ainda estava lá.

42

OS CINCO SEGUNDOS SEGUINTES PARECERAM CINCO HORAS. O segundo sinal tocou, e fui empurrada para fora do caminho por uma garota loura chamada Vera puxando uma orientadora atrás de si. Vera chorava. Humm.

— Ela estava engasgando quando cheguei, mas não sabia o que fazer! — Vera soltou uma bolha de meleca ao chorar, e o muco desceu para além dos lábios. Nojento.

— Todos para trás! — gritou a orientadora, Sra. Barkan. À porta, estudantes enlouquecidos se aglomeravam.

Ouvi uma sirene nos fundos e, em seguida, paramédicos e policiais estavam empurrando alunos para fora do caminho, criando uma pequena clareira em volta da porta da sala de aula. Pessoas choravam, se acotovelavam e, basicamente, me deixavam muito irritada, então recuei da multidão. Corri pelas escadas de dois em dois degraus até cair. Não tinha almoçado. Estava faminta, tonta, não tinha dormido na noite anterior, e, pelo amor de Deus, aquilo *não* poderia estar acontecendo. Eu tinha tomado o remédio pela manhã? Não lembrava.

Saí aos tropeços de debaixo do portal arqueado para o verde que se espalhava. O sol me cegou, e eu queria socá-lo na cara. E pensar nisso me fez rir. Então, a risada se tornou uma gargalhada. Logo, eu estava gargalhando tão forte que lágrimas desceram pelo meu rosto. O pescoço parecia molhado, e fiquei sem fôlego, me joguei sob uma árvore no canto mais afastado do campus, gargalhando de modo insano e me contorcendo na grama, segurando as laterais do corpo porque elas doíam. Droga. Mas simplesmente era tão engraçado.

Do nada, a mão de alguém segurou meu ombro e me colocou em posição sentada. Olhei para cima.

— Mara Dyer, não é? — falou o detetive Gadsen. O tom de voz era curioso e constante, mas os olhos não pareciam amigáveis.

Um borrão de movimento atrás dele atraiu minha atenção. Noah apareceu no meu campo visual; quando viu com quem eu estava falando, parou. Olhei para os pés.

— Como está o cachorro? — perguntou o detetive.

Fiz todo o possível para não olhar para cima, chocada. Virei a cabeça para o lado, e o cabelo caiu sobre meu rosto como uma cortina. Para melhor me esconder, Chapeuzinho Vermelho.

— Que cachorro?

— Engraçado — disse ele. — O cachorro a respeito do qual você ligou para o Serviço de Animais há algumas semanas? Depois que conversei com você, ele simplesmente desapareceu.

— Que engraçado — falei, ainda que não fosse. Nem um pouco.

— A Srta. Morales era sua professora? — perguntou o detetive, sem perder um segundo.

Era? Então ela estava morta. Aquilo, ao menos, era real. Impossível, mas real. Fiz que sim.

— Isso deve ser difícil para você.

Quase gargalhei. Ele não fazia ideia. Ou talvez... talvez fizesse?

É preciso admitir que a paranoia era divertida. O que diabos o detetive poderia saber? Que eu *pensei* que Morales deveria estar morta, e então ela morreu? Loucura. Que eu queria que o dono da cadela fosse punido pelo que fez, e então ele foi? Risível. Pensar em algo não torna isso verdade. Querer alguma coisa não torna o desejo real.

— Sim, é muito difícil — falei, acenando positivamente com a cabeça e fazendo com que o cabelo caísse ainda mais sobre meu rosto para disfarçar o risinho demente.

— Sinto muito pela sua perda — falou ele. Meus ombros tremeram quando tentei conter o riso. — Você sabia se a Sra. Morales era alérgica a alguma coisa?

Fiz que não com a cabeça.

— Já a viu com uma seringa autoinjetável de adrenalina?

Fiz que não com a cabeça, então me levantei sobre os pés trêmulos. Era a filha de um advogado, afinal de contas, e, mesmo com a tênue compreensão da realidade, sabia que a conversa havia acabado.

— Preciso ir — falei.

— É claro. Melhoras, e sinto muito pela sua professora.

Caminhei para longe. Para longe do detetive e para longe de Noah.

Mas Noah me alcançou.

— O que aconteceu? — Ele parecia anormalmente preocupado.

— Você não apareceu hoje cedo — falei, sem olhar para ele.

— Mara...

— Não. Apenas... não. — Olhei para a frente e me concentrei no caminho para a aula. — Está tudo bem. Noah. Não estou com raiva. Só... só preciso ir. Vou me atrasar para a aula de Biologia.

— Acabaram as aulas — disse ele devagar.

Parei.

— O quê?

— São quase 4 da tarde. — A voz de Noah estava calma. — E o último tempo foi cancelado. Procurei você por todo canto.

Duas horas. Eu havia perdido mais de duas horas. Senti como se fosse cair, como se alguém tivesse puxado o chão que havia embaixo de mim.

— Epa — falou Noah ao colocar a mão sobre minha lombar para me segurar. Afastei-a.

— Preciso ir — falei, sentindo-me enjoada. Mas então outra mão agarrou meu ombro, e os joelhos quase se dobraram.

— Oi, gente — falou Daniel com a voz séria. — Que dia maluco.

Engoli a bile que subia pela minha garganta.

— Você não parece tão bem, Mara — prosseguiu Daniel. O tom de voz estava mais suave, mas havia um toque de ansiedade.

Afastei uma mecha de cabelo que grudou na minha testa.

— Estou bem. Só um pouco enjoada.

— Bem a tempo do seu aniversário — disse Daniel, e deu um sorriso contido. — Tenho certeza de que isso a desaponta.

— Seu aniversário? — Noah olhou de mim para Daniel.

Lancei a meu irmão um olhar de puro veneno. Ele me ignorou.

— Mara faz 17 anos amanhã. Dia 15 de março, a capetinha. Mas é toda chata com isso — explicou Daniel ao tirar os óculos para limpar algo da lente. — Fica toda deprimida todos os anos, então é meu dever de irmão distraí-la do tédio de aniversário.

— Eu cuido disso — falou Noah imediatamente. — Você está dispensado.

Daniel deu a Noah um largo sorriso.

— Obrigado, cara, você é demais. — Cumprimentaram-se com um soquinho.

Não acreditava que meu irmão tinha feito aquilo comigo. Agora Noah se sentiria obrigado a fazer algo. Eu queria socar os dois na cara, e vomitar.

— Tudo bem — falou Daniel colocando um dos braços ao redor de mim. — Acho melhor levar Mara para casa. A não ser que prefira vomitar no carro de Noah? — Fiz que não com a cabeça.

— Busco você amanhã às 11 horas — disse Noah olhando nos meus olhos conforme Daniel me levava. — Tem umas coisas que preciso te dizer.

43

UANDO DANIEL E EU CHEGAMOS EM CASA, AS PASTAS SAN-fonadas de papai estavam incomumente espalhadas por toda a mesa de jantar. Ouvimos os sons de nossos pais discutindo antes mesmo de fecharmos a porta. Gesticulei para que Daniel a fechasse sem fazer barulho.

— Acho que você precisa pedir uma audiência.

— As argumentações iniciais são na segunda-feira, Indi. Segunda-feira. E haverá uma audiência emergencial sobre as evidências logo antes disso. A juíza não vai me deixar sair. Não tem como.

O que aconteceu?

— Ligue para Leon Lassiter, então. Peça que ele o despeça. Diga que vai recomendar alguém. A juíza pode permitir um adiamento se Leon o fizer. É o que ele gostaria, não?

— Duvido. Ele está determinado a acabar logo com isso. — Ouvi papai suspirar. — Acha mesmo que Mara está tão mal?

Daniel e eu nos encaramos.

Mamãe não hesitou.

— Sim.

— Não houve mais nada desde a queimadura — falou papai.

— Até onde sabemos.

— Acha que tem alguma coisa acontecendo?

— Já viu como ela está ultimamente, Marcus? Não tem dormido. Acho que as coisas estão piores do que Mara deixa transparecer. E você estar no meio de um julgamento de assassinato não ajuda.

— Vale a pena eu ser expulso da ordem dos advogados?

Mamãe pausou.

— Podemos nos mudar de volta para Rhode Island se isso acontecer — disse ela em voz baixa.

Esperei que papai risse. Ou que desse um suspiro de exasperação. Ou que dissesse qualquer coisa diferente do que falou de fato:

— Tudo bem — disse ele, sem rodeios. — Vou ligar para Leon e avisar que estou fora.

Meu estômago se revirou com culpa. Fiz menção de ir para a cozinha, mas Daniel segurou meu braço e fez que não silenciosamente. Semicerrei os olhos até parecerem fendas.

Confie em mim, fez ele com os lábios. Ficamos parados como pedras conforme papai falava.

— Alô, Leon? É Marcus, sim, como está? Não estou tão bem, na verdade. — Ele então prosseguiu com a explicação. Ouvi as palavras "instável", "traumático" e "ajuda psiquiátrica". Meus olhos se ergueram até a cabeça de Daniel.

Depois de alguns minutos, papai desligou.

— E então? — A voz de mamãe.

— Ele vai pensar no assunto. Ele é um cara legal — disse papai com a voz baixa enquanto mamãe escancarava alguns armários.

Daniel se aproximou de mim.

— Ouça — sussurrou ele. — Vamos entrar lá e você vai agir como se tivesse sido o melhor dia da sua vida. Não diga nada sobre Morales, tudo bem? Deixe comigo.

Eu nem tive chance de responder antes de Daniel fechar a porta atrás de nós com um movimento exagerado. As pessoas devem ter ouvido a batida em Broward.

A cabeça de mamãe surgiu da cozinha.

— Oi, gente! — falou ela alegre demais.

— Oi, mãe — eu disse, também exibindo um sorriso falso no rosto. Estava inquieta, chateada, cheia de culpa e com dificuldades para aceitar o fato de que aquela era minha vida. Fomos para a cozinha e vimos papai à mesa. Os olhos estavam delineados por círculos escuros, e parecia mais magro do que o normal.

— Ora, se não são meus filhos que há muito não vejo — disse ele, sorrindo.

Limpei a testa úmida e caminhei para dar-lhe um beijo na bochecha.

— Como foi seu dia, garota?

Daniel me lançou um olhar cheio de significado por cima do ombro.

— Ótimo! — falei, com entusiasmo demais.

— Mara está me ajudando a planejar a festa surpresa de Sophie — disse Daniel ao abrir a geladeira.

Hã?

— Hã? — falou mamãe. — Quando será?

Ele pegou uma das maçãs.

— Esta noite — respondeu Daniel, e deu uma mordida. — Vamos sair daqui a algumas horas. Vocês têm planos?

Mamãe fez que não com a cabeça.

— Onde está Joseph? — perguntei.

— Na casa de um amigo — respondeu mamãe.

Abri a boca para sugerir que eles dois saíssem, mas Daniel foi mais rápido.

Mamãe olhou para papai.

— Seu pai está bem ocupado, acho.

Ele lhe retribuiu o olhar. Havia milhares de palavras não ditas naqueles olhares.

— Acho que poderia tirar a noite de folga — disse papai, finalmente.

— Sensacional — falou Daniel. — Você merece. Mara e eu vamos planejar um pouco, e então vou tirar uma soneca rápida antes da festa.

Nossa, eu poderia beijar Daniel naquele momento.

— Eu também — falei, seguindo a deixa. Dei um beijinho na bochecha de mamãe e virei-me depressa, antes que ela pudesse notar a fina camada de suor na minha pele. Segui para o quarto.

— Então vocês têm planos para hoje à noite? — gritou mamãe atrás de nós.

— Sim! — gritou Daniel de volta. Eu concordei e gesticulei de costas antes de virar para o corredor. Nos encontramos ali.

— Daniel...

Ele ergueu as mãos.

— De nada. Apenas... relaxe, está bem? Você parece prestes a vomitar.

— Acha que eles engoliram?

— Sim. Você se saiu bem.

— Mas e quanto ao caso de papai? Ele não pode largar, não por minha causa... — engoli em seco e tentei manter o equilíbrio.

— Amanhã vou fazer um estardalhaço sobre como você está bem, antes de Noah chegar. Falar do quanto você ajudou com a festa.

— Você é incrível. Sério.

— Amo você também, irmã. Vai deitar.

Daniel e eu partimos para nossos respectivos quartos. Tinha ficado escuro do lado de fora, e os pelos da minha nuca se arrepiaram quando passei pelas fotos de família. Virei para o outro lado, na direção das portas francesas que davam para o quintal. Com a luz do corredor acesa, a escuridão do lado de fora parecia opaca, e, estranhamente, sempre que me aproximava do vidro, era tomada pela sensação de que havia alguém, alguma coisa do lado de fora — algo se esgueirando, algo observando, algo... Não. Não há nada ali. Nada. Fui até o quarto e disparei para a escrivaninha, na direção do frasco de Zyprexa. Depois de uma semana, mamãe havia confiado em mim para ficar com todos os comprimidos no quarto. Não lembrava se havia tomado um naquela manhã. Provavelmente não. Por isso a coisa toda com Morales — foi uma coincidência ela morrer. Sufocar. Uma coincidência. Balancei o frasco para um comprimido cair na mão trêmula, então o joguei para o fundo da garganta e engoli sem água. Desceu devagar, dolorosamente, deixando um gosto amargo na língua.

Tirei os sapatos e subi na cama, enterrando o rosto nos lençóis de algodão. Era bem depois da meia-noite quando acordei, pela segunda vez na vida, com o som de alguém batendo no vidro da janela.

A sensação de *déjà vu* recaiu sobre mim como um cobertor de lã molhado, pinicando, desconfortável. Quantas vezes eu teria de reviver aquilo? Não conseguia enxergar nada e estava nervosa ao sair da cama e seguir até a janela. O coração foi até a garganta quando estiquei o braço para abrir as cortinas, preparando-me para ver o rosto de Jude.

Mas o punho de Noah estava erguido a meio caminho da vidraça.

ELE USAVA UM BONÉ DE BEISEBOL SURRADO COM A VISEIRA PUXA-
da bem rente aos olhos, e não pude ver muito do seu rosto a não
ser para perceber que parecia exausto. E com raiva. Abri as cortinas e a janela, e então o ar quente invadiu o quarto.

— Onde está Joseph? — perguntou Noah imediatamente, havia
um toque de pânico na voz dele.

Esfreguei a testa dolorida.

— Na casa de um amigo, ele...

— Ele não está lá — disse Noah. — Vista-se. Precisamos ir. Agora.

Tentei organizar os pensamentos em uma ordem coerente. O pânico ainda não havia se instaurado.

— Deveríamos contar a meus pais se ele não está...

— Mara. Me escute porque só vou dizer isso uma vez. — Minha boca
ficou seca e umedeci os lábios esperando que ele terminasse. — Vamos
encontrar Joseph. Não temos muito tempo. Preciso que confie em mim.

Minha cabeça estava pesada, o cérebro embotado pelo sono e pela
confusão. Não conseguia formular a pergunta que queria fazer a ele.
Talvez porque não fosse real. Talvez porque estivesse sonhando.

— Rápido — disse Noah, e corri.

Vesti jeans e camiseta, e olhei para Noah. Ele estava com o rosto virado, na direção do poste da rua. O maxilar retesado enquanto mordia a parte de dentro da bochecha. Havia algo perigoso sob a expressão dele. Algo explosivo.

Quando fiquei pronta, coloquei as mãos no batente da janela e me joguei para a grama úmida do lado de fora do quarto. Deslizei sobre os pés, sem equilíbrio. Noah esticou o braço para me segurar por meio segundo, então correu na frente. Corri para alcançá-lo. Precisei me esforçar, como se o ar úmido e denso estivesse me empurrando de volta.

Noah havia estacionado na entrada da garagem. Era o único. O carro de Daniel tinha sumido, o de papai tinha sumido e o de mamãe também não estava lá. Deviam ter saído separadamente.

Noah escancarou a porta e ligou o carro. Mal me sentei e ele pisou no acelerador. A arrancada me empurrou para trás no assento.

— Cinto de segurança — disse ele.

Encarei-o fixamente. Quando entramos na estrada I-75, Noah ainda não tinha acendido um cigarro e permanecia em silêncio. Meu estômago se revirou. Ainda me sentia tão *enjoada*. Mas consegui falar:

— O que está acontecendo?

Ele inspirou, então passou a mão pelo maxilar. Reparei que o lábio dele parecia ter se curado nos últimos dias. Não podia ver os seus olhos nem um pouquinho daquele ângulo.

Quando Noah falou, a voz saiu cautelosa. Controlada.

— Joseph me mandou uma mensagem de texto. O amigo dele cancelou, e então ele precisava de uma carona de volta para casa. Quando apareci, ele não estava lá.

— Então onde ele está?

— Acho que foi levado.

Não.

A última vez que vi Joseph fora no café, naquela manhã. Ele balançara a mão na frente do meu rosto e eu disse, eu disse...

Deixe-me em paz. Ai, meu Deus.

Pânico corria pelas minhas veias.

— Por quê? — sussurrei. Aquilo não estava acontecendo. Aquilo não estava acontecendo.

— Não sei.

Minha garganta parecia cheia de agulhas.

— Quem o pegou?

— Não sei.

Pressionei as palmas nos olhos. Queria arrancar o cérebro. Havia duas opções: a primeira, aquilo não era real. Era um pesadelo. Parecia possível. A segunda, aquilo não era um pesadelo. Joseph estava realmente desaparecido. E a última coisa que eu disse a ele foi "deixe-me em paz" e, agora, era o que ele tinha feito.

— Como você sabe onde ele está? — perguntei a Noah, pois tudo o que tinha eram perguntas, e, dentre todas, aquela foi a única que consegui externar.

— Não sei. Estou indo para onde acho que está. Ele pode estar lá ou não. A possibilidade tem que bastar por enquanto, certo?

— Deveríamos ligar para a polícia — falei, atordoada ao levar a mão ao bolso traseiro em busca do celular.

Não estava lá.

Não estava lá porque eu o tinha destroçado contra a parede no dia anterior. Ontem. Fechei os olhos, desmoronando conforme perdia a cabeça.

A voz de Noah penetrou minha sensação de queda livre:

— O que você pensaria se alguém dissesse que acha que sabe onde está uma criança desaparecida?

Eu pensaria que a pessoa tinha algo a esconder.

— Eles me fariam perguntas que eu não posso responder. — Reparei que, pela primeira vez, havia um tom pungente na voz dele. A ponto de me assustar. — Não pode ser a polícia. Não podem ser seus pais. Precisa ser nós dois.

Inclinei-me para a frente e coloquei a cabeça entre os joelhos. Aquilo não era nada parecido com um sonho. Nem com um pesadelo. Parecia real.

A mão de Noah roçou a lateral do meu pescoço.

— Se não o encontrarmos, chamaremos a polícia — disse ele, baixinho.

Minha mente era um terreno baldio. Não conseguia falar. Não conseguia pensar. Apenas mexi a cabeça e então olhei para o relógio no painel do carro: uma hora da manhã. Passamos por alguns carros enquanto corríamos pela via expressa, mas, quando Noah virou em uma saída depois de mais de uma hora dirigindo, os ruídos de Miami sumiram. Os poucos postes pelos quais passamos banharam o carro em uma luz amarelada. Dirigimos em silêncio, e as luzes ficaram cada vez menos frequentes. Então pararam de vez e não havia nada além de estrada se estendendo à frente, fracamente iluminada pelos nossos faróis. A escuridão crescente assomava como um túnel. Olhei para Noah, meus dentes trincados para que eu não chorasse. Ou gritasse. A expressão dele era sombria.

Quando Noah finalmente estacionou, tudo o que pude ver foi grama alta à frente, balançando-se sob a brisa morna. Nada de prédios. Nada.

— Onde estamos? — perguntei baixinho, a voz quase engolida pelos grilos e cigarras.

— Everglades City — respondeu Noah.

— Não parece muito uma cidade.

— Fica nos limites do parque. — Noah se virou para mim. — Você não ficaria aqui, mesmo que eu pedisse.

Era uma afirmação, não uma pergunta, mas respondi mesmo assim:

— Não.

— Mesmo que seja uma porra absurdamente arriscada.

— Mesmo assim.

— Ainda que nós talvez não...

A boca de Noah não terminou a frase, mas os olhos sim. Ainda que nós talvez não voltemos, disseram eles. Belo pesadelo. Bile subiu até minha garganta.

— E se eu não... — disse Noah —, faça o que puder para acordar Joseph. Aqui — disse ele levando a mão ao bolso. — Pegue minha chave. Digite o endereço da sua casa no GPS. E apenas continue dirigindo, está bem? Então chame a polícia.

Peguei o chaveiro de Noah e o enfiei no bolso de trás. Tentei impedir que a voz saísse trêmula.

— Você está me apavorando.

— Eu sei. — Noah fez um movimento para sair do carro e eu fiz o mesmo. Ele me impediu.

O cheiro de vegetação apodrecendo invadiu minhas narinas. Noah encarou o mar de grama à frente e pegou a lanterna. Reparei então que os cortes ainda estavam ali: haviam curado, de certa forma, mas o machucado na bochecha fazia com que um dos lados do rosto parecesse afundado. Estremeci.

Eu estava apavorada. Pelo pântano. Pela possibilidade de Joseph estar realmente dentro dele. Pela possibilidade de não o encontrarmos. Por ele estar desaparecido, sumido, de ter me deixado em paz como eu quis, e por nunca mais tê-lo de volta.

Noah pareceu sentir meu desespero e segurou meu rosto com as mãos.

— Não acho que nada vai acontecer — tranquilizou-me ele. — E não precisamos ir muito longe, talvez só meio quilômetro. Mas lembre-se: chaves, GPS. Pegue a via expressa e continue em frente até ver sua saída.

Noah abaixou as mãos e abriu caminho pela grama. Segui.

Talvez ele soubesse mais do que estava compartilhando comigo. Talvez não. Talvez aquilo fosse um pesadelo. Talvez não. Mas, de qualquer forma, eu estava ali em alguma dimensão. E, se Joseph também estava, eu o traria de volta.

A água encharcou meus tênis imediatamente. Noah não falou enquanto atravessávamos a lama com dificuldade. Algo que ele dissera tinha aguçado minha mente, mas dissolvera-se em nada antes que pudesse ser absorvido. E eu precisava olhar onde estava pisando.

Hordas de sapos coaxando produziam um zumbido grave ao nosso redor. Quando os mosquitos não estavam me comendo viva, o capim-navalha atacava minha pele. Eu coçava por todos os cantos, as terminações nervosas parecendo responder a cada estímulo, os ouvidos cheios de zumbidos. Eu estava tão distraída, tão consumida pela situação que quase passei direto por Noah.

E para dentro da enseada.

45

RAÍZES RETORCIDAS DE MANGUES MERGULHAVAM INVISÍVEIS NO líquido negro, e do lado oposto a grama se estendia à frente para o infinito. Um filete de lua pendia do céu, mas eu nunca tinha visto tantas estrelas na vida. Na escuridão, mal conseguia distinguir a silhueta de uma construção ali perto. Noah encarou o trecho de água parada.

— Precisamos atravessar — disse ele.

Não precisava ser um gênio para entender o que ele queria dizer. Jacarés. E cobras. Mas, para falar a verdade, eles poderiam estar nos espreitando durante todo o trajeto entre o carro de Noah e onde estávamos. Então por que não atravessar o rio? Sem problemas.

Noah varreu a superfície da água com a lanterna. A luz foi refletida. Não conseguíamos enxergar nada além da superfície. O riacho deveria ter uns 9 metros de largura entre as margens, e não dava para saber até onde se estendia nas duas direções. A grama se tornava junco, e o junco, raiz, atrapalhando minha visão.

Noah me encarou.

— Você sabe nadar?

Fiz que sim.

— Tudo bem. Siga-me, mas só depois que eu estiver do outro lado. E não espirre água.

Descemos a margem íngreme e ouvi quando Noah atravessou a superfície da água. Ele segurava a lanterna na mão direita e andou um bom pedaço antes de precisar nadar. Mas, por outro lado, Noah tinha facilmente 1,80m. Eu não poderia caminhar até tão longe. Meu estômago se revirou de medo por nós dois, e a garganta estava apertada de ansiedade.

Quando ouvi Noah emergir da água, meus joelhos quase dobraram com alívio. Ele apontou a lanterna para cima, iluminando o próprio rosto com um brilho assustador. Noah fez um gesto positivo com a cabeça, e eu desci.

Escorreguei e deslizei na margem do rio. Meus pés afundaram na água lamacenta até atingirem o lodo. Era estranhamente fria, apesar da temperatura abafada do ar. A água chegou a meus joelhos. Dei um passo à frente. Então às coxas. Outro passo. Nas costelas. A superfície tocava o arame do meu sutiã. Arrastei-me com cuidado, os pés agarrando no lodo do fundo. Noah apontava a lanterna para a água à minha frente, com o cuidado de evitar meus olhos. Estava marrom e lamacento sob o facho de luz, mas engoli o nojo e continuei me mexendo, esperando que o rio afundasse sob meus pés.

— Não se mexa — falou Noah.

Congelei.

A lanterna dele varreu a superfície da água ao redor de mim. Jacarés apareceram do nada.

Meu coração soava nos ouvidos quando notei diversos pontos de luz sem corpo flutuando de ambos os lados na escuridão. Um par de olhos. Três. Sete. Perdi a conta.

Eu estava paralisada; não conseguia ir adiante, mas não podia voltar. Olhei para Noah, que estava a cerca de 4 metros de distância, mas a água entre nós poderia muito bem ter sido um oceano.

— Vou entrar de novo — falou ele. — Para distraí-los.

— Não! — sussurrei. Não sabia por que tinha a sensação de que deveria fazer silêncio.

— Eu preciso. São muitos e não temos tempo.

Eu sabia que não deveria, mas tirei os olhos da sombra de Noah e olhei ao redor. Estavam por toda parte.

— Você precisa pegar Joseph — falei, desesperada.

Noah deu um passo na direção da margem do rio.

— Não.

Ele deslizou pela borda. O facho de luz quicou na água, e ouvi quando ele agitou a superfície. Quando Noah estabilizou a lanterna, diversos pares de olhos desapareceram. Então reapareceram, muito mais perto.

— Noah, sai!

— Mara, anda! — Noah agitava a água, ficando próximo da margem, mas se distanciando de mim.

Observei os jacarés nadando na direção dele, mas alguns olhos permaneceram em mim. Ele estava piorando as coisas, o idiota. Logo nós dois estaríamos encurralados, e meu irmão ficaria sozinho.

Senti um deles se aproximar antes de vê-lo. Um largo focinho pré-histórico surgiu 3 metros à frente. Conseguia distinguir a silhueta da cabeça de couro. Estava presa e em pânico, mas havia outra coisa também.

Meu irmão estava desaparecido, sozinho, e mais assustado do que eu. Ele não tinha quem o ajudasse, ninguém além de nós. E parecia que não teríamos a oportunidade. Noah era o único que sabia onde procurar, e acabaria morrendo.

Algo selvagem se agitou dentro de mim conforme os olhos negros me encaravam. Enormes e negros olhos de boneca. Eu os odiava. Eu os mataria.

Não tive tempo para pensar de onde tinha surgido aquele pensamento, porque algo mudou. Um agito baixo, quase imperceptível, sacudiu a água, e ouvi um esguicho à esquerda. Virei-me, tonta com a descarga de violência, mas não havia nada ali. Meus olhos voltaram para onde o animal mais próximo estava. Ele tinha sumido. Segui o círculo de luz conforme Noah passava o facho da lanterna pela água. Havia menos pares de olhos; eu podia contá-los então. Cinco pares. Quatro. Um. Todos deslizaram para dentro da escuridão.

— Vai! — gritei para Noah, e levantei os pés para nadar o resto do caminho. Ouvi Noah se lançar de dentro d'água. Rastejei pela lama, ficando presa no lodo em certos momentos, mas não parei. Ao chegar à margem, minhas mãos deslizaram pelas raízes retorcidas, e não consegui me agarrar. Noah estendeu o braço, e eu agarrei a mão dele. Então ele me puxou para cima, minhas pernas se agitando contra a terra. Quando saí, soltei a mão dele e caí de joelhos, tossindo.

— Você — disparei — é um idiota.

Não conseguia ver a expressão de Noah na escuridão, mas ouvi-o inspirar.

— Impossível — sussurrou ele.

Levantei-me.

— O quê? — perguntei quando recuperei o fôlego.

Noah me ignorou.

— Precisamos ir. — As roupas dele estavam agarradas ao corpo, e seus cabelos ficaram de pé quando passou as mãos por eles. O boné de beisebol tinha sumido. Noah começou a avançar, e eu segui, espalhando a água acumulada nos juncos. Quando chegamos a uma longa extensão de grama, ele começou a correr. Fiz o mesmo. A lama empapava meus sapatos, e fiquei ofegante devido ao esforço. Uma dor me golpeava abaixo das costelas, e engasguei, sem fôlego. Quase desmoronei quando Noah parou em frente a um pequeno galpão de concreto. Os olhos dele observaram a escuridão. Vi o contorno de uma enorme construção a distância e uma cabana a cerca de 12 metros.

Noah olhou para mim com expressão incerta.

— Qual deveríamos olhar primeiro?

Meu coração disparou ao pensar que Joseph poderia estar tão próximo que quase o havíamos alcançado.

— Aqui — falei, indicando o galpão. Empurrei Noah e tentei girar a maçaneta, mas estava trancada.

Senti a mão de Noah no meu ombro e segui os olhos dele até uma janelinha sob a projeção do telhado. Tinha o tamanho de uma janela de porão; de maneira nenhuma ele passaria por ali. Talvez nem *eu* passasse. As paredes eram lisas: não havia no que pisar para me impulsionar.

— Me levanta — falei para Noah sem hesitar. Ele entrelaçou os dedos. Olhou para trás uma vez, logo antes de eu pisar em suas mãos. Equilibrei-me nos ombros de Noah antes de ficar totalmente de pé. Assim que consegui, agarrei o parapeito para me equilibrar. Estava escuro, mas havia um pequeno ponto de luz do lado de dentro. Ferramentas estavam apoiadas na parede. Havia um pequeno gerador, alguns cobertores no chão, e então... Joseph. Ele estava no chão em um canto. Jogado.

Precisei conter a enxurrada de emoções; alívio misturado com terror.

— Ele está lá dentro — sussurrei para Noah ao empurrar o vidro. Mas será que estava bem? A janela emperrou, e eu murmurei uma oração para todos os deuses que estivessem ouvindo, pedindo que deixasse a coisa se abrir, só isso.

E abriu. Estendi os braços pela janela e agitei o resto do corpo para dentro. Escorreguei para o chão, caindo, e aterrissei sobre o ombro. Uma bolha de dor quente explodiu dentro de mim, e trinquei os dentes para conter um grito.

Abri os olhos. Joseph não tinha se movido.

Eu estava tomada pelo terror. Encolhi-me ao ficar de pé, mas não pensei mais no ombro ao correr até meu irmão mais novo. Ele parecia estar dormindo, aninhado em uma pilha de cobertores. Inclinei-me para perto, morrendo de medo de que estivesse frio quando o tocasse.

Ele não estava.

Estava respirando, e normalmente. Tomada por alívio, sacudi-o. A cabeça dele pendeu para um lado.

— Joseph — falei. — Joseph, acorde!

Tirei um cobertor leve de cima dele e vi que os pés estavam amarrados, e os braços, atados à frente do corpo. Minha cabeça girava, mas pisquei os olhos para me concentrar. Observei o quarto, procurando por algo para cortar as alças de plástico retorcido nos punhos e tornozelos de Joseph. Não vi nada.

— Noah — gritei. — Me diz que você trouxe um canivete?

Ele não respondeu, mas ouvi o tilintar de metal quando a ferramenta bateu na janela de vidro semiaberta. E quicou de novo para fora.

Ouvi Noah exclamar uma série de xingamentos antes de o canivete bater na janela de novo. Dessa vez, caiu no chão do lado de dentro da construção. Peguei-o, abri e comecei a serrar.

Meus dedos pareciam em carne viva quando terminei as alças das mãos de Joseph, e estavam dormentes quando soltei os pés. Finalmente teria a chance de analisá-lo. Ainda estava com as roupas da escola: calça cáqui e uma camisa polo listrada. Estava limpo e não parecia machucado.

— Mara! — Ouvi a voz de Noah me chamar do outro lado da parede. — Mara, rápido.

Tentei levantar Joseph, mas a dor no ombro era lancinante. Um soluço contido me escapou da garganta.

— O que aconteceu? — perguntou Noah. A voz dele estava desesperada.

— Machuquei o ombro quando caí. Joseph não quer acordar, e não consigo erguê-lo pela janela.

— E quanto à porta? Consegue destrancá-la pelo lado de dentro?

E eu sou uma idiota. Corri até a frente do quarto de concreto. Girei a fechadura e abri a porta. Noah estava de pé do outro lado, o que me matou de susto.

— Acho que isso é um sim — disse ele.

Meu coração batia forte quando Noah caminhou até Joseph e o ergueu por debaixo do ombro. Meu irmão estava totalmente inerte.

— O que houve com ele?

— Está inconsciente, mas não há sinais de machucados ou nada. Parece bem.

— Como vamos...

Noah tirou a lanterna do bolso traseiro e a jogou para mim. Então, atirou Joseph por cima dos ombros, segurando atrás do joelho com uma das mãos e na cintura com a outra. Caminhou até a porta como se não fosse nada demais e a abriu.

— Que bom que ele é magricela.

Soltei uma gargalhada de nervoso ao atravessarmos a porta, logo antes de os faróis de um carro envolverem nós três.

Os olhos de Noah encontraram os meus.

— Corre!

46

SAÍMOS EM DISPARADA, OS PÉS CASTIGANDO A LAMA ABAIXO DE nós. A grama chicoteava meus braços, e o ar ardia dentro das narinas. Chegamos ao riacho e acendi a lanterna, passando o facho de luz pela superfície da água. Estava vazia, mas eu sabia que isso não queria dizer nada.

— Vou primeiro — falei para a água. Quase desafiando os jacarés a voltarem.

Afundei no riacho. Noah tirou Joseph dos ombros e seguiu, com o cuidado de manter a cabeça do meu irmão acima da superfície. Ele segurou o corpo de Joseph com força sob o braço conforme nadava.

Em algum lugar no meio do rio, senti algo roçar minha perna. Algo grande. Segurei um grito e segui em frente. Nada nos seguia.

Noah ergueu meu irmão para que eu o pegasse e consegui segurá-lo, por pouco, pois meu ombro urrava de agonia. Noah subiu a margem do rio, tomou Joseph de mim, segurou-o de novo, e nós corremos.

Quando chegamos ao carro de Noah, ele descarregou Joseph no banco traseiro e depois entrou. Quase desabei para o lado de dentro, tremendo de repente por causa das roupas molhadas agarradas à pele.

Noah ligou o aquecedor no máximo, afundou o pé no acelerador e dirigiu como um lunático até estarmos a salvo na I-75.

O céu ainda estava escuro. O zumbido constante do asfalto abaixo dos pneus ameaçava me colocar para dormir, apesar da dor insuportável no ombro. Ele ficava torto, não importava como eu me ajustasse no assento. Quando Noah pôs o braço ao meu redor, dobrando os dedos em volta do pescoço, dei um grito. Os olhos de Noah se arregalaram com preocupação.

— Meu ombro — falei, encolhendo-me. Olhei para trás, para o banco traseiro. Joseph ainda não tinha se mexido.

Noah dirigiu com os joelhos conforme passou as mãos pela minha clavícula, e então pelo ombro. Ele o explorou com os dedos cobertos de terra, e eu mordi a língua para suprimir um grito.

— Está deslocado — disse ele, baixinho.

— Como você sabe?

— Está torto. Não consegue sentir?

Eu teria dado de ombros, mas, enfim.

— Você vai precisar ir ao hospital — falou Noah.

Fechei os olhos. Pessoas sem rosto surgiram na escuridão, amontoando-se ao redor da minha cama e me empurrando para baixo. Agulhas e tubos entravam na pele. Sacudi a cabeça vigorosamente.

— Não. Nada de hospitais.

— Precisa ser colocado de volta na articulação. — Noah passava os dedos por meus músculos, e eu reprimi um soluço. Ele tirou a mão. — Não quis te machucar.

— Eu sei — falei entre lágrimas. — Não é isso. Odeio hospitais. — Comecei a tremer, lembrando-me do cheiro. Das agulhas. E então soltei uma gargalhada de nervoso, pois quase tinha sido devorada por répteis gigantes, mas por algum motivo agulhas eram mais assustadoras.

Noah passou uma das mãos pelo maxilar.

— Eu posso colocar no lugar — disse ele com a voz grave.

Virei-me no assento e então suprimi a dor que se seguiu.

— Sério? Noah, é sério?

O rosto dele ficou sombrio, mas ele confirmou.

— Isso seria... Por favor, faça?

— Vai doer. Tipo, você não faz ideia do quanto vai doer.

— Não importa — respondi, sem fôlego. — Doeria tanto quanto no hospital.

— Não necessariamente. Poderiam dar algo a você — disse ele. — Para a dor.

— Não posso ir ao hospital. Não posso. Por favor, faça, Noah? Por favor?

Os olhos de Noah se voltaram para o relógio no painel do carro e então ele verificou o espelho retrovisor. Noah suspirou e saiu da via expressa. Quando entramos em um estacionamento escuro e vazio, verifiquei o assento traseiro. Joseph ainda estava apagado.

— Vamos — falou Noah ao sair do carro. Eu o segui e ele trancou o veículo. Caminhamos uma distância curta até que ele parou sob um conjunto de árvores atrás de um shopping ao ar livre.

Ele fechou os olhos e reparei que estava com os punhos cerrados. Os músculos de seu antebraço estavam tensos. Ele me lançou um olhar sombrio.

— Venha até aqui — disse Noah.

Andei até ele.

— Mais perto.

Dei mais um passo, mas estaria mentindo se dissesse que não sentia medo. Meu coração palpitava no peito.

Noah suspirou e caminhou a distância que restava entre nós, então ficou de pé com o peito na direção das minhas costas. Senti a extensão do corpo dele pressionado junto a meu e estremeci. Se era por estar do lado de fora com as roupas molhadas ou a sensação de Noah atrás de mim, não sabia dizer.

Ele passou um dos braços ao redor do meu peito, alinhando-o com a clavícula, e serpenteou o outro sob meu braço, de modo que suas mãos quase se tocaram.

— Fique bem parada — sussurrou ele. Concordei em silêncio.

— Certo, então. Um. — Ele falava baixinho no meu ouvido, fazia cócegas. Eu sentia o coração bater contra o antebraço dele. — Dois.

283

— Espere — falei, entrando em pânico. — E se eu gritar?

— Não grite.

Então meu lado esquerdo se incendiou de dor. Fagulhas brancas e incandescentes explodiram nos olhos, e senti os joelhos fraquejarem, mas não cheguei a sentir o chão abaixo de mim. Não enxerguei nada além de escuridão, profunda e impenetrável, conforme meu corpo flutuava para longe.

Acordei ao sentir o carro fazer uma curva aberta no asfalto. Ergui a cabeça assim que passamos sob a placa da nossa saída.

— O que aconteceu? — murmurei. Meu cabelo molhado tinha ficado duro com a ventilação do carro, coberto de sujeira. Estalava atrás da cabeça.

— Coloquei seu ombro no lugar — falou Noah, olhando para a rua iluminada à frente. — E você desmaiou.

Esfreguei os olhos. A dor no ombro tinha diminuído até um desconforto fraco e latejante. Olhei para o relógio. Quase 6 da manhã. Se aquilo fosse real, meus pais acordariam em breve.

Joseph já estava consciente.

— Joseph! — falei.

Ele sorriu para mim.

— Oi, Mara.

— Você está bem?

— Sim. Só um pouco cansado.

— O que aconteceu?

— Acho que caí na fossa ao lado do campo de futebol onde vocês me encontraram — respondeu ele.

Lancei um olhar furtivo a Noah. Ele me encarou e sacudiu levemente a cabeça, discordando. Como Noah poderia imaginar que Joseph acreditaria naquilo?

— É esquisito, nem me lembro de *ir* até lá. Como vocês me encontraram mesmo?

Noah esfregou a testa com a palma imunda.

— Palpite de sorte — respondeu ele, evitando meu olhar.

Joseph olhava diretamente para mim, mesmo quando falou com Noah:

— Eu nem me lembro de mandar uma mensagem para você me buscar. Devo ter batido forte com a cabeça.

Aquela deve ter sido a mentira que Noah contou para acompanhar a do campo de futebol. E dava para ver pelo olhar de Joseph que ele não acreditava em nenhuma das duas. Mas ainda assim parecia seguir a deixa.

Então também o fiz.

— Está doendo? — perguntei a meu irmão.

— Um pouco. E meu estômago está meio embrulhado. O que eu conto para mamãe?

Noah mantinha os olhos à frente, esperando que eu decidisse. E era óbvio o que Joseph estava perguntando — se deveria expor Noah e eu. Se deveria confiar em nós. Porque eu sabia que, se Joseph contasse a mentira inventada por Noah a nossos pais, mamãe piraria. Totalmente.

E faria perguntas. Perguntas que Noah dissera que não poderia responder.

Olhei para trás do banco, para meu irmãozinho. Ele estava sujo, mas bem. Cético, mas despreocupado. Não estava assustado. Mas se eu contasse a verdade a ele sobre o que havia acontecido — que alguém, um estranho, o havia levado e amarrado e o trancado em um galpão no meio do pântano —, o que isso faria a ele? Como ele ficaria então? Uma lembrança voltou, da expressão derrotada e deprimida que ele exibia na sala de espera do hospital depois que queimei o braço, do pequeno corpo de Joseph prostrado e rígido na cadeira da sala de espera. Aquilo seria pior. Eu conseguia pensar em poucas coisas mais traumáticas do que ser sequestrado e sabia, por experiência própria, o quanto seria difícil se recuperar de algo do tipo. Se é que ele conseguiria.

Mas se eu não contasse a Joseph, não poderia contar a mamãe. Não depois do braço. Não depois dos comprimidos. Ela nunca acreditaria em mim.

Então decidi. Olhei para Joseph pelo espelho retrovisor.

— Acho que não deveríamos mencionar. Mamãe vai pirar, quero dizer... *pirar*. Pode ficar apavorada demais para deixar você jogar futebol de novo, sabe? — Culpa jorrava por dentro de mim por causa das mentiras, mas a verdade poderia arrasar Joseph, e não seria eu a responsável por fazer isso com ele. — E papai provavelmente vai processar a escola ou algo assim. Talvez você devesse usar o chuveiro da piscina do lado de fora, ir para a cama, e eu digo a mamãe que você não estava se sentindo bem ontem à noite e me pediu para buscá-lo?

Joseph, do banco traseiro, concordou.

— Tudo bem — disse ele, impassível. Sequer me questionou; confiava em mim esse tanto. Minha garganta se fechou.

Noah entrou na nossa rua.

— Você ficam aqui — disse ele a Joseph. Meu irmão saiu do carro depois de Noah mudar a marcha para estacionar. Eu segui antes que Noah pudesse abrir a porta.

Joseph caminhou até a janela do motorista e estendeu o braço para dentro. Ele apertou a mão de Noah.

— Obrigado — disse meu irmão, disparando um sorriso com covinhas para Noah antes de seguir para casa.

Inclinei-me para dentro da janela aberta do carona.

— Nos falamos depois? — perguntei.

Noah fez uma pausa, olhando direto para a frente.

— Sim.

Mas não tivemos oportunidade.

Encontrei com Joseph dentro de casa. Todos os três carros estavam na entrada da garagem no momento. Joseph tomou banho do lado de fora, então entramos de fininho pela janela do meu quarto para não acordar ninguém. Meu irmão estava sorridente, e seguiu nas pontas dos pés pelo corredor, dando passos exagerados como se fosse uma brincadeira. Ele fechou a porta do quarto e, presumivelmente, foi dormir.

Não tinha ideia do que Joseph havia pensado, do que estava pensando a respeito de tudo aquilo, ou por que não havia dificultado as coisas para mim. Mas meu corpo doía com a exaustão, e não pude começar a pensar sobre o assunto. Tirei as roupas e abri o chuveiro, mas descobri que não conseguia nem ficar de pé. Afundei sob a água corrente, tremendo apesar do calor. Meus olhos estavam inexpressivos, vazios quando encarei os azulejos. Não me sentia doente. Não estava cansada.

Eu estava perdida.

Quando a água ficou fria, levantei-me, vesti uma camiseta verde e um short de pijama listrado e fui para a sala de estar, na esperança de que a televisão pudesse adormecer os não pensamentos constantes na minha mente. Afundei no sofá de couro e liguei a TV. Passei os canais pelo guia de programação, mas não vi muita coisa a não ser comerciais enquanto o noticiário murmurava ao fundo.

— Autoridades locais relataram a morte massiva de peixes esta manhã em Everglades City.

Minhas orelhas despertaram à menção de Everglades City. Fechei o guia de canais com os olhos fixos na apresentadora, que parecia ter o rosto feito de plástico, conforme falava:

— Biólogos chamados para a cena dizem que é provavelmente devido à escassez de oxigênio na água. Acredita-se que o culpado seja o número espantoso de jacarés mortos.

O vídeo passou para uma mulher loura sardenta usando short cáqui com um microfone apontado para a boca coberta por um lenço. Ela estava de frente para uma massa de água assustadoramente familiar, coberta de lama. A câmera se voltou para os jacarés de barriga branca flutuando no rio, cercados por centenas de peixes. A mulher disse:

— Uma abundância de matéria decomposta na água consome uma quantidade enorme de oxigênio, matando os peixes no local em questão de horas. É claro que, neste caso, o que quer que tenha matado os jacarés pode ter matado os peixes. O enigma do ovo e da galinha, se preferirem.

A modelo âncora falou de novo:

— A possibilidade de lançamento ilegal de lixo tóxico também está sendo investigada. Herpetólogos do Zoológico Metropolitano devem fazer a autópsia dos animais nos próximos dois dias, e certamente anunciaremos os resultados aqui. Enquanto isso, os turistas podem preferir ficar longe da área — disse ela segurando o nariz.

— Você está certa, Marge. Isso deve cheirar muito mal! E, agora, com Bob e o clima.

Meu braço tremia conforme segurava o controle remoto e desligava a televisão. Levantei-me, deslizando em pés estranhos, e caminhei até a pia da cozinha para pegar água. Peguei um copo no armário e me apoiei no balcão, a mente rebobinando.

O lugar que haviam mostrado na TV não parecia ser exatamente o mesmo.

Mas eu tinha ido no meio da noite: com certeza pareceria diferente durante o dia.

Talvez fosse um lugar totalmente diferente. Mesmo que não fosse, talvez algo *tivesse* envenenado a água.

Ou talvez eu nem tivesse estado lá.

Enchi o copo de plástico e levei a água aos lábios. Acidentalmente, vi meu reflexo na janela escura da cozinha.

Parecia o fantasma de um estranho.

Algo *estava* acontecendo comigo.

Atirei o copo de plástico contra o vidro escuro e observei meu reflexo se desmanchar.

ANTES

A CORDEI NO DIA SEGUINTE SOBRE UMA MACA DE ESTRUTURA fina dentro do Sanatório Estadual para Lunáticos Tamerlane. O colchão abaixo de mim estava rasgado e imundo. O estrado da cama guinchou quando me mexi para olhar para mim mesma. Estava vestida de preto. Alguém estava beijando meu pescoço atrás de mim. Virei-me.

Era Jude. Ele sorriu e passou o braço em volta da minha cintura, puxando-me mais para perto.

— Por favor, Jude. Aqui não. — Abaixei-me por debaixo do braço dele e me levantei, tropeçando nos escombros e no forro do chão.

Ele me seguiu e me prendeu contra uma parede.

— Shhh, apenas relaxe — disse Jude ao erguer a mão até minha bochecha e se inclinar na direção da boca. Virei o rosto. A respiração dele estava quente em meu pescoço.

— Não quero fazer isso agora — falei com a voz rouca. Onde estava Rachel? Claire?

— Você nunca quer fazer isso — murmurou ele contra minha pele.

— Talvez seja porque você faz muito mal. — Meu estômago se revirou assim que as palavras saíram da boca.

Jude ficou imóvel. Arrisquei um olhar breve para o rosto dele. Os olhos estavam vazios. Sem vida. E então ele sorriu, mas não foi acolhedor.

— Talvez seja porque você é provocadora — falou ele, e o sorriso se dissolveu. Eu precisava ir embora. Agora.

Tentei me desvencilhar do espaço entre o corpo de Jude e a parede ao empurrar o peito dele com as palmas.

Ele empurrou de volta. Doeu.

Como aquilo podia estar acontecendo? Eu havia descoberto ao longo dos dois últimos meses que Jude tinha seus momentos de babaca — arrogante, mimado, irritante —, porcarias típicas de macho alfa. Mas aquilo? Era um grau totalmente novo de instabilidade. Aquilo era...

Jude me forçou contra a parede empoeirada e decadente com todo o peso do corpo, interrompendo minha linha de pensamentos. Senti cada pelo da nuca se arrepiar e considerei as opções que tinha.

Eu poderia gritar. Rachel e Claire talvez estivessem perto o bastante para me ouvir, mas talvez não estivessem. E se não estivessem... Bem. As coisas podiam ficar piores.

Eu poderia acertá-lo. O que provavelmente seria idiota, pois havia visto Jude erguer o dobro do meu peso na barra de musculação.

Eu poderia não fazer nada. Rachel procuraria por mim em algum momento.

A opção número três parecia a mais promissora. Fiquei inerte.

Jude não se importou. Ele me pressionou contra a parede com mais força, e eu lutei contra a histeria delirante que subia pela minha garganta. Aquilo era errado, errado, errado, errado, errado. Jude esmagou a própria boca contra a minha, e a força dele me empurrou ainda mais fundo na parede, soltando pequenas nuvens de poeira que flutuaram ao redor do meu corpo. Senti-me enjoada.

— Não — sussurrei. Soava tão distante.

Jude não respondeu. As mãos dele eram como patas, toscas e desarticuladas sob meu casaco, sob o moletom, sob a camiseta. O frio de sua pele contra meu estômago me fez perder o fôlego. Jude riu de mim.

Isso acendeu uma fúria gélida e poderosa dentro de mim. Queria matá-lo. Desejava poder matá-lo. Empurrei uma das mãos de Jude para longe do corpo com uma força que não sabia que tinha. Ele a substituiu pela outra, e, sem pensar, eu a empurrei e o golpeei.

Nem tive a oportunidade de absorver a dor na mão antes de senti-la no rosto. No *meu* rosto. O golpe de Jude veio tão rápido e determinado que parece que levei minutos, ou horas, para perceber que ele havia me batido de volta. Meu olho parecia estar pendurado do rosto. A dor me corroía por dentro. Todo o meu ser incendiava com ela.

Tremendo e chorando — eu estava chorando? —, comecei a afundar. Jude me puxou bem para cima e me segurou, prendendo-me contra a parede. Eu tremia tão furiosamente contra ela que pedacinhos se desprendiam contra as mãos, os braços, as pernas. Jude passou a língua pela minha bochecha, e estremeci.

Então a voz de Claire soou, interrompendo o ar carregado e silencioso.

— Mara?

Jude recuou apenas um pouco, bem pouco, mas meus pés não conseguiam se mover. Estava com as bochechas frias e pinicando com lágrimas e com a saliva dele que eu não podia limpar. Meu fôlego estava irregular, e os soluços, silenciosos. Odiei a mim mesma por não conhecer aquele estranho, vazio, de pé ao meu lado. E odiei Jude por se disfarçar tão bem, por me enganar, me emboscar, me esmagar. Senti algo me puxando pela mente, algo ameaçando me levar para baixo.

Um par de passadas a alguns metros de distância me guiou de volta à realidade. Claire chamou meu nome de novo do outro lado do portal; não conseguia vê-la, mas me agarrei àquela voz, tentando afastar a vulnerabilidade e a impotência que me enchiam de raiva, entupiam minha garganta e colavam meus pés ao chão.

A lanterna dela dançou ao redor do quarto e finalmente pousou em Jude quando ele saiu de detrás da parede, erguendo minúsculas nuvens de poeira.

— Oi — disse ela.

— Oi — respondeu Jude com um sorriso calmo e inalterado. Era impossivelmente mais assustador do que o ódio dele. — Onde está Rachel?

— Está procurando pela sala do quadro-negro para acrescentarmos nossos nomes à lista — falou Claire em voz baixa. — Pediu que eu voltasse para me certificar de que vocês não estavam perdidos.

— Estamos bem — falou Jude, e sorriu, exibindo aquelas covinhas do típico adolescente americano. Ele piscou para a irmã.

A violência que gritava dentro de mim escapou em apenas um fraco e deplorável sussurro:

— Não vá.

Jude me encarou com um olhar duro, refletindo pura ira. Não me deu a oportunidade de falar antes de se voltar para Claire. Ele sorriu e revirou os olhos.

— Você conhece Mara — disse ele. — Está um pouco apavorada. Estou tentando distraí-la.

— Ah — falou Claire, e reprimiu baixinho uma risada. — Vocês dois se divirtam. — Ouvi os passos recuando.

— Por favor — falei, um pouco mais alto dessa vez.

Os passos pararam um momento — um momento iluminado e esperançoso —, antes de retornarem. Então se dissolveram no nada.

Jude estava de volta. A mão robusta empurrou meu peito, esmagando-me mais uma vez contra a parede.

— Cale a boca — disse ele, e abriu o zíper do meu casaco com um movimento brusco. Com outro movimento, abriu o zíper do moletom. As duas peças de roupa se penduravam inertes de meus ombros. — Não se mexa.

Eu estava congelada — completa e estupidamente incapaz. Meus dentes tiritavam, e o corpo estremecia de ódio contra a parede conforme Jude remexia no botão da minha calça jeans, tirando-o de dentro da casa. Tive apenas um pensamento, somente um, que havia rastejado como um inseto para dentro de meu cérebro e bateu as asas até que eu não consegui ouvir ou pensar em mais nada. Até que mais nada importava.

Ele merecia morrer.

Conforme Jude abria o zíper da minha calça, três coisas aconteceram ao mesmo tempo.

A voz de Rachel gritou meu nome.

Dezenas de portas de ferro se trancaram com um ruído ensurde-cedor.

Tudo ficou um breu.

48

O SOM DA VOZ DE MAMÃE ME ACORDOU COM UM CHOQUE.

— Feliz aniversário! — Ela estava de pé ao lado da minha cama, sorrindo para mim. — Ela acordou, gente! Podem entrar.

Observei, anestesiada, conforme o resto da família invadia meu quarto, carregando uma pilha de panquecas com uma vela no meio.

— Parabéns para você — cantaram eles.

— E muitos aniversários maaaaais — acrescentou Joseph, gesticulando com as mãos como um cantor de jazz.

Coloquei o rosto entre as mãos e repuxei a pele. Nem me lembrava de ter ido dormir na noite anterior, mas lá estava eu, na cama, naquela manhã. Acordando de um sonho-lembrança-pesadelo com o sanatório.

E Everglades?

O que aconteceu na noite anterior? O que aconteceu *naquela* noite? O que aconteceu comigo? O que aconteceu?

O que aconteceu?

Papai empurrou a bandeja para mim. Uma gota minúscula de cera rolou pela lateral da vela e escorreu, tremendo como uma lágrima solitária, antes de pingar sobre a primeira panqueca. Eu não queria que caísse. Peguei a bandeja e assoprei a vela.

— São 9h30 — disse mamãe. — Tempo o suficiente para você comer alguma coisa e tomar banho antes que Noah venha te buscar. — Ela tirou uma mecha de cabelo do meu rosto. Levei os olhos até Daniel. Ele piscou para mim. Então meu olhar passou para papai, que não parecia tão animado com o plano. Joseph sorriu e mexeu as sobrancelhas. Ele não parecia cansado. Não parecia assustado.

E meu ombro não doía.

Eu tinha sonhado aquilo?

Queria perguntar a Joseph, mas não via um jeito de falar com ele a sós. Se aquilo tinha acontecido, se ele *havia* sido levado, eu não poderia deixar mamãe saber — não até falar com Noah. E, se aquilo não tinha acontecido, não podia deixar que ela soubesse. Porque me internaria com certeza.

E, àquela altura, eu seria completamente incapaz de discutir com ela.

Levitei entre o sonho e a lembrança, incapaz de discernir os dois, enquanto aceitava os beijos da família e meu presente, uma câmera digital. Agradeci a todos, e então eles saíram. Empurrei uma das pernas para fora da cama, então a outra, e plantei os pés no chão. Então um pé, e o pé seguinte até chegar ao banheiro. A chuva fustigava a janelinha, e olhei diretamente para a porta do chuveiro, indecisa entre o armário do banheiro e o vaso sanitário. Não podia me olhar no espelho.

Estava me lembrando daquela noite. Somente quando ficava inconsciente, pelo visto, e apenas em partes. De toda forma, as lembranças estavam começando a tomar a forma de algo enorme e assustador. Algo feio. Vasculhei a mente pelo resto da lembrança — havia Jude, aquele imbecil, aquele covarde, e o que ele havia tentado fazer, e então, e então... Nada. Escuridão. A lembrança se foi, recuando para a vastidão inescrutável do meu lobo frontal. Essa lembrança me desafiava, me deixava irritada. Estava com ódio disso e do resto do mundo quando Noah bateu à porta para me buscar.

— Pronta? — perguntou ele. Noah segurava um guarda-chuva, mas o vento desequilibrava seu braço. Examinei o rosto dele: o arranhão tinha sumido, e havia apenas leves traços de machucados acima do olho.

Não poderiam ter curado tanto em uma noite.

O que significava que a noite anterior tinha de ter sido um pesadelo. Toda ela. O sanatório. Everglades. Tinha de ter sido.

Percebi então que Noah ainda estava parado ali, esperando que eu respondesse. Assenti e seguimos adiante.

— Então — disse ele assim que entramos no carro. Ele empurrou para trás os cabelos encharcados. — Para onde? — A voz era casual.

Aquilo confirmava. Olhei para além de Noah, para um saco plástico preso na cerca do vizinho do outro lado da rua, sendo chicoteado pela chuva.

— O que foi? — perguntou ele, estudando-me.

Eu estava agindo como louca. Não queria agir como louca. Engoli a pergunta que queria fazer sobre Everglades na noite anterior porque não fora real.

— Sonho ruim — falei, e o canto da minha boca se curvou em um leve sorriso.

Noah olhou para mim por entre os cílios decorados com gotinhas de chuva. Seus olhos azuis encararam os meus.

— Com o quê?

Com o quê, boa pergunta. Com Joseph? Com Jude? Não sabia o que era real, o que era pesadelo, o que era lembrança.

Então contei a verdade.

— Não lembro.

Ele olhou para a rua à frente.

— Mas gostaria?

A pergunta me pegou desprevenida. Gostaria de me lembrar? Eu tinha escolha?

O ruído das portas permanecia em meus ouvidos. Ouvia o puxão no meu zíper quando Jude o abriu. Então a voz de Rachel ecoando no corredor, no meu crânio. Então ela desapareceu. Nunca mais ouvi aquele som.

Mas talvez... talvez eu tivesse. Talvez ela tivesse ido atrás de mim e eu apenas não havia me lembrado ainda. Ela me chamou, e talvez tivesse aparecido antes de o prédio soterrá-la...

Antes de esmagá-la. Antes de esmagar Jude, que havia me esmagado. Minha boca ficou seca. Uma espécie de memória fantasma provocava meu cérebro, anunciando sua presença. Era importante, mas eu não sabia por quê.

— Mara? — A voz de Noah me trouxe de volta ao presente. Estávamos parados sob um sinal vermelho, e a chuva atingia o para-brisa em ondas. As palmeiras no canteiro central se balançavam e dobravam, ameaçando se partir. Mas não o fariam. Eram fortes o bastante para suportar.

E eu também.

Virei-me de volta para Noah e fixei os olhos nos dele.

— Acho que não saber é pior — respondi. — Eu preferiria me lembrar.

Quando falei essas palavras, fui tomada de uma lucidez excepcional. Tudo o que havia acontecido — as alucinações, a paranoia, os pesadelos —, era apenas eu precisando saber, precisando entender o que havia acontecido naquela noite. O que havia acontecido com Rachel. O que havia acontecido comigo. Lembrava-me de ter dito isso à Dra. Maillard apenas uma semana e meia antes. Ela sorrira para mim, e explicara que eu não poderia forçar.

Mas talvez, apenas talvez, eu pudesse.

Talvez eu pudesse escolher.

Então escolhi.

— Eu preciso lembrar — falei para Noah com uma intensidade que surpreendeu a nós dois. E então: — Pode me ajudar?

Ele virou o rosto.

— Como?

Agora que eu sabia o que estava errado, sabia como consertar.

— Um hipnoterapeuta.

— Um hipnoterapeuta — repetiu Noah, devagar.

— Sim. — Mamãe não acreditava nisso. Acreditava em terapia e remédios que poderiam levar semanas, meses, anos. Eu não tinha esse tempo todo. Minha vida estava se revelando, meu *universo* estava se revelando, e precisava saber o que havia acontecido comigo *agora*. Não amanhã. E não na quinta-feira, na próxima consulta. Agora. Naquele dia.

Noah não disse nada, mas catou o celular no bolso enquanto dirigia com uma das mãos. Ele discou e ouvi chamar.

— Alô, Albert. Pode me conseguir uma consulta com um hipnoterapeuta esta tarde?

Não comentei sobre Albert, o mordomo. Estava animada demais. Ansiosa demais.

— Sei que é sábado — disse ele. — Apenas me avise se conseguir algo? Obrigado. — Noah desligou o telefone. — Ele vai mandar uma mensagem de texto. Enquanto isso, tem alguma coisa que queira fazer hoje?

Fiz que não com a cabeça.

— Bem — disse ele. — Estou com fome. Então que tal almoçarmos?

— O que você quiser — falei, e Noah sorriu para mim, mas um sorriso triste.

Quando viramos na Calle Ocho, sabia para onde estávamos indo. Ele entrou no estacionamento do restaurante cubano, e disparamos lá para dentro. Ainda estava absurdamente cheio, apesar da inundação épica.

Esperávamos ao lado do balcão de sobremesas para sermos conduzidos à mesa. Senti-me bem o bastante para sorrir da lembrança da última vez que comemos ali. Ouvi o chiar e mergulhar de cebolas encontrando óleo quente, e minha boca se encheu de água conforme observava o quadro de avisos ao lado do balcão. Anúncios de imóveis, propagandas de seminários...

Cheguei mais perto do quadro.

Junte-se à Botânica Seis para o seminário "Desvendando os Segredos da Sua Mente e do Seu Passado", com Albert Lukumi, ordenado sumo sacerdote. Dia 15 de março, US$ 30,00 por pessoa, ouvintes bem-vindos.

Nesse exato momento, nosso garçom apareceu.

— Sigam-me, por favor.

— Um segundo — falei, ainda encarando o panfleto. Noah olhou para meus olhos e então leu.

— Quer ir? — perguntou ele.

Desvendando segredos. Revirei a frase, mordendo o lábio inferior ao encarar o panfleto. Por que não?

— Quer saber? Quero sim.

— Mesmo sabendo que vai ser uma baboseira New Age e espiritual.

Confirmei.

— Ainda que você não acredite nessas coisas.

Confirmei.

Noah verificou o celular.

— Nada de Albert. E o seminário começa em... — ele verificou o panfleto e então o telefone — dez minutos.

— Então podemos ir? — perguntei com um sorriso sincero formando-se nos lábios dessa vez.

— Podemos ir — respondeu Noah. Ele avisou ao garçom que não nos sentaríamos e se voltou para o balcão para pedir algo para viagem.

— Quer alguma coisa? — perguntou Noah. Senti os olhos dele em mim. Olhei para o balcão de vidro.

— Posso dividir com você?

Um sorriso tímido transformou o rosto de Noah.

— Claro.

49

ÃO HAVIA LOCAL PARA ESTACIONAR PRÓXIMO À RUA DA BOTÂnica, então paramos à três quarteirões de distância. A chuva torrencial estava reduzida a um chuvisco forte, e Noah segurou o guarda-chuva sobre mim. Eu me posicionei de modo a colocá-lo entre nós dois, e ficamos abraçados embaixo dele. A familiar excitação com a proximidade de Noah fez minha pulsação acelerar. Estávamos mais próximos do que ficávamos em muitos dias. Não incluí o incidente do ombro da noite anterior porque ele não havia acontecido. Meu ombro não doía.

Estava quente ao lado de Noah, mas eu tremia mesmo assim. As nuvens cor de carvão faziam algo com a atmosfera de Little Havana. O Domino Park estava abandonado, mas alguns homens ainda se amontoavam ao lado do mural da entrada, sob o beiral de uma das tendas menores. Os olhos deles nos seguiram conforme passamos. Fumaça se acumulava da entrada de uma loja de charutos, misturando-se à chuva e ao incenso da loja de conserto de computadores à nossa frente. O letreiro de neon emitia um zumbido que se propagava no meu ouvido.

— É aqui — disse Noah. — 1821, Calle Ocho.

Olhei para o letreiro.

— Mas diz que é uma loja de conserto de computador.

— Realmente diz.

Olhamos dentro da loja com os rostos colados ao vidro embaçado. Aparelhos eletrônicos e peças de computadores desmontados se misturavam a grandes urnas de terracota e um exército de estátuas de porcelana. Fitei Noah. Ele deu de ombros. Entrei.

Um sino tocou atrás de nós ao passarmos pela entrada estreita da loja. Dois meninos ergueram as cabeças de detrás de um balcão de vidro. Nenhum adulto à vista.

Meus olhos vasculharam o interior do local, por cima das fileiras de prateleiras repletas de vasilhas de plástico. Dentro delas, sem qualquer organização aparente, havia metades de cascas de coco, recipientes de mel com formato de urso, diversos tipos de conchas, ferraduras enferrujadas, ovos de avestruz, algodão, sinos minúsculos, embalagens de chinelos brancos, miçangas e velas. Pilhas de velas de todos os tamanhos, formas e cores: velas com Jesus estampado na frente e velas com mulheres nuas. Havia até uma variedade de velas imitando sundae. E... algemas. Que lugar era aquele?

— Posso ajudá-los?

Noah se virou. Uma jovem de cabelo preto usando muletas surgiu em um portal entre a frente da loja e uma sala dos fundos.

Noah ergueu as sobrancelhas.

— Estamos aqui para o seminário — disse ele. — Estamos no lugar certo?

— *Sí*, sim, venham — disse ela, gesticulando para entrarmos. Seguimos a jovem até outra sala estreita com cadeiras de plástico de jardim enfileiradas sobre um piso de azulejos brancos. Ela nos entregou dois panfletos, e Noah deu a ela o dinheiro. Então a mulher sumiu.

— Obrigada — eu disse a ele ao nos sentarmos no fundo da sala. — Tenho certeza de que não foi assim que você planejou passar o sábado.

— Para ser sincero, esperava que você sugerisse a praia — respondeu ele, e sacudiu o cabelo encharcado —, mas considero espetáculos ao vivo uma boa segunda opção.

Sorri. Eu estava começando a me sentir melhor, mais normal. Mais sã. Passei os olhos pela sala branca. Era clara como um hospital, efeito potencializado pelas luzes fluorescentes. Isso contrastava bizarramente com os móveis em estilo "casa de vó". Uma poltrona marrom e amarela, um armário verde-ervilha, mais prateleiras com velas. Estranho.

Alguém tossiu à esquerda. Virei o rosto, e um homem pálido e magro, vestindo um roupão branco, chinelos brancos e um chapéu triangular branco estava sentado na fileira em frente a nossa. Noah e eu trocamos um olhar. Os outros participantes estavam com roupas mais normais: uma mulher pesada com cabelos louros curtos, cacheados e vestindo short jeans se abanava com um panfleto. Dois homens de meia-idade idênticos e de bigodes sentavam-se no canto mais distante, sussurrando um para o outro. Usavam jeans.

Nesse momento, o palestrante foi até o pódio e se apresentou. Fiquei surpresa ao vê-lo vestindo um terno impecável, pois deveria ser um sacerdote. Um sacerdote do quê, eu não sabia.

O Sr. Lukumi organizou os papéis antes de abrir um largo sorriso e observar os poucos assentos ocupados. Então nossos olhos se encontraram, e os dele se arregalaram com surpresa.

Virei-me, imaginando se alguém atrás de mim teria chamado a atenção dele, mas não havia ninguém. O Sr. Lukumi pigarreou, mas, quando falou, a voz saiu trêmula.

Eu estava sendo paranoica. Paranoica, paranoica, paranoica. E idiota. Concentrei-me na palestra e em Noah, conforme ele mostrava interesse exagerado no que era dito. Não tinha certeza do que esperar, mas sei que não era ouvir o Sr. Lukumi discursar sobre as propriedades místicas de velas e colares de miçangas.

Noah me divertiu ao fingir ouvir com atenção: assentindo e murmurando nos momentos mais inapropriados. Durante o seminário, dividimos o sanduíche cubano que havíamos levado, e em certo momento fiz tanta força para não rir que quase engasguei com a comida. Ao menos eu estava me divertindo, diversão muito necessária e bem merecida depois da semana infernal.

Quando a palestra acabou, Noah foi até a frente da sala para conversar com o Sr. Lukumi conforme o punhado dos demais participantes ia embora. Dei uma explorada.

Havia apenas uma pequena janela na sala, parcialmente oculta por uma prateleira. Um jorro de chuva descia da calha, parecendo uma fonte artificial abafada pela barreira de vidro. Meus olhos passaram pelas etiquetas de dezenas de minúsculas garrafas e frascos de ervas e líquidos à minha frente: "banho místico", "recuperação da vida amorosa", "sorte", "confusão".

Confusão. Estiquei o braço para verificar a garrafa no momento em que algo grasnou atrás de mim. Virei de costas bruscamente e, no processo, derrubei uma vela derretida da prateleira. Ela caiu em câmera lenta, então se quebrou contra o azulejo, e o vidro que a envolvia se partiu em milhares de cacos como diamantes. Noah e o Sr. Lukumi se viraram na minha direção, bem na hora em que um copinho de prata com sinos acoplados emborcava.

Os olhos do Sr. Lukumi foram para o copo, então para mim.

— Saia — disse ele ao se aproximar.

O tom de voz me assustou.

— Desculpe, não quis...

O Sr. Lukumi se agachou e examinou o vidro quebrado, então ergueu os olhos na direção dos meus.

— Apenas saia — disse ele, mas a voz não exprimia raiva. Era urgência.

— Espere um pouco — falou Noah, ficando irritado. — Não precisa ser grosseiro. Eu pago por isso.

O Sr. Lukumi se levantou e esticou o braço na direção do meu. Mas no último segundo não o tocou. A silhueta alta do homem se erguia sobre a minha. Intimidante.

— Não há nada para você aqui — disse ele, devagar. — Por favor, saia.

Noah surgiu ao meu lado.

— Afaste-se — disse ele ao Sr. Lukumi com a voz baixa. Perigoso.

O sacerdote se afastou sem hesitar, mas não tirou os olhos dos meus.

Eu estava mais do que confusa, e sem palavras. Nós três permanecemos parados a alguns metros da porta. Uma das crianças gargalhou na outra sala. Tentei me orientar, entender o que eu tinha feito que fora tão ofensivo, e observei o rosto do Sr. Lukumi enquanto isso. Os olhos dele encontraram os meus, e algo se passou por trás deles. Algo que eu não esperava.

Reconhecimento.

— Você sabe de alguma coisa — falei a ele com a voz baixa, incerta do quanto eu sabia. Percebi a surpresa de Noah pela visão periférica enquanto encarava o Sr. Lukumi. — Você sabe o que está acontecendo comigo.

As palavras soaram verdadeiras.

Mas eu era louca. Estava medicada. Em terapia. E acreditar que isso era o que havia me levado àquele buraco com um curandeiro fazia mais sentido do que a ideia impossível de que algo estava muito, muito errado comigo. Algo pior do que a loucura. O Sr. Lukumi abaixou o olhar, e minha convicção começou a se dissolver. Ele estava agindo como se soubesse. Mas o que sabia? *Como* sabia? E então percebi que não fazia diferença. Qualquer que fosse o insight dele, eu estava desesperada para descobrir.

— Por favor — falei. — Eu... — Lembrei da garrafa minúscula apertada em meu punho suado. — Estou confusa. Preciso de ajuda.

O Sr. Lukumi olhou para meu punho.

— Isso não vai ajudá-la — disse ele, mas o tom de voz era mais suave.

A expressão de Noah ainda estava desconfiada, mas a voz parecia calma.

— Eu pago — falou ele levando a mão ao bolso. Noah não fazia ideia do que estava acontecendo, mas estava a bordo. Comigo. O inconsequente Noah, disposto a tudo. Eu o amava.

Eu o *amava*.

Antes mesmo que pudesse pensar a respeito, o Sr. Lukumi sacudiu a cabeça e indicou a porta novamente, mas Noah tirou um bolo de notas do bolso. Enquanto ele as contava, meus olhos se arregalaram.

— Cinco mil dólares para nos ajudar — disse ele, e colocou as notas na mão do Sr. Lukumi.

Eu não era a única chocada com o dinheiro. O sacerdote hesitou por um momento, antes de os dedos se enroscarem nas notas. Os olhos dele avaliaram Noah.

— Você precisa mesmo de ajuda — falou ele, sacudindo a cabeça antes de fechar a porta atrás de nós. Então os olhos do Sr. Lukumi foram ao encontro dos meus. — Espere aqui.

O Sr. Lukumi foi até uma porta dos fundos que eu não havia notado. Até onde ia aquele lugar?

Ele finalmente desapareceu, e o ruído de grasnidos e cacarejos chegou aos meus ouvidos.

— Galinhas? — perguntei. — Para que são...

Um grito não humano interrompeu a pergunta.

— Ele acabou de... — Minhas mãos se cerraram. Não. De jeito nenhum.

Noah inclinou a cabeça.

— Por que está tão chateada?

— Está brincando?

— O *medianoche* que acabamos de comer tinha carne de porco. Mas era diferente.

— Eu não precisei ouvir o porco — falei em voz alta.

— Ninguém gosta de hipócritas, Mara — respondeu Noah, a sombra triste de um sorriso erguendo um dos cantos de sua boca. — E, de qualquer forma, você é que está à frente deste show. Sou apenas o patrocinador.

Tentei não pensar no que poderia ou não estar acontecendo na sala dos fundos conforme o sanduíche azedava no meu estômago.

— E, por falar em finanças — eu disse, engolindo com cuidado antes de continuar —, o que diabos está fazendo com 5 mil dólares no bolso?

— Oito, na verdade. Eu tinha grandes planos para hoje. Prostitutas e drogas não são baratas, mas acho que sacrifício animal vai ter de servir. Feliz aniversário.

— Obrigada — respondi, impassível. Estava começando a me sentir mais normal. Até relaxada. — Mas, sério, para que o dinheiro?

Os olhos de Noah se concentraram na porta dos fundos.

— Pensei em pararmos no distrito das artes para encontrar com um pintor que conheço. Eu ia comprar algo dele.

— Com tanto dinheiro assim? Vivo?

— Ele possui vícios que se pagam em dinheiro vivo, digamos assim.

— E você os financiaria?

Noah deu de ombros.

— Ele é extremamente talentoso.

Olhei para ele com ar de reprovação.

— O quê? — perguntou Noah. — Ninguém é perfeito.

Como o dinheiro dele agora estava financiando sacrifício animal em vez do vício em cocaína de outra pessoa, abandonei o assunto. Meus olhos vasculharam a sala.

— O que é que são todas essas coisas aleatórias por aqui? — perguntei. — As ferraduras enferrujadas? O mel?

— São para oferendas da *santería* — respondeu Noah. — É uma religião popular aqui. O Sr. Lukumi é um dos sumos sacerdotes.

Nesse momento, a porta dos fundos se abriu, e o sumo sacerdote em pessoa apareceu, carregando um copo pequeno nas mãos. Com a foto de um galo dentro. Terrível.

Ele apontou para a feia cadeira marrom e amarela no canto da sala.

— Sente — disse ele ao me empurrar para ela. A voz era impassível. Obedeci.

O Sr. Lukumi me entregou o copo. Estava quente.

— Beba isto — disse ele.

Meu dia bizarro — minha vida bizarra — estava ficando cada vez mais esquisito.

— O que tem aqui? — perguntei, olhando para a mistura. Parecia suco de tomate. Eu fingiria que era suco de tomate.

— Você está confusa, sim? Precisa se lembrar, sim? Beba. Vai ajudar — falou o Sr. Lukumi.

Virei os olhos para Noah, e ele ergueu as mãos na defensiva.

— Não olhe para mim — disse ele, então se virou para o Sr. Lukumi. — Mas se alguma coisa acontecer a ela depois — falou ele devagar —, vou acabar com você.

O Sr. Lukumi não se abalou com a ameaça.

— Ela vai dormir. Ela vai lembrar. É tudo. Agora beba.

Peguei o copo, mas minhas narinas se expandiram quando o aproximei da boca. O cheiro de sal e ferrugem revirou meu estômago, e hesitei.

A coisa toda provavelmente era uma farsa. O sangue, a botânica. O Sr. Lukumi estava nos entretendo para ficar com o dinheiro. O hipnoterapeuta provavelmente faria o mesmo. Não ajudaria.

Mas os remédios também não ajudaram. E a alternativa era esperar. Esperar e conversar com a Dra. Maillard enquanto os pesadelos ficavam piores e as alucinações, mais difíceis de esconder. Esperar até que eu finalmente fosse tirada da escola — destruindo qualquer esperança de me formar a tempo, de entrar para uma boa faculdade, de ter uma vida normal.

Que se dane. Virei o copo e me encolhi quando os lábios tocaram o líquido morno. As papilas gustativas se rebelaram contra o amargor e o gosto metálico do ferro. Fiz o máximo para não cuspir. Depois de alguns goles dolorosos, afastei o copo dos lábios, mas o Sr. Lukumi fez que não com a cabeça.

— Tudo — falou ele.

Olhei para Noah. Ele deu de ombros.

Voltei para o copo. A escolha tinha sido minha. Eu queria aquilo. Precisava terminar.

Fechei os olhos, joguei a cabeça para trás e levei o copo à boca. Ele bateu nos dentes e eu engoli o líquido ralo. Tomei de um gole só quando a garganta protestou, gritando para que eu parasse. O líquido morno escorreu pelos dois lados do queixo e logo o copo estava vazio. Sentei-me reta de novo e apoiei o copo no colo. Eu tinha conseguido. Sorri triunfante.

— Você está parecendo com o Coringa — disse Noah.

Foi a última coisa que ouvi antes de apagar.

50

QUANDO ACORDEI, ESTAVA DE FRENTE PARA UMA PAREDE de livros. Meus olhos estavam inchados de sono, e os esfreguei com os punhos como uma menininha. Luz artificial irradiava de um nicho e se espalhava pelo quarto, alcançando minhas pernas expostas ao pé da cama.

A cama de Noah.

No quarto de Noah.

Sem nenhuma roupa.

Puta merda.

Enrolei mais firmemente o lençol liso ao redor do peito. Relâmpagos iluminavam a superfície turbulenta da baía janela afora.

— Noah? — perguntei com a voz trêmula e rouca devido ao sono. Minha última lembrança era o gosto daquela infusão rançosa que o Sr. Lukumi me dera para beber. A sensação morna do líquido escorrendo pelo queixo. O cheiro. E então me lembrei de frio, de sentir frio. Mas nada mais. *Nada* mais. O sono fora sem sonhos.

— Você acordou — disse Noah ao surgir no meu campo visual. Ele estava delineado pela lâmpada na escrivaninha, as calças de amarrar pendiam baixo dos quadris, e a camiseta envolvia a silhueta magra. A luz projetava o perfil elegante dele em alto-relevo; destacado e maravilhoso, como se tivesse sido de vidro recortado. Noah caminhou para sentar na beirada da cama, a cerca de 30 centímetros dos meus pés.

— Que horas são? — perguntei. Minha voz estava grossa de sono.

— Umas dez da noite.

Pisquei.

— Nem eram duas da tarde quando a palestra acabou, não é? — Noah confirmou. — O que aconteceu?

Ele me lançou um olhar significativo.

— Você não se lembra?

Fiz que não com a cabeça. Noah não disse nada e virou o rosto. Estava inexpressivo, mas percebi o trabalho dos músculos na altura do maxilar. Fiquei mais desconfortável. O que era tão ruim que ele não conseguia... Ah. Ah, não. Meus olhos desceram até o lençol que eu havia enrolado no corpo.

— Nós fizemos...

Em um instante o rosto de Noah se encheu de malícia.

— Não. Você arrancou as roupas e depois correu pela casa gritando: "Isso queima! Tirem ele de nós!"

Meu rosto ficou vermelho e quente.

— Brincadeira — disse Noah com um sorriso travesso.

Ele estava longe demais para o acertar.

— Mas você pulou de roupa na piscina.

Sensacional.

— Só fiquei feliz por não ter escolhido a baía. Não com esta tempestade.

— O que aconteceu com elas? — perguntei. Noah pareceu confuso. — Quero dizer, minhas roupas?

— Estão na máquina.

— Como eu... — fiquei mais corada. Eu as tinha tirado na frente dele?

Ele as tinha tirado?

— Nada que eu não tenha visto antes.

Enterrei o rosto nas mãos. Deus, me ajude.

Uma gargalhada suave escapou dos lábios de Noah.

— Não tema, você na verdade foi bem-comportada para seu estado de intoxicação. Tirou as roupas no banheiro, se enroscou numa toalha, entrou debaixo dos meus lençóis e dormiu. — Noah se mexeu na cama, e um ruído esquisito de farfalhar saiu de debaixo dele. Eu olhei, de verdade, para a cama pela primeira vez.

— Mas que... — perguntei devagar ao ver os biscoitos em formato de animais espalhados por ela — porra é essa?

— Você estava convencida de que eram seus bichos de estimação — falou Noah, sequer tentando suprimir a gargalhada. — Não me deixou tocá-los.

Meu Deus.

Noah ergueu a colcha leve, com o cuidado de não tirar meu lençol do lugar, e o dobrou de modo que nenhum dos meus bichos de estimação caísse no chão. Ele foi até o armário e pegou uma de suas camisas xadrez e uma cueca samba-canção, entregando-as para mim casualmente. Agarrei o lençol que cobria minha pele com uma das mãos e peguei as roupas com a outra conforme Noah voltava para o nicho. Enfiei a camisa pela cabeça e a cueca pelas pernas, mas estava clara e rigorosamente atenta à presença dele.

Na verdade, eu estava clara e rigorosamente atenta a tudo. Os lugares do meu corpo onde a camisa de flanela de Noah se expandia e se curvava. Os lençóis de algodão frios sob minhas pernas, que pareciam realmente feitos de seda. O cheiro rançoso de papel e couro misturado ao leve perfume de Noah. Eu via, sentia, cheirava tudo no quarto dele. Sentia-me viva. Forte. Incrível. Pela primeira vez desde sempre.

— Espere — falei quando Noah pegou um livro em uma das prateleiras e se dirigiu à porta. — Para onde vai?

— Ler?

Mas não quero que vá.

— Mas preciso ir para casa — falei com os olhos nos dele. — Meus pais vão me matar.

— Já foi resolvido. Você está na casa de Sophie.

Eu amava Sophie.

— Então... Vou ficar aqui?

— Daniel vai dar cobertura.

Eu amava Daniel.

— Onde está Katie? — perguntei, tentando parecer casual.

— Na casa de Eliza.

Eu amava Eliza.

— E seus pais? — perguntei.

— Em algum evento de caridade.

Eu amava caridade.

— Então por que vai ler quando estou bem aqui? — Minha voz era desafiadora e provocante, e fiquei chocada ao ouvi-la. Não pensei, não estava pensando, no que havia acontecido na noite anterior, naquele dia ou no que aconteceria no dia seguinte. Nem passou pela minha cabeça. Tudo o que sabia era que eu estava ali, na cama de Noah, vestindo as roupas dele, e ele estava longe demais.

Noah ficou tenso. Eu conseguia sentir os olhos dele passando por cada centímetro da minha pele exposta enquanto me fitava.

— É meu aniversário — falei.

— Eu sei. — A voz dele estava baixa e rouca, e eu queria engoli-la.

— Venha aqui.

Noah deu um passo calculado em direção à cama.

— Mais perto.

Outro passo. Ele estava ali, eu estava na altura da cintura de Noah, vestindo as roupas dele e enrolada em seus lençóis. Ergui o rosto para encará-lo.

— Mais perto.

Ele passou a mão pelo meu cabelo ainda molhado e traçou com o dedão um semicírculo da minha sobrancelha até a têmpora, até a maçã do rosto, passando então para meu pescoço. Noah fixou o olhar em mim. Era difícil.

— Mara, preciso...

— Fique calado — sussurrei ao pegar a mão dele e puxar, fazendo Noah meio que se ajoelhar, caindo sobre a cama. Não me importava com o que ele teria dito. Só o queria mais perto. Virei o braço para aninhá-lo atrás de mim, e ele se ajeitou ali, nós dois agarrados como pontos de interrogação no quarto cheio de palavras. Noah entrelaçou os dedos com os meus, e senti a respiração dele na pele. Ficamos ali em silêncio por algum tempo até que ele falou:

— Você cheira bem — sussurrou no meu pescoço. Estava quente contra mim. Instintivamente, arqueei as costas na direção dele e sorri.

— Mesmo?

— Ã-hãã. Deliciosa. Como bacon.

Gargalhei ao me virar para encará-lo e ergui o braço para acertá-lo no mesmo movimento. Noah segurou meu pulso, e a gargalhada ficou presa na garganta. Um sorriso malicioso tomou minha boca quando ergui a outra mão para bater nele. Noah esticou o braço e agarrou esse punho também, prendendo meus braços acima da cabeça com delicadeza. Ele imprensou meu quadril com as pernas. O espaço entre nós fazia meu sangue ferver.

Noah se inclinou para a frente de leve, ainda tocando-me em lugar nenhum, transparecendo desejo. Pensei que fosse morrer. A voz dele estava baixa quando falou:

— O que faria se eu te beijasse agora mesmo?

Encarei seu rosto lindo, sua boca linda, e não quis nada além de prová-la.

— Eu o beijaria de volta.

Noah separou minhas pernas com os joelhos e meus lábios com a língua, e eu estava dentro daquela boca e *ah*. Abandonai toda esperança vós que aqui entrais. A sensação era de ter meu ser desdobrando-se, sendo virado do avesso pela boca insistente dele. Quando Noah se afastou, engasguei com a súbita ausência, mas então ele passou a mão por baixo das minhas costas e me ergueu, e nos sentamos. A cabeça dele mergulhou e nossas bocas colidiram, então empurrei-o para baixo e fiquei em cima, erguida antes de me chocar contra ele.

A sensação deliciosa durou uma eternidade. Sorri junto aos lábios de Noah e passei os dedos pelos cabelos dele. Em certo momento, recuei para ver os pensamentos refletidos em seus olhos, mas estavam fechados, os cílios tocavam a bochecha. Ergui-me mais para o alto para vê-lo melhor, e os lábios de Noah estavam azuis.

— Noah. — Minha voz rasgou o silêncio.

Mas ele não era Noah. Era Jude. E Claire. E Rachel. Mortos. Vi todos eles, um desfile de cadáveres abaixo de mim, palidez e sangue em meio a uma confusão de poeira. A lembrança cortou minha mente como uma foice, deixando para trás a lucidez de um reconhecimento irremediável.

Dezenas de portas de ferro bateram.

Eu as bati.

E, antes da escuridão, terror. Mas não meu terror.

O de Jude.

Em um segundo ele me pressionava tão forte contra a parede que achei que fosse me dissolver nela. No seguinte, era ele quem estava encurralado, dentro do quarto do paciente, preso comigo. Mas eu não era mais a vítima.

Ele era.

Gargalhei para Jude com fúria insana, que foi capaz de sacudir as fundações do asilo e o fez desabar. Com Jude, Claire e Rachel dentro.

Eu os havia matado, e aos outros também. O torturador de Mabel. A Srta. Morales.

Compreender aquilo me jogou de volta para o quarto de Noah, com o corpo inerte dele ainda sob mim. Gritei seu nome sem resposta e, porra, pirei de verdade. Sacudi-o, belisquei-o, tentei me aninhar nos braços dele, mas eles não me serviram de abrigo. Mergulhei na direção da cabeceira da cama e, com uma das mãos, catei o celular dele, furiosa e apavorada. Alcancei-o e comecei a discar 911 enquanto erguia o outro braço e estapeava a bochecha de Noah com o dorso da mão, sentindo muita dor ao golpear pele e osso.

Ele acordou, inspirando o ar com força. Minha mão doía desesperadamente.

— Incrível — disse Noah inspirando ao levar a mão ao rosto. Seu maravilhoso gosto já estava se dissolvendo na minha língua.

Abri a boca para falar, mas não tinha fôlego.

Noah parecia distante e tonto.

— Esse foi o melhor sonho que já tive. Na vida.

— Você não estava respirando — falei. Mal conseguia dizer as palavras.

— Meu rosto dói. — Noah olhou para além de mim, para nada em particular. Os olhos dele estavam fora de foco, as pupilas dilatadas. Se por causa da escuridão ou de alguma outra coisa, eu não sabia dizer.

Coloquei as mãos trêmulas no rosto dele, com o cuidado de distribuir o peso sobre Noah.

— Você estava morrendo. — Minha voz falhou ao pronunciar as palavras.

— Isso é ridículo — falou ele, com um sorriso maravilhado surgindo no rosto.

— Seus lábios ficaram azuis. — Como os de Rachel deveriam ter ficado, depois de ela sufocar. Depois de eu matá-la.

Noah ergueu as sobrancelhas.

— Como você sabe?

— Eu vi. — Não olhei para ele. Não conseguia. Saí de cima de Noah, que se sentou e esticou a mão para o *dimmer*, clareando o quarto. Os olhos dele estavam sombrios, mas visíveis agora. Fitou-me, impassível.

— Eu caí no sono, Mara. Você estava dormindo ao meu lado. Me puxou para a cama, e eu fiquei atrás de você e... Nossa, foi um sonho bom. — Noah recostou na cabeceira e fechou os olhos.

Minha cabeça girava.

— Nós nos beijamos. Não se lembra?

Noah suprimiu um risinho.

— Parece que você também teve um sonho bom.

O que ele estava dizendo... não fazia sentido.

— Você me disse que eu cheirava... a bacon.

— Bem — disse ele inexpressivo. — Isso é esquisito.

Olhei para as mãos apoiadas inertes sobre meu colo.

— Você me perguntou se podia me beijar, então me beijou. E depois eu... — Não havia palavras para traduzir, os rostos mortos que tinha visto por dentro das pálpebras. Queria apagá-los, mas eles não sumiriam. Eram reais. Tudo era real. O que quer que o sacerdote de *santería* tivesse feito, havia funcionado. E agora que eu sabia, agora que me lembrava, tudo o que queria era esquecer.

— Eu machuquei você — concluí. E era apenas o início.

Noah esfregou a bochecha.

— Está tudo bem — disse ele, e me puxou de volta para baixo, aninhando-me ao seu lado, minha cabeça sobre o ombro e minha bochecha sobre seu peito. O coração de Noah batia sob minha pele.

— Lembrou-se de alguma coisa? — sussurrou ele em meu cabelo. — A coisa funcionou?

Não respondi.

— Não tem problema — disse Noah, bem suave, os dedos roçando em minhas costelas. — Você só estava sonhando.

Mas o beijo não fora um sonho. Noah *estava* morrendo. O sanatório não tinha sido um acidente. Eu os *matara*.

Era tudo real. Tudo fora eu.

Não entendia por que Noah não se lembrava do que havia acontecido segundos antes, mas finalmente entendi o que havia acontecido comigo meses antes. Jude me encurralou, me esmagou contra a parede. Eu queria que ele fosse punido, que sentisse o *meu* terror de ser encurralada, de ser esmagada. Então fiz com que ele o sentisse.

E abandonei Claire e Rachel.

Rachel, que se sentou comigo durante horas no pneu gigante do parquinho de nossa velha escola, nossas pernas imundas de terra, enquanto eu confessava ter um amor não correspondido por um colega de turma. Rachel, que posara para meus retratos, com quem eu tinha rido e chorado, e com quem eu fazia tudo. Rachel cujo corpo agora era apenas carne. Por minha culpa.

E não porque concordei com o plano do Tamerlane, ainda que soubesse que seria perigoso. Não porque ignorei uma premonição obscura. Era minha culpa porque era de verdade, literalmente minha culpa: porque eu havia feito o sanatório desabar com Rachel e Claire lá dentro como se elas não fossem mais importantes do que um bolo de lenços de papel no bolso.

Refleti sobre os delírios que havia inventado após assassinar o dono de Mabel e a Sra. Morales. Eu não era louca.

Eu era letal.

A mão de Noah estava em meu cabelo, e era tão maravilhoso, tão dolorosamente maravilhoso, que me esforcei para não chorar.

— Eu deveria ir embora — sussurrei com dificuldade, ainda que não precisasse ir a lugar algum. Que eu não quisesse *estar* em lugar nenhum.

— Mara? — Noah se apoiou sobre o cotovelo. Os dedos traçando o contorno da minha maçã do rosto, despertando minha pele com a carícia. Meu coração não bateu mais rápido: ele sequer bateu. Eu não tinha mais coração.

Noah estudou meu rosto por um momento.

— Posso levá-la para casa, mas seus pais vão querer saber o motivo — disse ele devagar.

Não falei nada. Não conseguia. Minha garganta estava cheia de cacos de vidro.

— Por que não fica? — perguntou ele. — Posso ir para outro quarto. É só dizer.

As palavras não surgiam.

Noah sentou-se ao meu lado, a cama se mexendo sob seu peso. Eu senti o calor do seu corpo conforme se inclinou sobre mim, tirou meu cabelo do caminho e pôs os lábios em minha têmpora. Fechei os olhos e memorizei o momento. Ele saiu do quarto.

A chuva fustigava as janelas e me enterrei nos lençóis de Noah, puxando as cobertas até o queixo. Mas não haveria consolo naquela cama ou nos braços de Noah que pudesse me proteger da imensidão dos meus pecados.

51

Sentar-me ao lado de Noah enquanto ele me levava para casa na manhã seguinte era o pior tipo de tortura. Doía olhar para ele, para os cabelos banhados pelo sol e os olhos preocupados. Eu não podia contar para ele. Não sabia o que dizer.

Quando Noah parou em frente à minha garagem, falei para ele que não me sentia muito bem (verdade) e que ligaria para ele mais tarde (mentira). Então fui para o quarto e fechei a porta.

Mamãe me encontrou naquela tarde na cama com as persianas fechadas. O sol entrava por elas mesmo assim, projetando barras nas paredes, no teto, no meu rosto.

— Está doente, Mara?

— Sim.

— Qual é o problema?

— Tudo.

Ela fechou a porta e me revirei nos lençóis finos como películas. Eu estava certa: algo *estava* acontecendo comigo, mas eu não sabia o que fazer. O que eu *poderia* fazer? Minha família inteira havia se mudado por minha causa, para me ajudar a fugir da vida que enterrei, mas os

317

cadáveres me seguiriam para qualquer lugar. E se da próxima vez que acontecesse fosse com Daniel e Joseph em vez de Rachel e Claire?

Uma lágrima fria desceu pela minha bochecha quente. Fez cócegas na pele ao lado do nariz, mas não a limpei. Nem a seguinte. E logo estava transbordando com as lágrimas que jamais chorei no funeral de Rachel.

Não levantei para ir à escola no dia seguinte. Ou no próximo. E não houve mais pesadelos. O que era uma pena, pois eu os merecia.

O esquecimento quando eu dormia era a felicidade suprema. Mamãe me levava comida, mas fora isso me deixava em paz. Eu a ouvi conversar com papai no corredor, mas não me importei o suficiente para ficar surpresa com o que diziam.

— Daniel falou que ela estava melhor — disse papai. — Eu deveria ter deixado o caso. Ela nem está comendo.

— Acho... Acho que ela vai ficar bem. Falei com a Dra. Maillard. Ela apenas precisa de um pouco de tempo — falou mamãe.

— Não consigo entender. Ela estava indo tão bem.

— O aniversário deve ter sido difícil para ela — respondeu mamãe. — Ela ficou um ano mais velha, mas Rachel não. Faz bastante sentido ela estar enfrentando alguma coisa. Se nada mudar até a consulta, na quinta-feira, aí sim nos preocupamos.

— Ela parece tão diferente — falou papai. — Para onde foi nossa garota?

Quando fui ao banheiro naquela noite, acendi a luz e olhei para o espelho para ver se conseguia encontrá-la. O exterior de uma garota que não se chamava Mara me encarou de volta. Imaginei como faria para matá-la.

E então voltei para a cama, as pernas tremendo, os dentes trincando, porque a coisa toda era simplesmente assustadora demais e eu não tinha coragem.

Quando Noah apareceu no meu quarto no início daquela noite, meu corpo soube antes que meus olhos pudessem confirmar. Ele tinha um livro consigo: *The Velveteen Rabbit*, um dos meus preferidos. Mas não queria que Noah estivesse aqui . Ou melhor, *eu* não queria estar aqui. Mas não iria me mexer, então fiquei deitada na cama, encarando a parede enquanto ele começava:

— Nas noites longas de junho, sob a samambaia que reluzia como prata, pés caminhavam delicadamente. Mariposas brancas voaram. Ela o segurava apertado nos braços, gotas de orvalho peroladas e flores ao redor do pescoço e do pelo.

" 'O que é Real?', perguntou o menino. 'É uma coisa que acontece com você quando uma menina o ama por um longo, longo tempo. Quando não faz de você só um brinquedo, quando ama você de verdade.' 'Isso dói?', perguntou o menino. 'Às vezes. Quando você é Real, não se importa com se machucar.'

"Ela dormiu com ele, a luz da noite queimando na lareira. O amor se manifestou."

Hmm.

— Balançavam com delicadeza — disse ele. — Um grande farfalhar. Túneis em lençóis, um desembrulhar de coisas. O rosto dela ficou vermelho...

O meu também.

— Semiacordada, ela se aproximou do travesseiro e sussurrou no ouvido dele, úmida de...

— Isso não é *The Velveteen Rabbit* — falei, com a voz rouca pela falta de uso.

— Bem-vinda de volta — disse Noah.

Não tinha mais o que dizer além da verdade.

— Isso foi horrível.

A resposta de Noah foi difamar o Dr. Seuss, fazendo alusões sobre sexo oral com um dos títulos dele.

Felizmente, Joseph entrou no quarto bem no momento em que Noah iria recitar o próximo: *As* novas *aventuras de George, o curioso.*

— Posso ouvir? — perguntou meu irmão.

— Claro — respondeu Noah.

Visões nojentas do Homem do Chapéu Amarelo e seu macaco profanaram minha mente.

— Não — respondi, o rosto abafado no travesseiro.

— Não preste atenção a ela, Joseph.

— Não — falei mais alto, ainda encarando a parede.

— Senta aqui do meu lado — falou Noah a meu irmão.

Sentei-me na cama e lancei a Noah um olhar de repreensão.

— Não pode ler isso para ele.

Um sorriso transformou o rosto de Noah.

— Por que não? — perguntou ele.

— Porque não. É nojento.

Ele se virou para Joseph e piscou um dos olhos.

— Outro dia, então.

Joseph saiu do quarto, mas estava sorrindo.

— Então — disse Noah com cautela. Eu estava sentada com as pernas cruzadas e enrolada nos lençóis.

— Então — falei de volta.

— *Você* gostaria de ouvir sobre as novas aventuras de George, o curioso?

Fiz que não com a cabeça.

— Tem certeza? — perguntou Noah. — Ele tem sido um macaco *tão* travesso.

— Eu passo.

Então Noah lançou para mim um olhar que partiu meu coração.

— O que aconteceu, Mara? — perguntou ele, com a voz baixa.

Era de noite, e talvez isso tenha acontecido porque eu estava cansada, ou talvez porque havia começado a falar. Ou talvez porque era a primeira vez que ele perguntava, ou porque Noah estava impossivelmente lindo, de partir o coração. Sentado no chão ao lado da minha cama, estava delineado pela luz do meu abajur. O fato é que contei a ele.

Contei a ele tudo, desde o começo. Não omiti nada. Noah ficou sentado imóvel, os olhos jamais deixaram meu rosto.

— Deus do céu — disse ele quando terminei.

Ele não acreditava em mim. Virei o rosto.

— Pensei que eu fosse louco — disse Noah a si mesmo.

Desloquei os olhos para os dele.

— O quê? O que você disse?

Noah encarou minha parede.

— Eu te vi... Bem, suas mãos, mas enfim... Ouvi sua voz. Achei que estivesse ficando louco. E então você apareceu. Inacreditável.

— Noah — falei. A expressão dele era distante. Estiquei o braço e virei o rosto de Noah para mim. — Do que você está falando?

— Apenas suas mãos — falou ele, pegando minhas mãos e as virando, dobrando meus dedos ao inspecioná-las. — Você as empurrava contra alguma coisa, mas estava escuro. Sua cabeça doía. Eu conseguia ver suas unhas. Estavam pretas. Havia um zumbido em seus ouvidos, mas ouvi sua voz.

As frases dele iam se somando sem fazer sentido.

— Não estou entendendo.

— Antes de você se mudar, Mara. Ouvi sua voz antes de você se mudar.

A lembrança do rosto de Noah naquele primeiro dia de aula se reorganizou em uma forma inimaginável. Ele olhava para mim como se me conhecesse porque... Porque de alguma forma conhecia. Qualquer palavra que eu fosse dizer a seguir se dissolveu na língua, no cérebro. Eu não conseguia entender o que estava ouvindo.

— Você não foi a primeira que vi. Que ouvi. Houve mais duas antes de você, mas nunca as conheci.

— Outras — sussurrei.

— Outras pessoas que vi. Na minha cabeça.

As palavras dele afundavam como uma pedra no ar ao nosso redor.

— Na primeira vez era de noite e eu estava dirigindo — disse ele às pressas. — E me vi bater em alguém; mas era numa estrada totalmente diferente, e não era meu carro. Mas fui direto para ela. A pessoa tinha a nossa idade, acho. Ficou presa no eixo do volante. Ficou viva por horas — falou Noah com a voz vazia. — Vi tudo que tinha acontecido com ela, ouvi tudo o que ouviu e senti tudo o que sentiu. Só que, de alguma forma, eu ainda estava na minha estrada. Achei que fosse uma alucinação, sabe? Como quando acontece algumas vezes à noite, quando se está dirigindo e se imagina subindo com o carro no meio-fio, ou batendo em outro. Mas foi real — disse Noah, e a voz dele parecia assombrada.

321

"A segunda pessoa estava muito doente. Ele também tinha nossa idade. Sonhei uma noite que estava preparando comida para ele, então o alimentei, mas as mãos não eram minhas. Ele tinha algum tipo de infecção no pescoço, e doía tanto. Estava sentindo muita dor. Ele chorou.

O rosto de Noah se contorceu e ficou pálido. Ele apoiou a cabeça na mão e a esfregou, depois passou os dedos no sentido contrário ao crescimento do cabelo, que ficou todo arrepiado. Depois ergueu o rosto para mim.

— E então, em dezembro, ouvi você.

O sangue deixou meu rosto.

— Reconheci sua voz no primeiro dia de aula. Fiquei tonto com a impossibilidade daquilo. Achei que estivesse ficando louco, imaginando pessoas doentes, morrendo e *experimentando* aquelas sensações, sentindo um resquício do que elas deveriam ter vivido. E então você apareceu, com a voz do meu pesadelo, me chamando de escroto — disse Noah sorrindo levemente. — Perguntei a Daniel sobre você, e ele me contou, vagamente, o que havia acontecido antes de se mudarem para cá. Presumi que tinha sido aquilo que eu vi. Ou sonhei. Mas pensei que se... Não sei. Pensei que se a conhecesse talvez pudesse entender o que estava acontecendo comigo. Isso foi antes de Joseph, é claro.

Minha boca se escancarou como se estivesse cheia de areia.

— Joseph? — Aquilo não tinha sido real.

— Algumas semanas atrás, no restaurante, tive um... uma visão, eu acho — falou ele, parecendo envergonhado. — De um documento, uma escritura dos arquivos de Collier County, na Flórida. — Noah sacudiu a cabeça devagar. — Alguém... Um homem usando um Rolex... Estava pegando arquivos, tirando cópias deles, então esse homem se deteve nesse documento. Vi como se eu mesmo que estivesse olhando direto para os papéis — disse Noah, inspirando profundamente. — Tinha o endereço de uma propriedade, um local. E, quando o vi, fiquei com uma dor de cabeça lancinante, o que é normal. Simplesmente não consegui suportar todos os *ruídos*. Então deixei você até que passasse. — Noah deslizou os dedos pelos cabelos. — Alguns dias depois, quando cheguei em casa da escola, desmaiei. Durante horas... Simplesmente apaguei. Quando acordei, sentia-me como se estivesse drogado. E vi

Joseph dormindo no cimento, antes de alguém fechar a porta. E quem quer que fosse, usava o mesmo relógio.

Fiquei sentada imóvel, os pés enfiados abaixo do corpo, ficando dormentes conforme Noah prosseguia:

— Eu não sabia se era real ou se havia sonhado, mas depois do que aconteceu com você, achei que poderia mesmo estar acontecendo. Em tempo real. Quando parei para pensar, nos casos anteriores eu sempre via alguma indicação de onde as pessoas estavam, em qual hospital, qual rua. Mas nunca percebia que era *real*. — Os olhos de Noah apontaram para o chão. Então ele os fechou. Parecia tão cansado. — E aí, com Joseph, levei você comigo... só para o caso de eu desmaiar de novo, ou outra coisa. — O maxilar dele ficou rígido. — E quando, no fim das contas, ele *estava* mesmo lá, como eu poderia te explicar? Pensei que *eu* fosse louco. Que eu mesmo o havia levado.

Ouvi um eco da voz de Noah naquela noite. *Faça o que for preciso para acordar Joseph.*

Ele disse isso antes mesmo de o encontrarmos.

— Puta merda — sussurrei.

— Eu queria te contar a verdade... Sobre mim, sobre isso... Antes mesmo de ele ser levado. Mas então ele já havia sido pego, e eu não sabia o que dizer. Sinceramente, achei que eu fosse responsável de alguma forma. Que talvez fosse eu que estivesse machucando todo mundo que vi, e reprimi as lembranças... Ou o que quer que sejam. Mas então de quem eram aqueles faróis em Everglades? E por que estacionariam dentro do galpão?

Sacudi a cabeça. Não sabia. Não fazia sentido. Eu pensei que fosse louca, mas percebi que não era. Pensei que o sequestro de Joseph não tivesse sido real, mas fora.

— Eu não sequestrei Joseph — falou Noah. A voz dele estava clara. Forte. Mas o olhar intenso permanecia fixo à parede. Não em mim.

Eu acreditei nele, mas perguntei:

— Então quem sequestrou?

Pela primeira vez desde que Noah começara a falar, ele se virou para mim.

— Vamos descobrir — disse ele.

Tentei montar todas aquelas informações em algo que fizesse sentido.

— Então Joseph nunca enviou uma mensagem de texto — falei. Meu coração batia mais rápido.

Noah fez que não com a cabeça, mas lançou uma leve sugestão de sorriso para mim.

— O quê? — perguntei.

— Consigo escutar — disse Noah.

Encarei-o, espantada.

— Você — disse ele baixinho. — O coração batendo. A pulsação. A respiração. Você inteira.

Minha pulsação acelerou, e o sorriso de Noah se abriu.

— Você tem um som próprio. Todas as coisas têm: animais, pessoas. Eu consigo ouvir tudo. Quando algo, ou alguém está ferido, ou exausto, ou o que quer que seja... Eu sei. E acho que... Merda. — Noah abaixou a cabeça e puxou o cabelo. — Então, isso vai parecer loucura. Mas acho que talvez eu possa consertá-los — disse ele, cabisbaixo. Mas então ele ergueu os olhos, que recaíram sobre meu braço. Sobre meu ombro.

Impossível.

— Quando você perguntou por que eu fumo, eu respondi que nunca fiquei doente na vida. É verdade... E quando entro em uma briga, fico machucado por um tempo, e então... nada. Nenhuma dor. Passou.

Olhei para ele incrédula.

— Você está dizendo que pode...

— Como está o ombro, Mara?

Fiquei sem palavras.

— Você estaria sentindo muita dor agora, mesmo depois de ele ter sido colocado no lugar. E o braço? — perguntou Noah ao pegar minha mão e estendê-la. Ele passou o dedo desde a dobra do meu cotovelo até o punho. — Você ainda estaria com bolhas, e provavelmente começando a cicatrizar — falou ele, os olhos passando pela minha pele impecável. Então encontraram os meus.

— Quem contou a você sobre meu braço? — perguntei. A voz parecia distante.

— Ninguém me contou. Ninguém precisou. Mabel estava morrendo quando você a trouxe para mim. Estava tão mal que minha mãe não achou que ela sobreviveria àquela noite. Fiquei no hospital com ela e não sei. Simplesmente coloquei a cadela nos braços e ouvi ela se curar.

— Não faz sentido — falei, encarando Noah.

— Eu sei.

— Está me dizendo que, de alguma forma, viu algumas pessoas que estavam prestes morrer. Que pôde sentir um resquício do que elas sentiam. E que sempre que meu coração, ou o de qualquer outra pessoa, acelera, você consegue ouvir.

— Eu sei.

— E, de alguma forma, consegue ouvir o que está quebrado ou errado nas pessoas e consertar.

— Eu sei.

— Enquanto a única coisa da qual eu sou capaz é... — *Matar*. Eu mal conseguia pensar.

— Você também teve visões, não é? Viu coisas? — Os olhos de Noah estudavam os meus.

Fiz que não com a cabeça.

— Alucinações. Nada era real, exceto os pesadelos, as lembranças.

Noah fez uma pausa.

— Como você sabe? — perguntou.

Relembrei todas as alucinações que tive. As paredes da sala de aula. Jude e Claire no espelho. Os brincos na banheira. Nenhuma delas tinha realmente acontecido. E os eventos que eu pensava que *não tivessem* acontecido — o modo como encobri a morte de Morales e do dono de Mabel — tinham.

Eu tinha mesmo transtorno de estresse pós-traumático. Era real. Mas o que havia acontecido, o que eu tinha feito e o que eu podia fazer, também era real.

— Apenas sei — falei, e parei por aí.

Encaramos um ao outro, sem rir nem sorrir. Apenas nos olhamos: Noah sério e eu, incrédula, até ser tomada por um pensamento tão poderoso e urgente que quis gritar.

— Me conserte — ordenei a Noah. — Essa coisa, o que eu fiz...
Tem algo errado comigo, Noah. Conserte.

A expressão dele partiu meu coração quando Noah tirou meu cabelo do rosto e delineou o contorno do meu pescoço com o dedo.

— Não posso.

— Por que não? — perguntei, minha voz ameaçando falhar.

Noah ergueu as mãos até meu rosto e o segurou.

— Porque — disse ele — você não está quebrada.

Sentei-me perfeitamente imóvel, respirando devagar pelo nariz.
Qualquer som me faria desabar. Fechei os olhos para me impedir de
chorar, mas as lágrimas escaparam mesmo assim.

— Então — falei, com a garganta se fechando.

— Então.

— Nós dois?

— Parece que sim — falou Noah. Uma lágrima caiu no polegar
dele, mas Noah não tirou as mãos de mim.

— Quais são as chances de...

— Altamente improvável — interrompeu ele.

Sorri sob os dedos de Noah. Eram dolorosamente reais. Eu estava
tão consciente dele, de nós, perdida, confusa e sem qualquer compreensão do que estava acontecendo ou por quê.

Mas não estávamos sozinhos.

Noah se aproximou e beijou minha testa. A expressão dele era
calma. Mais do que isso: era pacífica.

— Deve estar morrendo de fome. Vou pegar algo na cozinha.

Concordei e Noah se levantou para sair. Quando ele abriu a porta
do meu quarto, falei.

— Noah?

Ele se virou.

— Quando você me ouviu antes... antes de eu me mudar. O que eu
disse?

A expressão dele ficou mais sombria.

— "Tirem eles daqui."

52

— PRECISO DIZER, ACHO QUE GOSTO MUITO DESTE ESquema que arrumamos para dormir.

Acho que nunca me cansaria de ouvir a voz de Noah na escuridão do meu quarto. O peso dele na cama era uma sensação nova e emocionante. Estava deitado em dois dos meus travesseiros e me segurava aninhada ao lado, compartilhando o cobertor. Minha cabeça estava sobre o ombro dele, a bochecha sobre o peito. Os batimentos dele eram estáveis. Os meus tinham enlouquecido. Acho que sabia que não era seguro para ele ali. Comigo. Mas não conseguia me afastar.

— Como conseguiu fazer isso, afinal? — Eu ainda não tinha saído do quarto ou visto mamãe desde que ela tinha aparecido para ver como eu estava no início daquela tarde, antes da confissão de Noah. Antes da minha confissão. Imaginei como estávamos conseguindo sair ilesos daquilo.

— Bem, tecnicamente, estou dormindo no quarto do Daniel agora.

— Agora?

— Enquanto conversamos — falou Noah, dobrando o braço em volta das minhas costas. Ele ficou logo abaixo da barra da minha blusa. — Sua mãe não quis que eu dirigisse para casa tão tarde.

— E amanhã?

— Essa é uma boa pergunta.

Ergui o corpo para ver o rosto dele. Estava pensativo, sério, conforme olhava para o teto.

— E você vai estar aqui amanhã? — Mantive a voz tranquila. Já sabia que Noah não fazia joguinhos. Que, se fosse para ir embora, simplesmente iria, e seria sincero a respeito. Mas esperava que ele não dissesse isso.

Noah sorriu de leve.

— O que vai acontecer com a gente amanhã? Agora que sabemos que não somos loucos.

Era a pergunta mais importante, a que me assombrava desde a semana anterior, desde que eu conseguia me lembrar. O que viria a seguir? Eu deveria fazer alguma coisa com aquilo? Tentar ignorar? Tentar parar? Será que eu sequer tinha escolha? Era muita coisa com que lidar. Meu coração batia alucinado no peito.

— Em que está pensando? — Noah mudou o peso do corpo para o lado e me segurou mais firme pelas costas, pressionando-me contra ele e nos alinhando perfeitamente.

— O quê? — sussurrei quando os pensamentos se dissolveram.

Noah se aproximou mais e inclinou a cabeça como se fosse sussurrar algo para mim. O nariz dele roçou no meu maxilar em vez disso, até que os lábios foram ao encontro do espaço abaixo da minha orelha.

— Seu coração acelerou — disse ele, traçando com os lábios a linha do meu pescoço até a clavícula.

— Não me lembro — falei, absorta pela sensação da mão de Noah através do tecido fino da minha calça. Ele deslizou a mão para cima atrás do meu joelho. Minha coxa. Então ergueu o rosto para me olhar com um sorriso malicioso nos lábios.

— Mara, se você estiver cansada, vou ouvir. Se estiver sentindo dor, vou senti-la. E se você mentir, eu vou saber.

Fechei os olhos, só então começando a perceber completamente o que a habilidade de Noah significava. Cada reação que eu tivesse — cada reação que eu tivesse a *ele* —, Noah saberia. E não somente as minhas: as de todo mundo.

— Adoro não precisar esconder isso de você — disse ele, e passou o dedo por trás da gola da minha camiseta. Então puxou o tecido para o lado e beijou a pele exposta do meu ombro.

Empurrei-o de leve para que pudesse ver seu rosto.

— Como você lida com isso?

Noah pareceu confuso.

— Com isso de ouvir e sentir constantemente as reações de todo mundo ao seu redor — expliquei melhor. — Não é enlouquecedor?

Se ele não achava, eu com certeza sim. Saber que, enquanto estivesse perto dele, não tinha segredos.

As sobrancelhas de Noah se uniram.

— Isso acaba sendo apenas ruído de fundo, na maioria das vezes. Até eu me concentrar em uma pessoa em particular. — O dedo dele tocou meu joelho, e Noah então o deslizou para a lateral da minha perna, até o quadril, e minha pulsação se acelerou em resposta.

Eu sorri.

— Pare com isso — falei, e empurrei a mão dele para longe. Noah abriu um sorriso. — Você dizia...?

— Posso *ouvir* tudo, todos, mas não posso senti-los. Somente os quatro dos quais falei, e somente quando eles, vocês, estavam machucados. Você foi a primeira que conheci, na verdade, e depois foi Joseph. Eu vi vocês, onde estavam, e senti um reflexo, acho, do que os dois estavam sentindo.

— Mas há muitas pessoas machucadas por aí. — Encarei-o. — Por que nós?

— Não sei.

— O que vamos fazer?

Um sorriso se abriu no canto da boca de Noah conforme ele delineava o contorno dos meus lábios com o polegar.

— Consigo pensar em algumas coisas.

Sorri.

— Isso não vai me ajudar — falei. E conforme falava, uma onda de *déjà vu* passou por mim. Me vi segurando com firmeza uma garrafa de vidro em uma loja empoeirada em Little Havana.

"Estou confusa, falei para o Sr. Lukumi. Preciso de ajuda."

"Isso não vai ajudá-la, respondeu ele, olhando para meu punho."

Mas ele *havia* me ajudado a me lembrar na ocasião.

Talvez pudesse ajudar agora.

Fiquei de pé em um instante.

— Precisamos voltar para a Botânica — falei, disparando para a penteadeira.

Noah me deu um olhar de soslaio.

— Já passou muito da meia-noite. Não tem ninguém lá agora. — Os olhos dele estudavam os meus. — E, de qualquer forma, tem certeza de que quer voltar? Aquele sacerdote não foi lá muito agradável da primeira vez.

Lembrei-me do rosto do Sr. Lukumi, o modo como ele parecia me conhecer, e como começou a ficar ansioso.

— Noah — falei, investindo contra ele. — Ele sabe. Aquele homem, o sacerdote, ele sabe sobre mim. Ele *sabe*. É por isso que aquilo que ele fez funcionou.

Noah ergueu uma sobrancelha.

— Mas você disse que não tinha funcionado.

— Eu estava errada. — Minha voz parecia estranha, e o quarto silencioso engoliu as palavras. — Precisamos voltar lá. — Arrepios percorreram minha pele.

Noah foi até mim, puxou-me para perto e acariciou meus cabelos até que minha respiração desacelerou. Ele observou meus olhos conforme eu me acalmava. Os braços ainda pendiam inertes nas laterais do meu corpo.

— Não acha possível que você teria se lembrado daquela noite de qualquer maneira? — perguntou ele, baixinho.

Semicerrei os olhos para ele. Falei:

— Se você tiver uma ideia melhor, então quero ouvi-la.

Noah pegou minha mão e entrelaçou os dedos nos meus.

— Tudo bem — disse ele, ao me levar de volta para a cama. — Você venceu.

Mas, de alguma forma, sentia como se já tivesse perdido.

53

NA MANHÃ SEGUINTE, ACORDEI AO LADO DE NOAH.

Com o braço sobre sua cintura, senti as costelas de Noah moverem-se sob o tecido fino da camiseta enquanto ele respirava. Era a primeira vez que eu o via daquele jeito — a primeira vez que podia estudá-lo sem ser incomodada. O volume do bíceps sob a manga. Os poucos pelos enroscados que despontavam da gola rasgada da camiseta surrada. O colar que sempre usava tinha escorregado para fora durante a noite. Vi-o de perto pela primeira vez: o pingente era apenas uma linha fina de prata, metade talhada com a forma de uma pena, a outra metade, uma adaga. Era interessante e bonito, exatamente como o dono.

Meus olhos continuaram passando pelo garoto inumanamente perfeito na minha cama. Uma das mãos dele estava cerrada ao lado do rosto. Um filete de luz suave iluminava as mechas dos cabelos escuros e bagunçados de Noah, fazendo-os refletir dourado. Inspirei-o, o cheiro da pele dele misturado com o do meu xampu.

Queria beijá-lo.

Queria beijar a pequena constelação de sardas em seu pescoço, que se escondia perto da raiz do cabelo. Queria sentir com os lábios a barba por fazer em seu queixo, a pele das pálpebras, suave como pétalas, sob as pontas dos meus dedos. Então Noah emitiu um suspiro baixinho.

Fiquei bêbada de felicidade, embriagada por ele. Senti uma ponta-da de pena de Anna e de todas as garotas que podiam ou não ter surgido antes e o que elas haviam perdido. E isso deu origem ao pensamento seguinte, o quanto me machucaria perdê-lo também. A presença de Noah amenizava minha loucura e era quase o bastante para me fazer esquecer o que havia feito.

Quase.

Deslizei a mão para baixo, até a de Noah, e a apertei.

— Bom dia — sussurrei.

Ele se virou.

— Humm — murmurou Noah, então deu um meio sorriso com os olhos fechados. — É mesmo.

— Precisamos ir — falei, desejando que não precisássemos. — Antes que minha mãe encontre você aqui.

Noah se virou e se apoiou nos antebraços acima de mim, sem me tocar por um segundo, dois, três. Meu coração disparou, ele sorriu, en-tão saiu da minha cama e do quarto. Nos encontramos na cozinha de-pois que estava vestida, de cabelos penteados e, no todo, apresentável. Imprensado entre Daniel e Joseph, Noah sorriu para mim por cima da xícara de café.

— Mara! — Os olhos de mamãe se arregalaram quando me viu de pé, e vestida, na cozinha. Logo se recompôs. — Posso servir algo a você?

Noah me deu um aceno de cabeça discreto.

— Hum, claro — falei. — Que tal — passei os olhos pelo balcão da cozinha — um *bagel*?

Mamãe sorriu e pegou um na bandeja, colocando-o na torradeira. Sentei-me à mesa em frente aos três garotos. Todos pareciam estar fin-gindo que eu não havia sequestrado a mim mesma pelos últimos dias e me mantido no quarto, e para mim isso estava ótimo.

— Então, escola hoje? — perguntou mamãe.

Noah confirmou.

— Pensei em levar Mara de carro — disse ele a Daniel. — Se não houver problema.

Minhas sobrancelhas se uniram, mas Noah lançou para mim um olhar. Por baixo da mesa, a mão dele encontrou a minha. Fiquei calada.

Daniel se levantou e sorriu, caminhando até a pia com a tigela.

— Por mim tudo bem. Assim não me atraso.

Revirei os olhos. Mamãe me passou um prato, e comi quieta ao lado dela, de Joseph e de Noah, que estavam falando em ir ao zoológico no fim de semana. O bom humor de todos era palpável na cozinha naquela manhã, e senti amor e culpa revirando-se em meu peito. O amor era óbvio. A culpa era pelo que eu os havia feito passar. Pelo que ainda poderia fazê-los passar, se não descobrisse meu problema. Mas afastei esse pensamento, beijei mamãe na bochecha e segui até a porta de entrada.

— Pronta? — perguntou Noah.

Fiz que sim, ainda que não estivesse.

— Aonde vamos de verdade? — perguntei enquanto Noah dirigia, sabendo muito bem que não deveria ser para a escola. Lá não era seguro para mim. Porque não era seguro eu estar com mais ninguém.

— 1821, Calle Ocho — respondeu Noah. — Você queria voltar à Botânica, não queria?

— Daniel vai perceber que não estamos na escola.

Noah deu de ombros.

— Vou dizer que você precisava tirar o dia. Ele não vai falar nada.

Esperava que Noah estivesse certo.

Little Havana tinha de alguma forma se tornado um local familiar para nós, mas nada a respeito do bairro parecia familiar naquele dia. Multidões passavam pelas ruas, acenando bandeiras ao ritmo dos tambores e da música que emanava de uma fonte desconhecida. A Calle Ocho estava fechada para carros, então precisaríamos caminhar.

— O que é isso?

Noah estava de óculos escuros e observou as multidões vestidas em roupas coloridas.

— Um festival — respondeu ele.

Encarei-o fixamente.

— Venha, vamos tentar passar.

Tentamos mesmo, mas avançamos lentamente. O sol nos castigava conforme abríamos caminho precariamente em meio às pessoas. Mães seguravam as mãos dos filhos de rostos pintados, homens gritavam uns para os outros por cima da música. As calçadas estavam lotadas de mesas para que os clientes pudessem assistir às festividades enquanto comiam. Um grupo de rapazes estava encostado na parede da loja de charutos, fumando e rindo, e o parque dos dominós estava cheio de observadores. Verifiquei as entradas das lojas procurando a variedade esquisita de aparelhos eletrônicos e estátuas de *santería* na janela, mas não as vi.

— Pare — gritou Noah por cima da música. Ele estava a menos de 2 metros atrás de mim.

— O quê? — Caminhei de volta até ele e, no caminho, dei uma trombada forte em alguém. Alguém usando um boné de beisebol azul-marinho. Congelei.

Ele se virou e ergueu o olhar por debaixo da aba.

— *Perdón* — falou o homem, antes de ir embora.

Respirei fundo. Apenas um homem de boné. Estava me assustando muito facilmente. Abri caminho até onde Noah estava.

Ele tirou os óculos escuros ao encarar a frente da loja. O rosto estava inexpressivo, totalmente impassível.

— Veja o endereço.

Meus olhos passaram pelos números em estêncil acima da porta de vidro da loja de brinquedos.

— 1823 — falei, então dei alguns passos na outra direção, até a próxima. Minha voz ficou presa na garganta ao ler o endereço. — 1819.

Onde estava o 1821?

O rosto de Noah parecia de pedra, mas os olhos o traíam. Ele estava abalado.

— Talvez seja do outro lado da rua — eu disse, sem acreditar em mim mesma. Noah não falou nada. Passei os olhos pelo comprimento do prédio, inspecionando-o. Voltei para a loja de brinquedos e colei o nariz no vidro embaçado, olhando para dentro. Enormes bichos de pelúcia repousavam em um círculo no chão, e bonecos de marionete estavam congelados em uma dancinha na janela, reunidos em volta de um boneco de ventríloquo. Dei um passo para trás. A loja tinha a mesma forma estreita que a Botânica, mas as demais lojas dos dois lados também tinham.

— Talvez devêssemos perguntar a alguém — falei, começando a me desesperar. O coração se acelerava conforme os olhos varriam as lojas, procurando por alguém a quem perguntar.

Noah ficou de pé em frente à entrada da loja.

— Acho que não faria diferença — disse ele, com a voz vazia. — Acho que estamos por nossa conta.

54

MEU TERROR AUMENTOU EXPONENCIALMENTE ENQUANTO dirigíamos pela rua escura e delineada por palmeiras a caminho do zoológico.

— Isso é uma má ideia — falei para Noah.

Tínhamos conversado a respeito quando voltamos de Little Havana, depois que liguei para mamãe para avisar que ficaríamos um tempo na casa de Noah depois da aula — para onde não fomos — para mudar um pouco de ares. Como não havia jeito de encontrar o Sr. Lukumi, se é que esse era o nome verdadeiro dele, e não podíamos procurar mais ninguém a não ser que nós dois quiséssemos ser internados, precisávamos descobrir o que fazer em seguida. Eu era, é claro, a prioridade máxima: precisava descobrir o que desencadeava minhas reações se quisesse algum dia ter esperanças de aprender a controlá-las. Concordamos que aquela era a melhor maneira, a mais fácil, de testar. Mas ainda estava com medo.

— Apenas confie em mim. Estou certo a respeito disso.

— O orgulho precede a queda — falei, com um pequeno sorriso nos lábios. — Mais uma vez, por que é que não podemos testar você primeiro?

— Eu quero ver se posso neutralizar você. Acho que é importante. Talvez seja por isso que nos encontramos. Sabe?

— Na verdade, não — falei para a janela. Meu cabelo grudava em mechas suadas na nuca. Fiz um coque para afastá-lo da pele.

— Agora você só está sendo teimosa.

— Diz a pessoa com a... coisa útil. — Parecia estranho dar um nome àquilo, ao que podíamos fazer. Inapropriado. Não fazia justiça à realidade.

— Acho que você pode fazer mais, Mara.

— Talvez — falei, mas em dúvida. — Mas eu preferiria ter a coisa que você tem.

— Eu também preferiria que você tivesse. — Então, depois de uma pausa, ele disse: — Cura é para meninas.

— Você é péssimo — falei, e sacudi a cabeça. Um sorriso irritante entortou a boca de Noah. — Não tem graça.

Mas sorri mesmo assim. Ainda estava ansiosa, mas era incrível como me sentia melhor com Noah ali, com ele sabendo. Era como se eu pudesse lidar com aquilo. Como se pudéssemos fazer isso juntos.

Noah estacionou na calçada do zoológico. Não sabia como tinha conseguido nos colocar para dentro depois do horário de funcionamento, mas não perguntei. Um conjunto de rochas esculpidas nos recebeu quando entramos, erguendo-se sobre um lago artificial. A água estava pontilhada por pelicanos adormecidos, as cabeças enfiadas sob as asas. Do lado oposto, flamingos, cor-de-rosa pálido sob a lâmpada de halogênio, estavam em aglomerados de frente para o passeio. Os pássaros eram sentinelas silenciosas, deixando de reparar ou anunciar nossa presença.

Caminhamos mais para o centro do parque, de mãos dadas, enquanto uma brisa quente mexia as folhagens e os nossos cabelos. Além das gazelas e dos antílopes, os quais se agitaram quando nos aproximamos. Cascos bateram no chão, e um relincho baixo se propagou pela manada. Apressamos o passo.

Algo se agitou nos galhos acima de nós, mas não pude ver nada no escuro. Li a placa informativa: gibões brancos à direita, chimpanzés à esquerda. Assim que terminei de ler, um grito agudo cortou o ar, e algo surgiu dos arbustos na nossa direção. Meus pés e coração congelaram.

O chimpanzé parou de repente bem em frente ao fosso. E não era um dos simpáticos fofinhos de rosto bronzeado que geralmente figuram na indústria do entretenimento: aquele era enorme. Ele se sentou, tenso, e observou o precipício. O chimpanzé me encarava com olhos humanos que nos seguiram enquanto caminhávamos de novo. Os pelos da minha nuca se arrepiaram.

Noah virou em um recuo pequeno e pegou um chaveiro no bolso conforme nos aproximamos de uma estrutura pequena, disfarçada por enormes plantas e árvores. A porta dizia SOMENTE FUNCIONÁRIOS.

— O que estamos fazendo?

— É uma sala de trabalho. Estão se preparando para uma exposição de insetos do mundo, ou algo assim — disse Noah ao abrir a porta.

Odiava a ideia de matar qualquer coisa, mas ao menos insetos se reproduziam como, bem, como baratas, e ninguém sentiria falta de alguns.

— Como você conseguiu isso? — perguntei, olhando atrás de nós. Minha pele pinicava. Não conseguia afastar a sensação de que estávamos sendo observados.

— Mamãe fez trabalho voluntário aqui. E doa a eles uma obscena quantia em dinheiro.

Noah acendeu as luzes, iluminando a longa mesa de metal no centro, e fechou a porta atrás de nós. Prateleiras metálicas se enfileiravam nas paredes, servindo de apoio para jarros e recipientes de plástico. Noah caminhou pela sala observando as pequenas etiquetas. Fiquei colada à entrada e não conseguia lê-las de onde estava.

Finalmente, Noah ergueu uma caixa de plástico transparente. Semicerrei os olhos para ele.

— O que são?

— Sanguessugas — respondeu ele casualmente. Noah evitou meu olhar.

Uma onda de nojo passou por mim.

— Não. De jeito nenhum.

— Você precisa.

Estremeci.

— Escolha outra coisa — falei, e corri até a outra ponta da sala.

— Aqui. — Apontei para um recipiente opaco com um nome que não conseguia pronunciar. — Blá-blá-blá escorpiões.

— Esses são venenosos — disse Noah, estudando meu rosto.

— Melhor ainda.

— Também estão em risco de extinção.

— Tá bom — falei, a voz e as pernas começavam a tremer conforme andei até uma caixa transparente e apontei. — A aranha do mal.

Noah caminhou até mim e leu a etiqueta, ainda segurando a caixa de sanguessugas perto de si. Perto demais. Recuei.

— Também venenosa — disse Noah impassível.

— Então será bastante incentivo.

— Ela pode morder você antes que a mate.

Meu coração queria pular da garganta.

— Uma oportunidade perfeita para você praticar a cura — disparei.

Noah fez que não com a cabeça.

— Não vou testar com sua vida. Não.

— Então escolha outra coisa — falei, perdendo o fôlego por causa do terror.

Noah esfregou a testa

— Elas são inofensivas, Mara.

— Não me importo! — Ouvi os insetos da sala baterem as asas ruidosas contra as prisões de plástico. Comecei a perder a calma e me balançar sobre os pés.

— Se não funcionar, eu as tiro imediatamente — falou Noah. — Não vão te machucar.

— Não. Estou falando sério, Noah — respondi. — Não consigo. Elas se enterram na pele e sugam sangue. Ai, meu Deus. Ai, meu Deus. — Envolvi o corpo com os braços para impedir que tremesse.

— Vai acabar bem rápido, prometo — disse ele. — Você não vai sentir nada. — Noah colocou a mão dentro da caixa.

— Não. — Só consegui falar com um sussurro rouco. Não podia respirar. Pontos coloridos surgiram atrás das pálpebras, e eu não conseguia afastá-los piscando.

Noah pegou uma sanguessuga na mão, e senti-me afundar. Então...

Nada.

— Mara.

Meus olhos se abriram devagar.

— Está morta. Incrível — disse ele. — Você conseguiu.

Noah foi até mim com a palma aberta para mostrar, mas encolhi-me, agarrada à porta. Ele me olhava com uma expressão indecifrável, então foi jogar a sanguessuga morta fora. Quando ergueu a caixa para colocar de volta na prateleira, ele parou.

— Meu Deus — disse Noah.

— O quê? — Minha voz ainda não era mais do que um sussurro de voz trêmula.

— Estão todos mortos.

— As sanguessugas?

Noah colocou a caixa de volta na prateleira com a mão tremendo. Caminhou entre as fileiras de insetos, varrendo os jarros transparentes com os olhos e abrindo outros para inspecioná-los.

Quando chegou ao ponto onde havia começado, ele encarou a parede.

— Tudo — disse ele. — Tudo está morto.

55

O FEDOR DE PODRIDÃO ENCHEU MINHAS NARINAS E UMA voz zuniu no ouvido.

"Biólogos dizem que a morte dos peixes em Everglades City se deve mais provavelmente à escassez de oxigênio na água."

Imagens de jacarés inchados com a barriga para cima apareceram em minha consciência obscura.

"Acredita-se que o culpado seja o número espantoso de cadáveres de jacarés."

Eu tinha feito aquilo. Assim como fiz isso agora.

Noah observou a destruição com olhos vazios. Não podia culpá-lo. Lutei contra a maçaneta e irrompi na escuridão. Uma imensidão de gritos, uivos e latidos tomou meus ouvidos. Ao menos a matança tinha sido somente lá dentro.

Eu estava enojada comigo mesma. E, quando Noah me seguiu para o lado de fora, vi que ele também estava.

Noah evitava meus olhos e não dizia nada. A visão das mãos dele cerradas, da repulsa, machucou meu coração e me fez chorar. Patético. Mas, quando comecei, não consegui parar, e na verdade não queria. Os soluços castigavam minha garganta, mas era um tipo bom de dor. Merecida.

Noah permaneceu em silêncio. Somente quando caí no chão, incapaz de ficar de pé por mais um segundo, ele se mexeu. Agarrou minha mão e me ergueu, mas minhas pernas tremiam. Não conseguia me mexer. Não conseguia respirar. Noah me envolveu com os braços, mas assim que o fez, desejei que ele parasse. Eu queria correr.

Lutei contra o abraço dele, meu ombros magrelos empurrando o peito de Noah.

— Me solte.

— Não.

— Por favor — engasguei.

Ele afrouxou o abraço por um segundo.

— Só se prometer que não vai correr.

Eu estava descontrolada, e Noah sabia. Com medo de que eu causasse ainda mais estragos, ele precisava se certificar de que eu não destruiria mais nada.

— Prometo — sussurrei.

Ele me virou para que o encarasse, então me soltou. Não conseguia olhar para Noah, então me concentrei na estampa da camisa xadrez que ele usava, e depois no chão.

— Vamos.

Caminhamos em silêncio entre rosnados e gritos. Todos os animais estavam acordados agora: os antílopes tinham se reunido em massa na ponta da cerca, batendo os cascos e se mexendo, assustados. Os pássaros batiam as asas, freneticamente, e um pelicano mergulhou direto para uma das pedras esculpidas quando nos aproximamos. Ele caiu na água e emergiu, arrastando ao lado do corpo a asa quebrada e inútil. Eu queria morrer.

Assim que chegamos ao carro de Noah, agarrei a maçaneta. Estava trancado.

— Abra — falei, ainda sem encará-lo.

— Mara...

— Abra.

— Olhe para mim primeiro.

— Não posso lidar com isso agora — falei, com os dentes trincados. — Apenas abra a porta.

Ele abriu. Encolhi-me no banco do carona.

— Me leve para casa, por favor.

— Mara...

— Por favor!

Noah deu partida no carro, e seguimos em silêncio. Encarei meu próprio colo o caminho todo, mas, conforme reduzimos a velocidade, finalmente olhei pela janela. O cenário era familiar, mas errado. Quando passamos pelo portão de entrada para a casa dele, lancei a Noah um olhar cortante.

— O que estamos fazendo aqui?

Ele não respondeu, e eu entendi. Desde minha confissão, Noah estava apenas concordando para me agradar. Ele disse que acreditava em mim, e talvez realmente acreditasse que havia algo de ruim, algum problema comigo. Mas não entendera. Achou que eu estava sonhando quando o beijei e ele quase morreu. Que Rachel, Claire e Jude morreram no desabamento de um prédio velho e decrépito. Que o dono de Mabel poderia ter caído e aberto o crânio, que a Srta. Morales poderia ter morrido de um choque, e que a coisa toda era apenas uma série de terríveis coincidências.

Mas ele não podia estar pensando isso agora. Não depois daquela noite, depois do que eu tinha acabado de fazer. Não tinha explicação para aquilo. Havia sido real. E agora, Noah estava terminando com tudo, e eu estava feliz com isso.

Pensaria sozinha no próximo passo.

Ele estacionou na garagem e destrancou a porta do carona. Não me mexi.

— Mara, saia do carro.

— Você vai ser capaz de fazer isso aqui? Eu quero ir para casa.

Precisava pensar, agora que estava total e completamente sozinha naquela situação. Não podia viver daquele jeito e precisava pensar em um plano.

— Apenas... Por favor.

Saí do carro de Noah, mas hesitei à porta. As cadelas haviam sentido algo de errado em mim da última vez que estive ali, e estavam certas. Não queria nem chegar perto delas.

343

— E quanto a Mabel e Ruby?

— Estão presas. Do outro lado da casa.

Soltei o ar e segui Noah conforme ele entrava em um corredor e subia uma escada estreita. Ele esticou o braço para pegar minha mão, mas me encolhi ao seu toque. Senti-lo apenas tornaria aquilo mais difícil para mim. Noah chutou a porta para abri-la e me vi no quarto dele. Ele então se voltou para mim. A expressão no rosto estava silenciosamente furiosa.

— Sinto muito — disse Noah.

Aquele era o fim. Eu o havia perdido, mas fiquei surpresa ao perceber que, em vez de angústia ou depressão, me sentia apenas dormente.

— Tudo bem.

— Não sei o que dizer.

Minha voz soou fria, distante quando falei:

— Não há nada *a* dizer.

— Apenas olhe para mim, Mara.

Fitei-lhe os olhos. Estavam selvagens. Eu teria medo se não soubesse. Se a coisa mais assustadora no quarto não fosse eu.

— Sinto muito, infinitamente e para sempre — disse ele. A voz estava vazia, e meu peito se apertou. Noah não deveria se sentir culpado por aquilo. Eu não o culpava. Balancei a cabeça. — Não, não balance a cabeça. Eu fodi tudo. Absurdamente.

A palavra escapou da minha boca antes que pudesse impedir.

— O quê?

— Eu nunca deveria ter deixado a coisa ir tão longe.

Minha expressão se modificou para chocada.

— Noah, você não fez nada.

— Está brincando? Eu torturei você. Eu *torturei* você. — Havia um ódio silencioso na voz dele. Os músculos de Noah estavam tensos e encolhidos. Ele parecia querer esmagar alguma coisa. Eu conhecia a sensação.

— Você fez o que precisava ser feito.

A voz dele estava cheia de desapontamento.

— Eu não acreditei em você.

Isso eu sabia.

— Apenas diga uma coisa — falei. — Você estava mentindo sobre o que pode fazer?

— Não.

— Então você *escolheu* não fazer nada?

A expressão de Noah era dura.

— Foi rápido demais. O... som... ou o que quer que fosse, foi diferente da última vez com Morales.

— Morales? — eu disse, espantada. — Você ouviu aquilo?

— Ouvi... alguma coisa. Você. Você soava *errado*. Mas não sabia por quê, ou o que era, ou o que queria dizer. E com Anna e Aiden, quando Jamie foi expulso, você também desligou, mas eu não sabia o que estava acontecendo. Não entendi: apenas que ele havia te ameaçado, e eu queria arrebentá-lo por isso. Desta vez, esta noite, não foi igual, e acho que também não foi com os jacarés.

Minha boca ficou seca quando Noah confirmou o que eu havia feito. Ele passou as duas mãos pelo rosto e então pelos cabelos.

— Havia muito acontecendo... Barulho demais de todas as outras coisas no pântano. Eu não sabia se eles tinham apenas desaparecido, mas eu... eu tive a sensação de que algo tinha acontecido. — Noah parou, e a expressão do rosto ficou imóvel. — Sinto muito — disse ele, impassível.

Senti-me enjoada ao ouvi-lo. A garganta se fechou, e não consegui respirar. Precisava sair dali. Disparei na direção da porta do quarto.

— Não — disse ele, atravessando o cômodo. Noah esticou o braço para mim, mas eu me encolhi. Ainda assim ele pegou minha mão e me conduziu até a cama. Obedeci, sabendo que aquela seria nossa última conversa. E, por mais que aquilo me machucasse, mesmo que eu soubesse que era necessário, percebi que ainda era incapaz de me separar. Então nos sentamos lado a lado, mas afastei a mão da dele. Noah virou o rosto.

— Eu pensei — prosseguiu ele — , pensei que talvez você estivesse vendo o que estava para acontecer; que estivesse vendo as coisas mais ou menos da mesma forma que eu. Achei que apenas se sentia culpada em relação a Rachel.

Exatamente o que minha mãe diria.

— Não entendi o que estava acontecendo, então pressionei você, mais e mais.

Ele olhou para mim por debaixo daqueles cílios, e o olhar penetrou o buraco onde antes ficava meu coração. Ele estava furioso *consigo* mesmo, não comigo. Era tão errado, tão distorcido.

— Não é sua culpa, Noah. — Ele começou a falar, mas pus os dedos sobre a boca linda e perfeita dele, ardendo ao tocá-lo. — Essa foi a primeira vez que você viu, mas não foi a primeira vez que eu *fiz*. Se eu não... — interrompi-me antes de dizer a ele o que achava que deveria fazer. O que eu deveria *mesmo* fazer. — Não suportaria ver o olhar no seu rosto da próxima vez que acontecer, tudo bem?

Noah me encarou longamente.

— Foi por *minha* culpa, Mara, por causa do que fiz você fazer.

— Você não me fez matar tudo o que estava naquela sala. Fiz isso sozinha.

— Nem tudo naquela sala.

— O quê?

— Você não matou tudo naquela sala.

— À exceção de nós dois, matei sim.

Noah deu uma risada sem alegria.

— Essa é a questão. Você poderia ter me matado. Eu atormentei você, e isso poderia ter tido um fim se você *me* matasse. Mas você não fez isso — disse ele, e tirou meu cabelo do rosto.

— Você é mais forte do que pensa.

A mão de Noah se deteve na minha bochecha, e fechei os olhos com angústia.

— Eu sei que não sabemos como ou por que isso está acontecendo com você... Conosco — disse ele. — Mas *vamos* descobrir.

Abri os olhos e encarei-o.

— Não é sua responsabilidade.

— Porra, eu *sei* que não é minha responsabilidade. Quero te ajudar.

Inspirei com força.

— E quanto a amanhã? Vão se perguntar o que foi que matou centenas de espécies ameaçadas.

— Não se preocupe, eu...

— Vai consertar? Vai consertar as coisas, Noah?

Ao dizer as palavras, soube que era exatamente como ele pensava. Que, apesar de toda a racionalidade, ele achava mesmo que podia me consertar, como podia consertar todo o resto.

— É assim que você acha que isso vai funcionar? Faço merda e você cuida de tudo, não é?

Eu era apenas mais um problema que poderia ser resolvido com tempo, prática ou dinheiro suficientes. Eu. E quando a experiência falhasse, quando eu falhasse, e as pessoas morressem, Noah culparia a si *mesmo*, odiaria a si *mesmo* por não ter sido capaz de impedir isso. Por não ter sido capaz de impedir a mim. Eu não faria isso com ele. Então falei a única coisa que podia:

— Não quero sua ajuda. Não quero você. — As palavras pareceram se rebelar em minha língua. E acertaram Noah como um tapa na cara.

— Você está mentindo — disse ele, com a voz baixa e calma.

A minha soou fria e distante.

— Acho que seria melhor se não nos víssemos mais. — Não sabia de onde estava saindo a força para dizer uma coisa daquelas, mas fiquei grata mesmo assim.

— Por que está fazendo isso? — perguntou Noah, atingindo-me com um olhar gélido.

Comecei a perder a pose.

— Você está mesmo me perguntando isso? Assassinei cinco pessoas.

— Acidentalmente.

— Eu quis que elas morressem.

— Meu Deus, Mara. Acha que você é a única pessoa a querer que coisas ruins aconteçam com pessoas ruins?

— Não, mas sou a única pessoa que consegue o que quer — respondi. — E Rachel, aliás, não era uma pessoa ruim. Eu a amava, e ela não me fez nada. Mas ela está morta mesmo assim, e a culpa é minha.

— Talvez.

Virei de lado.

— O quê? O que você acabou de dizer?

— Você ainda não sabe se o sanatório foi mesmo um acidente.

— Voltamos a esse assunto? Sério?

— Me escute. Mesmo que não tenha sido...

— Não foi — falei com os dentes trincados.

— Mesmo que não tenha sido um acidente — continuou Noah. — Posso avisá-la da próxima vez que chegar perto.

Minha voz ficou baixa.

— Como me avisou antes de eu matar Morales.

— Não é justo, e você sabe. Eu não sabia o que estava acontecendo na ocasião. Agora sei. Avisarei da próxima vez que acontecer, e você vai parar.

— Quer dizer, você vai me fazer parar.

— Não. A escolha é *sua*. A escolha é sempre sua. Mas talvez, se perder o foco, posso ajudá-la a trazer de volta.

— E se alguma coisa acontecer quando você não estiver perto? — perguntei.

— Estarei lá.

— Mas e se não estiver?

— Então será minha culpa.

— Exatamente.

Sua expressão tornou-se cautelosamente vazia.

— Eu quero um namorado, não uma babá, Noah. Mas digamos que eu concorde com esse plano, e você esteja lá, mas não consiga me impedir. Você vai se culpar. Quer que eu também carregue isso na minha consciência? Pare de ser tão egoísta.

O maxilar de Noah ficou tenso quando respondeu:

— Não.

— Está bem. Não pare. Mas eu vou embora.

Levantei-me para sair, mas senti os dedos de Noah nas minhas coxas. A pressão do toque foi leve como uma pena, mas congelei.

— Vou atrás de você — disse Noah.

Olhei para ele de cima, para os cabelos remexidos e bagunçados sobre o rosto sério; as pálpebras estavam meio fechadas e pesadas. Sentado na cama, ele ficava na altura da minha cintura. Uma agitação percorreu minha espinha.

— Saia — falei, sem convicção.

A sombra de um sorriso surgiu nos lábios dele.

— Você primeiro.

Pisquei e o encarei com cuidado.

— Bem. É um jogo perigoso.

— Não estou brincando.

Minhas narinas se dilataram. Noah estava me provocando. De propósito, para ver o que eu faria. Queria ao mesmo tempo socá-lo e enganchar meus dedos entre seus cabelos e puxá-los.

— Não deixarei que faça isso — eu disse.

— Você não vai me impedir. — A voz dele estava baixa agora. Indescritivelmente sexy.

Meus olhos estremeceram até fechar.

— Até parece que não — sussurrei. — Eu poderia te matar.

— Então eu morreria feliz.

— Não é engraçado.

— Não estou brincando.

Abri os olhos e me concentrei nos dele.

— Eu seria mais feliz sem você — menti do modo mais convincente que pude.

— Que pena. — A boca de Noah se curvou no meio sorriso que eu amava e odiava tanto, a apenas centímetros do meu umbigo.

Eu estava com a mente embotada.

— Você deveria dizer: "Só quero sua felicidade. Farei o que for preciso, ainda que signifique ficar sem você."

— Sinto muito — falou Noah. — Simplesmente não sou uma pessoa tão boa assim. — As mãos dele deslizavam pela lateral da minha calça jeans, até chegarem à cintura. As pontinhas dos dedos dele roçavam a pele logo abaixo do tecido da minha camiseta. Tentei acalmar a pulsação, mas falhei.

— Você me quer — disse Noah simplesmente, com convicção. — Não minta para mim. Posso ouvir.

— Isso é irrelevante — respondi, sem fôlego.

— Não, não é irrelevante. Você me quer tanto quanto eu te quero. E *tudo* o que eu quero é você.

Minha língua brigava com o cérebro.

— Hoje — sussurrei.

Noah ficou de pé devagar, o corpo delineando o meu conforme ele se erguia.

— Hoje. Esta noite. Amanhã. Para sempre. — Os olhos dele encontraram os meus. O olhar de Noah era infinito. — Eu fui feito para você, Mara.

E naquele momento, ainda que não soubesse como era possível ou o que aquilo significava, acreditei nele.

— E você sabe disso. Então fale a verdade. Você me quer? — A voz de Noah era forte, confiante ao pronunciar a pergunta que pareceu mais uma afirmativa.

Mas o seu rosto... Na ínfima ruga e inclinação da sobrancelha, quase imperceptível, lá estava. Dúvida.

Ele realmente não sabia? Conforme tentei compreender a impossibilidade daquela ideia, a confiança de Noah começou a se dissolver no limiar da expressão do rosto.

O certo seria permitir que a pergunta permanecesse sem resposta. Deixar Noah acreditar, ainda que fosse impossível, que eu não o queria. Que eu não o amava. Então tudo estaria acabado. Noah seria a melhor coisa que quase me aconteceu, mas assim ele ficaria seguro.

Escolhi errado.

56

PASSEI OS BRAÇOS AO REDOR DO PESCOÇO DE NOAH E ME ENterrei ali.

— Sim — sussurrei com a boca em seu cabelo enquanto ele me segurava.

— Como é? — Dava para ouvir o sorriso na voz dele.

— Eu quero você — falei, sorrindo de volta.

— Então quem se importa com o resto?

As mãos de Noah na minha cintura, no rosto, pareciam tão familiares, como se pertencessem a meu corpo. Como se estivessem em casa. Recuei para olhar para ele e ver se Noah sentia o mesmo, mas, quando o fiz, me quebrei em milhões de pedaços.

Noah acreditava em mim. Até aquele momento eu não compreendia o quanto precisava ver aquilo.

Estremeci ao leve roçar do maxilar dele na minha pele. Os lábios passando pela minha clavícula, e, quando Noah tocou meus lábios com os dele, não senti mais nada. Embaracei os dedos em seus cabelos aconchegantes, e nossas bocas se chocaram. Quando senti o gosto da língua dele, o mundo desabou.

Mas então o ar amargo do sanatório invadiu minhas narinas. O rosto de Jude tremeluziu por trás de minhas pálpebras, e me afastei, engasgando.

— Mara, o que foi?

Não respondi. Não sabia como. Tínhamos chegado tão perto de nos beijar milhares de vezes antes, mas algo quase sempre nos impedia — eu mesma, Noah, o universo. Até então, na única vez em que havíamos conseguido, eu tinha certeza, absoluta, de que Noah quase morrera. Meu coração lutava contra essa ideia, ainda que eu soubesse que estava certa. O que estava acontecendo comigo? Com ele, quando nos beijávamos?

— O que foi? — perguntou ele.

Precisava dizer alguma coisa, mas esse não é o tipo de coisa que se pode simplesmente disparar.

— Eu... não quero que você morra — gaguejei.

Noah pareceu apropriadamente confuso.

— Tudo bem — disse ele, afastando meus cabelos. — Eu não vou morrer.

Olhei para o chão, mas Noah abaixou a cabeça e me encarou nos olhos.

— Ouça, Mara. Sem pressão. — As mãos dele acariciaram meu rosto. — Isto — disse ele, conforme elas desciam por meu pescoço. — Você. — Então meus braços. — É o bastante. — Noah entrelaçou os dedos nos meus e continuou me olhando nos olhos.

Eu sabia que ele estava falando sério.

— Só de saber que você é minha. — Ele soltou minha mão e levou a dele a meu rosto, passando os dedos por meus lábios. — Saber que ninguém mais pode tocá-la desse jeito, ver o modo como você olha para mim quando eu o faço. E ouvir seu som... — Um sorriso suave e torto surgiu nos lábios dele, mas vê-lo apenas não era o suficiente.

Tomada de coragem e frustração, agarrei a mão de Noah e o puxei para a cama. Empurrei-o até que estivesse sentado e subi no colo dele, ignorando suas sobrancelhas erguidas conforme eu o montava. Minhas mãos trabalhavam furiosamente em abrir os botões da camisa xadrez, mas falhavam. Minha destreza tinha ido embora junto com o decoro.

Noah colocou um dos dedos sob meu queixo e inclinou minha cabeça.

— O que está fazendo?

— Podemos fazer outras coisas — falei, tomando fôlego, ao puxar a camisa dele dos ombros. Não estava totalmente certa se aquilo era verdade, mas estava totalmente certa de que naquele momento eu não me importava. Estava desesperada para sentir a pele dele contra a minha. Estava desesperada para tentar. Agarrei a barra da minha camiseta e comecei a puxá-la para cima.

Noah esticou o braço para baixo e prendeu meus punhos delicadamente.

— Você quer dormir comigo, mas não quer me beijar? — perguntou.

Bem, sim. Abri a boca para responder, então a fechei, porque achei que não pegaria bem.

Noah me tirou de cima do seu colo.

— Não — disse ele, e puxou a camisa de volta para cima com um movimento dos ombros.

— Não? — perguntei.

— Não.

Semicerrei os olhos para ele

— Por que não? Você já fez isso antes.

Noah virou o rosto.

— Por diversão.

— Eu posso ser divertida — falei, baixinho.

— Eu sei. — A expressão de Noah me abateu.

— Você não confia em mim — murmurei.

Noah mediu as palavras antes de falar:

— Você não confia em si mesma, Mara. Não vou morrer se você me beijar. Já te disse isso. Mas você ainda acha que vou. Então, não.

— Está de brincadeira — falei, incrédula. Noah, Noah *Shaw*, estava pisando no freio.

— Eu pareço estar brincando? — Noah fez uma expressão de seriedade debochada.

Ignorei e fiquei de pé.

— Você não me deseja.

Noah jogou a cabeça para trás e gargalhou, uma gargalhada forte e descontrolada. Minhas bochechas ficaram coradas. Queria socá-lo na garganta.

— Você não tem *ideia* do que faz comigo — disse ele ao se levantar. — Mal consegui manter as mãos longe de você na noite passada, mesmo depois de ver pelo que você passou na última semana. Mesmo depois de saber como ficou arrasada ao me contar. E vou passar uma eternidade no inferno pelo sonho que tive com você no seu aniversário. Mas, se pudesse, faria de novo.

Ele pegou minha mão e a virou, observando.

— Mara, nunca senti por qualquer outra pessoa o que sinto por você. E, quando você estiver pronta para que eu mostre — disse ele empurrando meu cabelo para o lado —, vou beijá-la. — O dedão de Noah roçou minha orelha, e a mão dele se curvou ao redor do meu pescoço. Noah me inclinou para trás, e meus olhos se fecharam tremendo. Inspirei o cheiro dele quando se inclinou e beijou o espaço abaixo de minha orelha. Minha pulsação acelerou sob os lábios dele.

— E não vou me contentar com nada menos do que isso.

Noah se afastou e me levou consigo. Eu estava desorientada, mas não o suficiente para ignorar o sorriso presunçoso que ele exibia.

— Odeio você — murmurei.

Noah abriu um sorriso mais largo.

— Eu sei.

57

TAMBÉM NÃO CONSEGUI IR À ESCOLA NO DIA SEGUINTE, ISSO ERA óbvio. Quem poderia saber o que havia desencadeado as mortes — um pensamento solto seria o bastante? Ou eu precisava visualizar? E quanto aos animais que haviam morrido embora eu não tivesse explicitamente desejado? E quanto a Rachel?

Precisava reconstruir meu mundo e entender qual era meu lugar nele antes que fosse seguro ficar em meio à população em geral. Disse à mamãe que queria ficar em casa, que voltar à escola no dia anterior tinha sido um pouco demais para mim e preferia esperar até após a consulta com a Dra. Maillard naquele dia para tentar novamente. Considerando meu comportamento nos últimos tempos, ela ficou feliz em concordar.

Consegui chegar até a hora do almoço sem incidentes. Mas, enquanto estava na cozinha preparando um sanduíche, alguém começou a bater na porta de entrada.

Congelei. A pessoa não ia embora.

Caminhei silenciosamente até a entrada e olhei pelo olho mágico. Exalei um suspiro de alívio. Noah estava à porta, despenteado e furioso.

— Entre no carro — disse ele. — Precisa ver uma coisa.

— O quê? O que você...

— É sobre o caso de seu pai. Precisamos chegar ao tribunal antes que o julgamento acabe. Vou explicar, mas venha.

Meus pensamentos tentaram acompanhar, mas segui Noah sem hesitação, trancando a porta atrás de mim. Ele não estava com paciência para cerimônias, então escancarei a porta do carona e entrei. Noah deu ré da entrada da garagem em segundos, então esticou a mão para o banco de trás e pegou um jornal. Ele jogou o exemplar do *Miami Herald* no meu colo conforme trocávamos de faixa, ignorando as buzinas irritadas que se seguiram.

Li a matéria principal: Fotos da cena do crime vazam no último dia do julgamento Palmer. Olhei as fotos: algumas eram da cena do crime e outras de Leon Lassiter, o cliente de papai. Então li rapidamente o artigo. Fornecia uma análise detalhada do caso, mas eu estava deixando alguma coisa passar.

— Não entendo — falei, concentrando-me no maxilar rígido de Noah e no olhar irritado dele.

— Olhou para as fotos? Com atenção?

Meus olhos escanearam as fotos, ainda que fossem perturbadoras. Duas mostravam o corpo desmembrado de Jordana Palmer jogado como um pedaço de carne na grama alta, com nacos arrancados das panturrilhas, dos braços e do tronco. A terceira era uma paisagem, tirada a distância, com realces mostrando a posição e o local em que o corpo fora encontrado. O pequeno galpão de concreto onde Noah e eu havíamos encontrado Joseph sob uma penumbra formada pelo flash.

Minha mão foi até a boca.

— Ai, meu Deus.

— Eu vi quando fui comprar cigarros na hora do almoço. Tentei ligar, mas ninguém atendeu em casa, e é claro que você ainda está sem celular. Então vim direto de carro da escola — falou ele, apressado. — É o mesmo galpão, Mara. Exatamente o mesmo.

Lembrei-me de Joseph, deitado no chão de concreto em um ninho de cobertores, as mãos e os pés presos por lacres de segurança . E como Noah e eu quase chegamos tarde demais para salvá-lo.

Para salvá-lo de acabar exatamente como Jordana. Meu estômago se revirou de náusea.

— O que isso quer dizer? — perguntei, ainda que já soubesse.

Noah passou as mãos pelos cabelos ao acelerar, chegando a 150 quilômetros por hora.

— Não sei. Na foto que eles mostram de Lassiter, ele aparece usando um Rolex na mão direita. Quando vi em minha mente os documentos nos arquivos de Collier County, quem quer que estivesse olhando para eles tinha o mesmo relógio — concluiu ele, antes de engolir em seco. — Mas não tenho certeza.

— Ele pegou Joseph — falei, com a voz e a mente embaçadas.

A expressão de Noah estava severa. Falou:

— Não faz sentido, no entanto. Por que ele iria atrás do filho do próprio advogado?

Minha mente se encheu de imagens. Joseph, o modo como devia ter parecido ao esperar por uma carona para casa da escola no dia em que foi levado. Meus pais, quando conversavam com as vozes tensas sobre papai deixar o caso. Papai conversando com Lassiter...

Naquela mesma noite.

— Papai ia deixar o caso — falei, estranhamente distante. — Por minha causa. Porque eu estava desmoronando. Ele falou com Lassiter naquela tarde.

— Ainda não faz sentido. Seu pai teria abandonado o caso do mesmo jeito se o filho tivesse desaparecido. A juíza certamente ordenaria um adiamento.

— Então ele pegou meu irmão porque é um doente — falei, a voz como um chiado distorcido. Minha mente estava acelerada, disparando pensamentos antes que a boca pudesse alcançá-los. Tentei me concentrar nos momentos antes de eu descobrir sobre o caso, antes de tudo aquilo acontecer. Para o dia em que meu irmão estava assistindo ao noticiário, quando Daniel ergueu o envelope sem endereço.

'*De onde veio isto?*', perguntara Daniel.

'*O novo cliente do papai deixou aqui, tipo, dois segundos antes de vocês chegarem.*'

Lassiter conhecia Joseph. Sabia onde morávamos.

— Vou matá-lo. — Pronunciei as palavras chocantes tão suavemente que não tinha nem certeza se as dissera em voz alta. Não tinha certeza se as dissera até Noah voltar os olhos para mim.

— Não -– disse ele, com cuidado. — Vamos até o tribunal encontrar seu pai e conseguir que o julgamento seja adiado. Diremos a ele o que aconteceu. Ele vai largar o caso.

— É tarde demais — falei. As palavras congelaram na minha língua, e o peso delas me derrubou. — O julgamento acaba hoje. Assim que o júri sair, acabou.

Noah sacudiu a cabeça.

— Eu liguei para saber. Eles ainda não saíram. Podemos conseguir — disse ele, o olhar passando para o relógio no painel.

Virei o jornal na mão examinando-o conforme meus pensamentos obscuros cresciam, se espalhavam e engoliam qualquer alternativa possível.

— Quem quer que tenha vazado estas fotos o fez para influenciar o júri. Fez porque papai, porque Lassiter, está ganhando. Ele será absolvido. Ficará livre.

Não podia deixar aquilo acontecer.

Mas seria mesmo capaz de impedir?

Quis que Jude morresse e ele estava morto. E matei Morales e o dono de Mabel simplesmente ao desejar isso, ao pensar nisso, nela sufocando, na cabeça dele esmagada. Fiquei enjoada com as imagens, mas engoli em seco e me forcei a lembrar, a tentar entender para que, caso precisasse, pudesse fazer de novo. O prédio desabado, o choque anafilático, o ferimento na cabeça: essas foram as causas das mortes.

Eu era o agente.

A voz de Noah me trouxe de volta ao presente:

— Há algo profundamente errado aqui. Eu sei, e é por isso que fui buscar você. Mas não temos qualquer *ideia* do que está acontecendo. Precisamos ir até o tribunal e falar com seu pai.

— E então o quê? — perguntei com a voz vazia.

— Então daremos depoimentos sobre o sequestro de Joseph e Lassiter será indiciado por ele.

— E ele vai ser solto ao pagar fiança de novo, exatamente como neste caso. E que evidências podemos fornecer? — falei, elevando a voz. Não tive a intenção de dizer ou pensar em minhas palavras anteriores, mas um entusiasmo alucinado tomava conta de mim. Adrenalina fluía pelas veias. — Joseph não se lembra de nada a não ser das mentiras que contamos. E eu estou tomando antipsicóticos — falei, a voz ficando cada vez mais firme. — Ninguém vai acreditar em nós.

Noah mudou de tática, sem dúvida porque eu estava certa. Com a voz baixa, falou:

— Eu te trouxe porque confiei em você. E você não quer matar Lassiter.

Quando Noah afirmou saber o que eu queria, minha mente se revoltou.

— Por que não? Já matei pessoas por menos do que o assassinato e esquartejamento de uma adolescente mais o sequestro do meu irmãozinho. — Fiquei incompreensivelmente alegre.

— E, na semana passada, aquela era você em paz com o que havia feito, então?

As palavras de Noah me frearam. Mas então:

— Talvez eu seja sociopata, mas não sinto muito pelo dono de Mabel. Nem um pouco.

— Eu também não sentiria — admitiu Noah. Os músculos do maxilar dele se moviam. — Jude também mereceu, sabe.

Virei o rosto para ele.

— Mereceu? Você diz isso porque ele quase me machucou...

— Ele machucou você — disse Noah, repentinamente feroz. — Só porque poderia ter sido pior não quer dizer que ele não o fez.

— Ele não me estuprou, Noah. Ele me bateu. Ele me beijou. Eu o matei por isso.

Os olhos de Noah ficaram sombrios.

— E já foi tarde — disse ele.

Sacudi a cabeça.

— Você acha que isso é justo? — perguntei. Noah não respondeu, os olhos estavam a milhares de quilômetros de distância. — Bem, o que você sente a respeito de Jude é o que sinto a respeito de Lassiter.

— Não — falou Noah ao sair da via expressa para uma rua cheia. Dava para ver o tribunal a distância. — Há uma diferença. Com Jude, você estava sozinha, apavorada, e sua mente reagiu sem que você nem soubesse. Com ele foi legítima defesa. Com Lassiter... será uma execução.

O ar engoliu as palavras de Noah conforme ele as deixava serem absorvidas. Então finalizou:

— Há outros modos de resolver esse problema, Mara.

Noah virou dentro do estacionamento coberto ao lado do tribunal e desligou o motor. Disparamos para fora do carro, minha mente repassando as palavras dele conforme corríamos escada acima para dentro do tribunal.

Havia outros modos de resolver o problema, Noah dissera. Mas eu sabia que não funcionariam.

58

EU ESTAVA SEM FÔLEGO QUANDO CHEGAMOS ÀS AMPLAS PORTAS de vidro. Depois que Noah passou pelo detector de metais, esvaziei os bolsos no pequeno recipiente de plástico e estendi os braços para que o segurança pudesse me verificar. Ergui-me um pouco sobre as plantas dos pés, mais do que ansiosa.

Nossos passos ecoaram pelo enorme corredor, os meus seguindo os de Noah, e virei o rosto para os dois lados, verificando os números das salas conforme passava. Noah parou em frente à 213.

Limpei o suor do rosto com a manga da camisa.

— E agora?

Noah foi até um saguão e virou na primeira entrada à esquerda. Eu me detive atrás conforme ele conversava com um cara que estava sentado à mesa de entrada. Não conseguia ouvir o que dizia, mas examinei o rosto dele. Não comunicava nada.

Quando terminou, Noah voltou para meu lado e começou a caminhar na direção pela qual havíamos entrado. Ele não disse uma palavra até estarmos do lado de fora, de volta às escadarias do tribunal.

— O que aconteceu? — perguntei a ele.

— O júri está reunido há duas horas.

Meus pés viraram pedra. Não conseguia me mover.

— Não é tarde demais — falou Noah com a voz calma. — Ainda podem retornar com uma condenação. Bem, a Flórida é um estado com pena de morte. Você pode dar sorte.

Fiquei arrepiada com o tom de voz de Noah.

— Ele foi atrás do meu irmão, Noah. Minha família.

Noah colocou a mão em meus ombros e me obrigou a encará-lo.

— Vou protegê-lo — disse ele. Tentei virar o rosto. — Olhe para mim, Mara. Vou encontrar um jeito.

Queria acreditar nele. A confiança de Noah era inabalável e tentadora. Mas ele estava sempre seguro. E às vezes estava errado. Nesse caso, eu não poderia arriscar.

— Você não pode protegê-lo, Noah. Não é algo que possa consertar.

Noah abriu a boca para falar, mas o interrompi.

— Eu andei tão *perdida* desde que Rachel morreu. Tentei fazer as coisas certas. Com Mabel, Morales, fiz tudo do jeito certo: liguei para o Controle de Animais, falei com o diretor. Mas nada funcionou até que fiz do *meu* jeito — falei, e minhas palavras acenderam algo dentro de mim. — Porque tudo o que aconteceu... tem a ver comigo desde o começo. Entender quem sou e o que devo fazer. *Isso* é o que devo fazer, preciso fazer.

Noah olhou para baixo, diretamente para meus olhos.

— Não, Mara. Eu também quero saber por que essas coisas estão acontecendo conosco. Mas isso não vai ajudar.

Olhei para ele, incrédula.

— Isso não tem importância para você, entende? E daí que você tem dores de cabeça e vê pessoas machucadas? O que acontece se nunca descobrir? Nada — falei, e a voz falhou.

Os olhos de Noah ficaram inexpressivos.

— Sabe o que significa termos conseguido ajudar Joseph? — perguntou ele.

Não respondi.

— Significa que os outros dois que vi eram reais. Significa que não os ajudei e eles morreram.

Engoli em seco e tentei me recompor.

— Não é a mesma coisa.

— Não? Por que não?

— Porque agora você sabe. Agora você tem escolha. Eu não. A menos que consiga canalizar isso, usar, talvez, com um propósito, as coisas continuarão piorando. Eu torno as coisas piores. — Uma lágrima escorreu pela minha bochecha que ardia. Fechei os olhos e senti os dedos de Noah na pele.

— Você *me* torna melhor.

Meu peito pareceu se abrir às palavras dele. Encarei o rosto perfeito de Noah e tentei enxergar o que ele via. Tentei ver nós dois — não individualmente, não o garoto perdido, arrogante, lindo e inconsequente e a garota revoltada e despedaçada —, mas o que éramos, quem éramos, juntos. Tentei me lembrar de como foi segurar a mão dele sob a mesa e sentir que não estava sozinha pela primeira vez desde que deixara Rhode Island. Que eu pertencia a algum lugar.

Noah falou de novo, interrompendo meus pensamentos.

— Depois que se lembrou do que fez, vi a reação que isso provocou em você. Não se compara com saber que fez algo de propósito. — Noah fechou os olhos, e, quando os abriu, sua expressão parecia assombrada. — Você é a única que sabe, Mara. A única pessoa que me conhece. Não quero perdê-la.

— Talvez não perca — falei, mas eu já estava perdida. E quando olhei para ele, vi que sabia disso.

Noah estendeu o braço para mim mesmo assim, uma das mãos se curvando na nuca e outra delineando meu rosto.

Ele me beijaria, bem ali, depois de tudo o que eu havia feito. Eu era um veneno e Noah era a droga que me faria esquecer disso.

Então, é claro, não poderia permitir.

Ele viu isso em meus olhos, ou talvez tenha ouvido no meu coração, e tirou as mãos do meu corpo ao virar de costas.

— Achei que você só queria ser normal — disse ele.

Olhei para os degraus de mármore sob os pés.

— Eu estava errada — falei, tentando não deixar a voz falhar. — Preciso ser mais do que isso. Por Joseph. — E por Rachel. E por Noah, também, embora não tenha dito isso. Não podia confessar.

— Se fizer isso — disse ele devagar —, vai se tornar outra pessoa.

Ergui os olhos para Noah.

— Já sou outra pessoa.

E, quando os olhos dele encontraram os meus, soube que ele vira isso.

Em segundos, Noah interrompeu nossos olhares e sacudiu a cabeça.

— Não — disse ele a si mesmo. — Não, não é. Você é a garota que me chamou de escroto na primeira vez que nos falamos. A garota que tentou pagar pelo almoço mesmo depois de descobrir que eu tinha mais dinheiro do que Deus. Você é a garota que se arriscou para salvar uma cadela à beira da morte, que faz meu peito doer esteja usando seda verde ou um jeans rasgado. Você é a garota que eu... — Noah parou, então deu passo para se aproximar de mim. — Você é *minha* garota — disse ele simplesmente, porque aquilo era verdade. — Mas, se fizer isso, será outra pessoa.

Lutei para tomar fôlego conforme meu coração se partia, sabendo que isso não mudaria o que eu precisava fazer.

— Conheço você, Mara. Sei de tudo. E não me importo.

Tive vontade de chorar quando ele disse isso em voz alta. Desejei poder fazê-lo, mas não havia lágrimas. Minha voz soou inesperadamente dura quando falei:

— Talvez não hoje. Mas vai se importar.

Noah segurou minha mão. A simplicidade do gesto me tocou tão profundamente que comecei a duvidar.

— Não — disse ele. — Você me tornou real, e eu sofreria por você, por sua causa, e sou grato pela dor. Mas isso, matar Lassiter? Isso é para sempre. Não faça.

Sentei-me nos degraus, as pernas trêmulas demais para me manter ereta.

— Se ele for condenado, não farei.

— Mas se ele for absolvido...

— Vou precisar — respondi com a voz falha. Se ele saísse em liberdade, poderia ir atrás de meu irmão de novo. E eu era o agente. Podia impedi-lo. Era a única que podia.

— Não tenho escolha.

Noah sentou-se ao meu lado, a expressão sombria.

— Você sempre pode escolher.

Não dissemos nada pelo que pareceram horas. Sentei-me na pedra, e uma frieza incomum emanou dela, atravessando meu jeans. Repassei a noite do desabamento diversas vezes na memória até que pensamentos e imagens girassem como se atingidos por um ciclone.

Como um ciclone. Rachel e Claire foram expostas à minha fúria, explosiva demais, selvagem demais para ter qualquer foco.

Mas esse não era o caso naquele dia.

Quando as portas se abriram atrás de nós, levantamo-nos imediatamente assim que uma multidão de pessoas inundou os degraus do tribunal. Repórteres com microfones, operadores de câmera e flashes emitindo suas luzes dolorosas na direção do meu pai. Ele estava à frente.

Lassiter vinha atrás dele, sorrindo. Triunfante. Um ódio gélido correu pelas minhas veias conforme o observei se aproximar, seguido por policiais. Com armas nos coldres. E, em um instante, eu soube. Soube como manter todo o resto das pessoas em segurança enquanto punia Lassiter pelo que havia tentado fazer. Antes que ele pudesse machucar mais alguém.

Papai caminhou até um púlpito muito próximo de onde estávamos, mas saí do seu caminho e campo visual. Noah segurou minha mão, apertando-a sem soltar. Não importava.

Microfones foram apontados na direção do rosto de meu pai, disputando um espaço privilegiado, mas ele manteve a calma.

— Tenho muito para dizer hoje, como estou certo que vocês podem imaginar — falou papai, e houve um burburinho de risadas. — Mas os verdadeiros vencedores são meu cliente, Leon Lassiter, e o povo da Flórida. Como não posso passar o microfone para o povo da Flórida, vou deixar que Leon diga algumas palavras.

Eu vi a arma. O metal preto fosco era tão liso e desinteressante. O metal parecia entorpecer as pontas dos meus dedos. As reentrâncias do cabo enrugavam a palma da minha mão. Quase parecia um brinquedo.

Papai saiu do caminho, virando a cabeça para a direita, e o rosto de Leon Lassiter tomou o lugar dele. Eu estava logo atrás.

Era estranha a sensação: o peso era uma novidade para mim e, de algum modo, era perigoso. Olhei para a boca do cano. Só um buraco.

— Obrigado, Marcus. — Lassiter sorriu e deu um tapinha no ombro de papai. — Sou um homem de poucas palavras, mas queria dizer duas coisas. A primeira é que sou muito, muito grato a meu advogado Marcus Dyer.

Apontei a arma.

— Ele se afastou da própria vida, da mulher e dos filhos, para conseguir justiça em meu nome, e não sei se estaria de pé aqui agora se não fosse por ele.

Escuridão se espalhou pelo campo visual. Senti braços me segurando, senti o roçar de lábios no lobo da minha orelha, mas não ouvi nada.

— Segundo, eu quero dizer aos pais de Jordana...

E então a coisa mais esquisita aconteceu: antes de outro pensamento se formar no fundo da minha mente, alguém começou a estourar pipoca bem ali no tribunal. *Pop pop pop pop.* O som era tão alto que senti cócegas nos ouvidos. Então um zumbido. E só então ouvi os gritos.

Voltei a enxergar momentos depois e pude ver cabeças curvadas, abaixadas e protegendo-se entre mãos e joelhos. A mão que segurava a minha tinha sumido.

— Abaixe a arma! — gritou alguém. — Abaixe a arma!

Eu ainda estava de pé. Olhava direto para a frente, bem diante de mim, e vi um braço pálido estendido em minha direção. Segurando uma arma.

A arma bateu contra os degraus. Uma onda de gritos irrompeu quando ela quicou.

Não reconheci a mulher de pé a minha frente. Era mais velha, o rosto manchado e vermelho, com borrões de rímel escorrendo dos olhos. O dedo apontava para mim como uma acusação.

Ouvi a voz de Rachel, a voz da minha melhor amiga.

Como vou morrer?

— Ele a matou — disse a mulher, com calma. — Ele matou meu bebê.

Policiais cercaram a mulher e, gentil e respeitosamente, colocaram as mãos dela atrás das costas.

— Cheryl Palmer, você tem o direito de permanecer calada.

A peça percorreu o tabuleiro em semicírculo, disparando do A até o K, e reduziu a velocidade ao passar o L. Ela parou sobre o M.

— Tudo o que disser pode e será usado contra você no tribunal.

E parou no A.

O som diminuiu, e a pressão sobre a minha mão se foi. Olhei para o lado, mas Noah não estava ali.

A peça fez um zigue-zague no tabuleiro, interrompendo a gargalhada de Rachel. Letra R.

Entrei em pânico, quase desfalecendo ao procurar por Noah desesperadamente. Havia um borrão de atividade à direita: um enxame de paramédicos murmurando ao redor do corpo que sangrava sobre os degraus do tribunal.

Então de volta ao início. Para o A.

Noah estava ajoelhado ao lado do corpo. Meus joelhos quase se dobraram quando vi que estava vivo, não baleado. Alívio percorreu meu corpo, e dei mais um passo apenas para estar mais perto dele. Mas então olhei de relance para quem estava caído no chão. Não era Leon Lassiter.

Era meu pai.

59

A MÁQUINA À ESQUERDA DA CAMA DE HOSPITAL DE PAPAI EMItia um bipe enquanto outra, à direita, apitava. Há uma hora, ele estava fazendo piada, mas os remédios para dor o tinham feito dormir outra vez. Mamãe, Daniel, Joseph e Noah estavam todos amontoados ao redor da cama.

Fiquei atrás. Não havia espaço para mim.

Nunca tinha testemunhado aquilo antes, o extraordinário momento em que meus pensamentos se tornavam ações. Fazia apenas um dia que eu havia me dado conta do caos — o caos que eu desejei —, e fiquei ali, impotente, enquanto o sangue de papai escorria pelas escadarias de mármore branco. A mãe de luto foi presa, arrancada da família despedaçada para ser trancafiada. Mas ela não representava um perigo para ninguém.

Eu era um perigo para todos.

Um médico colocou a cabeça para dentro do quarto.

— Sra. Dyer? Podemos conversar rapidamente?

Mamãe se levantou e colocou o cabelo para trás da orelha. Tinha passado a noite no hospital, mas parecia que estava ali havia milhares de anos. Ela caminhou até a porta onde eu estava e me ultrapassou, roçando a mão na minha. Eu me encolhi.

As palavras do médico entraram pela porta aberta. Ouvi.

— Preciso dizer, Sra. Dyer, seu marido é um homem de sorte.

— Ele vai ficar bem? — A voz de mamãe soava arrastada, quase no limite. Meus olhos se encheram de lágrimas.

— Ele vai ficar bem. É um milagre não ter sangrado até a morte no caminho para cá — disse o médico. Ouvi um soluço escapar da garganta de minha mãe. — Nunca vi nada assim em todos os meus anos de medicina.

Meu olhar foi até Noah. Ele estava sentado ao lado de Joseph e encarava papai. Seus olhos escuros e sombrios não encontraram os meus.

— Quando poderá voltar para casa? — perguntou mamãe.

— Em alguns dias. Está se recuperando muito bem do ferimento, vamos mantê-lo aqui só para observação, na verdade. Para nos certificarmos de que ele não pegue uma infecção e que o processo de cura continue. Como eu disse, ele é um homem de sorte.

— E o Sr. Lassiter?

A voz do médico ficou mais baixa:

— Ainda está inconsciente, mas provavelmente haverá danos cerebrais significativos. Talvez não acorde.

— Muito obrigada, Dr. Tasker. — Mamãe voltou para o quarto e foi até o lado da cama de papai. Observei-a se encaixar sem dificuldades na mesinha, que era seu lugar.

Dei mais uma olhada em minha família. Conhecia cada ruga de alegria no rosto de mamãe, cada sorriso de Joseph e todas as expressões dos olhos de Daniel. E olhei para papai também: para o rosto do homem que me ensinou a andar de bicicleta, que me pegou quando eu tive medo demais para pular no lado fundo da piscina. O rosto do homem que eu amava. O rosto do homem que eu havia desapontado.

E então havia Noah. O garoto que consertara meu pai, mas que não podia fazer o mesmo por mim. Ele havia tentado, no entanto. Eu sabia disso agora. Noah era a pessoa por quem eu nunca soube que estava esperando, mas que escolhi abandonar. E escolhi errado.

Todas as minhas escolhas foram equivocadas. Eu destruía tudo que tocava. Se ficasse, poderia ser Joseph, ou Daniel, ou mamãe, ou Noah a seguir. Mas eu não poderia simplesmente desaparecer. Com os recursos de meus pais, seria encontrada em horas.

Mamãe fungou nesse momento, roubando minha atenção. E então percebi: eu poderia contar a ela. Poderia contar a verdade sobre o que tinha feito, com o dono de Mabel, com Morales e em Everglades. Ela com certeza me internaria.

Mas o meu lugar era num hospício? Conheço meus pais — certamente me mandariam para um lugar onde houvesse terapia artística, ioga e discussões intermináveis sobre meus sentimentos. E a verdade era que eu não era louca. Era uma criminosa.

De repente, soube para onde precisava ir.

Olhei para cada um deles mais uma vez e disse um adeus silencioso.

Saí de fininho do quarto de hospital bem no momento em que Noah virou o rosto na minha direção. Caminhei pelos corredores, abrindo caminho entre enfermeiras e funcionários conforme seguia. Passei da sala de espera, ainda salpicada de repórteres que estavam presentes no dia anterior. Passei direto por todos, na direção do carro de Daniel, estacionado sob uma corja de corvos que havia se reunido num aglomerado de árvores no estacionamento. Entrei no carro e virei a chave na ignição. Dirigi até chegar ao 13º Distrito da Polícia Metropolitana de Miami. Saí do carro, fechei a porta atrás de mim e subi as escadas para confessar.

O detetive Gadsen parecera desconfiado da última vez que nos falamos, e eu simplesmente confirmaria o que ele já achava ser verdade. Diria que eu havia esmagado o crânio do dono de Mabel. Que havia roubado a seringa de adrenalina autoinjetável de Morales e colocado formigas vermelhas embaixo da mesa dela. Eu era jovem demais para ser presa, mas havia boas chances de acabar em um centro de detenção juvenil. O plano não era perfeito, mas era a coisa mais autodestrutiva em que conseguia pensar, e eu precisava muito me autodestruir.

Não conseguia ouvir nada além do palpitar do meu coração ao tocar os pés no concreto. O som da minha respiração conforme eu dava aquilo que esperava serem meus últimos passos em liberdade. Caminhei para dentro do prédio e até a recepção, e disse ao policial que precisava falar com o detetive Gadsen.

Não reparei na pessoa atrás de mim, não até ouvir a voz dele:

— Pode me dizer onde posso comunicar uma pessoa desaparecida? Acho que estou perdido.

Minhas pernas pesaram como chumbo. Virei de costas.

Ele olhou para mim de debaixo da aba do boné dos Patriots que sempre usava e sorriu. Um Rolex prateado reluzia em seu punho.

Era Jude.

Jude.

Na delegacia. Em Miami.

A menos de 2 metros de distância.

Fechei os olhos. Ele não podia ser real. Não era real. Eu estava alucinando, apenas...

— Após aquelas portas e seguindo pelo corredor — disse o policial.

Meus olhos se abriram e observei o homem apontar atrás de mim.

— Primeira porta à esquerda — disse ele para Jude.

Olhei devagar do policial para Jude conforme minhas veias se enchiam de medo e minha mente transbordava com lembranças. O primeiro dia de aula, ouvir a risada de Jude e então vê-lo a 12 metros de distância. O restaurante em Little Havana, vê-lo aparecer depois de Noah sair e antes do tal de Alain se sentar.

A noite da festa a fantasia? A porta da nossa casa aberta?

Outra lembrança passou pela minha mente. *Investigadores estão com dificuldades para recuperar os restos mortais de Jude Lowe, de 17 anos, pois, embora as alas da construção ainda estejam de pé, podem desabar a qualquer momento.*

Era impossível. Impossível.

Jude ergueu a mão para acenar para o policial. Ele olhou em meus olhos, e o relógio refletiu a luz.

Minha boca formou o nome de Jude, mas nenhum som saiu.

Então o detetive Gadsen apareceu e disse algo, mas a voz dele estava abafada e não escutei. Mal senti a pressão da mão dele em meu braço quando tentou me guiar para longe.

— Jude — sussurrei, porque ele era tudo o que eu via.

Jude andou na minha direção e o braço dele roçou de leve, bem de leve, no meu.

Eu me senti rachar por dentro.

Ele abriu as portas. Não se virou.

Tentei alcançá-lo quando as portas se fecharam, mas vi que não conseguia nem ficar de pé.

— Jude! — gritei. Mãos fortes me ergueram, me detiveram, mas não importava. Porque não importa meu estado naquele momento, despedaçada e sozinha naquele chão de delegacia. Pela primeira vez desde aquela noite no sanatório, meu maior problema não era estar ficando louca. Nem mesmo ser uma assassina.

O problema era que Jude ainda estava vivo.

agradecimentos

Devo muitos obrigados a muitas pessoas pelo apoio incondicional a *Mara Dyer* e a mim:

Para minha editora, Courtney Bongiolatti, por fazer tudo certo. Você defendeu Mara desde o início, e eu não poderia estar mais agradecida.

Para meu *publisher*, Justin Chanda, por arriscar muito em meu livrinho esquisito e por coisas assustadoras tanto quanto eu.

Para meu agente, Barry Goldblatt, por ser meu cavaleiro branco e não acreditar na palavra "impossível".

Para meu incrível relações-públicas, Paul Crichton, para Chrissy Noh, Siena Koncsol, Matt Pantoliano, Lucille Rettino, Laura Antonacci e toda a talentosa equipe da Simon & Schuster pelo entusiasmo e a dedicação irrefreáveis, e para Lucy Ruth Cummings, pelo design da capa que deixa *todo mundo* estarrecido.

Para Beth Revis, Rachel Hawkins, Kristen Miller e Cassandra Clare, pela generosidade, para Kami Garcia, por literalmente mais do que consigo dizer, para Jodi Meadows e Saundra Mitchell, pelos conselhos muitíssimo apropriados, para Kody Keplinger, por me fazer sentir como parte integrante, e para Veronica Roth, a Destemida, por ser uma das pessoas mais corajosas que conheço.

Para todos os meus amigos queridos, espertos e inteligentes do blog e do Twitter: vocês tornaram cada segundo dessa louca jornada mais divertido. Obrigada por compartilharem dessa viagem e por me honrarem ao permitir que eu compartilhe a de vocês.

Para meus salvadores, em todos os sentidos da palavra — vocês sabem quem são. O mundo é um lugar melhor porque vocês estão nele.

Para minhas leitoras: Anna, Noelle, Sarah, Ali e Mary pelos insights. E para os soldados incansáveis do meu Exército Beta: Emily L., por ser a primeira a amar Noah; Emily T., por amar Noah sem que lhe pedisse; Christi, por me dizer "não" quando eu precisava ouvir; Becca, por ser minha deusa do roteiro; Kate, por inúmeros milagres de última hora; para Natan, por sempre contar quantas balas eu ainda tinha para disparar. Eu enumeraria as formas pelas quais sou grata, mas não tenho dedos suficientes nas mãos e nos pés. E sabemos que é só para isso que eu sirvo. Para Stella, pelo lugar no sofá que vale uma década de apartamentos, e para Stephanie, por fazer tudo primeiro. Não digo o tanto quando deveria, mas amo você.

Às pessoas que fazem com que eu me sinta como se tivesse ganhado a loteria das famílias: minha extraordinária Tante, Helene, e tio Jeff, pelo Pessach. Para Dulong. Para Jacob, Zev, Esther, Yehuda, Simcha e Rochul. Para Jeffrey por *tanto*, para Bret e Melissa por *A bruxa de Blair*, entre outras coisas incríveis, para Barbara e Peter, por serem Barbara e Peter, para tia Viri e tio Paul, por inspirarem minha frase preferida na sequência, e também por toda aquela coisa de apoio incondicional, e para Yardana Hodkin — eu adoro você.

Para Andrew, por me dar os melhores presentes. Por ser tão mais legal do que eu jamais esperaria ser. Você merece uma medalha ou dez. Mil.

Para Nanny e Zadie, Z"L. Vocês amariam o modo como tudo isto está se saindo.

Para Janie e vovô Bob, por serem meus maiores líderes de torcida desde o momento em que eu nasci até hoje.

Para Martin e Jeremy, por serem o segundo e terceiro exibicionistas na fila. Por sempre estarem em meu coração, ainda que estejamos longe. Por me deixarem feliz por não ter irmãs.

E para minha mãe, por tentar alcançar as coisas nas prateleiras altas. Pelo livro *The Joss Bird*. Por Brandy. Por me ajudar a ser uma cantora e não uma acrobata. Por ser a última das mulheres virtuosas. Palavras jamais serão o bastante.

Por último, mas com certeza não menos importante, obrigada a *você* por ler este livro. Mal posso esperar para compartilhar o que acontece a seguir.

Este livro foi impresso no
Sistema Digital Instant Duplex da Divisão Gráfica da
DISTRIBUIDORA RECORD DE SERVIÇOS DE IMPRENSA S.A.
Rua Argentina, 171 - Rio de Janeiro/RJ - Tel.: (21) 2585-2000